THE WAREHOUSE

神祕雲商城

羅柏．哈特 Rob Hart 著
顏湘如 譯

各界推薦

本書是重磅警世寓言！述說我們自己打造的瘋狂科技、失控資本主義與夢魘般的世界秩序。

——布萊克．克勞奇，暢銷小說《人生複本》作者

緊扣人心到要把書扯破的程度！

——觀察者報

既是當代消費主義警世預言，又是近未來的反烏托邦夢魘……其中深意再三咀嚼後，讓人網路購物訂不下去。

——SYFY WIRE網路雜誌

如果您曾經沉迷或深信自由經濟和資本主義是一切問題的解方，或許可以看看這本書。您會發現，當跨國企業發展到極致時，對低端人口的宰制，對世界經濟力的控制能力，遠超過想像。企業霸主顯然正是另一種形式的獨裁者！

——范立達，新媒體人

表面上，這是一部刺激、緊湊、曲折的科幻犯罪小說，但它核心所投射的命題更是出類拔萃，對極權與平庸之惡、消費主義與勞資剝削有著深刻的描繪。讀者掩卷之際可能會慶幸這只是虛構故事，但細心一想，書中的社會架構已悄然實現，我們也許正活在類同的世界當中。

——陳浩基，香港推理作家

資源耗竭、零工經濟、貧富懸殊、工會體制瓦解、企業接管國家、鋪天蓋地的高科技監控……市場主宰一切，包括人性。《神祕雲商城》描寫的是滲入人生每一道縫隙的威權資本主義，但它不只是對「未來」社會的驚悚紀實，因爲它刻畫的每一項細節，在今天的世界都找得到。愈眞實，愈讓人不敢逼視。

——萬毓澤，國立中山大學社會學系教授

網購商城巨型貨倉裡的揀貨員，在工作目標愈訂愈高之下，被迫不扣安全帶攀爬貨架，以加速作業，導致工傷癱瘓，管理層也默許……

令人觸目驚心的台鐵出軌案，就是因爲司機關閉ATP，管理層遠端ATP也斷線。血汗企業爲了追求利潤，可以殘酷到什麼地步？台灣充滿了書中描述的職場權力關係，它的觀點能幫我們看清眞相。

——盧郁佳，作家

這不只是一部近未來的反烏托邦文學，更是對當代科技資本主義的嚴厲反思，提醒著我們要什麼樣的未來。

——張鐵志，文化評論家

這是一部充滿電影感的科幻驚悚小說，當代市場集權主義的未來寓言。全書敘事多線布局，有層層解謎的張力，驚悚不在掙扎而在不掙扎。主場景鎖定工作、消費與生活的封閉商場，沒有反抗打怪的搏鬥，只有色彩階序分明的日常控管。不受天空限制的雲，是資本與能源壟斷的統治核心，雲端控管的奧妙就在人人自動內建馴服機制。科幻小說從來都是政治寫實。

——顧玉玲，社運工作者

不久的將來，雲集團透過無人機將物美價廉的商品送到每個消費者家中，迅速地壟斷了消費市場。然後，雲集團以外的公司開始倒閉，僅存的工作選擇就是加入雲集團，被佩戴在手腕上的智慧型手錶支配人生。該慶幸自己至少還有工作嗎？但管理高層看不到的角落裡，人性的醜惡卻從來沒有少過……

想知道資本主義和科技發展會爲人類社會帶來什麼？這是個很有意思也能帶來反思的故事……

——萬惡的人力資源主管

我一頭栽進《神祕雲商城》的世界，豎著寒毛看著人類未來，直至無法承受，趕緊抬頭望向四周，點杯咖啡，確認自己還在尚可接受的二〇二〇，才敢再次投入書中，體會「市場主宰一切」這句話幾近眞理……卻又如此顫慄駭人！

——曾英庭，導演

內藏爆炸性轉折，這本混合了歐威爾《一九八四》基因的小說，太成功了。

——衛報

這本極富想像力的反烏托邦小說，透過三人視角，如實地把現今恐怖、後歐威爾時代的時空氣氛呈現出來。

——BBC選書，二〇一九年十大假期爽讀好書

作者以小說之筆怒向泯滅人性的巨型企業與以人爲代價的消費主義開火。故事從線上商城創辦人的角度切入，描述他端出假救世主姿態，外表堆滿僞善假笑，背地卻瘋狂累積自己的身家財富。本書重砲抨擊薪資高低落差、零工經濟等現象帶來的悲慘與貧窮，甚至逼得人以命爲代價。

——金融時報

本書以引人入勝的方式警告我們即將面臨的處境。

——艾胥黎・范思，暢銷書《鋼鐵人馬斯克》作者

快節奏、讓人想一鼓作氣看完的驚悚駭人故事……恐怖到每當你看到購物紙箱經過都忍不住戰慄發寒。

——德莉拉・S・道森，暢銷小說《星際大戰：法斯瑪隊長》作者

驚悚駭人……一如最棒的反烏托邦小說，本書像是清澈黑鏡清晰反映我們目前這個時代。

——舊金山紀事報

想像夠狂野卻又眞實得駭人。

——萊利・塞傑，犯罪小說《最後的女孩》作者

讓人戰慄卻又非常可信，而且還就在不遠可見的未來，那個世界裡自由已成巨型企業的禁臠。

——亞拉菲・柏克，暢銷小說作者

引人入勝、有科技驚悚大師克萊頓的架勢，讓人愛不釋卷。這個近未來的反烏托邦驚悚故事講述在這個資本主義晚期時代，一個巨型企業怎麼吞吃人們所有的生活面向。

——保羅・崔布雷，暢銷書《世界盡頭的小屋》作者

CONTENTS
目次

獻給　瑪利亞·費南德斯*

*編按：Maria Fernandes（1982-2014），費南德斯女士希望打兩份工，但徒有希望付不了房租，所以在多個工作地點之間奔波的她，於車內小睡補眠時，吸入過多廢氣窒息而死。

有人因爲想以賤價買大衣，
導致他人在生產或裁製成衣的過程中餓死，
我憐憫這種人。

——美國總統班傑明．哈里森，一八九一年

1　面試

紀卜森

嗯，我就快死了！

很多人都是在不知不覺間走到人生盡頭，某一天，忽然就燈滅人亡。而我卻有倒數時限。

每個人都說我應該寫一本自傳，但我沒時間了，所以就這麼做吧。寫部落格還挺恰當的，不是嗎？最近我睡得不多，晚上剛好能有點事做。

反正，缺乏雄心壯志的人才需要睡覺。

至少總該留下某種文字紀錄。我希望你們是從我這裡聽到消息，而不是聽某些人爲了賺點小錢，扯一些活像是有憑有據的猜測。依我的工作經驗，我可以告訴你們：猜測很少是有憑有據。

但願這會是個精采故事，因爲我覺得自己的人生十分精采。

你們可能會想：威爾斯先生，你身價高達三千零四十九億美元，是全美首富，也是全球第四大富豪，人生當然精采。

但是，朋友，那不是重點。

或者，更該說的是，這兩件事毫不相干。

事實是：在我身無分文的時候遇見了全世界最美的女人，還打動她嫁給我。我們一起養育了一個女兒，沒錯，她從小到大都是天之驕女，但也學會珍惜每一分錢，而且會說「請」和「謝謝」，說得眞心誠意。

我看過日出日落。我去過世界一些地方，是我爸爸聽都沒聽過的。我見過三位總統，並分別給予施政建議——他們都豎耳傾聽。我在地方上的保齡球館有過輝煌表現，至今名人榜上依然有我的名字。

人生難免有不如意的事，但此時坐在這裡的我——有愛犬趴在腳邊，妻子茱麗在隔壁房間熟睡，小女兒克萊兒的未來有了萬全保障——不免對自己的成就升起一股滿足感

當我說雲集團是我引以爲傲的成就，其實是抱著極其謙卑的心態。這種成就大多數人無法企及。無憂無慮的童年老早離我而去，幾乎已不復記憶。賺錢謀生、找個地方安頓下來，如今的生活並不難適應。但一段時間之後，它會變成一種奢侈的享受，最後變成思之不得的白日夢。隨著事業擴展，我領悟到「雲商城」可以不只是一家商店，它還可以是解決之道，幫助我們這個偉大的國家卸除重擔。

並提醒人民「繁榮」一詞的眞義。

它也確實做到了。

我們提供人民工作，讓人民享有平價商品與保健服務。我們貢獻了數十億美元的稅收。我們以身作則，帶頭減少碳排放，研發出能拯救地球的標準與科技。

我們能這麼做是靠著全心全意專注在人生中唯一重要的事：家人。

我有家庭中的家人和工作上的家人。兩邊的家人都是我的至愛，都讓我難以割捨。

醫生說我還有一年的時間。他是個十分優秀的醫師，所以我相信他的話。我也知道消息很快就會傳出，所以乾脆親自宣布。

第四期胰臟癌。第四期代表癌細胞已經擴散到身體其他部位，具體來說，就是我的脊椎、肺臟和肝臟。沒有所謂的第五期。

關於胰臟呢是這樣的：它深藏在你的腹部深處，許多人發現胰臟出問題時，情況已如野火燎原，做什麼都來不及了。

醫師向我告知病情時，口氣嚴肅，一手搭在我的手臂上。我心想，這下好了，他有壞消息要宣布。因此當他說出我的病名，我的第一個問題——不誇張——竟是：「胰臟到底是在**做**什麼的？」

他笑了，我也笑了，氣氛頓時緩和了些。這樣也好，因爲接下來得面對嚴酷的事實。如果有人覺得好奇的話，胰臟的功能是幫助消化、調節血糖。現在我知道了。

我還剩下一年。所以明天一早，我和妻子就要出發上路。我打算盡可能造訪美國本土所有的「母雲」分公司。

我想去道謝。雖然不可能和每家「母雲」的每位員工握到手，我還是要拚上這條命試一試。聽起來比在家枯坐等死好多了。

一如往常，我會搭乘巴士。飛行是鳥的專利。再說了，你知不知道現在搭飛機有多貴？

這樣會比較花時間，而且隨著行程一站一站往前，我也可能會愈來愈累，甚至有點沮喪，因爲儘管我個性開朗，畢竟是被宣判死刑，還要若無其事地照常過日子，實在不容易。不過我這一生中獲得了無數的愛與善意，現在必須盡力回報。否則接下來的一年內，我只會每天消沉枯坐，這樣可不行。茉麗恐怕寧可掐死我，一了百了！

我得知病情已有一星期，可是不知爲何，寫出來以後感覺眞實許多。現在木已成舟。好了，說得夠多了。我現在要去遛狗，需要呼吸一點新鮮空氣。如果看到我的巴士駛過，請揮揮手。每當看見有人這麼做，我都會很開心。

謝謝你們點閱，下回再聊。

派斯頓

派斯頓一手貼在冰淇淋店櫥窗上。從店內牆上價目表看來，肯定是自創的口味，有肉桂全麥餅乾和巧克力棉花糖和花生軟糖。

冰淇淋店兩側分別鄰接一家名叫「老爹」的五金行和一家簡餐館，餐館豎了一面鋁合金霓虹招牌，不太看得清楚，不知是叫「太麗」還是「大麗」？

派斯頓來回轉頭看著主要大街，輕而易舉便能想像街上熱鬧滾滾，一度繁榮鼎盛的景象。初次到訪這樣的小鎭，總能撩起懷舊愁緒。

如今，小鎭就像回聲，在白花花的陽光下逐漸消失。

他重新回頭面向冰淇淋店，街上其他店面全被斑駁的三夾板封死了，只有這家店還開門營業。櫥窗玻璃被太陽曬得燙手，還蒙上一層沙粒。

從窗子看進去，只見堆疊的喇叭狀錫杯滿是灰塵，椅凳上空無一人，好幾台冰箱棄置不用。對小鎭來說，這家店以前想必是意義非凡，派斯頓很想興起些許遺憾之感。

然而在他步下巴士那一刻，傷感便已到達極限。光是置身於此，就足以讓他的皮膚緊繃欲裂，像個充氣過度的氣球。

派斯頓將袋子甩上肩，轉身歸隊，與其他人一起拖著腳步走過人行道，踩過水泥裂縫間冒出的小草。後面還有人繼續走來——有些是年紀較大，有些是身上有傷，走不快。

下車的共有四十七人。四十七人，不包括他在內。車程兩個小時，到了半路，手機上已經沒什麼可看，他便數起人頭來。有肩膀厚實、手上長著厚繭的臨時粗工；有長年坐辦公室敲鍵盤而彎腰駝背、肌肉鬆垮的職員；有一個看起來頂多十七歲的少女，身材矮小、曲線玲瓏有致，棕色髮辮長及下背，膚色乳白，身上那套老舊的淡紫色褲裝，比她的身型大上兩號，在多年穿洗下，布料已經褪色鬆弛，衣領處跑出一條長長的橘色標籤，很像二手商店用的那種。

每個人都帶了行李：破舊的滾輪行李箱在凹凸不平的地面顚簸前進，行李袋或是綁在背上或是揹在肩上。每個人都因爲使力而汗流浹背。太陽直曬著派斯頓的頭頂。

氣溫肯定遠高於三十八度。派斯頓的兩條腿上汗水直流，腋下也濕了一大片，衣服都黏在身上。就因爲這樣他才會穿黑褲白襯衫，以免汗漬太明顯。旁邊有個白髮男子，看起來像是退休的大學教授，他那件米色外套顏色就像浸濕的紙板。

但願面試中心不遠，但願那裡很涼爽。他一心只想進到室內。附近的荒田已經什麼也吸附不住，舌尖上甚至能嘗到飛沙走石。巴士司機也眞夠狠心，把他們丟在城郊，八成是爲了省油而不肯遠離州際公路。

前面的隊伍起了變化，在十字路口往右轉。派斯頓走得更賣力了。他本想停下來拿出袋子裡的水瓶，但剛才就不該任性地在冰淇淋店停駐，如今走在前頭的人已經多過落後他的人。

接近轉角時，有個女人從他身旁衝過去，撞著他的側身，差點害他跌倒。她年紀較大，是亞裔人士，一頭亂糟糟的白髮，肩上斜揹著一只皮包。她拚了命地往前推進，結果因爲太用力，才走不到一米就絆了一跤，重重跌跪在地。

周遭的人都退到旁邊，讓出空間來，卻未駐足。派斯頓知道爲什麼。腦子裡有個小小聲音吶喊著：**繼續走**，但他當然辦不到，只好扶她起身。她裸露的膝蓋擦傷泛紅，一道長長血跡沿著小腿流到腳上的球鞋，顏色濃得發黑。

她看著他，輕輕點了個頭，輕得幾乎看不出來，然後就走開了。派斯頓嘆了口氣。

「不客氣。」他說了一句，但不夠大聲，她沒聽到。

他回頭看了看。後面的人正加快腳步，似乎又再次努力往前走，八成是因爲看到有人跌倒。空氣中有種殺氣騰騰的感覺。派斯頓重新拉提一下肩上的袋子，邁開輕快的步伐，專心一致朝轉角走去。轉彎後，看見一間掛著白色看板燈箱的大戲院。建築立面的灰泥斑駁脫落，露出東一塊、西一塊破舊的磚頭。

看板頂端有幾個破裂的霓虹燈字體不規則地排列著。

「可—半—美—京」。

派斯頓猜想本來寫的應該是「河畔美景」，雖然附近完全看不到河水的蹤影，但話說回來，也許曾經有過。戲院外擺了一台移動式冷氣，光鮮亮麗的機體嗡嗡作響，經由一條密閉的管子將冷氣打入室內。派斯頓跟著人群走向一長排敞開的門。當他靠近後，遠端的門關上了，只剩中間幾扇門還開著。

他朝著正中央匆匆走去，最後幾步幾乎是用跑的。跨過門檻後，又有幾扇門關上。太陽消失不見，涼爽空氣包覆周身，宛如美好的一吻。

他打了個哆嗦，回過頭，剛好看見最後一扇門關上，有個明顯跛腳的中年男子就這樣被留在烈日下。那人的第一個反應是洩氣，肩膀垮了下來，袋子掉落在地。緊接著他重新挺直腰桿，跨上前來，猛力拍門。他應該是戴了戒指，才會發出尖銳撞擊聲，玻璃好像就快破了。

砰、砰、砰。

「喂，」他高聲嚷道，聲音模糊不清。「喂，你們不能這麼做。我都大老遠來到這裡了。」

「喂。」

這時有名身穿灰色襯衫、背上印著白色「快聘」二字的男子走向遭拒的申請者，手搭上他的肩。派斯頓不懂唇語，但心想應該和先前上不了巴士、被打發離開的女人所聽到的話一樣。她排在隊伍最後面，車門就當著她的面關上，當時有個身穿「快聘」制服的男子出現說道：「已經沒位子了。妳一定很想進雲集團工作，一個月後就可以再提出申請了。」

派斯頓掉頭不去看那個場面。他心裡都已經無處收容自己的悲傷，又哪裡顧得了別人的處境。

大廳裡滿是穿著「快聘」制服的男女，有人拿著鉗子和小塑膠袋站在那裡，露出快樂友善的笑容。每位申請人都被告知，要讓穿灰色制服的員工拔幾根頭髮放進塑膠袋，然後用黑色馬克筆在袋子上寫下自己的名字和社會安全號碼。

採集派斯頓頭髮樣本的女子圓得像顆球，而且足足矮他一個頭，他不得不彎下身，好讓她能搆得著。女子用力連根拔起幾根頭髮，他痛得縮了一下，隨後在袋子上寫好名字，交給另一個等著將樣本送走的男子。當派斯頓跨過大廳門檻進入戲院，有個骨瘦如柴、留著濃密鬍鬚的男人遞給他一台小平板電腦。

「找位子坐下，打開電腦。」他用熟練卻淡漠的平板口氣說：「面試程序馬上就要開始。」

派斯頓拉提一下包包的肩帶，沿著通道走去，走道地面幾乎要磨穿到底層地板了。整個空間瀰漫著老舊水管漏水的味道。他挑了較前面的一排，走道中間的位置。等他在硬木板座位上坐定，雜物袋放到旁邊後，聽到戲院後方傳來一連串喀嗒喀嗒的聲響，門一一上了鎖。

他這一排除了他，另有一名女子，膚色有如乾硬黃土，深棕色頭髮高高盤在頭頂，好像一堆雜亂不均的彈簧圈。她穿了一件黃褐色夏日洋裝和一雙同色調的平底鞋，坐在同一排另一頭，靠牆的位子，牆上華麗的栗子色壁紙水漬斑斑。派斯頓試著與她四目交接，面露微笑展現禮貌，但一方面也是想看清楚她的長相。她沒注意到他，他只好低頭看著平板。然後從袋子拿出一瓶水，灌掉大半，再按下側面的按鈕。

螢幕倏地亮起，正中央出現斗大的數字。

十。

接著是九。

接著是八。

倒數到零之後，平板發出嗶一聲，閃了一下，數字隨即被一連串空白欄位取代。派斯頓將平板擺在腿上，集中思緒。

姓名、聯絡資訊、工作經驗簡介。襯衫尺寸？

派斯頓的手懸在「工作經驗」欄上方。他不想透露自己原先的工作，也不想說明自己是在什麼樣的因緣際會下才來到這個破小鎮上的破戲院。因爲如此一來就得說出雲集團毀了他的一生。

先不想這個了。現在該怎麼寫呢？

他們會不會已經知道他是誰？

不知道的話，是好還是不好呢？

一想到以「總經理」的資歷來應徵這份工作，派斯頓發現自己心裡其實還有更多悲傷的空間。

他的胃糾結起來，思緒停留在監獄。十五年。一段足以宣示忠誠的漫長時間，若有人問起，他的確會這麼說：忠誠。若有人想知道離開監獄後至今這兩年的空白期，到時再說吧。

填完所有欄位後，下一個畫面出現了。

你是否有過偷竊行為？

底下有兩個按鍵。綠色「是」，紅色「否」。

他揉揉眼睛，螢幕亮得他雙眼發疼。心思飛回到九歲時的他，站在喬德里先生的雜貨店內，放漫畫的旋轉鐵架旁。

派斯頓想買的那本漫畫書要價四元，但他只有兩塊錢。他大可以回家跟媽媽拿錢，卻沒這麼做，而是兩腿發抖站著等候，直到有個人進來買菸。當喬德里先生彎身到櫃台底下拿菸，派斯頓立刻將漫畫捲起來，緊貼著大腿藏放，然後朝店門外走去。

他走到公園，坐在一塊石頭上想看漫畫，卻怎麼也無法集中精神。滿腦子只想著自己剛才做的事，書中圖畫全糊成一團。

他犯了法，對一個向來對他很好的人下手行竊。

他花了大半天時間終於鼓起勇氣，回到雜貨店，站在門外等著，直到確定店內沒有其他客人，才拎著漫畫書（活像拎著一隻死掉的寵物）走到櫃台前，哭得一把鼻涕一把眼淚地連聲道歉。

喬德里先生答應不打電話報警，也不告訴他母親（否則更慘）。但在那之後，每當派斯頓走進店裡，總會感覺到老人的一雙眼睛牢牢盯著他看，偏偏這是他腳程內唯一一家雜貨店，他別無選擇。

派斯頓又讀了一次問題，按下螢幕上的紅鍵「否」，儘管這不是事實，但這樣的謊言他還承受得起。

螢幕又一閃，新的問題出現。

你認為在某些情況下行竊在道德上是可以接受的嗎？

綠色「是」，紅色「否」。

這個簡單。「否」。

如果家人挨餓，你會為了他們偷麵包嗎？

眞正的答案：可能會。

「不會」。

你會趁工作之便行竊嗎？

「不會」。

如果知道不會被逮呢？

派斯頓眞希望有個「我什麼都不會偷，拜託繼續問其他問題」的選項。

「不會」。

如果得知某人行竊，你會告發嗎？

因爲反覆按得太習慣，他險些按了「不會」，連忙縮手改按「會」。

如果行竊者出言恐嚇，你還是會告發嗎？

當然：「會」。

你曾經吸毒嗎？

這個問題讓派斯頓鬆了口氣，不只因爲轉換了議題，也因爲他終於能誠實回答。

「否」。

你喝過酒嗎？

「是」。

你每週喝多少杯酒精飲料？

一—三

四—六

七—十

超過十一

七到十杯應該比較正確，但派斯頓挑了第一個答案。

接下來，問題變了。

西雅圖有幾扇窗？

一〇〇〇〇

一〇〇〇〇〇〇

一〇〇〇〇〇〇〇

一〇〇〇〇〇〇〇〇〇〇

天王星算是星球嗎？

是

否

訴訟案件太多了。

非常同意

略爲同意

無意見

略爲不同意

非常不同意

儘管不太確定這些問題的含意，派斯頓仍盡可能一一認眞思考，他猜想這背後想必有某種演算方式，能讓他們透過他對天文學的觀點了解他的核心性格。

到後來已經數不清回答了多少問題之後，螢幕忽然變成空白，而且持續許久，久到他不禁懷疑是不是自己操作錯誤。他左顧右盼想尋求協助，但見無人出面，便又低頭看螢幕，發現螢幕上又跳出一段文字。

感謝你的回答。現在請作一段簡短敘述。你有一分鐘的時間說明你為何想進雲集團工作，當左下角出現計時器，便開始錄音。請注意，不一定要說滿一分鐘，只須作出清楚、簡單又直接的說明即可。當你覺得說完了，可以按螢幕下方的紅點來結束錄音。沒有重錄的機會。

派斯頓看見自己的臉映在傾斜的螢幕上，扭曲變形，膚色被強光刷洗成病態的灰白。接著左下角出現了計時器。

六十秒

接著：

五十九秒

「我不知道還要發表談話。」派斯頓說著，盡可能露出「我在開玩笑」的笑容，聲音卻出乎意外顯得尖刻。「我想我會說……你知道的，今時今日要找工作並不容易，加上還要找新的住處，進這裡工作應該算是完美，對吧？」

四十三秒

「我是說，我眞的很想在這裡工作。我覺得呢，這是個學習和成長的絕佳機會。就像廣告上說的：『雲集團一舉解決所有需求』。」他搖搖頭。「對不起，我實在不擅長即興發言。」

二十二秒

深呼吸。

「不過我是個勤奮的人，我會以自己的工作爲榮，也一定會全力以赴。」

九秒

派斯頓按下紅鍵，他的臉隨即消失。螢幕一閃，變成白色。他暗罵自己結結巴巴、不知所云。早知道應徵過程有這一項，他就會事先練習。

謝謝。面試結果製表期間請耐心等候。程序完成後，你的螢幕會變成綠色或紅色。若是紅色，很抱歉，你若不是未能通過毒品測試，便是未達雲集團要求的標準。到時便可離開，而且必須等一個月後才能再次應徵。若是綠色，則請留下，等候進一步指示。

平板螢幕翻黑。派斯頓抬起頭東張西望，發現其他每個人也都抬起頭在東張西望。他與同一排的女子對上了眼，微微聳了聳肩。但她沒有回應，只是將平板放到腿上，從皮包裡掏出一本平裝小書。

派斯頓將平板放在膝蓋上，摸不清自己是希望看到紅色或綠色螢幕。

紅色意味著要離開這裡，站在太陽底下等下一班巴士到來——如果眞有巴士會來的話。那意味著他又得翻遍徵人與出租廣告，在薪水不足以度日的工作中，在要不是付不起就是破舊到不能住人的公寓間，尋尋覓覓。也意味著他又得回到那一池情緒起伏不定又沮喪的腐水中，連月來他一直在這池水中載浮載沉，幾乎就要滅頂。

看來，進雲集團工作幾乎是較好的選擇。

這時忽然聽到背後有人抽鼻子。派斯頓回頭一瞥，看見稍早快步超越他的亞裔女子臉朝下，五官映著紅光。

這時他的螢幕也亮了起來，派斯頓屏息以待。

辛妮亞

綠色。

她拿出手機，很快繞著室內掃一圈，沒偵測到什麼。一旦到了母雲，就得徹底與外界斷絕聯繫，因爲天曉得他們能從空中擷取到什麼？訊息傳輸若不小心，很容易就會洩底。她送出一則訊息告知自己的最新狀況：**嗨，媽，好消息！我應徵上了**。

她把手機放進包包，環顧一周。留下的人似乎比離開的多。往後兩排有一個穿淡紫色褲裝、紮著棕色長辮的年輕女子，輕輕歡呼一聲，露出微笑。

測驗並不難，笨蛋才會考不過。其中很多答案甚至無關緊要，尤其是那些觀念上的問題。西雅圖的窗戶？眞正重要的是時間的掌握。回答得太快，表示你在全力衝刺，想盡快了結。要是拖太久，表示你缺乏判斷力。接著是影片。沒有人眞的在看，別以爲後面眞的坐了一群人。那些都只是臉部與聲音的掃描，要微笑，要有眼神交流，要使用一些關鍵字，諸如**熱情**、**勤奮**、**學習**、**成長**。

要想通過測驗就得落在中間。只要顯示出你確實思考了問題就夠了。

除此之外，還要通過毒品測試。

她倒也沒有經常吸毒，只是會抽點大麻放鬆一下，而且距離上次吸食已經六個多月，THC成分早就排出體外。

她往右邊瞄一眼，和她隔著八個座位那個傻蛋男生也合格了。他將綠色螢幕斜斜朝向她，面露微笑。她不再堅持，也報以淡淡一笑。最好還是保持禮貌，太過粗魯會引人側目。

他看她的眼神就好像他們已經是朋友，她敢說等一下上了巴士，他就會來坐在她旁邊。

等候下一步指示時，她看著面試失敗的人往門口走去。他們腳步沉重地走過通道，爲了即將回到白晝的熱氣中而憂慮。她試著對他們懷抱些許同情，卻又覺得沒被選上做一份單調無趣的工作，也沒什麼好難過的。

不是她沒心肝，她是有心的，她很確定。因爲把手按在胸前，就可以感覺到心在跳動。

當被淘汰的人全部離去，門再次關上後，有個女人走到禮堂正前方，她穿著白色polo衫，右側胸口印有雲集團標誌，一頭金髮猶如紡織機紡成的紗線。由於空間大而空洞，她將平板的聲音提高幾度以便讓大家都能聽見。

「各位，請大家拿著自己的東西，跟隨我們走向後面出口，好嗎？巴士已經在那裡等候。如果有人想延後幾天，請現在馬上去找經理。謝謝。」

所有人動作一致地起身，活動座椅一一回彈，彷彿一陣子彈齊發。她把包包甩到肩上，抓起運動袋，跟隨眾人的腳步往戲院後方走，隊伍緩緩穿過一片明亮刺眼的方形白光。

她快接近門口時，忽然出現一群穿「快聘」制服的人。他們表情嚴肅，細細端詳從旁經過的人，一副煞有介事的模樣。她緊張得胃不斷收縮，但仍繼續往前走，小心地不引起注意。

當她來到那群虎視眈眈的員工面前，其中一人忽然伸出手，她立刻停住，準備撤退。她事先已畫好逃離路線，需要跑一段路，還要走很遠。而且拿不到錢。

不料那名男員工針對的是她前面的人：那個綁長辮子、穿淡紫色褲裝的女孩。他一把抓住她的手臂，猛力將她拉離開隊伍，她痛得哀叫一聲。其他人繼續走過去，眼睛盯著地板，移動速度加快，一心急著脫離混亂場面。「快聘」員工將女孩帶開，說明中用了「謊報」「工作經歷」「不適任」「喪失資格」等字眼。

辛妮亞不由得綻放出微笑。

跨出戶外有如打開正在烘烤中的烤爐門。有輛巴士怠速停在路邊，大大的藍色車體狀似子彈，車頂裝了太陽能板，車身側面印著和女子polo衫上一樣的標誌：一朵白雲，背後有一朵藍雲微微錯開。這輛巴士比較乾淨，不像載他們進城那輛破舊柴油巴士，不但髒兮兮，司機發動引擎時還會發出哭喪般的聲音。

車內也比較美觀舒適，讓她想到飛機。左右兩排各三個座位，全是光鮮的塑膠表面，僵硬而不自然。頭靠背後裝設了螢幕。每個位子上都隨意丟了一些小冊子和一副廉價的拋棄型耳塞式耳機，還用塑膠套包覆。她往後走，坐到一個靠窗的位子。車子裡面冷颼颼，窗玻璃卻是炙燙。

她查看一下手機，發現有一則簡訊回覆：

恭喜！太幸運了。我和爸等妳聖誕回來。

譯解：按計畫行事。

旁邊發出窸窸窣窣的聲音，可以感覺到有形體取代了空氣。她抬起頭，正好瞧見戲院裡那個傻蛋的臉。他臉上的笑容似乎想給她溫文爾雅的印象，但效果微乎其微。他看起來似乎很喜歡卡其褲和淡啤酒，而且像是那種覺得談論自己感受很重要的人。他的頭髮還分邊梳。

「有人坐嗎？」他問道。

她暗自斟酌盤算。她偏好的方式是進入、離開，盡可能不製造紛亂、不與人接觸。但卻也知道像社交活動這類基本事項有可能影響她的位階。她愈是抗拒與人互動，就愈可能引起注目，甚至可能被炒魷魚。要想事情順利進行，就得交幾個朋友。

這也許是邁出第一步的好時機。

「還沒有。」她對傻蛋說。

他把袋子甩到上面的行李架後，在靠走道的位子坐下來，留著中間的空位。他身上有乾掉的汗臭味，不過每個人都一樣，她也是。

車上充滿走動的腳步聲、塑膠摩擦的沙沙聲與低低的談話聲，他張望了一下，急著想化解兩人之間的尷尬，便開口說：「嗯……像妳這樣的女孩怎麼會跑到這種地方來？」

話聲剛落，他便擠出一絲微笑，他自己也知道這話聽起來有多蠢。

但他話中還有一層更深的意思，其中潛伏著一股輕蔑。**妳怎麼也淪落到這步田地了？**

「我本來是老師。」她說：「去年，底特律的學校全部改爲公辦民營以後，他們決定不再每間學校聘請一個數學老師，而是一整個學區由一位老師進行視訊教學就夠了。所以本來有一萬五千名教師，現在只剩不到一百人。」她聳聳肩。「偏偏我不是其中之一。」

「聽說其他城市也有這種情形。」他說：「每個地方的市政預算都緊縮了。這倒也不失爲節省成本的策略，對吧？」

他怎會知道市政預算的事？

「等過幾年，小學生連簡單的算術問題都不會解，再來說吧。」她回答時微微揚起眉毛。

「抱歉，我不是有意冒犯。妳教的是哪一類數學？」

「基本算術。」她說：「主要是教年紀較小的學童。九九乘法、幾何學之類。」

他點點頭。「我本身也可以算是數學高手。」

「你本來做哪一行？」她問道。

他皺了一下臉，好像有人戳他肋骨似的。光看他的表情，她幾乎就後悔問這個問題，因爲他很可能會開始拉拉雜雜地向她吐苦水。

「我以前是獄警。」他說：「在一所營利的監獄服務，上紐約矯正中心。」

原來如此，她暗忖。市政預算。

「可是後來……」他說：「妳聽說過完美蛋嗎？」

「沒有。」她實話實說。

他打開放在腿上的雙手，彷彿要發表演說一般，但發現兩手空空便又再次合掌。「就是妳把蛋放進去以後，再放進微波爐，就能煮出完美的水煮蛋，只要控制好時間，軟硬度就能完全符合妳的喜好。另外附有一張烹飪時間的小表格。而且煮好以後，當妳打開煮蛋器，蛋殼還會自動剝落。」他抬頭看著她。「妳喜歡吃水煮蛋嗎？」

「還好。」

「妳或許不以爲然，不過就是一個能輕鬆煮蛋的小玩意……」他越過她，望向窗外。「大家都喜歡廚房的小玩意，所以煮蛋器很受歡迎。」

「結果怎麼樣了?」她問道。

他低頭看著自己的鞋子。「我接到來自四面八方的訂單，但雲集團是最大宗。問題是他們不斷殺價，以便能賣得更便宜些。一開始還好，我簡化包裝、減少浪費，而且是利用我自家車庫。除了我，還有另外四個人。可是到後來折扣太大，我完全沒利潤了。當我拒絕再降價，雲集團就抽單，剩下的訂單又不夠彌補虧損。」

他停頓一下，好像還想接著說，卻沒再開口。

「很替你遺憾。」她說得不十分真心。

「沒關係。」他抬起頭，微笑看她，臉上的烏雲已散去。「這間毀我生計的公司剛剛雇用了我，所以事情還算順利。專利還在申請中，我打算一旦取得許可，就轉賣給他們。我想他們應該也是在打這個如意算盤，逼得我走投無路以後，再推出自己的版本。」

她原本已經快心生同情，卻硬生生被他的態度給惹惱。她就是討厭他的舉止神態，垂頭喪氣、愁眉苦臉，就和那些被淘汰的、不中用的可憐蟲一樣。你活該倒楣，老兄。好好學個一技之長，別和罪犯保母或微波爐煮蛋扯上關係。

「是啊，至少有個好結果。」她說。

「謝謝。」他說：「唉，人生就是這樣，對吧?遇到不順心的事，還是要撐下去。妳想再回去教書嗎?聽說這裡的學校很不錯。」

「我也不知道。」她說：「老實說，我只是想賺點錢，出國一陣子。存一點積蓄以後，找個地方去教英語。泰國也好，孟加拉也好，總之不是這裡。」

巴士門關上了。和傻蛋之間的空位一直沒有人坐，她暗暗謝天謝地。聲音平板單調的女子站在前面，揮了揮手。原本在低聲自我介紹、互相交流的談話隨即停止，大家立刻抬頭看她。

「好了，各位，我們馬上就要出發。」她說：「請大家戴上耳機，看一段介紹影片。車程大概兩個小時，洗手間在後面，需要喝水的話，前面這裡有。看完影片，請花一點時間翻翻手冊，到達以後，我們會爲大家安排住宿。影片會在三分鐘後開始，謝謝！」

嵌在頭靠裡的螢幕上出現倒數計時。

三分鐘

兩分五十九秒

兩分五十八秒

他二人同時往中間位子伸手，因爲都把手冊和耳機往那兒推。他們的手輕輕擦掠，塑膠包裝發出沙沙聲。傻蛋好像在看她，因此她小心地不和他對上眼，以防萬一，雖然剛才和他相碰的肌膚還有熱熱的感覺。

可以接近，但不能太近。

進公司，把該做的事做完，然後滾蛋。

「眞希望影片趕快結束，」她說：「我想小睡一下。」

「好主意。」

她把耳機插入螢幕下方的孔座時，不禁再次好奇是誰雇用了她。

最初來電與所有的溝通都是以匿名、加密的方式進行。對方出的價錢讓她大大吃驚，下巴簡直就要掉下來。從此退休都夠用了。再說，既然交出了自己的基因資料，之後恐怕也不得不退休。讓人拔下頭髮，登錄到資料庫，雖然讓她不高興，但只要辦完這件事，其實也不重要了。她大可以到墨西哥某個海灘度過下半輩子，一個又大、又美，又沒有引渡法的海灘。

這不是她第一次受到匿名雇用，卻肯定是最大手筆的一次。雖說她沒有必要知道，卻仍忍不住好奇。

若要回答「是誰」這個問題，難免要稍微擴充一下：誰會獲利？但這樣並未縮小範圍。當國王將死，全國的人都脫不了嫌疑。

「眞是抱歉，」傻蛋開口打斷她的思緒。「我都還沒自我介紹。」他越過空位伸出手來。「我叫派斯頓。」

她看著那隻手考慮了片刻，才伸出自己的手。她沒有料到他的手勁這麼強，也暗自感謝他手上沒冒汗。

她提醒自己這趟差事用的名字。

「辛妮亞。」她說。

「辛妮亞。」他點著頭，重複一遍。「和百日草花同名。」

「和花同名。」她附和道。

「幸會。」

這是她第一次對自己以外的人說出這個名字。她喜歡這個名字的發音。辛妮亞。好像一塊光滑石頭跳過平靜池水的聲音。每次接到新工作，她最喜歡的就是這個部分：挑名字。

辛妮亞微微一笑，轉過頭去，將耳機塞入耳中，計時器也剛好倒數到零，影片開始了。

歡迎

一間設備完善的郊區住宅廚房。陽光從大人的凸窗射入，照得不鏽鋼金屬表面閃爍不定。有三個小孩，兩女一男，笑著從畫面上跑過去，母親在後面嘻笑追逐，她年紀很輕，一頭棕髮，打赤腳，身上穿著白色針織衫配牛仔褲。

母親忽然停下來，轉向螢幕，兩手插腰，直接對著觀眾說話。

母親：「我愛我的孩子，但要應付他們很費工夫。光是出門前幫他們換衣服，就可能要花上一整天。經過黑色星期五大屠殺事件後……」

她略一停頓，手按著胸口，閉上眼睛，似乎就要掉下淚來，隨後才又睜開雙眼，露出微笑。

「……經過那個事件後，一想到要出門買東西，我就嚇死了。老實說，要不是有雲集團，我眞不知道該怎麼辦。」

她微微一笑，溫柔而堅定，一如所有母親該有的笑容。

鏡頭轉到地上的小男孩，他痛得皺起臉來，雙手抱著紅腫擦傷的膝蓋。孩子嚎啕大哭。

孩子：「媽——咪——」

鏡頭轉向一個穿紅色polo衫的男子，從高處跳到地上。他身材修長、長相英俊、一頭金髮，簡直像實驗室養出來的人。鏡頭拉近到他拿在手上的物品：一盒黏性繃帶。

他起步出發，奔跳於偌大倉庫的兩排巨大貨架間，架上物品琳瑯滿目，堆疊得整齊劃一。馬克杯和衛生紙和書和濃湯。肥皂和浴袍和筆電和機油。信封和套裝玩具和毛巾和球鞋。男子來到一條長長的輸送帶前停下，將繃帶放進一個藍色容器，推上輸送帶。

鏡頭轉到蔚藍天空下，一架無人機嗡嗡飛過。

鏡頭轉到母親撕開印有雲集團標誌的紙箱，取出那盒繃帶，拿出一片貼在孩子的膝蓋。男孩露出微笑，親親母親的臉頰。

母親重新轉頭面向螢幕。

母親：「多虧雲集團，讓我能隨時準備好應付生活上各樣突發事件。就連吃喝玩樂的時候，雲集團也會照顧到我的需求。」

穿紅色polo衫的男子再度現身，這回腋下夾著一盒巧克力。他又奔跑起來。攝影鏡頭沒有跟隨他，只見他的身影在空洞的通道上愈來愈小，最後忽然右轉，消失不見，只剩巨大無比的貨架俯視著空蕩蕩、無限延伸的地板。

鏡頭轉到白色螢幕。一個身形瘦長、上了年紀的男子走了出來。他穿著牛仔褲，白色扣領襯衫的袖子捲起，腳下一雙褐色牛仔靴，頂上是銀白色寸頭髮型。他走到螢幕中央停下腳步，面帶微笑。

紀卜森：「嗨，我是紀卜森．威爾斯，你們的新老闆。非常高興在此歡迎各位進入這個大家庭。」

鏡頭轉到紀卜森漫步於寬敞通道，這次有許多紅衣男女在他身旁快速動作著，沒有人停下來和他打招呼，彷彿他只是周遭的幽靈。

紀卜森：「雲集團能解決所有需求。它是這個快節奏世界裡的救濟站。有些民眾與家庭無法到店裡買東西，也許是距離太遠，也許是不想冒險，而我們的目的正是幫助這些人。」

鏡頭轉到一個房間，裡面整齊排列著巨大桌子，桌上布滿藍色管子，很像工廠的充氣機具，只不過當身穿紅色polo衫的員工對著桌上物品噴灑後，膨脹的泡沫隨即將物品包覆，並很快變乾成爲紙箱。

員工將包裹貼上標籤與雲集團標誌貼紙後，放到一系列滑輪上，源源不斷地送向天花板。

紀卜森還在漫步，員工以快速而精準的動作操作著，無視他的存在。

紀卜森：「雲集團的宗旨是提供一個安全有保障的工作環境，讓你們能主宰自己的命運。我們有許許多多的工作選擇，包括分揀——就是那群穿紅衣的帥氣員工——包裝、後勤⋯⋯」

鏡頭轉向一個充滿隔間的碩大房間，裡面每個人都穿著淡黃色polo衫、戴著電話耳機，眼睛盯著固定在辦公桌上的小平板。每個人都面帶微笑，與老朋友閒話家常、說說笑笑。

紀卜森：「……助理人員……」

鏡頭轉向亮晶晶的工廠廚房，身穿綠色polo衫的員工正在準備餐點、傾倒垃圾，他們也同樣面帶微笑、說說笑笑。紀卜森戴著網帽，站在一個嬌小的印度女子身邊切洋蔥。

紀卜森：「……技術團隊……」

鏡頭轉向一群身穿褐色polo衫的男女，正在檢視一台電腦終端機裸露的內部。

紀卜森：「……還有管理階層……」

鏡頭轉到一張桌子，一群身穿亮白色polo衫的男女正拿著平板電腦，圍坐在桌旁討論重大事情。紀卜森站在一旁。

紀卜森：「雲集團會評估各位的技能，將每個人放到對我們雙方都最有利的位置。」

鏡頭轉到一間乾乾淨淨，宛如樣品屋的漂亮公寓。有個年輕男子讓女兒坐在肩頭，一面在爐子上攪拌醬汁。

牆上印著「愛」與「啓發」的草書字體。沙發有流線型的現代感。二字型廚房大到足以容納四個人同時在裡面做菜，相連的下凹式客廳甚至可以開雞尾酒派對。

此時，紀卜森人不見了，但聲音還在。

紀卜森：「因爲雲集團不只是工作的地方，還是生活的地方。相信我，當你們的親友來訪，他們一定也會想來這裡工作。」

鏡頭轉到一條堵塞的高速公路，車輛動彈不得，烏煙瘴氣將天空染灰。

紀卜森：「美國人平均通勤時間是來回兩個小時，就等於浪費兩個小時，也等於往大氣層灌了兩小時的碳。凡是選擇住在我們公司宿舍的員工，從各樓層工作地點回到家不用十五分鐘。當你們有了更多屬於自己的時間，就會有更多時間陪伴家人，或是追求自己的興趣，又或是讓亟需休息的身心放鬆一下。」

鏡頭轉到一連串迅速穿插的畫面：逛街購物的人漫步在一條白色大理石廊道，四周全是名牌精品店；醫生將聽診器貼在一個年輕人襯衫底下的胸口；一對年輕男女嚼著爆米花，電影螢幕的光線在他們臉上跳躍閃動；一個有點年紀的女性在跑跑步機。

紀卜森：「我們提供了所有最高標準的服務設施，從娛樂到保健到教育，一應俱全。一旦來到這裡，就再也不想離開。我也希望這裡有家的感覺，一個眞正的家。因此儘管我們隨時將各位的安全擺在第一位，監視器卻不是隨處可見。那不是人過的生活。」

鏡頭轉到白色螢幕，紀卜森又回來了。背景已經消失，他就站在虛空中。

紀卜森：「當你們開始在雲集團工作，便會得到這裡所看到的一切，甚至更多。大家可以放心，工作不會有危險。雖然有些流程已經自動化，我卻無意使用機器人。機器人永遠無法複製人類的靈巧與重要推理技能。若眞有一天他們做到了，我們也不在乎了。家庭是我們的核心價值，也是我們經營一個成功企業的關鍵。」

鏡頭轉到一間關閉的店面，櫥窗已被三夾板釘死。紀卜森走到人行道上，抬頭看著這家店，搖搖頭，然後轉向鏡頭。

紀卜森：「時局不好，這是無庸置疑的。但我們以前也遇到過逆境，最後還是挺過來了，因爲那是我們一貫的精神，不達目的絕不罷休。幫助美國重新站起來，這是我的夢想，因此一直以來我都和地方上選出的官員攜手合作，以確保公司有成長的空間與能力，好讓更多國人能賺取溫

飽。公司的成功就從各位開始，你們是促進經濟成長的原動力。希望大家明白，有時候或許會覺得工作辛苦，或是單調反覆，但千萬不要忘記你們有多重要。沒有你們，雲集團就一文不值。認眞想起來……」

鏡頭拉近。他微笑伸開雙臂，彷彿要擁抱觀看者。

紀卜森：「……是我在爲你們工作。」

鏡頭轉到餐廳的一張桌子，十來名男女圍坐桌邊，大多身型肥胖。男人手拿雪茄，空氣中灰煙繚繞。桌上滿是凌亂的空酒杯和吃了一半的牛排。

紀卜森：「有些人會說爲你們努力是他們的責任，其實不然，他們是在爲他們自己努力，是在利用你們的辛勞擴充自己的財庫。但雲集團是爲各位而存在，這是我們的肺腑之言。」

鏡頭再次轉換，只見紀卜森站在一間小公寓裡。

紀卜森：「現在各位想必很好奇，接下來要做什麼？抵達雲集團後，公司會分發一個房間和一只雲錶給各位。」

紀卜森舉起手腕，有個小方形玻璃用一條堅固耐用的皮帶繫在上面。

紀卜森：「這只雲錶將會是各位新交的好朋友。它能讓你們到處走動、替你們開門、付錢、指示方向、監控你們的健康與心跳，最重要的是它還會提供工作上的協助。到了房間以後，你們還會發現更多好東西……」

他舉起一個小盒子。

紀卜森：「你們從制服顏色就會知道自己屬於哪個部門。各位的測驗資料目前還在處理中，不過等你們進到房間，結果已經出來了。到達之後，先放下行李，到處走走看看，熟悉一下環境。明天是新人培訓，各位所屬部門將會有專人爲你們講解。」

他放下盒子，對著鏡頭眨眨眼。

紀卜森：「祝各位好運，也歡迎加入這個大家庭。在全美國有超過一千家母雲分公司，大家都知道我偶爾會去巡視。所以要是看見我在樓層閒晃，不妨停下來跟我打聲招呼。我很期待見到各位。別忘了，叫我紀伯就好。」

紀卜森

既然所有令人沮喪的事都說完了，再來應該開始談談我最初是怎麼進入這一行，對吧？不過這有個問題，因爲我自己也不太清楚。在地球上，沒有哪個小孩從小就立志要經營一家全世界最大的網購與雲端運算公司。小時候的我想當太空人。

記得好奇號嗎？二〇一一年被送上火星的那輛探測車？我愛死了。我有一台模型，大到可以把家裡養的貓放上去，載著牠在客廳裡跑來跑去。即使過了這麼久，我也還記得一些關於火星的資訊，例如那裡有太陽系最高的山——奧林帕斯山，還有在地球上四十五公斤重的東西，在那裡只有十七公斤。

要我說的話，這種減重計畫太棒了，比不吃紅肉更簡單。

因此我下定決心要當第一個登陸火星的人，用功讀書多年。我倒不是眞的想去，只是想當第一。可惜在我上高中時，已經有人捷足先登，我的夢想也隨之破滅。

當然，如果有人提議要送我上去，我還是願意去，只不過好像少了點神祕氛圍。當第一人和當第二人，感覺可大不相同。

無論如何，當我假裝在外星球奔來跑去的那段時間，其實已經步上今天走的這條路。因爲一直以來，我眞正喜歡做的事就是照顧人。

我從小長大的鎭上有一間雜貨店，距離我們家大約一公里半，名叫「庫家」。大家都說庫柏先生店裡沒有的東西，你大概也用不著。

那間店很神奇。沒有一般想像的店面那麼大，只是剛好夠大而已，從地板到天花板堆得滿滿的，但每樣東西又好像各自獨立。不管你想找什麼，告訴庫柏先生，他都能馬上找到。有時候得挖到架子最深處，但一定有你要的東西。

我滿九歲以後，母親會讓我自己去買東西，所以我當然每次都自告奮勇要去。哪怕只是買個小東西，我也會跑去。當她說需要買條麵包，本來想接著說可以等她下次去再買，我卻沒等她把話說完就奪門而出了。

想必是我來來去去太頻繁，後來也開始替附近的鄰居跑跑腿。住隔壁的裴瑞先生看見我出門，會叫住我，請我順便替他買一瓶刮鬍膏什麼的。他會給我幾塊錢，買回來以後，零錢就賞給我。後來這竟成了一項能賺錢的副業。沒多久，我便悠遊於漫畫書與糖果的世界裡。

但你們知道改變一切的關鍵時刻是什麼時候嗎？有個小孩和我住同一條街，名叫雷伊．卡森。他塊頭很大，壯得像頭牛，個性有點內向，但人很好。有一天，我抱著滿滿的貨品從店裡走出來——回家以前大概有六、七個地方要去送貨——兩條手臂幾乎就快斷掉。

雷伊剛好站在雜貨店牆邊吃巧克力棒，我便對他說：「雷伊，要不要幫幫我？我會給你一點錢當作答謝。」雷伊說沒問題，他可以幫忙，因為有哪個孩子不想要一點零用錢？

我給了他兩、三包東西，然後把所有東西都送達，比我一個人快多了。收齊所有小費以後，我分了一點給雷伊，他很高興，於是我們便繼續合作。我負責接訂單、買東西，他幫忙搬運、送貨。於是我從糖果與漫畫書晉級到電玩與火箭模型。高級的那種，組裝零件一大堆，但每次包裝盒裡好像總會少個幾片。

過了一陣子，有幾個孩子看見雷伊．卡森日子愈過愈好，便也想來替我做事。我當然答應了，應該就是從那個時候起，和我住同一條街的人幾乎再也不必出門。

我覺得很開心。因爲以前媽媽老是爲了我和爸爸，像瘋子一樣東奔西跑，現在終於能好好坐下來塗塗指甲油。

事情進展得非常順利，於是有一天晚上，我決定請爸媽上館子。

我們去了「庫家」旁邊的義大利餐館。爲了這頓飯，我特地買了一件白襯衫和一條黑領帶，但我不會打領帶。本來想穿戴好之後，下樓給媽媽一個驚喜，結果卻不得不喊她上樓幫我。當她看到我站在那裡手忙腳亂，一副好像隨時要捧腹大笑的模樣。

接著我們出發了，因爲天氣舒爽，便走路過去。一路上爸爸不斷開玩笑，總覺得等我看到帳單就會嚇呆，到時他只好出手替我度過難關。不過我事先上網看過菜單，知道我負擔得起。

我點了焗烤雞排，媽媽點了瑪沙拉酒燉雞，爸爸則是大手筆點了海陸套餐。結帳時我拿起帳單夾，算好小費——只給百分之十，因爲爸媽的飲料上得太慢，請服務生再端麵包過來，他也忘記，而誠如爸爸所說，小費是爲了獎勵好的服務。

我把錢放進帳單夾，讓服務生取走，並請他不用找錢。爸爸坐在一旁，手上始終拿著皮夾，他臉上的表情，該怎麼說呢？就像看到貓開著好奇號探測車進來之類的。瞧瞧我，十二歲年紀，就能請爸爸上館子吃燭光晚餐了。

服務生走後，我們離開餐館前，他拍拍我的肩膀，看著媽媽說：「我們的好兒子呀。」

那一刻我記得清清楚楚，一點一滴，哪怕是再小的細節也沒忘記：橘紅色燭光在他背後的牆上搖曳生姿；他灑出的少許紅酒在白色桌巾上留下紫色汙漬；他露出了只有在眞情流露時才會有的溫柔眼神；還有他的手搭在我肩上的溫暖感覺。

「我們的好兒子。」他說。

這可是了不得的事。我頓時覺得自己做了一件不同凡響的事情，就好像我年紀雖小，卻已經有能力照顧他們。

應該就是這樣吧，我想。一開始是想要取悅父母，但我猜這應該是多數人做各種事的動力。然而若說我沒半點是爲了想過舒適生活、想賺點錢、想要發跡，那是彌天大謊。這世上沒有人不想要這些。可是簡單地說，我需要取悅人。

我還記得，許多年後，成立第一家母雲時，規模相當簡陋，員工約莫只有上千人，但在當時已十分可觀，因爲我們是美國第一家將生活與工作合併的現代公司。

爸爸來參加了開幕式。那是一趟辛苦的旅程，因爲當時爸爸病得厲害，而媽媽前幾年已經去世，不過他還是來了。我記得剪綵之後，我帶他去參觀了宿舍。

參觀完後，他拍拍我的肩膀說：「我們的好兒子。」

儘管媽媽已經走了。

幾個月後他也走了，我思念他們倆到快瘋了的程度，所以若說這個正在啃噬我內臟的癌症給了我什麼好想法，那就是至少我快要跟他們相見了。但願我能走上和他們相同的方向！

這些就是我一直放在心裡的話。要說的還很多，但我從未眞正從頭說起。如今確確實實寫出來了，感覺眞好。明天，我和茉麗要前往奧蘭多郊外的母雲。那是我們成立的第十二家，也是以現今這種規模成立的第一家，因此對我別具意義。但話說回來，每一家對我都別具意義。

老實說，我知道有很多人在等我宣布接班人。手機響個不停，我只好關機。很快就會宣布的，我又不是明天就要死了，對吧？所以呢，各位記者朋友，你們就喝一杯，好好喘口氣。現在董事會依然由我全權掌控，而且我會公布在部落格上，你們誰也拿不到獨家。

先暫時告一段落。謝謝點閱。抒發了這麼多，我眞是迫不及待想趕快下車伸伸腿，四處走走。

派斯頓

印度加爾各答的人口持續大量外移，當地的低窪地區有超過六百萬人口，而過去幾年，這些地區已降到海平面以下……

畫面上同時出現一群人坐在浮木拼湊成的船上隨波漂流。兩個男人、一個女人、三個小孩，每個人的皮膚都繃得像鼓一樣。派斯頓關閉了手機的瀏覽器。

天色轉黑，他以爲是風雨來臨的前兆，但彎低身子，越過熟睡的辛妮亞向外看去，空中似乎布滿蟲子。黑壓壓一大群在天空來回移動。

公路也漸漸變得繁忙——有很長一段時間，一直只有他們一輛車奔馳在曠野中，後來忽然出現一輛無人駕駛的聯結車呼嘯而過，原本已快睡著的派斯頓硬是被那陣轟隆聲響吵醒。接著卡車愈來愈多，本來每十分鐘一輛，後來變成五分鐘，現在大概每三十秒就有一輛。

遠方一條又平又直的天際線，上面只看見一個大大的方盒。距離太遠，還看不清細節。他往後靠著椅背，拿起手冊一一閱讀關於信用制度、晉升制度、住宿制度與保健制度的資訊。他全部都看了兩次，但內容實在太多，目光不斷從字句間跳開。

介紹公司的影片一再重複播放，那想必是多年前拍攝的。派斯頓認得紀卜森的長相。這個人幾乎每天都會出現在新聞畫面，而影片中的他比較高，白頭髮也比較少。

現在的他已不久人世。**正是他**，紀卜森．威爾斯。這簡直像聽到紐約市要拆除中央車站一樣。就這樣冷不防地拋出消息。這麼一來，事情要怎麼運作？問題太大，讓他一時忘了憤怒。

紀卜森最後說的話在他腦中揮之不去。說他要去巡視全國各地的母雲。紀卜森還有一年的時間，他會巡視幾間呢？派斯頓能遇得上他嗎？能當面質問他嗎？面對一個身價三兆美元卻還嫌不夠的人，他要說什麼？

他將手冊塞進袋子，拿出一瓶水，打開塑膠瓶蓋。然後拿出唯一一本讓他期盼到心痛的冊子。

關於以顏色區別的工作分配。

紅色是揀貨員與上架員，也就是那一大群負責運送貨物的人。褐色是技術人員，黃色是客服，綠色則是負責餐飲、清潔與其他雜務。白色是管理階層，不過沒有人一開始就進入這個層級。另外還有其他顏色，影片中並未提及，例如紫色是教師，橘色是無人機部門。

任何工作都可以，但他更希望進紅色部門。

而且他害怕藍色。藍色是保全。

紅色需要長時間站立，但他的身體狀況還可以應付得來。剛好啊，多站一站可以消除一點腰部贅肉。

然而他的背景其實是保全。不是真正的背景。他大學念的是工程與機器人學位，但畢業後找不到工作，沮喪之餘，便去應徵監獄的工作，結果一待就是十五年。這些年當中，他一面帶著伸縮警棍與辣椒噴霧執勤，一面省吃儉用，想要開創自己的事業。

第一天來到上紐約矯正中心時，他心驚肉跳，以爲關在裡面的人全都刺龍刺鳳，還會把牙刷磨成刀子。不料他看見的只是幾千名低下階層的非暴力罪犯：吸毒、積欠停車費、未繳房貸或學貸。

他的工作主要是告訴受刑人要站在哪裡、什麼時候回囚室，或是叫他們撿起掉在地上的東西。他厭惡至極，厭惡到有時候晚上回家會直接上床，把頭埋進枕頭，心窩空落落的像破了個洞，整個身體就這麼掉了進去。

最後一天，當他提早兩週遞出辭呈，上司聳聳肩，直接叫他回家，那是他一生中最美好的一天。他暗自發誓絕對不要再回到一個必須聽命於人的地方。

可惜天不從人願。

疾馳的巴士逐漸接近目的地，派斯頓很快地翻開手冊，把保全的部分重看一遍。雲集團顯然有自己的團隊，負責處理安檢與生活品質方面的問題，若遇到實際犯罪的情況，則會聯繫當地的執法單位。他看著窗外連綿不斷的曠野，不禁對當地的執法單位感到好奇。

巴士爬上一道緩坡，四周景象一覽無遺，雲集團園區也隨之映入眼簾。

在他們眼前散布著幾棟建築，但是正中央，也就是在空中嗡嗡來回的無人機的源頭，單獨矗立著一座龐然大物，大到必須分段檢視。面向派斯頓的那一面幾乎是無比光滑、平坦。這棟巨大建築與環繞四周的較小建物之間，有一些管道在地面蛇行穿梭，其建築結構本身給人一種既幼稚又粗魯的感覺，好像被人從空中隨手丟下來，倉促堆成。

到目前爲止一直在負責宣布事項的那名白衣女子，起身說道：「各位，請注意。」

辛妮亞還沉睡著，派斯頓湊過去喊了一聲：「喂。」見她不動，只好伸出手指輕戳她肩膀，直到她醒來。她驚醒後坐直身子，眼神慌亂。派斯頓連忙舉起雙手，手心朝外。「對不起。好戲要上場了。」

她用鼻子吸了口氣，點點頭，又搖搖頭，好像想甩掉什麼念頭似的。

「母雲有三棟宿舍：橡樹館、紅杉館和楓樹館。」那女子說道：「現在我要公布大家分配到的宿舍，請注意聽。」

她開始念起一串名字。

亞塞利，橡樹館。

布朗遜，紅杉館。

卡森提諾，楓樹館。

派斯頓等著輪到自己，因爲姓氏是「W」開頭，還在很後面。終於聽到了：橡樹館。他暗自覆誦了幾次：橡樹館、橡樹館、橡樹館。

他轉向辛妮亞，見她正忙著在袋子裡翻找東西，沒認眞聽。

「聽到妳的了嗎？」派斯頓問。

她點點頭，卻沒抬眼看他。「楓樹。」

可惜，派斯頓暗想。辛妮亞有種說不出的感覺讓他很喜歡。她看起來很關心人，很有同情心。他本來並未打算告訴她完美蛋的事，但他發現，說出來以後反而紓解了部分壓力，就像給氣球放一點氣。她人長得美自然更好，雖然美得有些奇怪。她頸子光滑，四肢纖細修長，讓人聯想到瞪羚。她微笑時，上唇會彎成誇張的弧度，那笑容很美，他想多看看。

也許楓樹館和橡樹館離得不遠？

他腦中浮現一個念頭。他想說是突如其來，但不是。這個念頭和他一起上了巴士，端坐在他們後面直到此刻。一切都即將改變。一眨眼間換了新工作和新住所。他的人生風景即將天翻地覆。他發現自己內心天人交戰，一方面好像迫不及待想快點到達，另一方面又希望巴士立刻掉頭。

他告訴自己，他不會在這裡待太久，這只是個臨時停靠站，就像監獄理應也是。只不過這回他會堅守立場。

巴士駛向最近的一棟建築，大大的方盒張著大嘴，車道延伸了進去。進入後，道路分岔成數十條，路的上方布滿金屬探測器，而幾乎每一條路上都有無數聯結車，在這些探測器底下謹慎而規矩地律動著。派斯頓沒看到任何對向來車，出口想必有不同路線。

巴士靠右行駛，離開卡車進入專屬車道，不受壅塞的交通影響急馳而過，最後來到停車場，停在一大群類似的巴士之間。帶領眾人的女子再次起身說道：「下車時你們會拿到自己的手錶。這會花一點時間，所以坐在後面的人先別急著起來。我們很快就會讓所有人都下車。謝謝大家，母雲歡迎你們！」

車上的人紛紛起身拿行李。辛妮亞繼續坐著，凝視窗外的景象，主要看到的就是其他巴士，可以看見車頂上太陽能板的黑色表面，有陽光閃耀波動。

派斯頓考慮著邀她去喝一杯。能結識一些人也許是好事。但辛妮亞很美，對他而言或許太美了，他可不想因為被拒絕而把第一天搞砸。他站起來拿下袋子，退到一旁，讓她先走。

巴士外面有個高大男子穿著白色polo衫，灰白頭髮整個往後梳，整整齊齊地紮了根馬尾。他身旁站了一個高大的黑人女子，頭上包著紫色頭巾，手上抱著一個盒子。男子會問一個問題，敲一下平板螢幕，然後從盒子拿出一樣東西交給每個人，一個接著一個。輪到派斯頓時，男子問他的名字後查看平板，交給他一只手錶。

派斯頓走到一旁仔細查看。錶帶是很深很深的灰色，近似黑色，上面有個磁扣。錶帶內側有一系列金屬片。當他戴到手腕上，扣上磁扣後，螢幕隨即亮起。

你好，派斯頓！請將拇指放在螢幕上。

訊息立刻被一枚指紋輪廓所取代。派斯頓用拇指按住螢幕，不一會兒，手錶嗶了一聲。

謝謝！

接著：

利用手錶前往宿舍房間。

接著：

你被分配到橡樹館。

他隨著排隊人龍來到成列的人體掃描儀，一旁有穿著藍色polo衫、戴著藍色乳膠手套的男女工作人員。其中一名藍衣男子喊道：「不能帶武器。」排隊的人則一一將行李放上安檢掃描儀，然後走進一台機器，高舉雙手，讓機器繞身一周，接著才走出來領行李。

過了掃描儀有一個高起的平台，底下有好幾條軌道，軌道前方設了旋轉閘門。每道閘門上有個小小的黑色鏡面圓盤，周圍發出白光。大家往圓盤揮一下雲錶，燈號就會轉綠，並發出令人感到安慰而滿足的聲音。輕輕地「叮」一聲，溫馨得像是在說：**一切都會順利的**。

派斯頓跨上平台後看見辛妮亞，便站到她旁邊，看著她纖細的手指撫弄手錶。

「不常戴錶吧？」他問道。

「嗄？」她抬起頭斜睇著眼，好像忘記他是誰了。

「抱歉，只是就我的觀察猜測。看妳好像不喜歡戴錶。」

辛妮亞伸長手臂。「好輕，幾乎感覺不到。」

「這樣不是很好嗎？既然整天都要戴著的話。」

她點點頭，這時有一列子彈型電車進站，沿著磁軌行駛悄然無聲，停止的力道更是輕盈得有如樹葉落地。大夥成群上車，擠進擁塞的空間。車廂內有一整排黃色桿子供人撐扶，邊上也有幾個折疊式的博愛座，但沒有人去坐。

派斯頓和辛妮亞被擠散了，等他們站定位置，車門關上後，她已經在車廂另一頭，車內每個人都肩靠肩擠在一起。其他人的身體緊貼著他，密閉空間裡瀰漫著汗水、鬍後水、香水混雜的刺鼻味。想到剛才沒能跟辛妮亞說點什麼，他真想踢自己一腳，但事到如今似乎太遲了。

電車飛快駛過幽暗地道，隨後衝進陽光下。有幾次急轉彎差點將人拋飛出去。

電車放慢了速度，大大的染色玻璃窗燈光閃動，接著出現「橡樹」二字，慘白的字體與窗外景致重疊。一個冷漠的男性聲音響起，廣播站名。

派斯頓隨人群下車，同時很快地和辛妮亞招呼一聲，說：「待會見？」他沒想到自己的口氣會這麼像問句，原本想說得大膽一點的，不過她還是微笑點頭。

一下車便來到一座鋪設地磚的地下車站，共有三道手扶梯，而手扶梯兩側都有樓梯。其中一道手扶梯故障，入口處擺了幾個橘色三角錐，像牙齒一樣。大部分的人都搭手扶梯，派斯頓卻一把將袋子甩上肩，毫不在意地爬樓梯。上樓後是一個空曠的水泥空間，設了好幾台電梯。其中有一整面牆嵌了大大的螢幕，正在播放巴士上那支介紹影片。

當母親在兒子膝蓋上貼繃帶的時候，他的手腕嗶了一聲。

十樓D號房

至少挺有效率的。他走進電梯，發現裡面一個按鍵也沒有，又是只有一個光圈環繞的圓盤。眾人一一往圓盤前揮動手腕，樓層號碼隨即出現在玻璃表面上。派斯頓也揮一下手，立刻出現號碼「十」。

只有派斯頓一人在十樓下電梯。電梯門關上後，他赫然驚覺走廊上靜悄悄。已經連續幾個小時又是說話、看影片，又是搭巴士上路、被迫與陌生人近距離接觸，能安靜下來真好。四周是漆成白色的煤渣磚牆，一扇扇暗綠色的門，有一小塊牌子指示了洗手間與房號的方向。字母順序從走廊的另一頭開始，表示他還得走一大段路，鞋子踩在晶亮的亞麻地板表面吱嘎作響。

來到標示「D」號房門口，他將手腕放到門把旁，低低的喀嗒一聲。派斯頓推開了門。

裡面與其說是房間，倒更像是擁擠的走道。地板和走廊地板是同樣的堅硬材質，牆壁也是同樣的煤渣磚粉牆。一進門右手邊是廚房區：流理台上方有個內嵌在牆上的微波爐，還有一個小水槽和一個電爐。他打開一個櫃子，看見一些廉價的塑膠餐具。左手邊有一道滑門，打開一看，裡面是個淺淺的長形衣櫥。

經過流理台和衣櫥後，左邊牆面嵌了一張沙發床，底下有一些收藏櫃。床墊是一種類似塑膠的光滑材質，好像是給還會尿床的孩子準備的。沙發床邊緣有一小張卡片，說明可以將沙發拉出來變成床。

沙發床對面有一台壁掛電視，下方有一張狹小茶几，深度恰恰只放得下一杯咖啡。房間最裡面是一扇裝了毛玻璃的窗戶，可以透光，窗子上也裝了可以往下拉的百葉窗。

派斯頓將行李袋放到一系列箱子、折好的床單和一顆扁塌的枕頭旁邊。他往沙發床旁邊一站，幾乎伸手就能摸到兩側牆壁。

沒有浴廁。他想到走廊上的洗手間指標，不由得嘆了口氣。共用浴廁。就像回到大學時代。但至少沒有室友。

派斯頓的手腕又嗶一聲。

打開電視！

他看見沙發上有個遙控器，便坐下來，打開電視。電視機架得很高，他不得不仰著頭看。有個嬌小的女人穿著白色polo衫，臉上帶著迷死人的微笑，站在一個與派斯頓住處相差無幾的房間裡。

「大家好。」她說：「歡迎來到你們的初級住所。相信各位看過住宿資料都知道，房間是可以升級的，但目前就先待在這裡。我們已爲各位提供一些基本用品，若還需要其他東西，可以前往商店添購。在母雲的第一個星期，凡是購買住宿與保健用品，都能享九折優惠。之後，只要是在雲集團網站上購物，也都能打九五折。洗手間位在走廊盡頭，分男性、女性與中性。若有任何需要，請找住在『R』號房的舍監。現在請各位放下行李，到處走走，熟悉一下你在雲集團的家人。不過可能得先請大家看一下床上。」她拍拍手。「床上盒子裡有指派的工作，還有相應的制服，在等著你們。」

螢幕變黑。

派斯頓端詳床墊上的盒子。雖然盒子一開始就明擺在那裡，剛才進門時卻沒注意到，因爲他不想去注意。

紅色。拜託是紅色。

眞的，什麼都好，就是不要藍色。

他拿起盒子抱在腿上，回想起監獄的日子。應徵上那份工作後不久，他讀到一篇文章是關於史丹佛做的監獄實驗。有一群科學家找來一些人進行角色扮演，一部分演囚犯，一部分演獄警。雖然他們是一般老百姓，卻都非常入戲，「獄警」變得強悍有威嚴，「囚犯」則會乖乖遵守他們其實沒有理由遵守的規定。這個實驗在幾個層面上讓派斯頓感到不可思議，而最令他不解的是即使穿著獄警的制服，他也總覺得自己像囚犯。權威這雙鞋對他來說太大了，會磨腳，要是跨得太大步還可能跌倒。

結果想也知道，當他打開盒子，看見的是三件藍色polo衫。

衣服折得整整齊齊，質料平滑得像運動服。

他坐在那裡瞪著制服看了許久，接著把衣服往牆上一扔，重重往後靠在沙發上，讓自己的注意力轉移到粗糙的天花板。

他想要離開房間到外面去，隨便哪裡都好，但就是做不到。他抓起從巴士上帶下來的手冊，重新研究薪資結構。現在只希望能愈快離開愈好。

母雲的薪資

歡迎加入母雲！你或許對這裡的薪資結構有些疑問，沒關係，可能真的有些複雜！以下是公司制度的運作概述，但如果需要進一步的協助，請與行政大樓的銀行人員預約時間。

雲集團是百分之百無紙化作業，包括錢在內。雲錶用的是最新的近距離無線通訊技術，而且是個人專屬專用。手錶只有在扣上磁扣，與肌膚接觸後才會運作，因此建議你除了夜間充電外，平時不要取下。

在母雲的所有交易都能用手錶進行。只要是公司員工都能使用公司的銀行系統，並可享特殊優惠。如果離職，也歡迎你保留這裡的帳戶——我們是聯邦存保公司的受保銀行，存款可從一般的ATM提領。

薪水以積點計算，一點大約相當於一美元，只是要收取不到一分錢的少許轉換費（最新轉換費率請參考銀行入口網站），並會在每週五入帳。

稅金連同少許的住宅、保健與交通費用，會預先從薪資中扣除。相信你也知道，由於美國勞工住宅法與無紙貨幣法之故，你的薪水未達最低標準，但這筆錢可以從許多方面賺回來，包括公司大手筆的住宅與健保計畫、可無限次搭乘公司交通車，以及公司會提撥相對應的退休基金。

帳戶餘額從零開始，但可以從任何現有的銀行帳戶轉帳過來，只須付一筆小小的手續費（最新費率請參考銀行入口網站）。公司也會提供貸款，為手頭沒有現金的人稍解燃眉之急。相關訊息請洽公司銀行部門。

同時也請注意，依據勞工責任法，若發生以下情事可能遭到扣薪：

・毀損公司財物

・上班遲到超過兩次

- 每月業績未符合經理設定的標準
- 疏忽個人保健
- 病假天數超過公司規定
- 遺失或損壞手錶
- 行為失序

此外，若有以下情況則可獲得額外積點：

- 連續三個月以上達到業績標準
- 連續六個月以上未請病假
- 每六個月接受一次健康檢查
- 每年洗牙一次

再者，若能維持五顆星評等，每週薪資會自動調升〇．〇五個積點，但該評等必須持續一整個星期，加薪才會生效。

薪資帳戶也能當信用卡用。即使帳戶裡錢不夠，還是可以扣款。在餘額不足的情況下賺取的積點，會先用來支付利息（目前利率請參考銀行入口網站），然後才償還本金。

也歡迎加入公司的退休基金計畫，在服務若干年後，你便符合資格，可將每週工時降為二十小時、可領取住宅津貼，在雲端商城購物還可享八折優惠。

銀行人員會於上午九點到下午五點在行政中心提供服務，若有任何需求可前往諮詢。或者也可以隨時透過位於各個母雲的「雲點服務站」，或是宿舍電視瀏覽器，上銀行網站進入個人帳戶。

辛妮亞

辛妮亞撫弄著手錶螢幕，光滑到有種滑溜感。扣上磁扣後，磁鐵立刻緊緊貼附住手腕內側的細薄皮膚。

晚上充電。除此之外，不要拔下，因爲它會提供追蹤健康狀況、開門、記錄評等、分配工作、處理交易等服務，甚至還有你在母雲需要做的其他上百件事情。

倒不如說這是手銬吧。

她在腦中回想先前在雲錶手冊上看到的說明，當時看完，血壓還微微上升。

離開房間必須隨時配戴雲錶，而且這是專屬於個人的錶帶。由於每只雲錶都儲存了敏感的個人資料，假如脫下太久或是被其他人戴上，警報便會響起，不只能聽得到，公司保全系統也會收到警示。

她抬頭看門。內側牆壁上也有個圓盤，連出去都要刷一下。應該是爲了確保員工不要忘記戴錶，畢竟這是出入每個地方的鑰匙，從電梯到宿舍到廁所。

這不只是戴不戴的問題，也是爲了追蹤她的位置。只要走錯區，八成就有某間暗室的螢幕上會閃現光點，讓人有所警覺。

她瞄一眼從床上盒子裡拿出的紅色polo衫，還在因爲不是褐色而生氣。

手錶的事她當然早就知道。她以爲自己已經揣測出雲集團工作分配的演算法，因此提供的答案與背景應該能讓她進入科技組，那麼就有充裕的機會接觸她需要接觸的東西。

結果呢，機會沒那麼多了。

她只剩三個選擇：

首先，拆錶更改所在位置的資訊。不是做不到，但也不是很想這麼做。她是高手沒錯，但也許還不夠頂尖。

第二，可以想辦法不戴錶活動。只不過這樣連一扇門也打不開，甚至無法離開房間。

第三，申請重新分配到維修或保全部門，因爲這些工作最有機會。但她甚至不知道能不能提出申請。

也就是說，這整件事沒她想的那麼簡單。

她在牆上圓盤邊蹲下來，伸手摸了摸，考慮要把它撬下來，但恐怕會觸發什麼警報器。她刷了一下讓門打開，然後站在門內，朝雲錶無線充電器探過身子，將錶放到充電板上，隨後跨進走廊。

她在原地站了一會兒，覺得這樣顯得怪異，便往廁所走去。到了以後，從電梯走出一個穿藍色polo衫、前臂上布滿圖騰刺青的大塊頭。他停在安全距離外，舉起雙手做出「別緊張」的手勢，似乎明白自己的外表容易引起不安。

「小姐？」他的聲音有點呆。「妳沒戴雲錶不能離開房間。」

「抱歉，第一天來。」

他露出充滿熱情的笑容。「難免的。不過我來替妳刷一下，讓妳進房間，不然妳會被鎖在門外。」

她於是由他陪同走過走廊。他一直保持著禮貌性的距離。到了門口，他往圓盤前面揮動手錶，綠燈隨即亮起。接著他退離門邊，就好像門後有一頭猛虎似的。真是體貼。

「謝謝你。」她說。

「不客氣，小姐。」他說。

她目送他踩著沉重的腳步遠去後，才回到房內。走到化妝箱前，拿出她從未用過的紅色口紅，旋開底部，取出一個拇指大小的無線射頻偵測器。她按下側面按鈕，綠燈亮起，顯示電量充足。

她拿著偵測器掃過房內每吋表面，掃到電視與燈具時，燈號轉紅，這在預料之中，但其他地方都沒有變化。通風口和廚櫃都沒有異常。

接著她將門打開，掃描邊柱，到了門閂處燈號轉紅。門框上這片薄薄的金屬後面藏了東西。是熱掃描儀？動作感測器？她拿起充電板上的雲錶，戴到手腕上，再檢查一次門，沒有紅燈。把雲錶放回充電板上，紅燈。

這就對了，那麼似乎可以合理假設問題在門。門上有某種感應器可以偵測到她出門時沒有戴錶。如果能脫下錶，找到另一個出口，就行了。

她環顧房內一周，現在看起來顯得更小了，像兒童的遊戲室。她辦得到的。首先，要再確認一下。她戴上手錶，悠哉地沿著空蕩蕩的走廊走到洗手間，挑了標示中性的門——半個男人，半個穿裙子的女人——進入後看見一長排的洗手台與廁間與小便斗。其中一個廁間裡有人，從門縫底下可以看見一雙小小的布鞋。從大小與樣式看來，應該是女性。

辛妮亞走到洗手台前打開水龍頭，感覺底座有些鬆動。她用力一拉，差點把整個水龍頭扯下來。於是換到隔壁水槽，往臉上潑一點水。隨後抬頭一看，發現廁所的天花板是雙層的，比較低。

很好。

前往電梯途中遇到一名年輕女子，美得像個啦啦隊員，也很纖細，那苗條身材配上那件褐色制服顯得很不合宜。她的頭髮和polo衫同樣顏色，綁了個馬尾，往後拉得緊緊的，看起來好像很痛。她用卡通人物般的大眼睛盯著辛妮亞，說道：「妳是新來的？」

辛妮亞頓了一下。依照社交禮節，她必須以一些陳腔濫調作爲回應。

「是的。」辛妮亞邊說邊擠出微笑。「今天早上剛到。」

「歡迎。」女孩說著伸出手來。「我叫海德莉。」

辛妮亞與她握了手。女孩的手十分纖弱，有如小鳥。

「一切都還好嗎？」女孩問。

「還好。」辛妮亞回答：「妳也知道，要適應的地方很多，不過我慢慢習慣了。」

「如果有什麼需要的地方，我住在Q號房。還有欣西住V號房，她就像這裡的館長一樣。」

女孩露出心照不宣的笑容。「妳明白吧，我們女生得團結起來。」

「是這樣嗎？」海德莉眨了眨眼。一下，兩下，然後點點頭，嘴角拉得更開了，希望燦爛的笑容能將對方的注意力從她未說出口的話轉移開來，辛妮亞暗暗記了下來，心想這裡頭應該是有趣的事。

「很高興認識妳。」她說完便踩著可愛的小紅鞋向後轉。辛妮亞衝著她的背影喊道：「我也很高興認識妳。」然後轉往電梯方向，一路上始終未放鬆警戒，試著釐清她究竟想說什麼。前往樓下大廳的半途中，她才終於認定女孩只是在表達善意，或許不必這麼多心。

下樓後，辛妮亞走到一面大大的獨立式電腦螢幕前停下來，上面有整個園區的地圖。三棟宿舍成一直線，從北到南分別是：紅杉、楓樹、橡樹。紅杉館北邊有一棟水滴狀建築，名為「生活遊憩館」，地圖上顯示館內有餐廳、電影院和其他一堆亂七八糟的玩意，讓這裡的人自我麻痺用的。

電車循著環狀路線行駛，每棟宿舍都會停。另外，宿舍間也有商店街連通，因此可以從橡樹館一直走到生活遊憩館，地圖上將這條通道稱為散步道。看起來長約一公里半。

接下來電車又繞行到另外兩棟建築：一棟是行政與銀行及教學部門所在的「行政中心」，另一棟則是保健部門與醫院所在的「醫護中心」。接著電車穿過主倉庫大樓之後，又回到「入口」大樓，也就是他們下巴士的地方。最後再回到宿舍。

地圖上也有一些應急軌道。每棟大樓都有多個醫療區，全部直通醫護大樓。另外還有一個完全獨立的運輸系統，讓維修人員通過太陽能與風力場直達最遠的邊界，也是處理水、垃圾、能源等設施集結的區域。

那裡正是她需要去的地方。

辛妮亞轉身走開，打算徒步走到橡樹館，然後繞回生活遊憩館，至少感受一下散步道。楓樹館的大廳是混凝土磨石地板，樸實、毫無裝飾。辛妮亞找到了通往洗衣間和健身房的門，健身設備十分齊全，有自由重量與機械器材和跑步機。但無人使用。

散步道有機場的高雅感覺，寬敞的雙層廊道，偶有電梯或手扶梯或迴旋樓梯。沿途有快餐店、百貨店、一家食品店、一家美甲沙龍、一家足部按摩會館。好多家足部按摩會館，許許多多穿著紅色或褐色或白色polo衫的人躺在長椅上，一群綠衣女子正努力按著他們裸露在外、醜陋無比的腳丫子。牆面上嵌著巨大的電視螢幕，正在播放珠寶、電話、零食等廣告，只是色度調太高，看得她眼睛發疼。

到處都是拋光的混凝土和玻璃，藍色的氛圍讓辛妮亞覺得每吋表面都很粗暴。她爬上一道樓梯，沿著扶手走，整片圍欄都是透明玻璃板，她的心突了一下，好像就要摔下去。如果眞摔下去，落在硬邦邦的地板上，肯定重傷。她經過一道故障的手扶梯，梳齒板被拉了起來，幾個穿褐色polo衫的男人站在開口內，不像認眞在修理，比較像是在研究它如何運作，而電梯前則大排長龍。

她經過最後一棟宿舍，轉了一個九十度的彎，走進通往生活遊憩館的廊道。兩旁除了電視螢幕外還有餐廳，變化比剛才多一些，不只是賣三明治和湯，還有墨西哥捲餅、烤肉、拉麵等等，每家店門前都擺著椅凳和選擇不多的菜單，每家店裡都坐了半滿的客人，個個低著頭吃東西。

她走進墨西哥捲餅店，坐在吧台邊。一個壯碩的墨西哥男人對著她揚起眉毛，她用西班牙語問他有沒有cabeza（牛頭肉）。他皺起眉頭搖搖頭，手指向他頭上那張小菜單。有雞肉、豬肉，當然也有牛肉，價格是前兩者的四倍。她最後點了三份豬肉捲餅，男子於是開始動手準備，將事先煮熟的肉丟到不鏽鋼烤盤上加熱，同時往旁邊丟下幾張玉米餅。

辛妮亞從口袋掏出一些錢放到吧台上，金額足以涵蓋餐費外加一點小費，這時廚師已將肉鏟到玉米餅上面，並加了一堆洋蔥末和芫荽。他把盤子連同一個黑色小圓盤放到她面前，對著現金搖搖頭說他無法找零。辛妮亞擺擺手，說不用找了。他微笑點點頭，把錢收走，很快地左右張望一下，然後放進口袋。

「Es tu primer día?（妳今天剛到？）」他問道。

「Sí.（對）」辛妮亞說。

他微微一笑，眼神變得柔和，像個家長聽到關於孩子令人失望的消息。他緩緩點著頭說：

「Buena suerte.（祝妳好運）」

她不喜歡他的語氣。等他背轉過去，辛妮亞開始吃起捲餅。不算頂好吃，但在這個鳥不生蛋的地方，也算夠好的了。吃完後，她把盤子推過吧台，向廚師揮揮手，廚師也向她揮手，並再次露出苦笑。之後她沿著通道晃去，直來到一座大廳。

生活遊憩館有清新流水的味道。空氣清淨機在超時運轉著。她覺得這裡有點像購物中心，至少是像尚未落伍以前的購物中心。那是她小時候的事，當時就好像她這輩子想要的東西都在同一個地方。這裡有三層樓，一層在她上面，一層在下面，靠著一大堆電梯和手扶梯連通。沿牆邊有大大小小的商店，走道另一邊看出去是一個下凹處，光是一間賭場便占去大半。屋頂有一連串的玻璃板，可以看見過濾過的天空景致，是不鮮明的暗藍色。

這裡還有一間英國酒吧和一間壽司店——壽司，好啊，大老遠把新鮮魚貨送到這裡來。還有一間「雲堡」，東西應該很好吃，漢堡裡有一塊如假包換的牛肉，價錢比一頓套餐便宜一點。

除了餐飲，還有一間復古電玩店和一個較先進的虛擬實境遊戲間，外加電影院、美甲沙龍、按摩會館、糖果店。沿著通道的座位區到處都是人，進出商店的人潮更多。

她經過一家食品店，覺得胃有點餓得難受。她還可以再吃點東西，一片水果之類，只要是新鮮的東西都好。她晃了進去，在短短的通道間走來走去，只看到一包包加工食品，冰箱裡有飲料，但沒有蘋果、沒有香蕉。她於是便離開了，繼續往前走，直到看見復古電玩店。她立刻放棄找水果，一腳踏進五光十色、機器聲嘈雜的迷宮。

每部機台前面都有個金屬小圓盤。她在店裡找不到兌幣機，只好回到外面廊道，發現有個雲點資訊服務站。這台機器倒是無所不在，從她站的地方就能看見另外六台。

她進入銀行網站，機器提醒她刷手錶。螢幕隨即亮起：「**歡迎使用，辛妮亞！**」她得連接到外面的假帳號，轉錢進這個戶頭。她轉了一千元，實際入帳九九四．四五元。她一面轉帳一面檢視這部機器，很像ATM，又大又笨重，塑膠外殼，有個觸控式螢幕。沒看見存取埠。

機器下方有一片蓋板，裡面應該至少有個USB接口，或是可以讓她玩一玩的其他配備，只不過眼下有幾個問題：要怎樣打開蓋板？怎樣才能不讓近距離無線通訊技術感應到她的錶？怎麼做才能不被人發現？無論如何，上主菜前想得到她需要的前菜，這應該還是好的選擇。

她隨意滑動螢幕，發現揀貨員目前的時薪是九個積點，換算下來大概是八塊多。轉帳完畢，手錶裡面有點錢了，她便又回到電玩店，先花點時間在空空的走道上晃晃，最後終於找到她想要的。

小精靈。經典版。這款遊戲最早於一九八〇年在日本發行，日文名稱「Pakkuman」，paku-

paku是形容嘴巴快速一張一合的聲音。辛妮亞喜歡玩電玩，而這款更是她的最愛。

她刷了雲錶之後開始玩起來，讓那個小小黃色形體在迷宮裡推進，一面猛吃白色豆子，一面避開糖果色的小精靈，搖桿被她用力地左推右打，撞得機台砰砰響，好像快被折斷一樣。

這台機器，還有她周圍所有的機器，應該都是靠太陽和風發電。

應該是。

她在做的事有個專業術語叫「競爭情報」，浪漫一點的說法是「商業間諜」。也就是滲入最嚴密的保全系統、最神神祕祕的公司，偷出藏匿得最深的祕密。

她是箇中高手。

但她從未對雲集團下過手，想都沒想過。那就像攀登聖母峰。不過依情勢看來，這只是早晚的問題罷了。雲集團併呑其他企業的速度實在太快，不用太久，就再也沒有人需要去偷取別人的情報了。以前她每幾個月就會接到一個案子，收入綽綽有餘。最近，一年能幹一次活兒就該偷笑了。

不過，接下這份工作時，她原以爲應該沒什麼大不了，八成是有人判斷錯誤。但是她仔細檢視了衛星照片、太陽能場的面積、光伏板的規格，以及風力渦輪的數量與產能，這才發覺她的雇主說得沒錯：雲集團的發電量似乎根本無法供應這個地方營運。

雲集團能享受免稅優惠的原因之一正是公司的綠色政策。公司必須符合政府規定的能源標準，才能減免巨額稅金。因此假如事情屬實，假如現場的基本設施無法產生足夠的能源來維持運作，雲集團就是用了其他方法。而且很可能是不環保的方法。也就是說他們可能要損失數百萬，甚至數十億。

橘色小精靈追上來了。辛妮亞讓螢幕裡的大嘴巴在通道上下竄來竄去，多數通道都已清除了障礙。她試圖甩掉橘色小精靈，避開其他小精靈，最後終於吃到大力丸，翻轉了局面。小精靈變成藍色，換她追趕。

那麼，得利的是誰呢？

她倒也不需要知道，只是這個問題搔得她心裡癢癢的。向來有一些媒體與推動善治政府的團體緊咬著雲集團不放，猛批它的員工政策或是它壟斷網購市場的行爲，說不定是他們其中之一。多年來，有不少報社都企圖偷渡人進入這家公司，但總是因爲演算結果與工作資歷而遭到淘汰。辛妮亞花了一個月建立起可信度夠高的假資歷，這才通過面試。

但她猜想，也許更可能是某家大型實體商場想要挫挫雲集團的銳氣，並讓自家企業在黑色星期五大屠殺事件後重新站穩腳步。

辛妮亞發現螢幕上幾乎已清得乾乾淨淨，只剩左上角還有幾顆豆子沒吃掉。她於是朝目標而去。

眞正的重點是：一家規模這麼大、員工這麼多的公司，每小時需要五十百萬瓦的電才能正常運作，而太陽能場與風力場的發電量是十五，也可能是二十。這裡頭有些不對勁，她得想辦法弄清楚，也就是要設法進入他們的基本設施。她有幾個月的時間，在此之前一切都得靠自己。無法與雇主聯絡，甚至不能用電話上加密的app，因爲不知道雲集團能監控到什麼地步。

辛妮亞的手猛力一動，大嘴巴隨即跑到下面一條通道，去吃最後幾顆豆子，幾隻小精靈緊追在旁。她打算在下一個出口向左急轉，但知道來不及。幾秒鐘內她已被困住，橘色小精靈撞上大嘴巴，黃色小球隨即發出消氣的聲音，癟了下去，然後消失不見。

2 新人訓練

紀卜森

在雲集團的許多日子我都記得，但回想起來最令我心喜的則是第一天。因爲那是最艱難的一天。在那之後，便一天比一天更輕鬆些。

我創立這間公司，大家都覺得我瘋了。很多人恐怕已經不記得，當時有另一家公司的部分業務和我們現在做的一樣，只不過規模小得多。問題是，他們太著重於地面了。

我從小就嚮往天空，嚮往它的遼闊。想想看，我們每天頭頂著這麼一大片資源，卻沒有眞正加以利用。當然，確實有飛機飛過來飛過去，但似乎還有更多更多潛在資源有待開發。

打從年輕時期我就知道，未來將會是無人機技術的天下。一直以來，空中與道路全被這些巨無霸卡車搞砸了，不但占據空間，還吐毒氣。如果能解決卡車問題，其他許多問題也能一併解決：交通、空汙、車禍死亡事故。

大家知道交通付出多大代價嗎？大約十年前達到最高峰時，單一年度的直接與間接損失差不多就要三千零五十億美元。這是經濟暨商業研究協會發布的數據。

這意味著什麼呢？這些損失包括了塞車浪費的時間、燃料成本、對環境的衝擊、道路維修、交通死亡事故。公共交通系統的確有幫助，但也僅止於此。早在我年輕時，國內很多大眾運輸基本設施便已分崩離析，整修費用更是天文數字。我們都記得紐約市地鐵系統最後崩壞瓦解的情形，那座城市也從此變了樣。

主要解決之道就是讓無人機升空，而且不只是爲了好玩和遊戲。

我還記得我的第一架無人機。這個小東西只要飛超過三十公尺就會頭下尾上，摔落下來。以這種狀況當然載運不了什麼。但隨著時間過去，技術愈來愈進步，無人機的載重能力也隨之提升。我開始試著加以改善，然後投資了一間無人機製造公司，也是我幸運，公司很快就形勢大好，讓我小賺了一筆。

那家公司名叫「飛旋鳥」，我很討厭這個名字，不過他們的確有一手。他們不甘於沿用舊款無人機，而是想著：如果以我們目前擁有的知識要重新設計，怎樣才能做到更好？

於是他們從零開始。重新規畫馬達的分布，拿新的材料做實驗，採用較輕的合成物。「改變世界的科技」，《紐約時報》這麼說。我能參與其中，實在太榮幸了。

接下來，少不了要和聯邦航空局周旋，試圖找出方法，讓飛機和無人機能同時升空，不會相撞。無人機飛不了那麼高，但我們也不希望在起飛和降落時出事。

老實說，這還眞是不簡單。我指的倒不是撞機——「飛旋鳥」的員工開發出相當不錯的偵測技術。問題是，你們也知道，我們一開始是地面運送，現在想讓雲集團的業務變成以無人機運送爲主，就得和聯邦政府合作。這簡直是噩夢一場。年復一年，問題無數。直到最後達成協議，由我們接管航空局，將它改爲民營化，找了足以勝任的工作人員，情況才漸漸好轉。

蓋一棟政府出資的建物，所需時間已足以開發上百處私人產業，原因在於一個關鍵差異：私人開發業者想賺錢，政府則是想讓人民有工作，所以拖得愈久愈好。

總而言之，很多人以為我拿「雲」來替公司命名是因為無人機從處理中心起飛後，有如大片的機器雲朵載運包裹飛來飛去。但取這個名字其實是代表我的企業宗旨：

我們再也不受天空侷限。

好了，再回到第一天，當時有我和雷伊．卡森——沒錯，就是雷伊，打從第一天起。雷伊不只長得虎背熊腰，也是道地的科技達人，比我還厲害，因此他幫了不小的忙，每當有人開始說一些讓人一頭霧水的話，他就能幫忙翻譯。所以我請他擔任公司副執行長。當時有他和我和另外一些人。我們要做的第一件事是和幾家公司簽約，讓他們同意由我們負責送貨。我知道只要和幾家不錯的公司合作，又能把工作做好，就會有更多公司加入。

我們在市中心租了一間辦公室，離我成長的地方不遠。這點對我很重要，因為我想要有那種和家鄉的連繫感。我不想忘記自己的出身。

我們到了辦公室以後，發現裡面空空如也。儘管已經這麼多年，我可以對天發誓，我很確定仲介說辦公室有附家具。那個地方不大，甚至不怎麼舒服，但畢竟是個空間，而且兩三下就能填滿。不料我們一走進去，裡面什麼也沒有，只有牆壁、地板和原本裝設燈具的地方垂下來的電線。這裡本來是一家老牌會計事務所，他們應該要把東西留下的。

結果竟然連馬桶都拔走！

於是我打電話找仲介，一個道道地地的騙子，要是還記得他的名字就好了，因為我現在很想把那個名字公布在網路上。他信誓旦旦地說沒有，他從來沒說過那裡會附家具。那時候我還年輕，比較有幹勁一點，但也可以說很容易疏忽。我沒有白紙黑字寫下任何承諾，就只是握握手算成交了。

可是對這個傢伙而言，握手顯然根本不算數。

結果我和雷伊和其他十來人就這樣站在那裡，瞪著空蕩蕩的空間，無所適從。就在這時候，芮妮非常勇敢地挺身而出。芮妮是退伍女兵，聰明、堅強到極點。要是跟她說什麼事不可能，她會發出可愛的輕笑聲，然後跟你說：「那就讓它變成可能。」我從她身上學到很多。

她開始打電話給所有她想得到的人，努力尋找我們需要的東西。在付了公司租金、執照費用和其他一些創業支出後，我投資「飛旋鳥」的獲利已經所剩無幾。眞的只能靠她了。芮妮打聽到附近有一所學校因爲和同區另一所學校合併而關門大吉，現在校門外堆了很多家具等候清運。

中頭彩了！我不是那種追求流行的人，不需要可以調整高度、可以沖泡咖啡、能讓人顯得體面的辦公桌。我只需要一部電話、一台電腦、一塊桌墊、一枝筆和一個坐的地方。就這些。

我和雷伊和其他幾個男生辛苦跋涉到學校去。可不是嘛，外頭的東西堆積如山，我們全都搬了回去。事到如今，我不想挑剔。我其實不太知道到底需要多少，我心想，只要拿得走的就拿吧，到時再看看能不能派上用場。

那裡有幾張教師辦公桌，金屬製的龐然大物有千斤重，但是數量不夠多。不過我們也找到很多課桌，桌面可以翻起來，東西能收在裡面。有好幾十張這種桌，於是我們就三張三張併起來，用螺絲固定在一起。

後來便稱它們爲三胞胎。我拿了其中一張，而沒有拿那些大的舊金屬桌，我覺得這點很重要。我不想讓人誤會，好像我需要特別待遇似的。若是讓我決定，我會讓每個人都用三胞胎，可是雷伊一眼就看上我們拖回來的一張大桌，他想事情的時候喜歡把腳翹起來，所以我心想，就讓他用大桌吧。

那張三胞胎我還保留著，放在家裡的地下室。正因如此，現在進到我們公司辦公室，還會看到每個人都用這種辦公桌。沒有價值一萬美元、實木雕花的桃花心木桌，沒有一棵樹因爲我們而被砍。隨著時間過去，我也漸漸欣賞起三胞胎的外表來了。我想這是好的提醒：要保持謙虛。沒有人需要時髦的大桌，除非是爲了充面子。

另外我們也找到很多廢棄的電腦設備。有個替我們工作的小伙子叫寇克，是個電腦奇才。他用這些玩意打造了一個科學怪人式的大型電腦網路，我們也就這樣站穩了腳步。

我想情勢就得這樣發展。這是我們第一場眞正的考驗。

嚴格說來，第一個考驗是我想出這個主意，並且說服夠多人相信我夠聰明，能一舉成功。但這回卻是我們第一個實質的考驗。很多人會在這種時刻舉手投降，說他們不玩了。我的團隊卻堅持下去，找到了解決辦法。

我還記得，那天忙完以後太陽早已下山，我和雷伊晃到附近我們偶爾會去的酒吧「鑄造廠」。兩人都全身痠痛，拖著沉甸甸的身體爬上高腳椅，活像老人一樣。我們心想，這時候應該要乾一杯，要點一杯好喝的威士忌之類的。於是我掏出皮夾，卻發現裡面沒錢了——那天中午是我請大家吃午飯。我的卡也都刷爆了。

感謝雷伊，拿出他自己的卡放到吧台上，點了兩杯威士忌加冰塊。但是他的卡也快刷爆了，所以他點的威士忌味道就像火燒的電池酸液。

直到今天，那依然是我喝過最好喝的酒。

當天晚上，在我們早早結束之前——相信我，我們不是會喝到爛醉的人，尤其隔天一早還要上班──雷伊拍拍我的背說：「我想這是個開始了。」

其實我不相信他，只是很難說得出口，尤其是在那個當下，每個人都對我信心滿滿。坐在那間酒吧裡，想到我的學生課桌，和我們那個好像強風一吹就會斷電的電腦網路，我害怕極了。之前我說服這些人相信我沒瘋，而現在他們就靠我了。

是雷伊讓我重新振作起來。從一開始就是他。我沒有兄弟姊妹，但我有情同手足的雷伊。

辛妮亞

辛妮亞穿上牛仔褲和她的紅色polo衫後，坐下來要穿鞋子，發現只有兩個不怎麼樣的選擇。她帶了一雙堅固耐穿的靴子，因爲本以爲會進技術組，另外一雙平底鞋則是薄到幾乎像襪子。她喜歡這雙鞋是因爲可以捲起來塞進皮包，但這份工作多半不是站著就是在走動，穿這種鞋可不行。再說，上個月在巴林摔傷腳踝，到現在還有點站不穩。她需要支撐力好一點的鞋，便選了靴子。

她從充電器上抓起雲錶戴到手腕上，立刻聽到嗶一聲，說道：**早安，辛妮亞！**

接著：**妳的上班時間將在四十分鐘後開始，應該趕快出門了。**

說完後隨即出現一個閃動的箭頭指向門口。她站起來，轉一圈，箭頭也隨著旋轉，始終沒有轉離房門。當她出了門，手錶又嗶一聲，箭頭跟著左轉，指向電梯。

她跟隨箭頭下樓來到電車站，已經有一大群人在等候。各種顏色的polo衫都有，不過以紅色居多。這時一列電車入站，載滿人之後，離站。辛妮亞又看著兩輛離去，到了第四輛才終於上了車，人不斷上來，直到她和周遭的人肩膀擠靠在一起。所有人手肘緊貼身側，身體隨著列車規律晃動，以便保持直立。在主倉庫大樓下車的人大多年輕、健美，沒有上了年紀的人，沒有肥胖的人，也沒有明顯的殘疾人士。所有人都朝一條長長的隊伍末端移動，人龍沿著伸縮圍欄隔起的路線前進，蜿蜒盤繞一間大廳。

隊伍盡頭有三道旋轉閘門，旋轉式金屬臂桿每次只容一人通行，通過前要用手錶在門前圓盤上刷一下。

牆上內嵌了一連串顯示器，全部在播放一支短片，片中有個男子彎腰去撿一只盒子，背拱了起來。這時響起嗶的一聲，畫面上出現一個紅叉。接著同一人挺直脊椎，彎曲膝蓋，畫面叮一聲，出現綠色打勾符號。

接下來，一名女子拿著一只盒子緩緩走到輸送帶旁。畫面到此定住，出現「**慢慢走，不要跑**」的字樣。

接下來，一名男子搬著一只箱子，看似不勝負荷。「**如果搬不動十一公斤以上的物品，請告知經理**」。

接下來，一名女子像猴子似的攀爬層架邊緣。嗶一聲，紅叉。「**務必使用個人安全吊帶**」。

輪到辛妮亞時，她通過閘門，順著走廊進入一個巨大無比的空間，一下子要檢視這周遭的一切讓她有點頭暈目眩。

層架彷彿無止境地向遠處延伸。這裡面有一條地平線，從她站的地方看不見靠外側的牆壁，只有一根根巨大支柱伸向廣闊的天花板，而天花板倒是比她預期得低。三層樓高吧，也可能是四層樓。貨架本身的高度約莫是她身高的兩倍，只見一個個架子在光亮的水泥地上滑動、轉圈、互換位置，穿著紅色polo衫的男女員工在架間匆忙奔走，尋找包裹。醒目的黃色輸送帶在室內蜿蜒迂迴，物品在滾筒上飛快移動。

金屬轉動、腳步踩踏與機器咻咻運作，融合成一首混亂的交響曲。空氣中有機油和清潔用品和其他不知什麼的味道。聞起來像健身房。霧化的汗水與橡膠。空氣既涼爽又微濕。辛妮亞站在原地看著這部龐大機器，無視她的存在，幾乎是自顧自地跳著舞。

她手腕上嗶了一聲。又出現箭頭，督促她往前走，直到再嗶一聲，箭頭轉向，要她右轉。她一下低頭瞄手上的錶，一下抬頭瞄前方，還要小心迴避跑來跑去的紅衣人和運轉的機器，大概每走十來步就得停下來讓路，以免被撞倒跌坐在地。

還說什麼「**慢慢走，不要跑**」。

又轉了幾次彎後，她發覺每次轉換方向的嗶聲都不一樣。要她右轉時，最靠近她腕關節的錶側會響；往前或往後，底面或頂部會響。雖然過了一下才察覺，可是一旦注意到便無法不再注意。轉彎幾次後，她發現無須低頭，只要靠感覺就能行進了。

「很酷喔。」

她來到遠端的一面牆，但也或許只是豎立在倉庫地板中央的一個結構，她看不出來。牆邊斜倚著一名拉丁裔男子，千錘百鍊的強壯前臂布滿捲曲黑毛。

「我叫米格爾。」男子說著伸出手來。他的錶帶是深綠色布料，有如新鮮樹葉。「我是來幫助妳適應環境。」

「我叫辛妮亞。」她握手回禮。他的手乾裂，長滿了繭。

「好，mi amiga（朋友），妳好像已經抓到手錶導向的竅門。那麼我們就四處走走，我會把運作方式全部解釋給妳聽，然後就可以開工了。」

辛妮亞舉起手腕。「所以這眞的是唯一的依靠，對吧？」

「只有靠它才能到處走動。跟我來。」

米格爾身子一推，離開牆壁，然後沿著牆走，左手邊是偌大的倉庫，右手邊則是：辦公室、休息室、洗手間，其間隔著長長的電視牆，螢幕上播放的是他們在巴士上看過的一支廣告。

年輕母親。繃帶。

「老實說，要不是有雲集團，我眞不知道該怎麼辦。」

另外還有加長的片段。快樂滿足、容光煥發的人在雲集團工作。有人從箱子取出貨品，放到輸送帶上。偶爾還有滿意的客戶出面見證。

一個亞裔的孩子在學校宿舍。

「要是沒有及時拿到課本，我的期中考絕對不及格。」

一名年輕黑人女子在一棟破房子前面。

「在我住的社區沒有書店或圖書館。要不是雲集團，我一本書也不會有。」

一位上了年紀的白人男子坐在老式客廳裡。

「現在我很難自己到店裡買東西。謝謝你，雲集團。」

「歡迎來到現場，」米格爾張開雙臂說。「我們都是這麼喊這個地方。所有這些漂亮人兒都穿紅衣。」他捏捏自己的polo衫。「穿白衣的是經理，他們會走來走去，負責監督。說到這個，妳要是有什麼事，按一下錶冠喊聲『經理』，手錶就會指引妳去找最近的一個有空的經理。」

辛妮亞低頭看看手錶，懷疑它是否只有在按下錶冠時才會收音。恐怕沒那麼單純。

「所以啦，工作很簡單。」米格爾說：「我說眞的，大多時候都是手錶在替妳做事。它會指引妳某個物件的方向，找到物件後，拿起來，手錶會指引妳前往某一條輸送帶，丟下物件，砰。再來下一件。就這樣做九個小時，有兩次十五分鐘的休息時間，可以上廁所，另外有半小時的午餐時間。」

「想上洗手間不能直接去？」辛妮亞問。

「我來向妳介紹一下黃線，mi amiga。」米格爾抬起手錶，點一下錶面。最底下有一條如髮絲般的綠線。「現在看起來還好，不過等妳一開工，這個就會追蹤妳的進度。綠色代表進度沒問題，要是落後的話，會掉進黃線。萬一出現紅線，妳的評等就會暴跌。所以別掉到紅線。」

「這些人眞的很愛用顏色哦？」

米格爾點點頭。「這裡有很多人一句英語都不會講。總之，關於妳剛才的問題，要是花太多時間上廁所，進度就會落後。最好還是忍住。至於休息時間，有一點要注意……」他忽然住口，揚起一邊眉毛，好像需要特別強調。「妳有半個小時的午餐時間，如果還要大老遠跑到後面的休息室，可能就得花上二十分鐘。演算法應該要避免發生這種事，但就是會發生。我的建議是，自動販賣機的蛋白棒很有營養，不妨放一條在後口袋，最好還是要補充熱量。」

「那水呢？」

米格爾聳聳肩。「到處都有飲水機。水分要充足。妳一定想不到，這裡空間這麼大，有時候卻熱得要命。」他低頭看看她的鞋，做了個鬼臉。「買雙布鞋吧。今晚就訂。相信我，穿靴子不用幾個小時就會不舒服了。」

「是啊，我猜也是。」辛妮亞說：「就是說我們要揀貨出來，丟到輸送帶上。那如果體積比較大的呢？」

「在不同區。」米格爾說：「妳得有點資歷才可能去那裡。進這裡來的東西絕對不會超過九公斤。等一下……」

他舉起一隻手臂，沒有碰到辛妮亞，但距離近到足以讓她停下腳步。有個穿紅polo衫的女孩突然飛奔而過，辛妮亞僅以眼角餘光掃到她的身影。女孩腋下夾著一樣東西，像跑百米一樣沒命地往前衝，頭髮在臉的四周胡亂跳動。那張臉則因為費力（也可能因為流淚）而近乎發紫。她跑到一個轉角，轉了過去，消失不見。

「失火了嗎？」辛妮亞問。

「她快下班了。」米格爾說：「依演算法計算，妳應該有足夠的時間走到妳的物件，拿起來，送到輸送帶，而且是用非常輕鬆自在的步伐，對吧？實際情況不一定是這樣。有時候金龜子會讓東西亂跑。有時候貨品放錯位置，就要花時間找。有時候快下班前，會有一股動力想把那條作業線補滿。」他指向另一個年輕男子，只見他匆匆走過一排貨架隨即消失。「要是落後太多次，評等就會往下掉。」

「金龜子是什麼？」辛妮亞問。

米格爾沿著通道走去，一面招手要她跟上。他帶她來到一個貨架前，蹲下來，往架子底下指，那裡有個小小的、裝了輪子的黃色半球形小物，固定在貨架底部。隨後他順著地面指去，水泥地上貼了一些有條碼的貼紙。

「那些黃色的小東西會讓貨架移動，我們就叫它們金龜子。」他說：「那麼先來試試揀貨，讓妳體驗一下，如何？」

「好啊。」

米格爾將手腕抬到面前，按下錶冠。「初步訓練完畢，進入第二階段。」

辛妮亞的手腕上嗶一聲，再次出現箭頭。米格爾伸出一隻手，掌心向上，同時彎身鞠躬。

「妳先請，**mi amiga**。」

辛妮亞聽從手錶的嗶聲指示方向。她明白不需要低頭的導向技術有多重要。在移動的架子、飛奔的紅衣人與輸送帶之間，一不小心，很容易就會受傷。

「妳很有天分啊。」米格爾說。

「爲什麼是你來訓練我，而不是某個經理？」

「經理有更重要的事要做。」話雖如此，他的口氣卻透著懷疑。「這是自願性的工作，沒什麼太大好處，就是能有一、兩個小時不必跑來跑去。我喜歡這樣。教妳很輕鬆，大部分人都要在第一天工作結束後才會注意到這個導向的玩意。」

這時有個貨架朝他們滑來，辛妮亞急忙退避開。

「好像不會很難。」辛妮亞說。

「話別說得太早。」

也許並不早，辛妮亞心想。

「你來多久了？」辛妮亞問。

「快五年了。」

「喜歡這工作嗎？」

他停頓許久。辛妮亞斜眼瞄去，米格爾臉上的表情好像在嚼什麼又軟又難吃的東西。辛妮亞繼續看著他，不肯罷休，於是他聳聳肩說：「就是工作嘛。」

答案夠清楚了。她以爲就到此爲止，沒想到他又接著說：「我老公要我去考經理，試著往上爬。可是我想這樣就好。」

辛妮亞對經理感到好奇。比例太懸殊了。她看到數百名紅衣人，卻只有寥寥無幾的白衣男女拿著平板，好像急著要去哪裡似的。

「我猜當經理會稍微輕鬆一點。」辛妮亞說。

「錢也比較多。可是不知道耶……」米格爾看著辛妮亞，慢慢地說，字斟句酌。「他們有個彩虹聯盟計畫，說是爲了給少數族群更多權限，要讓我們爬到更高的位置，要多元化。我不知道成效怎麼樣，只是大部分穿白衣的人……和制服顏色是相配的，妳知道我的意思吧？」

辛妮亞心照不宣地點了個頭。

「妳是拉丁裔還是……？」米格爾問道，隨即又搖搖頭，臉往下一沉。「對不起，我不該問的。」

辛妮亞露出「沒關係」的微笑。「我媽媽是。」

「那麼妳應該考慮申請。」

手錶再次發出響聲，這次是快速地嗶嗶響了幾下。她低頭看見錶上寫著**八四九五－A**，再一抬頭便看見面前架子上有相同的數字。

「好，現在點一下手錶。」米格爾說。

辛妮亞照做後，數字變了。

十七號箱。

電動刮鬍刀。

著是一張圖片，顯示一支以塑膠泡殼包裝的電動刮鬍刀。

「十七號是？」辛妮亞問道。

「在旋轉架最上面。」米格爾說：「等一下……」他從口袋掏出一包東西。「抱歉，應該一開始就要給妳的。安全吊帶。」

辛妮亞把它套到腰帶上，發現一端有個扣環。她拉動扣環，腰帶裡跑出一段結實的尼龍繩。繩子細而光滑，她腦中立刻浮現上百萬種不同用途。譬如在巴林就不會跌個倒栽蔥。

「爬上去的時候把它勾到鉤子上。」米格爾說著拿起扣環，扣住辛妮亞頭上幾公分處突出的一塊彎曲金屬。沿著層架側邊往上，還有更多鉤子。「不過老實說，再過幾天妳就不會用了。太浪費時間。但要是看到附近有經理在，還是要用，不然會被記過，記滿三次，就會扣一個積點。」

拜託，什麼制度啊。辛妮亞將每一層架子當成一級階梯，沿著側邊往上爬，找到了倉儲箱。她抓起手錶圖片上那只用硬塑膠泡殼包裝的電動刮鬍刀後，跳回地面。手錶嗶一聲，顯示笑臉。

「這應該表示我做對了吧。」辛妮亞舉起手腕說。

米格爾點點頭。「每樣東西都裝了晶片。如果拿錯物件，它會讓妳知道。他們放置貨品的方式很聰明，通常不會把容易搞混的東西放在一起。不過，難免還是會犯錯。現在……」

手錶又響了，指示她離開貨架，走過另一排長長的架子，直到來到一條傳送帶，手錶又嗶嗶響了幾聲。輸送帶底下有一堆堆疊放在一起的塑膠箱，她拿起其中一個，貨品放進去後立刻被送走，消失得無影無蹤。

「再來下一個。」他說。

「就這樣？」

「就這樣。我說過了，妳是新人，前兩、三週只需要挑揀較小的東西。在這裡待得愈久，工作就會愈複雜，可能要搬比較重的貨品，或是被分配到上架作業，也就是把入庫的商品放到指定貨架上。警告妳一句：只要有人夠在貨架上，金龜子就不會動，可是我們不會每次都扣扣環……所以有時候貨架會移動，那會像在騎野馬一樣。」

「那再來呢？」

米格爾低頭看看手錶。「基本上我們還有一個小時的空閒，妳可以問我問題。要不要走到休息室去喝點水？在這裡，休息時間少得可憐，所以要好好把握。」

「當然好了。」辛妮亞說。她比較想要開始工作，無須動腦的單調工作能給她思考的空間，不過也許能從他口中聽到有用的資訊。

米格爾剛才說去休息室很花時間，並不誇張。他們花了十五分鐘才找到一間。她對空間毫無概念，但他似乎知道該往哪走。走到一半，米格爾告知說她可以對著手錶說「休息室」，它就會帶她前往最近的一間。

他們進到一間休息室，裡頭沒什麼人。一面牆邊有一排販賣機，其中兩台故障了，另外還有好幾張簡單的連桌椅。牆壁上用大大的草書寫著：「凡事因你而成就」。

米格爾從一台機器買了兩瓶水，放到桌上。辛妮亞坐下後，他把一瓶推到她面前。

「謝謝。」她說完扭開塑膠瓶蓋。

「我不得不再三強調，」他說：「水一定要喝夠。大多數人都有這個問題，脫水。」

辛妮亞啜了一口，水太冰，凍得她牙齒發酸。

「還有什麼需要知道的嗎？」她問道。

米格爾看著她，眨幾下眼。彷彿有什麼話想跟她說，卻又沒把握她值不值得信任。

她試著想說點什麼，好讓他明白「放心，我沒問題」，但最後還是米格爾先開口：「多喝水，達成業績，少抱怨。萬一受傷，咬牙忍過去就好。總之愈少和經理說話愈好。」他拿出手機，打了幾個字以後拿給她看。

「工會兩個字提都別提。」

辛妮亞點點頭。「了解。」

米格爾將手機上的句子刪除。「宿舍住得還可以嗎？」

「你說那個鞋盒？」

「妳要垂直思考。我去買了幾個鐵絲籃，從天花板掛下來，這樣收納比較容易。」

「你還住在這種宿舍？」辛妮亞問：「你不是結婚了嗎？」

「我們將就著住。」

「不是說房間可以升級嗎？」

「是可以啊，」米格爾說：「可是很貴。我老公和我……他腳踝扭傷，現在調到客服部了……我們在存錢。他是德國人，我們想要離開，到德國去。」

辛妮亞點點頭。「德國好。」

米格爾吸氣後，幽幽吐出一口長氣。「總有一天……」

辛妮亞對著他淡淡一笑，盡可能讓他感到安慰，又能掩飾她內心的尷尬與同情。這個男人困在這一成不變的工作中，夢想著要離開這個國家，卻很可能永遠無法實現。

米格爾看看自己的手錶。「時間差不多了。如果遇到什麼問題，可以對著錶說『米格爾・魏藍德雷』，它就會找到我。我也說過，妳說一聲『經理』就能找到白衣人，不過最好還是少跟他們打交道。」

他們將水瓶丟進已經滿出來的回收桶——桶子上方有個告示牌寫著：「請資源回收，謝謝！」——然後回到工作現場。

「準備好了嗎？」米格爾問。

辛妮亞點點頭。

他抬起手腕。「新人訓練完畢。」

辛妮亞的手腕上發出聲響，再次出現箭頭請她往前移動。

米格爾舉起手。「不要遲疑，絕對不要遲疑。」

他們握了握手，辛妮亞便出發了，跟隨著手錶的輕微震動前進。米格爾在她身後高喊：「別忘了，mi amiga，去買雙布鞋。」

派斯頓

派斯頓獨自靠坐簡報室後面的牆邊。一女四男（全穿著藍色polo衫）坐在前面位子，與他隔著三排空的課桌。

看其他人交談模樣似乎互相認識。派斯頓心想，這是新人訓練，他們怎麼可能認識？也許是住得近吧。

派斯頓並非故意落單。只不過他是第一個到，坐在後面，其他人一一進來後都往前坐，並開始交談，沒怎麼注意他。若是起身過去加入他們，恐怕顯得太迫切，因此派斯頓留在原位，望著半掩著大窗的百葉簾，窗外可以清楚看到主要辦公區。

那是個指揮中心，很多小隔間。許多穿藍色polo衫的人在講電話，一面敲著固定在桌上的平板電腦。每個人都轉頭看後面，好像擔心有人監視。牆上掛滿電視螢幕，顯示的不是地圖就是線框圖。

有個人影從窗前走過，接著門開了，一個男人走進來，臉很像樹的側面，一頭鼠灰色短髮十分俐落，上唇則被濃密的鬍鬚覆蓋住。他穿了駝色polo衫搭配森林綠的卡其褲。腰帶的皮套裡插的不是槍，而是一支強光手電筒。襯衫袖子捲起，胸前的金星徽章擦拭得金光閃閃。他腰桿挺得筆直，加上無動於衷的眼神，十足一個執法悍將。面對這種人，即使沒有做錯事，也會讓你第一時間就想認錯。

他大步走上講台，環顧一周，輪流與每個人四目交接。他最後看的是派斯頓，目光多停留了片刻，然後點點頭，彷彿對眼前的七個人感到滿意。

「我叫杜布茲，是本郡的警長。」他說話的口氣好像還趕著要去別的地方。「當這裡來了你們這樣的新人，我身爲警長，就有義務來做兩件事。第一，我是來授權你們執行母雲保安管理條例。」他像個覺得無聊的魔術師一樣揮揮手。「所以你們獲得授權了。」

「第二，」他又說：「我還要向你們解釋這到底是什麼意思。」

他說完扁嘴笑了笑。代表可以放鬆括約肌了。有幾個人笑出聲來。派斯頓沒笑，卻打開一本小筆記本，在頁面最上方寫道：「**警長杜布茲**」。

「好了，你們可能會問：我能不能逮捕人？」他說道：「答案是：不算可以。你們只能拘留。如果抓到歹徒，那些偷東西、挑釁打架之類的人，就把他帶到行政中心。依保安管理條例規定，公司裡必須隨時有十名轄區員警在場處理犯罪情事，但是這裡範圍太大，十個人不夠，所以你們要充當耳目。」

拘留。耳目。大爛攤由真警察收拾。

「大部分時間都是風平浪靜。」他說：「因爲事實擺在眼前，一旦在雲集團搞砸飯碗，就沒戲唱了。你要是偷東西被逮，要是記過記到被炒魷魚，不只在美國境內，就連在全世界其他角落，也不會有任何一家雲集團分公司願意接納你。不用我說你們也知道，這就代表你的就業機會變得非常有限，也代表大多數人都夠聰明，不會自尋死路。」

搞砸，就沒戲唱。讓人守規矩。

「你們的職責主要是要被看見。」杜布茲說：「要出去和大家打成一片。」他拉拉駝色制服的衣領。「這是一條分界線，所以才要你們穿polo衫。我們希望能促使環境氣氛友善，所以才沒有讓你們穿上醒目的制服。」

制服是一種平等制度。

「你們會在這裡，多半是因爲履歷上有某種執法或保全的經歷。」他說：「不過，每個地方做事的方式不同，也就是說我們會有訓練與教育課程，每個月兩次，今天的時間會是最長。接下來要請各位看一些影片，讓大家知道當發生衝突、當你懷疑有人偷竊等等、等等，該怎麼做。不過我做了一些爆米花，也許有點幫助。」

又有更多人笑起來。

杜布茲看起來人不錯。

「現在所有人都到開放區去，找個位子坐。」他說：「過幾分鐘，等我過去我們就開始。不過我先問一下……這裡有沒有人叫派斯頓？」

派斯頓抬起頭來，杜布茲與他目光交會，露出微笑。

「你先別走，小伙子。」他說：「我有問題想問你。」

在場的其餘六人起身走向門口時，都看了派斯頓一眼，好奇他有何特別。派斯頓自己也覺得好奇。

人都出去以後，杜布茲說：「跟我來。」

他轉身就走。派斯頓連忙跳起來，匆匆忙忙走進開放式辦公區，跟隨杜布茲穿過後方的一扇門，門旁邊有一大片反光玻璃。

派斯頓進到昏暗的房間，裡面有一張辦公桌，桌前擺了兩把椅子，有幾張照片，還有幾張公司地圖，每一張似乎都有不同重點。派斯頓很快地瞄一眼，看出其中一張是運輸系統，另一張是電路圖，還有一張是地形圖吧？除此之外，沒有太多擺設。在這種地方辦公的人就是覺得沒必要有辦公室。

「坐吧。」杜布茲說完，自己也一屁股坐進桌子後面那張破舊的滾輪椅。「我不想讓其他人等太久，但又忍不住注意到你的工作資歷。你當過獄警。」

「是的。」派斯頓說。

「那時候到現在已經有段時間了。」

「我後來自己開了公司。」他說：「可是失敗了。你也知道，這個經濟局勢是一場肉搏戰。」

杜布茲沒有附和他的嘲諷。「跟我說說吧，你怎麼會去當獄警？」

派斯頓往後靠向椅背。他很希望能說個稱頭一點的答案，高尚一點的動機，但那是騙人的，因此他實話實說。「當時我需要一份工作，看到了徵人啓事，沒想到一待就待那麼久。」

「那麼你到這裡來有什麼感覺？」杜布茲問。

「老實說嗎？」

「答案是沒有對錯的，小伙子。」

「我本來想穿紅衣。」

杜布茲微微一笑，嘴唇繃緊起來。「我沒時間坐在這裡和你說一些有的沒的。你沒打算太賣力工作，我很滿意。像這種工作，你愈有熱忱，我就要愈小心。有些人有點太愛耍威風了，也許是當作消遣，或是一種應對機制，也可能只是想報復這個世界。你明白嗎？」

派斯頓想起與他共事過的一些獄警，想起他們揮舞警棍時過度開心的笑容，戳刺激動不安的囚犯時的模樣，還有將某人關進禁閉室時的嘲諷斥罵。

「明白，」他說：「我完全明白你的意思。」

「你在監獄工作的時候，處理過多少違禁品？」

「我們遇過一些毒品問題。」他說：「我上面換過幾任典獄長，有些是零容忍政策，有些則持不同看法，認爲吸毒的囚犯比較好控制。」

「是這樣嗎？」杜布茲問。

派斯頓的遣詞用字十分謹慎。他覺得現在好像在應考。「可以說是，也可以說不是。吸毒茫到一定程度，可能會很好應付，但要是太茫了，結果用藥過量或是胡亂破壞，那也沒什麼好處。」

杜布茲往後一靠，十指相合搭成帳篷狀。他戴的是普通錶帶，和派斯頓一樣。「我們現在有個小問題，我想設立一個……我不想說是專案小組，沒那麼正式。只是想讓一些人多留意一下，如果發現自己的立場也許能有所幫助，就幫忙打聽一點什麼。」

「什麼問題？」

「混沌。你知道這是什麼嗎？」

「我知道是一種毒品，不過是最近才開始流行起來，在我離開監獄以後。」

杜布茲朝那群等候的藍衣人瞅了一眼，輕輕聳了個肩，好像是說再拖個幾分鐘不會有問題。「那是海洛因的變種，生理上不會成癮。你要知道，海洛因之所以那麼可怕，就是因爲它會改造大腦，讓你的身體少不了它，不然就不能正常運作。因此也才會那麼難戒。混沌可以有同樣的高潮，但不會上癮，就算有也是心理上的，就好像某件事讓你覺得愉快，你就會想再做。所以有人會濫用，只是沒那麼多。現在這玩意愈來愈多了，有時候混的比例不對，吸食了會出問題，甚至會死人。上面傳話下來，我們得把這鬼東西滅了。」杜布茲壓低聲音。「老實跟你說吧，郡裡沒法再增派警力支援，上頭的人要我用公司裡的藍衣員工來處理。這就是我要說的重點。我需要一些人可以用……輕鬆的方式到處打探，要是有辨別毒品的眼力就更好了。」

「爲什麼要輕鬆？」派斯頓問。

杜布茲瞪著他看了一會兒才回答：「我喜歡輕鬆的氣氛。」

派斯頓往後靠，一時不知該說什麼。他原本半期望著杜布茲會跟他說弄錯了，說他應該要拿到紅衣才對，現在就送他去倉庫區。到了那裡他可以克服壓力，說不定還能及早脫離這裡。不料，這份工作他本來意願就不高，現在竟還要他做額外的事。

不過，杜布茲給他的印象不錯。他說話小心、清楚、尊重人，這三點是監獄的長官所缺乏的。何況，被詢問的感覺挺好的，就好像派斯頓有什麼特殊技能，好像他不可或缺。

杜布茲又苦笑一下，舉起手來。「暫時還不用作決定。我知道這個要求太過，今天畢竟是你第一天上班。我只知道你的紀錄很乾淨，也很留意細節。剛才只有你一個人在做筆記，我很重視這種事。所以呢，趁這一、兩天還在準備的時間，你考慮考慮，我們再來談。」

派斯頓站起來。「這樣也好。」

「順帶一提，像這樣的工作會有晉升的空間。」杜布茲說：「再說，你也可以幫助需要幫助的人，這是大好事。好了，」他往開放區揮了揮手。「快去找位子坐吧。他們一定很好奇我拉你出來幹什麼，就讓他們去好奇好了。我馬上就帶爆米花過去。」

保全訓練影片

一對男女手牽手在一片青綠色人工草皮上散步，頭頂上有個玻璃圓頂，金黃陽光從毛玻璃滲入。

有兩個小孩，一男一女，跑在大人前面。他們挑了一處草坪，攤開野餐墊後，男孩停下來朝著某人揮手。鏡頭隨即轉向一名穿藍色polo衫的女子，走在附近一條小徑上。

接著再轉向一群穿紅色polo衫的員工，腋下夾著貨品來去匆匆地尋找輸送帶。身穿藍色polo衫的男女在貨架間隱密地忽而出現、忽而消失，彷彿幽靈，又或是守護天使，沒有妨礙，只是保護。

一名穿綠色polo衫的老婦推著推車走過鋪灰色地毯的辦公室，正在清垃圾桶。她停下腳步向一名穿藍色polo衫的男人行禮致意，男子笑著搖搖手，並給她一個擁抱。

旁白：大家好，歡迎收看影片系列一。製作這一系列是爲了幫助各位了解，母雲的保全人員扮演著什麼樣的角色。你們無疑已經獲得授權，恭喜了！現在我們來談談這意味著什麼。

一對年輕男女手牽著手，步下明亮的白色階梯。

一名身穿藍色polo衫的女子在巡視宿舍走廊。

一群人正排隊等著通過金屬探測器，要離開倉庫區。穿藍色polo衫的員工戴著淺藍色乳膠手套，一個接一個招手讓他們通過。

每個人都面帶微笑。

旁白：各位的任務是在保障公司環境安全的同時，也讓在此生活與工作的人感受到這個環境的開放、友善與熱絡。要做到這一點，就需要你們去巡視、監看、觀察與報告。

一群青少年在復古電玩店裡打電玩。看起來好像在大聲喧嘩，但忽然停下來，對一個穿藍色polo衫的男子揮手，男子也揮手回禮。

他們全都是朋友。

旁白：這一系列影片將探討與各位職務相關的舉止與倫理行爲、危機處理、刑法與民法，以及該怎麼做才能讓公司的駐衛警長與警員得到最大幫助。首先，也是最重要的一點……

螢幕反黑。接著出現大大的白色字體「尊重要靠自己爭取」。

旁白：尊重別人的尊嚴，別人自然也會尊重你的尊嚴。「先生」或「女士」，只是簡單稱謂卻能發揮大功效。各位的首要目標應該始終放在預防與遏制。

出現「提高警覺是關鍵」的字樣。

旁白：再次提醒，各位的首要目標應該始終放在預防與遏制。要做到這點就必須留意周遭環境。即使下了班，如果看見需要注意的事情，也請立刻通知值班保全人員。

鏡頭轉到一個男人凝視著一條空蕩的走廊，好像要做什麼壞事。他拉起衣領，溜進一扇門內，裡面像是一間改變用途的儲藏室，有一群人圍坐在小桌旁。

旁白：雲集團爲了促進工作環境的安全與保障，與地方及中央政府官員合作無間。讓員工獲得合理待遇是我們的第一要務，每一句建議與抱怨，我們都會認眞看待。假如你懷疑有員工內心不滿，卻繞過傳統的人資管道申訴，而設立組織，請立即通報轄區警長。

鏡頭轉回到野餐的一家人。

他們對著穿藍色polo衫的女子招手。女子大步穿越人工草皮，小男孩迎上前去，遞給她一大塊巧克力豆餅乾。

女保全接過來，彎下身，擁抱小男孩。

旁白：母雲是美國經濟的新典範，更重要的，它也是美國家庭的新典範。各位是公司的第一線防禦，感謝你們即將背負起這個重責大任。

螢幕變黑。出現了大大的白色字體「角色與責任」。

旁白：現在，開始訓練系列的第一課……

辛妮亞

辛妮亞腳下一滑，胃立刻揪了一下。幸好在後摔落地、跌得頭破血流之前，及時抓住了貨架邊緣。

她沒多久就不再用吊帶了。勾住扣環、解開扣環得花費好幾秒寶貴時間，不值得。比起跌下來，她更擔心黃線。

米格爾指導結束後，她便開始挑揀第一項貨品：體香劑三入組。她敏捷地走向貨架，穿過偌大的區域，一面閃避其他紅衣人與滑動的架子，總共花了她十幾分鐘。等她將商品送到輸送帶，雲錶上的綠線已經轉黃。

第二件是一本書。她再次出發，這回走得快一點，最後貨架變成了旋轉圖書館，無數書名繞著她打轉。書脊向外堆疊在架上的方式，使得這次的商品難找了些，但她終究還是找到了，並將書送到它該去的地方。依然是黃線，但已經稍微往前進。

下一件：塑膠包裝濃湯罐頭六入組。

接下來：鬧鐘、浴室收音機、書、數位相機、書、手機充電器、雪靴、太陽眼鏡、藥球、設計師郵差包、平板電腦、書、浴鹽、環狀圍巾、鉗子、鬈髮器、真空封口機、聖誕燈飾、原子筆多入組、矽膠攪拌器三入組、降噪耳機、電子秤、太陽眼鏡、維他命、手電筒、傘、大力鉗、皮夾、電子肉類溫度計、狗食餅乾、玩偶、彈性襪、洗髮精、書、橡皮小鴨、旅行用咖啡杯、法式濾壓壺、捲尺、兒童襪、奇異筆、嬰兒包巾、護膝、貓床、剪刀、太陽眼鏡、聖誕燈飾、真美牌工具箱、泰迪熊、書、高蛋白粉、修鼻毛器、撲克牌、火鉗、手機充電器、烤盤、手環、多功能工具組、毛帽、夜燈、多入組男性內衣、菜刀、瑜伽墊、擦手毛巾、聖誕燈飾、皮帶、沙拉脫水器、影印紙五百張/包、纖維錠、鍋鏟組、書、連帽衣、平板保護套、手持式攪拌棒、餅乾模具、平板電腦、鍵盤、手機充電器、公仔。

每完成一個品項，辛妮亞的腳便多疼一分，不久肩膀也開始不適，關節劈啪作響，肌肉陣陣抽動。有幾次，她停在牆邊或某個僻靜角落，將靴子或是放鬆或是綁緊，試圖找出一個舒服的點，以免腳被蹂躪得皮開肉綻。然而那條黃線毫不留情。只要停留得稍久，就能看出它前進的速度變慢。有一、兩次，她是眞的連跑帶跳，線果然轉綠，但也就那麼一下下。

這份工作無須用腦。一旦習慣了錶的節奏，就能不假思索地從貨架走到輸送帶再走到貨架。偶爾，貨品放置的位子會讓她有點手忙腳亂，把倉儲箱推過來又推過去，多浪費了好幾秒才找到要找的東西。不過大部分時間都算順利。

爲了不去注意自己的腳痛和工作的單調無趣，她暗自盤算著計畫。

目標很簡單：進入能源處理設施。

說起來是簡單，但她可是得進到一棟建築裡面去。

就實務而言，這是一場噩夢。

設施位在園區另一頭，只能藉由她無法搭乘的電車前往——她的雲錶不太可能容許她上車。也不能走路去。她已經把那些衛星照片記得滾瓜爛熟，全部都是平坦地形，宿舍與倉庫區之間有許多開放場地，在到達處理廠之前還要經過風力與太陽能場，那裡的開放空間更多。以雲集團的監視技術看來，甚至可以聚焦到一個老人坐在門廊上喝一瓶私釀酒的程度。她是不會輕易冒險，因爲他們要鎖定追蹤她太容易了。

要進去就得搭電車，否則至少也得走電車隧道。她並不擔心被看見，誠如紀卜森在影片中所說，監視器不是無所不在。問題在於她手腕上那個該死的GPS。

一個一個解決吧。

手錶指示她去取一個手機充電器，她連忙跑向貨架，快走到輸送帶，正準備找下一個物件時，卻發現手錶出現新訊息。

妳現在可以休息十五分鐘，上洗手間。

辛妮亞位在一大片保健與美容商品之間。當她一停下來，舞蹈般的律動隨即瓦解。接著只是左蹦右跳，一邊讓路給匆忙奔走的紅衣人，一邊試著釐清方位，但卻做不到。

她於是舉起手，按下錶冠說：「廁所。」

手錶命令她左轉，她笑了一聲，不去多想內心隱隱感受到的一股嫌惡，因爲現在有某個地方已記錄下她在某星期二上午十一點十五分去尿尿。

光是到廁所就花了將近七分鐘，她暗自慶幸只是要上小號。她走進一個長形空間，灰色地磚，一排洗手台上方有一面長鏡，洗手台前擠滿紅衣女子，裡面的白燈嗡嗡響，亮得發藍。廁所裡瀰漫著尿騷味，她好不容易找到一個沒人的廁間，發現地上丟滿衛生紙，馬桶裡全是暗黃色液體，而且塞了更多衛生紙。

她嘆了口氣，直接蹲在馬桶座上方小解，沒坐下來，之後也沒沖水，何必多此一舉呢？出了廁間來到洗手台前，擠開了其他紅衣人洗完手，把臉湊到鏡子前面。

她眼皮沉重。少了能令她分心的慣性動作後，便感覺到兩腳腫脹。她考慮要脫下靴子，又怕反而更糟。她不想看到腳的慘況，因此走出廁所後，找到一個雲點服務站，心想休息時間應該還剩兩、三分鐘。她按一下螢幕，有個聲音說：「**歡迎使用，辛妮亞！**」

她搜尋「布鞋」選項，看到第一雙就馬上點選。是螢光綠色，像外星人的嘔吐物，但有存貨。她不在乎，總之就是不想明天還穿這雙靴子。

她又加購了圖釘和幾塊大大的印度掛布——就像在大學校園看見的那種萬花筒圖案掛布，有些吸大麻吸太多的學生會在房間牆上掛這種布。她要利用這個來離開房間。

最後還需要一件工具，但她不想被追蹤到。

她設定讓所有商品送到宿舍房間之後，便轉身離開雲點。

雲點，兩個步驟的第一步。

雲集團的整個基本設施，從無人機的飛行到藉由手錶指示方向，都是透過專屬的衛星網路支援，無法從外部駭入。幾個星期前，辛妮亞曾試著在周邊刺探，只是想看看會有什麼結果，然而卻有如用指甲摳水泥牆。要想進入這個網路，就只能從公司內部下手。

她需要的是簡圖，是地圖，是暴露這個地方內在的任何東西，卻怎麼也找不到。她還試了其他方法，環境影響研究、業務紀錄、郡府的建築管理處。早期要蓋這樣一個地方，必須遞交數不盡的文件。但拜所謂的程序精簡法所賜（由紀卜森·威爾斯倡議），大型企業可免除這些繁文縟節，因爲這「有礙創造就業機會」。

她需要知道有沒有辦法到處走動又不被偵測到？能不能找到進入能源處理中心的後門？連通地道、大型管線，什麼都行。不過最簡單的還是連進雲點網路去取得她需要的東西。首先得弄到雲集團的一小部分密碼。

這時手腕上嗶一聲，黃線又回來了。

妳目前的揀貨率：73%

接著：

若降到60%以下，將會對員工評等造成負面影響。

接著：

記得補充水分！

接著：

出現一個貨架與貨箱號碼，並附上一本書的照片。

辛妮亞嘆了口氣，轉身慢跑離開。

紀卜森

我想花一點時間談談我們的員工評等制度。

我在職業生涯中做了許多具爭議性的事，不一定每次都對，但是對的比錯的多，否則走不了這麼遠。而我做過的所有事情當中，又以這件事最受到抨擊。

我記得最初引進這個制度是在公司創立大約兩、三年的時候，當時情況終於開始有了起色，我也發覺到我們需要一點特色才能脫穎而出。要確實挑戰公司員工，讓他們竭盡全力打拚。一個團隊中最慢最弱的成員只會拖累整個團隊。

好，爲了讓你們了解我的想法，我來說一則小故事，是關於我就讀的小學：紐貝里明星學院。那個年代有一些不同類型的小學：公立學校是由政府出錢，私立學校通常與宗教機構有關，還有公辦民營的學校。紐貝里就是公辦民營。這種學校由公家提供經費，卻屬私人公司所有，所以不需要墨守政府教育委員會的許多無聊規定。

以前常有個情形發生，就是一群毫無教育經驗的政客聚集起來，提出一些所謂適用於每個地方、每個學童的制式方案。可是不是每個學童的學習狀況都一樣。你們聽了可能會很驚訝，其實我考試成績很差。到了大考的早上我都緊張得要命，幾乎每天上學途中都會吐得亂七八糟。

公辦民營小學將權力交到教育人士手中，設計出適合學童的課程。再也不必去應付某個荒謬的標準——眞正重要的標準就由身處教育界的專業戰士來決定。正是我喜歡的制度。如今施行的就是這種教育制度，應該不令人意外吧。

總之呢，在我們學校，每學期成績單最上方都會有個星號評分。想當然了，五顆星代表成績優異，一顆星代表大有問題。我通常都拿四顆星，但有時候也會掉到三顆星。

老師和校長都喜歡這個做法，因爲一眼就能看出學生的程度。教育是件複雜的大事，成績單上有個人的積點、平均分數和老師評語，顯然是冗長得多。但用五顆星星就簡單了，比以前用字母A、B、C、D之類來打分，還附上「加」和「減」要好得多了。那種方式太過複雜。C+到底代表什麼？爲什麼只有A、B、C、D和F？E跑哪去了？

五星評等方式大家都了解。無論是去買東西或是看影片或是餐廳評鑑，每天都看得到。那何不引進學校體系呢？這幫助很大，至少對我而言。你們別不相信，那時候我要是拿三顆星回家，爸爸就會叫我坐下跟我長談，告訴我加倍用功讀書的重要性。即使我拿到四顆星，即使明知五顆星幾乎是遙不可及，他還是希望我朝那個目標努力。

四顆星有冰淇淋吃。爸爸會帶我到我們家附近的「蛋哥」冰淇淋店，給我買兩球香草聖代，淋上熱巧克力和融化的棉花糖，再灑上花生醬碎片，然後他會問我：「你怎樣才能考得更好？」

我要是拿到三顆星，他也會問同樣的話，只是沒有冰淇淋吃。

於是我的目標總會設定在五顆星，但同時也知道即使做不到，即使只拿到四顆星，還是可以很自豪。在我心裡，三顆星等於不及格，而事實根本不是如此！三顆星已經很不錯了，只有跌到兩顆星才算是不及格。但你們有沒有看到它的效果？它讓我有了目標，激勵我給自己設定高標準。

我念紐貝里那會兒，有很多公立學校正在轉型爲公辦民營，學區辦公室還有很多舊合約要處理。比方說吧，工會可能會協商出很棒的條件，就算老師跑去殺人放火，還是照領薪水，外加一倍半的假日。

這就是工會的問題，對吧？天底下最大的詐騙組織。早期，當工人被剝削，逼不得已要進入不安全的地底下工作，組工會完全合情合理。但是三角內衣工廠火災已經是久遠的往事，以現在的運作體制，這種事再也不會發生，也不可能發生。美國消費者會用手上的錢投票，如果一家公司眞的那麼差，就不會有人去爲它工作或是買它的產品。就這麼簡單。

那時候學校裡有個工友，古龍特先生，因爲他年紀很大，我們老是開玩笑喊他「骷髏頭先生」。他看起來好像將近一百歲，每次看他推著掃把走過走廊，一副快要拿不住的樣子，總覺得有點可憐。有時候教室裡弄髒了，老師甚至會自己打掃，因爲要是叫古龍特先生來，他常常會在學生已經換教室了才出現。

他是占茅坑的人，我們都這麼說這種人。工會會員協商取得有油水可撈的合約，所以他們無意退休。他們不斷地繼續工作，因爲他們知道永遠不會被炒魷魚。就算太老了做不動了，只要露個面還是可以領薪水、享有醫療保險等等。多好的工作，只要能應徵得上。

你會覺得這人年紀都這麼大了，應該留點時間給自己，盡量享受最後的時光。可是他偏不，他就想拿著那張黃金車票一路坐到終點站。設立公司之初，對這件事我想了很多。因爲像這樣的公司，有那麼多人爲你工作，這簡直不可思議。

你們知道雲集團有多少員工嗎？我可以發誓，連我自己都不知道。因爲底下有子公司，處理中心的員工也會輪換，而且每天都有新公司成立，實在無法知道確切數字。我頂多只能說，不下三千萬。

想想看，三千萬哪。把美國半數大都市的人口加總起來，都沒有這麼多人。當你有三千萬人要管理，就得想出一個運作系統讓管理工作稍微簡單一點。評等制度就是這麼來的。這是用來評估工作表現的一個透明、精簡的方式。因爲得到兩顆或三顆星的員工會知道自己要再努力一點。

我們不是都想當五星級的人嗎？

如果是四星勞工，表示狀態很不錯。三星的話，也許可以加緊腳步。二星，就該開始埋頭努力，展現自己的價值。

所以一星就是自動解雇。

我每天起床、上班，總是盡力而爲，對員工也必須有同樣的期許。我才不管《紐約時報》說什麼，那些社論只會叫囂謾罵，說我對美國勞工怎樣又怎樣，說我「低估」他們，說我「過度簡化一個複雜的制度」。

我正是要這麼做呀！將複雜的制度簡化再簡化。到目前為止成效十分不錯。我把必要的工具交給員工，讓他們成為自己命運的主宰。而這個做法是一體兩面，一星員工不只拉低平均值，也不適任。你總不會叫醫生去吹製玻璃，或是叫屠夫去設計網站吧。每個人各有所長。沒錯，雲集團是個大雇主，但或許你並不適合這裡。

總之，就這樣吧，我並不打算為我在雲集團的營運過程全部重新辯駁一次。只是我常常被問到這個，至少以前較常接受訪問時總會被問這題，因此我真的很想一吐為快。

除此之外，一直有人在問我情況如何。我情況很好，正在試一種新的癌症療法，我的主治醫師說在老鼠身上做的實驗結果很樂觀，只不過我不是老鼠，所以不知道他為何如此樂觀。副作用不太嚴重，只是比較容易餓，但像我體重掉這麼快，會餓倒也不是壞事。

另外我還想回應一下昨天某商業部落格的一篇報導。是哪個部落格我就不說了，因為不想增加它的網站流量。文中說我即將指定雷伊．卡森為公司接班人。

我已經說得再清楚不過：我尚未將最後決定告訴任何人，因為我尚未作出最後決定。雲集團仍然正常運作，公司有董事有經理，這是不會變的。所以，各位，請稍微尊重我和我的願望和我的家人。

關於這一切，很快就會有所宣布。

派斯頓

開放式辦公區另一頭傳來一聲吶喊與轟隆聲。派斯頓正在用平板看影片，熟悉公司內部或周遭發生各種意外時的文書工作：有人受傷、有東西被偷、有人死亡……要填哪些表格。聽到聲響，他不禁抬起頭來，越過隔間矮牆望過去。

他看見有六、七名藍衣人與一名綠衣人扭打在一起。綠衣人精瘦有力，一把老鼠色的鬍子長及肚臍。他極力想擺脫其他人，忽然有個身材細瘦、理著小平頭的藍衣人從人群中衝出來，往他下巴揍了一拳。

長鬍子重重摔倒在地，那人啐了一口說：「這還差不多！」

派斯頓看不出那人是男是女。音色聽起來像是女性，但瘦小的身形、俐落的短髮，加上毫無曲線美，更像是個年輕男子。

不一會兒，他發覺那人已轉身離開躺在地上的男人，朝他的方向走來。接著來到他的座位隔間，問道：「你是派斯頓？我達柯塔。」

中性名字，無助於分辨，但派斯頓隨即注意到對方的喉頭曲線平滑，不見喉結。

他起身與她握手。她的錶帶是黑色皮革，周圍鑲有鉚釘。

「很高興認識妳。」派斯頓說。

「但願如此。」她高高聳起一邊眉毛說道：「我是你的新搭檔。我們去走走吧。」

達柯塔猛地轉身，昂首闊步走開。派斯頓小跑追上，就在離開辦公區時來到她身後，齊步走進行政中心那單調的混凝土磨石走廊。

「剛才為什麼要加入？」

她愣了一下才想起來，就好像暴力的爆發是突如其來的舉動，轉眼就能忘記。「蓋伊把一家按摩會館變成色情按摩院。」

「妳出手滿狠的。」

「你看不過去？」

「除非他不是罪有應得。」

她笑起來。「有些女孩不完全是自願的，所以你說呢？」

「那我覺得妳下手可以再重一點。」派斯頓說，並掙得一個微笑。「我怎麼不知道在這裡工作還有搭檔？我們看的那些影片，保全人員通常都獨自行動。」

「藍衣的工作大多是單獨行動，除非是特別計畫或是專案小組之類的。」達柯塔將臉微微轉向派斯頓，上下打量。那只眉毛又揚起來。「杜布茲跟我說夾帶毒品的問題要靠你解決。」

「我還沒有正式答應……」

達柯塔微微一笑。「你答應啦。」

他們來到電梯區，達柯塔舉起手腕刷一下面板之後，雙手往後背，又看派斯頓一眼。他實在看不出她究竟是有意想多認識他，或者覺得他很麻煩。她的神情猶如一張白紙。

「我們現在要去哪？」派斯頓問。

「到處走走。」她說：「讓你伸伸腿。聽說到現在已經三個小時了，那些介紹影片有夠長。」

「我沒看時間，不過好像差不多。」

「那些內容主要都在推卸責任。」達柯塔說：「不是你，是說管理階層。要是出差錯，他們就可以說這些東西都複習過了，不是他們的錯，是你的錯。」

來了一部空電梯，他們進入後，達柯塔按了最底下一層樓，去電車站。電梯門關上時，她說：「其實不需要我告訴你，你以前在監獄工作過。不過在這裡待久了，你會發現做事的方式有兩種，一種是雲集團的方式，一種是正確的方式。這兩者有時候一樣，有時候不一樣。」

「這個概念我很熟悉，沒錯。」派斯頓說。

他們出電梯經走廊，過轉角後看見牆邊有一長排自助式服務機台，前面排了一大堆人。他們可以利用機台輸入問題（詢問住宿、銀行等等），便會知道該前往哪一樓哪個辦公室。

達柯塔沒有說話，似乎是不想說。她逕自走著，派斯頓尾隨在後。有幾個人瞄了他們一眼。這種舞步他明白。杜布茲說polo衫有平衡的作用，其實並沒有。即便徽章是錫製材質，只要燈光投射的角度對了，還是會閃閃發亮。

一輛電車抵達，他們上了車。乘客似乎自動爲他們讓路。達柯塔仍然沒說話。這點，派斯頓也明白。他們如果說話，如果像一般人一樣交談，會顯得太人性化。

派斯頓眞痛恨自己如此輕易便又回復這樣的心態。好像又再度巡視起囚房來了。

他們搭著電車經過醫護中心，接著是倉庫與入口大樓，最後抵達橡樹館大廳。搭手扶梯上樓後，來到散步道的電車站，這裡有一條電車線是從入口大樓往處理廠方向。另外也有裝卸貨區，全是供應散步道店家的食物與貨品。其中許多商品都是利用後側加裝輪式棧板的電動高爾夫球車載運。這裡是個廣大而繁忙的空間，穿著綠色與褐色制服的員工來去匆匆地搬貨。

達柯塔清清喉嚨說：「就是這裡。問題區就在這裡。」

「什麼意思？」

「什麼東西都從這裡進來。」她說：「當然嚴格說起來，都是從入口大樓進來的，可是那邊大部分是大型包裹，之後再分批發送到該去的地方。我們推測混沌是從這裡進來的。也許每次夾在不同的貨物裡。有可能是一夥員工所爲，也有可能是單獨行事。我們不知道的事情太多了。不過直覺告訴我，一切的源頭就在這裡。」

派斯頓走動了一下，沒有特定目標，只是隨意看看。看得出來這裡有可能是不錯的入口點：有很多隱密暗處，有高球車停放處，有許多門大概是通往店家後面那些蛛網般的曲折通道，還有百多人在卸貨裝車。要監視這整個地方，恐怕需要一支軍隊。

「爲什麼不乾脆多裝一點監視器？」派斯頓問。

達柯塔搖搖頭。「主子不喜歡。影片裡面有提到，對吧？杜布茲去爭取過，但這是最高層那個人的意思，說那些玩意不溫馨，會讓人不自在。」說到最後幾個字，她做了個引號手勢，還翻了個大白眼。

「拜託，那還讓這麼多人隨時隨地戴著追蹤手錶。」

達柯塔聳聳肩。「等我們哪個人買下這家公司，就可以改變政策了。」

派斯頓又走了幾步，觀察四周環境。「用食品偷運向來是最熱門的。這邊有一小段時間，海洛因忽然爆增，後來查到全都是塞進花生醬罐頭裡偷運進來，警犬聞不出來。」

「食物的運送，我們已經來來回回查過好幾次。」她說。

「跟我說說混沌吧。」派斯頓說：「我跟杜布茲提過，我連那個是什麼都不知道。」

「是啊，他講了。」她環顧四周，以確定身旁無人。「過來。」

她帶他到一個僻靜角落，旁邊有長長一排高球車正在充電。她伸手從口袋拿出一個小塑膠盒，約莫和郵票一樣寬，稍微長一點。她打開盒子，從裡面滑出一張薄膜，呈綠色、方形，只比盒子小一點。像口氣芳香片。

「就這個？」派斯頓問。

她點點頭。他從她手上取過薄片，翻轉一下。只覺得又輕、又薄，還有點黏黏的。

達柯塔重新取回，又放進盒子。「從嘴巴裡吸收後直接進入循環系統，避開了腸胃道以免被分解。」

「你們怎麼知道不是有人直接攜帶進來？我昨天進來的時候，搞不好就帶了四、五公斤。」

達柯塔噗哧一笑。不是陪著他笑，而是笑他，他立刻覺得臉漲紅起來。「嗅測器。你通過的掃描儀都有裝。那比狗更有效，因為你不知道有它們的存在。你以為我們沒想到嗎？」

「那訪客呢？進進出出的人呢？」

「第一，在這裡不管是訪客或居民，都要通過掃描儀。」她說：「第二，這裡的訪客不多。你知道租一輛車或搭飛機要多少錢嗎？以前我剛進公司的時候，我媽每個月來看我一次，現在我們只有感恩節會碰面。」

「那麼納洛酮呢？能不能防止混沌使用過量？」

「不同的化學作用，無法防止。有點概念好嗎？」

湧上他臉頰的血液開始沸騰了。「我猜妳之所以來找我，是因為想聽聽新觀點，對吧？所以，我當然要丟出幾個顯而易見的問題。妳自己要是有辦法，就不會來問我了。」

這番話彷彿腐蝕著他的嘴。達柯塔頓了一下，雙眼微微瞪大。

「對不起，」他說：「說得有點過火了。」

「不會。」達柯塔翹起嘴唇，露齒而笑。「完全恰到好處。來吧，我們再去走走。」

他們默默地閒逛片刻，最後派斯頓受不了了，便開口問道：「妳以前是做什麼的？」

「大多都在打零工。做一些夜班警衛的工作，因爲晚上安靜，讓我有時間看書，大概就是這樣換來換去就換到這裡來了。」她說。

他們走進散步道，來往的人潮源源不絕。在商店裡、在上層走道，派斯頓不時瞥見穿藍色polo衫的人，其中有幾個也看見他，並輕輕點頭。

「老實說，我並不想當保全。」派斯頓說：「我想進倉庫區，其實什麼顏色都好，就是不要藍色。」

「爲什麼？」達柯塔問。

「不怎麼喜歡這個工作。」

「這裡和監獄完全不一樣。」達柯塔說：「應該是吧。其實我懂，我剛來的時候也不太提得起勁，不過我告訴你，享受到額外甜頭就有勁了。」

她說「額外甜頭」的口氣就像在說「祕密」一樣。大致上，派斯頓明白她的意思。監獄裡也有甜頭。違禁品並不是丟進垃圾堆，通常都是跟著發現的獄警回家，而多數時候發現的不是錢就是毒品。

派斯頓倒是沒親眼見過，但聽說過。

「比方說什麼？」他問。

「你要是想休個假，寄望杜布茲比寄望隨便哪個白人都有用得多。」達柯塔說：「他會照顧我們，只要他看到你做了對的事。」

所謂「對的事」似乎別有所指。當然別有所指了。派斯頓知道自己尚未能獲得更進一步的對待，但他希望能夠。對此心態他自己也感訝異，想要達柯塔喜歡他，希望她尊重他。認同貞是個古怪的東西，好像一顆小藥丸，一丟進嘴裡就能讓人覺得通體舒服。

他們倆同時轉向叫喊聲來處，只見一間便利商店門口，有個穿綠色polo衫的肥胖老人在朝他們揮手。達柯塔立即快步走去，派斯頓隨後跟著。

「警衛！警衛！」

那間店很小，有零食和盥洗用品，內側牆邊有雜誌架，以及冰著飲料的冰箱。一個瘦瘦高高、穿紅色polo衫的黑人被老人抓住了手臂。那個黑人——頂多只是個孩子吧——奮力想掙脫，但老人高胖肥壯，手勁很強。

「怎麼回事，雷夫？」達柯塔問。

「我逮到這小子偷東西。」綠衣老人雷夫說，主要是對著達柯塔，但同時也用懷疑的眼光瞟了派斯頓幾眼。

「我沒偷東西。」孩子說道，最後又用力一扯，終於掙脫出來，不過也沒開跑，只是後退幾步，想保持距離。

「他偷了一條巧克力棒。」雷夫說。

「沒有。」孩子說著激動起來。「沒有，我沒有。」

「搜他的身。」雷夫說道，命令的口吻。

孩子主動翻出口袋，都是空的。他來回看著派斯頓與達柯塔，聳聳肩說：「看到沒？」

「肯定是吃掉了。」雷夫說。

「那包裝紙呢？」孩子問。

達柯塔回頭看雷夫，彷彿在重複他的問題。

「我怎麼會知道？」雷夫說：「現在的小孩很鬼靈精。總之他偷了，我兩隻眼睛看得清清楚楚。進到店裡面來，就一副很可疑的樣子。」

少年哼了一聲。「可疑個頭。我有哪一點可疑，還不是因爲我的膚色？」

雷夫雙手往上一舉，頓時生氣了。「喂，喂，我可沒有種族歧視。你別想扣我帽子……」

「我沒有扣帽子，」少年幾乎是吼著說：「我只是說實話。」

就是這個時候，情況會變好或變壞的引爆點就是這個時候，而處理引爆點的唯一方法就是隔離。「喂，」派斯頓指著雷夫說：「你，到那邊去。問題交給我們解決。」

雷夫兩手一舉，走回櫃台。

「做得好。」達柯塔小聲對派斯頓說，然後對少年點了點頭，問道：「你有拿嗎？」

少年將雙手舉到面前，一邊說一邊劈著手刀加重語氣說：「到底要我說幾次？沒有。」

「好吧，年輕人，你聽我說，現在的情形是這樣。」她說：「雷夫年紀大了，也有點混蛋。他會把事情鬧大，到最後你很可能被記過處分。或者你也可以現在就給他幾個積點，我們會跟他說你付錢了，說服他別再計較。」

「所以妳是要我付錢買一條我沒拿的巧克力棒，只因爲那個種族歧視的老人比較會吵？妳希望這樣？」

「不，我希望有個對大家都好又最沒有阻力的做法。」達柯塔說：「也就是讓這件事在兩分鐘內結束，沒有人被記過，一個月後你甚至不會記得這次付出的代價。你明白我的意思嗎？」

少年看著人在櫃台的雷夫。他不樂意，派斯頓也是，但他了解達柯塔的想法其來有自。有時候只有不去計較一些小節才能相安無事。

一個積點的兌換率多少來著？

「這樣不對。」少年說。

「這樣也許不對，可是對每個人來說都簡單，包括你在內。」她說：「還有其他一大堆店不是討厭的老人開的，你大可以去那些店。所以，算我拜託你，幫我們大家一個忙，這次就咬咬牙忍過去，好漢不吃眼前虧嘛。」

少年嘆了口氣，肩膀往下一垂。然後走到櫃台邊，點一下手錶，往感應圓盤上一揮，圓盤隨即亮起綠燈。

「我就知道。」雷夫洋洋得意地說。

少年本來都已經轉身要走了，聽到這話又停下來，握起拳頭，低著頭閉上眼睛，眞的很想一拳朝老人的臉揮去。派斯頓上前一步，站到孩子身邊，低聲對他說話不讓雷夫聽見。

「不值得。」他說：「你知道的，他不值得。」

少年睜開眼睛，皺起眉頭，用力推開派斯頓走出店門。

達柯塔轉向雷夫，嘆氣道：「你眞是個王八蛋，你知道嗎？」

他聳聳肩，露出勝利的微笑。「怎樣？」

達柯塔隨即離開，派斯頓跟了出來。到了店主聽不見的地方，派斯頓說：「那孩子並沒有錯，妳知道的。」

「你以為只有他不好過嗎？要是我把雷夫和孩子一起帶回去，你知道會怎麼樣嗎？杜布茲會叫我坐下，然後說」——她把聲音降低幾度——「有必要為了一根巧克力棒搞得大家人仰馬翻？」接著她恢復正常聲調說：「他說得也沒錯，只是幾個積點而已，何必大作文章。」

「所以說杜布茲喜歡這麼解決事情？」

「當事件被登記以後，會變成數據，數據又會變成報告。那些報告可以決定很多事情。我們的工作就是盡量不讓數字升高。你可以把它想成是反向配額。往上送的東西愈少愈好。」

他們又走了一會兒，穿越第二棟宿舍，進到下一段散步道，最後來到第三棟。派斯頓的錶響了。

值班結束。下一班次於十四個小時後開始。

達柯塔也看了自己的錶。她肩膀放鬆下來，應該是因爲收到相同訊息。「你的直覺反應不錯，」她說：「知道要把他們分開來，我想你會做得很好。杜布茲的話考慮一下，好嗎？這份工作很多時候都是走來走去，爲了讓人看見。混沌專案小組的工作至少還算有趣。」

「我會想一想。」派斯頓說。

「好，那就明天見了。」

她轉身就走，沒等他回應。看她消失在人群中後，他的胃開始抗議，於是他信步走到生活遊憩館，卻不太知道要吃什麼，直到看見「雲堡」。他一直想來吃吃看。雲堡名氣響亮，據說是全國最美味又平價的速食漢堡店之一，卻只有在母雲機構內才吃得到。

漢堡聽起來可以接受。今天值得吃一個漢堡。他都已經不記得上次吃漢堡是什麼時候的事了。他走進餐廳，熱煎肉排與油炸氣味立刻撲鼻而來。店內滿滿的人，幾乎座無虛席，只有角落一張小桌旁有個空位，對面坐的竟是辛妮亞。

辛妮亞

值班結束，下一班次於十二個小時後開始。

辛妮亞低頭看錶，既覺得鬆了口氣卻也氣憤。眞實世界中的生活就是這樣嗎？有個期限是她習慣的模式，工作來了就接。但像這樣，要去打卡，或至少是讓錶替你打卡，她不喜歡。她需要七個半小時的睡眠時間，頭腦才會清醒，也就是說有四個半小時的自由時間，看起來並不多。

是否想前往最近的出口？

辛妮亞將錶舉到嘴邊說：「是。」

她隨著導向的震動穿過倉庫區，花了二十分鐘才找到出口。出了門，原以爲會看見走廊通道之類的通往電車或電梯，不料卻來到一個房間，和她排隊進入倉庫的那間十分相似。一長條蜿蜒的人龍，最末端：人體掃描儀。身穿藍色polo衫、手戴淺藍色乳膠手套的男女員工，揮手示意排隊的人進入掃描儀，叫他們舉起雙手，接著機器的巨大葉片便咻咻地繞著他們轉動。

「我可以過去嗎？」

有位年輕的亞裔女子站在她後面，辛妮亞這才發覺自己擋在門口。「當然可以，對不起。」當女子與她擦身而過，辛妮亞說道：「我今天第一天上班。這裡是出口嗎？」

女子板著臉點點頭。「是，出去前要先掃描。」

辛妮亞嘆了口氣，便隨著女子去排隊。五分鐘過去，接著十分鐘，到了第十八分鐘，辛妮亞才走進掃描儀，雙手高舉過頭，讓機器葉片繞著她旋轉。那是毫米波掃描儀，投射在她身上的電磁波束會穿透衣物，產生動畫影像。在掃描儀另一邊的男子看著螢幕點點頭，揮手讓她通過。辛妮亞回頭一瞥，看見螢幕上有自己的輪廓，只能隱約看出乳頭的陰影和兩腿間的一叢毛髮。看到這個，再看到保全人員盯著螢幕咧嘴而笑的表情，眞想賞他一巴掌，這股小小衝動讓她指尖發麻，像靜電一樣。

證實她沒有偷竊任何東西後，她才獲准離開，經過一條彎曲的長廊來到電車月台。等車時，她問身邊一個黑髮尖鼻的年輕男子：「每天都這樣嗎？」

「什麼東西每天都怎樣？」他反問道，眼睛沒看她。

「那個偷窺秀。」她說：「要出來就得排隊等二十分鐘。」

他聳聳肩。像是說：**事情就是這樣**。

「那個時間也有錢拿嗎？」

他笑出聲來，終於正眼看她。他的錶帶是橡膠材質，亮橘紅色。

「第一天嗎？」他問。

她點點頭。

「歡迎加入雲集團。」他正說著，電車便進站了。他擠過人群上車搶位，她也隨後上車，但沒站在他旁邊，因爲他是個愛挖苦人的小王八蛋，她再也不想跟這人說話。她默默端詳周遭乘客，每個人都顯得疲憊不堪，要不是獨自勉強撐著，就是一些看似友善的人彼此支撐。當電車啓動，滑過軌道，突如其來的動力害幾個人打了個踉蹌。

在這個臭氣沖天的地方每多待一秒鐘，就讓辛妮亞更想盡早結束工作。那感覺就像……一股氣味慢慢滲入肌膚，彷彿牛欄裡疏於照顧的牛群發出濃濃濁臭，而她的腳也好像深深陷入堆積在地上的牛糞。

想也知道，電車跑到一半忽然停了，乘客齊聲發出哀嘆。接著傳出一聲鈴響，一個機器男聲說道：「為了各位乘客的安全著想，軌道上有雜物必須移除。電車稍後便會恢復行駛。」

看每個人的反應——氣惱卻認命——這種事似乎經常發生。辛妮亞旁邊的女子看起來頗為友善，金髮、漂亮的眼鏡、身上許多刺青。辛妮亞便問她：「是怎麼回事？」

「每星期都會發生幾次。」女子說：「馬上就會清除了。我們總不想翻車吧？」

結果不是太友善。不過辛妮亞想起了她作調查時無意中看見的一篇報導：十年前母雲發生過出軌意外，因為天花板上的磁磚掉落軌道上，死了兩個人。電車是磁浮列車，代表車廂沒有真正碰到軌道，而是懸浮在數毫米上方，這樣能提升速度並減少磨損。如此一來顯然就容易出軌了。

幾分鐘後電車再次上路，她到站後下車，搭電梯上樓，進入自己的房間。一開燈，流理台上放了一個盒子，她當下愣住。第一，因為她一時忘記自己訂購了東西；其次，她以為盒子應該會放門外，或是到某處領取，而不是放在她的廚房流理台上，這表示有人進過她的房間。

她掃了房間一圈，沒花太多時間。看不見的地方就用手摸，查看廚櫃和衣櫥，以確認沒有留下其他東西。接著檢查包包，化妝箱完好，筆電沒有打開過，因為若是有其他人打開，登入錯誤的指紋，電腦內部資料會自動銷毀。

檢查完後，她坐到床上，脫下靴子。後腳踝磨破皮流血了，好幾層白色的死皮擠向腳後跟，皺成一團。還有幾隻腳趾的關節處擦傷。脫下靴子後，傷口暴露在空氣中，頓時活了過來陣陣抽痛。

她在櫃子裡找到一小捲紙巾，抓了一把在水槽打濕，用來擦洗腳，紙巾跟著變成粉紅色。再從包包裡拿出急救箱，在破皮處擦了一點抗生素軟膏，然後給腳纏上繃帶。

弄完後，她檢視自己的包紮技巧，還算差強人意，便動手打開包裹，把所有東西放到一旁，只留下布鞋。她先套上襪子，再試尺寸。需要先穿一陣子才會更合腳，也就是說接下來一個星期都得忍受腳的傷痛疲累，不過至少比靴子好。

她步行下樓到大廳，沿散步道往生活遊憩館，想去吃點東西。她邊走邊注意雲點設置地點、顯眼程度。這些機台多半嵌入牆壁，但底部都有檢修蓋板，只能用單一特殊的圓形鑰匙打開。要取得複製的鑰匙不太可能，但是這種鎖，她只要將原子筆的塑膠管切割成適當形狀，幾秒鐘就能打開。

簡單得很。

真正的問題在於植入 Gopher 軟體。

無論她選中哪台雲點，拜手錶之賜都會留下紀錄，也就是說她必須在沒有戴雲錶的時候去植入。

她打算利用老派的社交工程讓自己能四處活動。上下電車不能不刷錶，可是搭電梯時，禮節勝出。當電梯擠滿人，而且大家都到一樓，就會有人沒刷錶。

現在問題變成怎麼不戴錶出房間。

這個的話，她還需要一樣東西。她在各個商店逛進逛出，最後找到一家店，收銀台旁擺了一些多功能工具組，看起來夠堅固，派得上用場。

但她不喜歡那個躲在櫃台後面的男人，穿著綠衣活像隻癩蛤蟆，臉上露出「**妳不是白人，所以八成會亂偷東西**」的表情。她有一度考慮直接買了工具組就走，但心想凡是付錢買的東西都會登錄有案，得以追蹤。她買過的物品清單，肯定埋藏在雲集團電腦大腦的深處。

她能活到今天是因爲處事小心。

有時候小心行事意味著要繞遠路。

再者，她不喜歡那個人的表情。

於是她在店裡打轉佯裝在找東西，一面留意著監視器，發現店內並未裝設後，便走到後方擺放許多糖果與蛋白棒的地方。她用眼角餘光瞄向男人，只見他毫不掩飾地盯著她看。

她翻找著糖果，像是在作選擇，一隻手趁機往裡鑽，用指尖將架子的螺絲懸鬆，直到只差一點就要掉落，然後抽出一包酸味水果軟糖，拿到櫃台結帳並說：「那邊那個架子好像有點鬆了，從上面往下數第四層。」

他沒動，只是看著付款感應器，她把糖果放到感應器旁，刷一下手錶。付款完成，他有所感地點點頭，就好像她證明了他對整個有色族群的印象是錯的。她送給他一個「**去死吧**」的微笑，他則慢慢走向架子。不料才碰了一下，架子就嘩啦啦垮了，就在這個時候，辛妮亞摸了一個工具組放進自己的後褲袋。

他轉身看她，想要怪她又不知從何怪起，辛妮亞只是聳聳肩說：「我就說吧。」

在倉庫區工作了那麼久，剛才又忙著讓那個爛人不好過，她覺得飢腸轆轆，便往生活遊憩館去，在各個樓層與亮晶晶的招牌間東挑西選。雲堡吸引了她的目光。便宜牛肉的魅力難以抵擋。她兩條腿軟趴趴，需要補充蛋白質。

餐廳內潔淨而擁擠。偶有紅色點綴的白色手感磚，搭配仿木金屬桌。她坐在靠後面的一張空桌，桌上有個平板請她點餐。她點了雙層起司雲堡、大份薯條、一瓶水。點完後，刷手錶付錢，螢幕告訴她餐點會在七分鐘內送到。

她一邊等候一邊玩弄手錶，上下左右滑動到各個不同畫面，發現有一個健康資料的畫面。她今天走了一萬六千步，大約相當於十三公里。她不禁後悔沒有加點一份奶昔。

幾分鐘後，還不到七分鐘，一個穿綠色polo衫、身材圓胖的拉丁裔女子，將托盤擺到她面前。辛妮亞對她微笑點頭，女子卻沒有反應，直接轉身回廚房。

辛妮亞拿起用蠟紙袋包裝的漢堡，很燙，簡直太燙了，可是她已經餓得受不了。她咬下一口，眼睛立刻往內鬥，不只因爲好久沒吃牛肉（實在不值得花那麼多錢），還因爲確實好吃。用鐵板煎成深褐色，口感清脆，起司融化後滲入凹凸不平的表面。另外還加了一種淡粉紅醬汁，略帶酸味，正好能化解肥肉的油膩感。都還吃不到一半，她便點進平板又點了一份，外加一杯奶昔。十三公里啊。

「辛妮亞。」

她抬起頭，嘴裡塞滿食物。

是巴士上那個傻蛋。

叫彼得？還是，帕布羅？

「派斯頓。」他說著用手壓壓藍色polc衫。「我可以坐這裡嗎？好像都沒空位了。」

她嚼了嚼，嚥下去，思索著。

不，她想一個人。

不過那件襯衫。美麗的藍色。可能會有用。

「當然了。」她朝著對面的空椅點了點頭。

他微微一笑，將平板拉過去，敲幾下，選了他想吃的。他抬起手錶，在刷之前對著漢堡努努嘴問道：「味道怎麼樣？」

「太好吃了。」

他點點頭，刷了錶，然後往後靠坐。

「所以妳拿到紅衣。」他說。

「沒錯。」

「怎麼樣？」

「腳流血了。」

他做了個鬼臉。她往嘴裡塞了幾根薯條。

「你肯定很開心。」她說：「當過獄警的人，這想必是小菜一碟。在這種地方，應該比較不可能被捅吧。」

「我比較想要妳的工作。我離開監獄不是沒有原因的。我一點也不喜歡。」

她笑起來。「你喜歡在架子上揀貨？」

「不是，只是……這裡對我來說只是暫時的歇腳處。」

「好啊，爲這個乾一杯。」她舉起水瓶啜飲一口。

那個綠衣女子再度出現，端著兩個托盤。她先放下辛妮亞的，再把派斯頓的餐給他。他的托盤上放了兩個漢堡、兩份薯條和一杯奶昔。他捧起漢堡咬一口，眼睛立刻瞪大。嘴裡的食物大致吞下去以後，讚嘆一聲：「天哪。」

「很驚人吧？」

「我上次吃牛肉是爲了慶祝，」他說：「上餐廳吃的，是牛排，害我大失血。」

「他們是因爲自己有牧場，就不必經中間人那一手。」她說：「在這裡工作還是有點甜頭。」

他點點頭。「是啊，有甜頭。」

交談一度中斷，辛妮亞便以食物塡塞，派斯頓也照做。他們倆吃著東西，沒看對方，而是四下環視。辛妮亞心裡暗自盤算著。保全人員很可能不受通行限制，她可以設個社交工程陷阱騙他上當，畢竟他不是同性戀，而且跨下還有根棒子。

因此當派斯頓吃完，用餐巾紙抹抹嘴，看著辛妮亞說：「希望我這樣不會太唐突，只是我在這裡誰也不認識，所以想問問妳有沒有興趣去喝一杯。」辛妮亞立刻說：「好啊。」

3 寬限期

紀卜森

當人生接近終點，你就會開始思考自己一生的成就。這個字眼不可小覷啊。成就。

這代表你走了以後，人們仍然會想到你，很光榮，不是嗎？我想大家都希望能這樣。

但想想也很有趣，因爲你完全無法掌控。你可以盡全力打造一個關於你的故事，介紹你這個人和你做的事。但最後還是由歷史決定。我現在寫了什麼都無關緊要，它只會成爲紀錄的一部分，卻可能不會成爲眾人評價我的決定性因素。

我希望能得到好的評價。誰都不想當壞人。看看我們可憐的哥倫布。他發現了美洲，後來卻有幾個人認定他們不喜歡他發現美洲的**方式**。據說他和他的船員帶來一大堆疾病害慘了原住民。他怎麼會知道呢？他啓航時並不知道新世界的人無法對付天花和麻疹這些病。

碰到這種事眞的很讓人遺憾。有人死去，尤其又是那樣病死，絕不是什麼好事。可是他不是故意的，我認爲這點應該納入考量。另外還有許多對哥倫布的批評，說他對誰做了什麼，但我們應該把重點放在最後結果才對。

他發現了美洲。當然啦，美洲原本就在！只是他改變了世界的面貌。

有時候這意味著你得作出艱難的決定，但有些人就是不懂，所以幾年前才會有人一看見哥倫布的雕像就拆，到最後終於引發俄亥俄州哥倫布市那場大型示威，結局如何就不用我多說了。我想那些畫面至今還縈繞在所有人腦海中。

試想，如果一四九二年當哥倫布看見陸地，一個新的開始即將展開時，我們能把他從船上揪下來，然後咻地把他傳送到此時此地，告訴他未來會得到什麼樣的歷史定位，說他會變成壞蛋，那麼他還會繼續航行嗎？或者會掉頭？

眞的難說。而且雲集團也尚未解開穿梭時空之謎（不過老實說，我們有個部門已經研究了兩、三年，畢竟有何不可呢？）。所以那是不可能的事，當然更不可能在我生命最後這幾個月當中解開。

然而，這還是讓我想到自己的成就。

其中有兩件事我感到非常驕傲。

我之前約略提過，雲集團在減碳維護環境方面樹立了典範，其中有一大部分是靠著減少通勤時間。不過我們並不是閉門造車，我們不是打造了一間母雲就說：「好啦，現在情況不一樣了。」

首先我們必須重新思考建設的模式。我知道美國本該是以資本主義立基的國家，但有點不可思議的是，在這個國家想讓商業蓬勃發展竟比登天還難，也難怪那麼多美國企業紛紛出走。假如你在我面前豎起一道又一道的牆，我爲什麼要在這裡建設？我何不去沒有牆的地方呢？

就拿建公寓大樓來說吧。假設有六層樓，因爲蓋得好，很多人都想住進來。但因爲愈來愈多人想搬來，大樓業主就想：何不加蓋一、兩層呢？於是他就加蓋了，那沒問題。成長是好事。他多賺了點錢，可以讓家人過得更好。

可是假設是城市變得擁擠，假設有更多人遷入，增建已不只是意願問題，而是爲了滿足需求不得不增建。這牽涉到的已不只是想不想賺錢而已。他有地，那塊地價値匪淺，他可以說對整個城市背負著一定的責任。一座城市必須要有人才能成長，於是他又加蓋了一、兩層樓。可是地基能負荷的程度也就那麼高。你必須考慮到原有的基礎。

建築物蓋得愈高，就愈不穩固。

要是加蓋過頭，就會傾倒。

那是因爲你企圖將新的需求嫁接到既有的模式上。

較聰明的做法應該是把整棟樓都拆了！從頭開始！看看你現在的需求，認眞想想你未來的需求，然後才開始建造。先蓋三十層樓，但地基打深一點，以便在必要時還能再往上增建。

想想有許多城市後來變得不適合居住，都是因爲最初建造的道路只容十萬人通行，後來卻湧入百萬以上的居民。下水道系統崩壞，也是因爲突然間湧進三倍的排泄物。

重點就是，有時候必須重新思考該怎麼做，而非試圖在不穩固的根基上增建。正因如此我才會那麼賣力地遊說一些法案，幫助企業成長，而不是去妨礙他們。例如程序精簡法。以前蓋一棟大樓設立公司要花上好幾年，你得先作一大堆研究調查，在一堆框框裡打勾，其實那絕大部分都毫無意義。舉例來說，在某一州，好像是德拉瓦州吧？某局處會要求你做環評，不但要花大把鈔票還需要六個月左右的時間。然後又有另一個局處要你遞交環境影響報告書，可是不能用同一份。一模一樣的事得做兩遍，耗費成本。基本上那只是爲了讓公務員有事做。

還有，你可別想光成立公司，卻不雇用工會的人。他們會在你的公司大樓前擺一隻充氣大老鼠，衝著每個要進大門的人鬼吼鬼叫。但你要是雇用了他們，就得付時下工資的四倍，而且工作績效也比較差。工作有保障的人不會盡心盡力，只有爲了賺取相應的酬勞，人們才會更努力工作。所以我才會支持推動建築業侵擾防治法。如今再也見不到那些充氣老鼠了。只要有人擺出來，警察就能直接扯掉，丟進它們該去的垃圾堆。

或者是無紙貨幣法。這個法案促使政府讓近距離無線通訊更安全、更普遍，以後便無須印製與交易那麼多現金了。

到目前爲止最重要的則是機器限制法，此法規定的不只是雇員配額，還有任何一家企業能分派給機器人的工作數量上限。這是我所做過最惹爭議的事情，比員工評等制度的爭議還大，因爲眞的惹惱了許多其他公司老闆。事實上，雲集團內有許多工作，要是交給機器人來做成本會大幅降低，我的身價說不定還能增加個一、二十億。但是，管他的，我就是想看到眞人工作！我就是想在倉庫區穿梭時，看到男女員工自食其力。

這確實翻轉了許多局面。機器限制法通過的前一年，失業率大約在百分之二十八左右，兩年後呢？百分之三。這個數字讓我在夜裡感到溫暖。而且，那些企業家後來也都改變了立場，因爲他們發覺這麼做能享受到很不錯的稅率優惠。

以上的每件事都讓我的工作更輕鬆，有助於我壯大雲集團，提供高薪工作。我以此爲傲，不只爲我自己，也爲我幫助過的所有企業。

但我的成就若僅止於此，未免太可悲，但幸好並不是。

我的另一項成就正是我女兒，克萊兒。

克萊兒是我的獨生女。有件事我從未多談，其實茉麗不容易受孕，所以我們決定生一個就夠了。我還記得她出生時，有人問我會不會因爲是女兒而不是兒子感到失望。我聽了總是勃然大怒。她是個多美的小傢伙，是全世界最完美的，是我對妻子的愛的體現——我內心怎麼可能有一絲一毫懊悔不滿？是什麼樣的人竟會問出這種問題？

克萊兒是個幸運兒。她出生時，雲集團已經上了軌道，因此她從出生便衣食無虞，但我並沒有寵溺她。一等她年紀夠大，我就安排工作給她，在辦公室做一些雜事，甚至還付她一點薪水。我想我沒有違反童工法，別往我頭上扣帽子。

我想給克萊兒灌輸的觀念是：這輩子不會有人白白送妳什麼，一切得靠自己努力。而且我從不寄望她繼承我的衣缽，反而希望她到外面的世界去做她想做的事。偏偏她實在是聰明絕頂，對雲集團的運作又興趣滿滿。不久前，她應徵進了公司。我對天發誓，她是用假名去某家分區辦公室應徵的，沒人認識她。她想證明自己的能力。這件事我們拿來笑了好久，因爲基本上可能會構成詐欺的輕罪。

事後我讓她在主要的分公司接受歷練，而且對她完全沒有差別待遇。她和每位員工一樣要接受評等，我也非常注意不讓自己的言行影響到她的評等。她連續多年都保持四星評等，有一度跌落到三星，但那年是因爲她生第一胎，不常進公司的緣故，那也是迫不得已。

重點是，我養育出一個聰明堅強的女性，開會時她會當眾指出我的錯誤，獲得不當升遷時她會發出不屑的嘖嘖聲。我以身爲她的父親深感驕傲。她讓我在無數方面都表現得更好，而她也讓雲集團變得更好。

派斯頓

派斯頓往杜布茲辦公室敞開的門內瞅了一眼，沒人，幸好。他覺得關於加入專案小組的事，需要給杜布茲一個答覆，但他還沒想好——儘管達柯塔似乎已經替他作了決定。

他想找張空的辦公桌，卻不知道接下來要做什麼，才一轉身，便有個印度裔男子站在他面前，幾乎有如憑空出現。他顴骨高聳，底下扎著一大把仔細修剪過的鬍子，手上的雲錶錶帶和身上的衣服是同款藍色。他比派斯頓矮一個頭，清喉嚨的聲音就像要發表什麼重要言論。他問道：「你是派斯頓嗎？」

看他問話的態度，派斯頓不確定是否應該承認，但還是說：「是，我是。」

「威克朗。」他說道，但沒有伸出手。「你不應該只是閒閒站著，你知道吧？」

「我知道，可是沒人告訴我要做什麼……」

「不必別人來告訴你要做什麼吧。」他叉著手說。

派斯頓的思緒列車撞到了巨石出軌翻覆，不知該說什麼才好，頓時結巴起來。威克朗的嘴角微微揚起，露出似有若無的微笑。

這時他聽到一個熟悉的聲音。「派斯，準備好要出發了嗎？」

他看見達柯塔站在三米外，也叉著手。威克朗看著她嘆了口氣。「我怎麼不知道新人可以整天閒閒沒事站著？」

「我也不知道你都升級成駝色啦。」達柯塔說著拍一下頭，食指往空中一比又說：「等等，不對，沒這件事。所以呢小威，還是請你別找我新搭檔的麻煩。」

派斯頓往後退，為他們的拉鋸戰騰出些許空間。威克朗緊握起拳頭，接著無奈地雙手往空中一甩說道：「我們都做不到的事，妳到底覺得他能做什麼？」

「這得等著瞧才會知道。」達柯塔說。

「妳這是在全世界最大的海洋底下撈全世界最細的針。」威克朗說，但與其說是針對達柯塔，更像是針對派斯頓。「就算眞被妳找到了，也只是運氣好而已。」

「忙你的去吧。」達柯塔不客氣地趕他走。

威克朗轉向派斯頓。「我會盯著你的。」

這完全是電影裡的陳腔濫調，派斯頓不得不憋住氣，免得笑出來。沒想到威克朗還不罷休，兩隻眼睛死瞪著，似乎想逼派斯頓作出反應，派斯頓只好抿著嘴唇，肩膀微微一聳。他很久以前就學到一件事，陷入爭執的人會為了爭最後一口氣而糾纏不休，導致重點失焦，因此較好的處理方式是表現出最後一口氣根本不值得爭。

果然奏效了。威克朗沿著走廊大步離開，腳步聲被灰色地毯吸收了。本來探頭看熱鬧的幾個人，也連忙縮回自己的工作站。

「走吧。」達柯塔說。

她帶他下樓搭電車，繞行到宿舍區，由於擔心隔牆有耳，一路沒說話。他們從散步道開始巡邏，穿過長椅與資訊服務站四周那些長而迂迴的通道。

「剛才也太戲劇化了吧。」派斯頓說。

「杜布茲叫威克朗負責混沌的事有一陣子了。」她說：「問題是威克朗只會畫大餅，說什麼馬上就能解決，結果幾個月過去了，一點成果也沒有。所以杜布茲把他趕到倉庫區的出口線，那是保全小組中最沒人要做的工作，除了那裡還有無人機區。」

「沒錯，杜布茲找我去談的時候，曾提到有人因為渴望權力，結果失控。」

「拿破崙情結，非常嚴重。」達柯塔說：「碰到他小心點。他覺得你是被找來取代他的，事實根本不是這樣。你只是剛好來對時間，碰上杜布茲需要找一些新血。不過，要是他覺得可以挫挫你的銳氣，為自己加點分，他可能會在背後陰你。」

「這下可好了。」

「他是個討厭鬼，」達柯塔說：「但像他這樣的員工，工作努力、積極進取，一切照規矩來，杜布茲沒理由把他踢到其他部門。其實我也不知道杜布茲有沒有動過這樣的念頭，我大半時間都不知道那傢伙心裡在想什麼。」

「明白，明白。」派斯頓說。

到了第二棟宿舍時，人潮明顯變少。沒有太多人換班。派斯頓默默記下時間，試著建構這個地方的流程。感覺好像在探看一部龐大機器，他不知道其中有多少部分在運作，不過只要留意得夠久，總能看出些端倪。

「有什麼精采的監獄故事嗎？」達柯塔問。

「沒有所謂精采的監獄故事。」派斯頓說。

兩人默不作聲走了一段之後，她才說：「對不起。」

派斯頓嘆氣道：「沒關係，大家就想知道這個。那裡是不是動不動就有性侵、拿刀子捅人的事？不是的。我工作的地方是個低度安全管理監獄，關的大多是民事案件的受刑人，就算再兇狠也不像大家想的那樣。當然，我在那裡學到很多解決衝突的方法，但不管怎麼說，都不是像妳在電視上看到的那樣。」

「喔。」達柯塔毫不掩飾失望之情。

派斯頓不禁覺得是自己的錯。這種感覺很可笑，但他就是這麼覺得，於是開始回想。這時腦海裡立刻蹦出一件事，一件不會讓他的胃抽搐糾結的事。

「好吧，好吧。」他說。

達柯塔精神爲之一振。

「每天早上六點整，鈴聲響起，所有人都要出來點名。」他說：「有兩個受刑人名叫泰特斯和米奇，年紀比較大，有點怪里怪氣，大部分時間都不和人打交道。他們常常說要逃出去，可是沒人相信。我們應該要相信的。因爲有一天點名的時候，他們倆沒出現，我們進到囚室，發現米奇上半身鑽進了地底下，光著屁股，兩條腿在空中亂踢。這個洞是他和泰特斯挖的，他卡住了。」

「等一下……他沒穿衣服？」

「是啊。」派斯頓說：「他們一直在挖地，土就倒進馬桶沖掉。真不敢相信都沒人注意到，不過因爲所有人都各自鎖在囚室裡，所以那一區到晚上只有一個值班警衛。這是省錢措施，笨方法。應該也要派人巡邏才對。總之，顯然是泰特斯先走，這傢伙活像隻秧雞，所以穿過狹窄地道沒問題。後來就再也沒見過他的蹤影。可是米奇呢，他塊頭比較大，過不去。所以他心想只要把衣服脫了，就不會卡住。」

「他腦袋不太靈光，對吧？」

「精采的還在後頭。」派斯頓說：「我和另一名獄警要去拉他出來，我們各抓住一條腿，用力一拉，結果兩個人都飛了出去。我那個同事還腦震盪。原來米奇已經想到洞口可能太窄，就從廚房偷了一大塊奶油，塗滿全身。他不想冒任何風險。」

達柯塔發自丹田哈哈大笑。「我的天啊。」

派斯頓想起往事也輕笑出聲。「所以他就塞在洞裡，動彈不得，塗滿奶油的屁股高高翹起。我們只好先替他洗身體，以便抓的時候能使得上力。妳也知道，很多時候我都知道自己想脫離那個鬼地方，尤其當我盯著一個哭哭啼啼的大男人光溜溜的屁股，一面還要替他擦澡，就是那樣的時刻。」

達柯塔又笑起來，笑聲響亮歡快。「算你運氣好，這裡沒有那種事。」

「這可真是好消息。」派斯頓說。

他們進入生活遊憩館的圓頂空間。達柯塔似乎有既定的目的地，派斯頓便跟著她走。搭手扶梯上了一層樓，接著再一層，然後走進一家昏暗的電玩店，裡面擺滿老式的遊戲機台，看起來破破爛爛卻還能玩。刺耳聲響與昏暗光線讓店內感覺更空空蕩蕩。

「我們來這裡做什麼？」派斯頓問。

達柯塔沒應聲，逕自往後面走，來到一台經典滾球遊戲機前，旁邊有一小團黑影，派斯頓似乎看到些許動靜。達柯塔將手伸向黑影，一把抓出一個穿綠色polo衫的年輕人。那人瘦得皮包骨，滿頭亂糟糟的金髮，被抓到光線底下滿心不悅，隨即舉起手臂遮住臉。

「嗨，華倫。」她說。

「我又沒做什麼。」

「只是鬼鬼祟祟。」

「我本來在玩滾球，看見妳來了，知道妳會找我麻煩。」他看到派斯頓，對著他努努下巴問：「這個傻瓜蛋是誰？」

「我們組上的新人。」達柯塔說：「以前當過獄警。我要是你，就不會去惹他。他可是見過大風大浪的人。」

華倫眼中閃過一絲畏懼。派斯頓配合著演戲，沒有說破，讓華倫自己想像的時間拉長。

「這位華倫是混沌的藥頭。」達柯塔對派斯頓說：「他剛才就在忙這個。」她指向角落。「這裡沒有太多人會來，所以他就用來賣那個要命的爛玩意。」

華倫雙手一舉，掌心朝外。「我根本不知道妳在說什麼。」

「要是讓我從你的口袋翻出來呢？」

「妳不可以這麼做。」

「誰說的？誰敢說那不是從你的口袋掉出來的？誰敢說我不是在公開場所看見你持有的？」她看著派斯頓。「誰敢說？」

派斯頓感覺臉頰滾燙。他聳聳肩，擺出一副「**我什麼也沒看見**」的模樣。

華倫於是點點頭，把口袋往外翻，扁嘴一笑。

「高興了嗎？」他問道。

「你明知故問啊。」達柯塔說：「要是我把這裡給拆了，會找到什麼呢？」

華倫左右張望了一下。「很多電子產品吧，我想。」

達柯塔咬牙倒吸一口氣，像是想做一件將來會後悔的事。過了一會兒，她說：「給我滾出去。」

華倫轉身，從兩部機台間消失不見。派斯頓與達柯塔略等片刻後，才離開電玩店，重新開始巡邏，和方才一樣，只是現在的達柯塔氣得七竅生煙。

「爲什麼不叫人盯他？」派斯頓問：「或是對他更強硬一點？總會有辦法施壓的。」

「杜布茲說不行。」她說：「杜布茲說要用溫和的手段。」

「爲什麼？」

「那是他要的做事方式。」

「拜託，那小子是個沒用的傢伙。把他關到房間裡，打開熱氣，他就會軟化了。」

「那是杜布茲要的做事方式。」達柯塔說。

「再說，妳是在打擊惡棍，這可不是輕鬆的活。」

她的聲音像鞭子一樣打過來。「等你當上負責人，就你說了算。」

「好吧，好吧。」派斯頓舉起雙手投降，說道：「相信妳已經查過手錶，交叉對照他跟誰碰過面，對吧？」

她點點頭。「只要是在電玩店裡，都只有他一個。跟他合作的人已經想出辦法掩飾行動，要不然就是他晃來晃去，根本沒戴錶。這也是杜布茲之所以堅持要查個水落石出的原因之一，除了把混沌的流通管道整個掀開來，追蹤系統顯然也有漏洞。」

派斯頓低頭看看錶，將手腕翻轉過來。

「這錶只有晚上才能摘下來。」他說。

「是啊。」

「那麼多門、電梯和出入口，沒戴錶寸步難行。」

「沒錯。」

「那怎麼瞞？」

「問題就在這裡。」

「有想到什麼嗎？」

「沒有。」她說：「想拆錶，警報響；摘下來太久沒放到充電器上，警報響。而且使用者各有各的密碼，不太可能交換。」

「那麼如果找到錶的弱點，會有幫助囉。」

「會。」

「我猜妳已經找技術人員研究過了吧？」

「徹徹底底。」

派斯頓調整一下手腕上的錶。一方面，這似乎已超出他的職權範圍，但另一方面，想到能破解謎團又覺得興致盎然，至少能化解一整天的單調無趣。

他們又走了一下，回到散步道。他不斷偷瞄途中擦身而過的許多藍衣人，留意他們的臉，他一個也不認識。沒有他在開放式辦公室或新訓課程中見過的人。這裡人太多了。比較重要的是，沒有威克朗。

「那個拿破崙，我需要多注意他？」派斯頓問。

「過幾天看看他還在不在。」

「怎麼說？」

「裁員日快到了。」

「那是什麼？」

她停下來，轉過身。「天哪，新訓的時候不是說了嗎？算了，總之呢，到了裁員日，會有一大批評等太低的員工收到捲鋪蓋通知。這一天我們通常會很忙，很多人不想離開，有時候還會有一、兩個……就是那樣。」她的魂似乎飄走了，隨後才又回過神來。「我們會很忙。」

「知道了。聽起來挺狠的。」

「是很狠，不過別擔心。」她說：「你有一段寬限期。第一個月內不會被裁。」

「那……很好。」派斯頓說，卻不確定說「很好」貼不貼切，總之是挺特別的感覺。

「好啦，我們回去吧。」達柯塔說：「專案小組的事多做點筆記。」

「我還沒答應要加入。」

「有啊，你答應了。」她起步走開，也沒回頭看看派斯頓是否跟在後面。他連忙快步追上。

辛妮亞

火雞滴管、書、貓食、聖誕燈飾、活性碳美白潔牙粉、毛絨拖鞋、網路攝影機、平板電腦、雷射玩具槍、自拍棒、馬克筆、毛線、維他命D錠、夜燈、修枝剪、肉類溫度計、除濕機、椰子油……

辛妮亞用跑的。新布鞋醜到爆，但很舒服，即使腳纏了繃帶還不時抗議，她仍然能在貨架與輸送帶間舞動自如，漸漸地超前速度。彷彿有一隻隱形的手在引導著她。演算法不僅保護她的安全，也讓員工與貨架的動線協調流暢。她視工作為遊戲，看看能讓綠線出現多少次。

印表機墨水、烤肉架遮罩、睡衣、狗啃咬玩具、睡袋、平板電腦、書、畫筆、皮夾、鞋帶、Micro-USB傳輸線、飛行護頸枕、高蛋白粉、延長線、矽膠烤杯、基底油、行動電源、隨行保溫杯、絲絨睡袍、耳機……

四次。從開始到現在，連第一次上廁所的休息時間都還沒到，就出現了四次綠線。她遇到瓶頸，便努力突破。雖然能讓綠線出現，但能讓它維持多久呢？

金屬網狀垃圾桶、防蚤項圈、彩色鉛筆、USB集線器、平板電腦、保濕霜、額溫槍、法式濾壓壺、特色圖案襪、製冰盒、皮手套、背包、書、露營燈、保溫瓶、眼罩、羊毛帽、靴子……

每次綠線總是持續幾秒而已，但是那每一秒都很有成就感，好像做了什麼好事似的。主要是因爲顏色的閃動變換，從黃到綠，黃色代表軟弱，綠色代表力量，代表金錢、自然、生命。在眼前的情況下，那個顏色毫無價值卻是她唯一想要的。奔跑讓時間過得飛快，午餐時間轉眼即到。她很慶幸自己剛好在一間休息室附近，便鑽進去拿了點水，從後褲袋掏出蛋白棒，然後找空桌坐下。

她正細細嚼著營養棒——是鹹焦糖口味的「狂力」棒，她的最愛，散步道上一家小雜貨店裡賣很多——手錶忽然響起。

目前人力需求增加。妳願意自願加班嗎？

她看著訊息，思考片刻，然後舉起手腕按下錶冠。

「米格爾．魏藍德雷。」

手錶帶她回到倉庫區，十分鐘後，她看見米格爾拿著一包原子筆，連忙跑過去，配合著腳步與他並肩而行。

「嗨。」她打了聲招呼。

他轉過頭，遲疑了一、兩秒，試著回想她的名字。接著眼睛一亮。「辛妮亞，一切都還好吧？」

「還好。只是碰到新狀況，很快問你一下。」

「好啊。」

「手錶問我要不要加班。」

「噢，那當然要啊。」

「有加班費嗎？」

米格爾笑著將筆放進輸送帶上的箱子，稍稍一推，把箱子送走。「這完全是自願的，但屬於良好表現，可以為員工評等加分。」

「我還以為可以自由選擇。」

「是可以啊。」他說著瞄一眼雲錶，又出發去找下一件貨品。「只是最好能選擇願意。」他左右看了看，確定四下無人後對她招招手，似乎示意她靠近些。「可以替妳的評等設個緩衝帶。拒絕愈多次，就對妳愈不利。」

辛妮亞的手錶又響了。

目前人力需求增加。妳願意自願加班嗎？

她停了下來，但米格爾仍繼續走。

「別惹麻煩，mi amiga。」他說。

他消失在轉角處。辛妮亞將錶舉到嘴邊，很想說：「**少來煩我，我累了。**」但還是說了：「當然願意。」錶上出現一個誇張的笑臉。

她的午餐休息時間結束，又回到工作崗位，整個人陷入書本與保健食品與寵物食品與電池的旋風中，對綠線遊戲的興頭降低了，現在比較想快點下班離開這個鬼地方。

後來只加了半小時的班，收工後又花四十分鐘通過安檢，她覺得自己已經筋疲力竭，像是認眞地運動了一番。她盡可能專注於這種感覺。

燃燒了熱量，運動了肌肉，而不是喪失了尊嚴。

她走過散步道，正要通過連接她宿舍大廳的拱門前，瞄向一道玻璃門，只見另一邊有一條水泥走廊，盡頭有一排公廁。

走廊走到一半，大約十五米處，有一台雲點機嵌在牆內。

上工前她曾經走過去洗手。那個洗手間人不多，因爲離電梯很近。大家好像會在上班前使用自己樓層的廁所，或者回家前再去一趟，大概比較喜歡那種隱蔽性吧。現在經過這裡，走廊空無一人。

她來到電梯前，刷錶進入，有另一名女子也上了電梯。她年紀很輕，臉型方正，坐著輪椅，頂著棕色鮑伯頭，穿的是黃色polo衫，雲錶錶帶上印著一系列重複的卡通貓，腿上堆了幾個盒子。她對辛妮亞微微一笑，禮貌地說了聲「嗨」，然後看看面板上亮起的樓層號碼，沒有再去刷錶——她也在同一樓下。

辛妮亞的社交工程理論是對的，所以走廊上那台雲點是可靠的選擇。其實她比較想找一台離她宿舍房間遠一點的，要是可以，甚至在另一棟都無所謂。只可惜非得找近的不可，這樣才可能不戴雲錶往返。她沒戴錶離開房間的時間愈久，暴露的風險就愈高。

電梯門開了，辛妮亞伸手按住門，讓女子將輪椅滑出去。女子說了聲「謝謝」，便沿著走廊而去。辛妮亞跟隨在後。她在自己房門前停下來，聽到箱盒掉落發出輕輕的砰咚聲。往左邊一看，原來是坐輪椅的女子開門時打翻了腿上的盒子。辛妮亞讓門重新關上，轉身走過走廊。「需要幫忙嗎？」

女子往上瞥一眼。「那就太好了，謝謝妳。」

辛妮亞拾起盒子抱著，讓女子刷錶後，幫她拉開門。她原以爲會看到一個較無障礙的生活空間，不料竟和她的房間一樣。通道同樣狹窄，女子推輪椅進入時，幾乎毫無多餘空間。辛妮亞尾隨而入，將盒子放到流理台上的電爐旁邊。

女子朝沙發床的方向去，那裡有足夠空間讓輪椅迴轉。她動作快速而優雅，看來已經習慣。

「眞的很謝謝妳。」

「不客氣，只不過……」辛妮亞環視一周。房間小，她好操控，所以也不太介意，但現在一看，卻覺得令人窒息。「希望我這麼說不會讓妳不舒服，不過他們就不能給妳一間稍微……適當一點的房間嗎？」

女子聳聳肩。「我不需要很大的空間。我是可以申請大一點的宿舍，但我寧可把錢省下來。對了，我叫欣西……」

她伸出手來，辛妮亞也伸手去握。她的手很有力，手心厚實，長了繭。

「剛搬來嗎？」她問道：「我以前沒見過妳。」

「第一個禮拜。」

「這樣啊，」她吁了口氣，露出心照不宣的笑容。「歡迎來當鄰居。」

「謝謝。」辛妮亞說：「還有什麼需要我幫妳的嗎？」

欣西又笑了笑，有點苦笑的味道。辛妮亞過了一下才明白，那笑容背後意味著**「別同情我」**。辛妮亞想道歉，但知道這麼一來只會把場面弄得更尷尬，因此她任由沉默延續，直到女子開口說：「不用了，謝謝，我沒問題。」

「那好，就祝妳有個愉快的夜晚囉。」

她轉過身。

辛妮亞走到門邊，女子喊住她：「等一下。」

「這地方挺複雜的，尤其對新人來說。妳要是需要些什麼，隨時可以來找我。」

「謝謝。」辛妮亞說。

她離開後回自己房間，進了門，不由得暗暗欽佩那個可憐的女人勇氣可嘉。但隨即暗罵自己混蛋，憑什麼覺得那個女人可憐。

在赴派斯頓的約之前還有一點時間，她拿起多功能工具組爬到床上，從天花板撬下幾個固定掛布的圖釘。掛布一角垂落，露出一條十五公分長的裂縫，是她挖出來的。她不喜歡一次弄太久，除了會把房間搞得太髒，也擔心噪音問題。但至少還算是個輕鬆的活兒。天花板是廉價的薄石膏板，切起來像切牛排一樣。她拿著刀推進拉出，聽到那聲音，忍不住咬牙縮肩。白色粉屑紛紛落到床單上。

再一、兩天就能完工了。但願上面有足夠她活動的空間，但願不會觸動警報器之類的東西，但願不會被困住。

又挖了幾公分後，她收起折刀，重新掛上掛布，將床單收攏束起，收集小隧道裡面的塵土倒進洗碗槽，打開水龍頭沖掉。接著從包包找出電動除毛刀，取出電池後，拔下刀頭，手指伸進去攪弄一下，讓用來固定Gopher——一小片指甲大小的ＵＳＢ——的光影膠剝落。

不管要駭入哪裡，最危險的部分就是坐在那裡操作的時間長短。像這麼龐大的竊取工程，可能需要好幾個小時，甚至好幾天。而被抓卻只是一秒鐘的事。

這就是Gopher的好處：這個方便但貴得離譜的小裝置能從一個機構的內部電腦原始碼取樣，然後不需要連結系統，就能完成所有解碼與訊息處理的繁重作業。

只要把它插入終端機——任何一台連結公司內部網路的終端機——幾秒鐘後，它就會截下內部電腦原始碼的樣本。然後把Gopher放進她的筆電，它就會靜靜地在抽屜裡，強勢闖關做完所有的苦工，不管要經過多少個ＣＰＵ指令週期。

通常會需要一點時間，也需要到處尋求一點小幫助，不過一旦完成，它就會製造出一個惡意程式。到時她再把程式植回系統，它便能如入無人之境，輕鬆快速地找到她需要的東西。

地圖、簡圖、能源資料、保全報告。

處理的速度不快，她用過幾次，往往需要幾星期。以雲集團保全系統的密度看來，就算花一個多月，她也不意外。

但話說回來：繞遠路通常比較安全。

其實最大的阻礙是硬體。雲點機台最上方，位於眼睛高度的藍白雲朵標誌，隱約有些半透明。她敢說那後面有監視器。儘管雲集團對於設置監視器採取寬鬆態度，ＡＴＭ裡面則是**肯定會有**。

不過她已經有了計畫。

接近機器的時候，可以彎下身綁鞋帶，或是讓抱著的購物袋掉到地上。動作可能會顯得怪異——她得離得遠遠的就蹲低，因爲機器裡裝的很可能是魚眼鏡頭。然後啪！拆下面板、插入Gopher、拔出Gopher、裝上面板、起身走人。

她從化妝包拿出一支塑膠原子筆，用牙齒把筆頭和筆心咬出來，再從包包拿了一把小折刀，在塑膠筆管上割出一道下凹曲線，讓它可以勾住鎖，然後輕輕鬆鬆便能將筆管卡進去用力轉動。

當企業間諜，她最愛的一點就是大家完全不會投資新的門鎖技術。

完事後，她將發送器和筆並排放在流理台上，取出一個小眼鏡盒，把兩樣東西放進去。她要隨身帶著，說不定能碰上比原計畫更好的機會。

她看看手錶，發現去見派斯頓的時間快到了。他們約好在生活遊憩館的一家酒吧碰面，那地方看起來像英式酒吧，他好像挺興奮的。她是伏特加女孩，比較不挑地點，因爲伏特加的酒精擴散效率最高。

她準備更衣，突然發現身上全是剛才工作留下的臭味，乾掉的汗水與可憐的味道。她考慮著要不要很快沖個澡，甚至換上乾淨的內衣褲，不過今晚她並不打算和他上床，就算最後走到這一步，他恐怕也不會有意見。比起場地狀態，大部分男人都更重視賽事情況。她正要換上乾淨上衣時，手錶響了。

尚未詳閱退休基金資料，特此提醒！

該死。應該早就要做這件事了。簽署退休基金計畫也是她計畫的一部分。不算極其重要，但如果採取一些看似打算長久待在公司的行動，或許比較不會引人注意。

可透過任何雲點服務站或宿舍房內的電視進行。

她拿起遙控器，打開電視，畫面上立刻開始大聲放送狂力棒的廣告，只見一個瘦巴巴的男生吃完一條營養棒後，馬上膨脹成漫畫中的肌肉男。

狂力棒，超給力！

「拜託，」她對著空空的房間說：「那未免有點恐怖吧。」

她又拿起遙控器，往上按，切換成鍵盤，按下「瀏覽」鍵後，電視畫面隨即進入雲點的登錄頁。

最上方寫道：**歡迎使用，辛妮亞！**

「去死吧。」辛妮亞回道。

派斯頓

派斯頓拱起雙肩，高腳椅晃了一下。不是普通的微晃，比較像是會讓人跌個狗吃屎的晃動。他連忙跳下來，換隔壁一張。一樣是黑皮椅墊配上粗糙木腳。他把椅子前後搖了搖，見椅子沒動，才爬坐上去，再啜一口啤酒。到現在已經喝了四分之三杯。

酒保晃了過來。穿綠衣，頭髮往後梳得油亮，鼻子斷過幾次。他的雲錶帶是厚厚的皮革材質，比錶面還寬。「要再來一杯嗎？」他問道。

她都還沒露面，要是先喝醉就說不過去了。「先不要。我在等人。」

酒保淡淡一笑。派斯頓看不出那笑容是代表「**好，沒問題**」還是「**眞有你的**」。總之就是笑容。他低頭瞄一眼自己的黑T恤和牛仔褲，能擺脫藍色感覺很好。別人不會再用充滿戒愼的眼光看他，他只是另一個普通人。

「對不起。」

派斯頓轉過頭，看見辛妮亞急急忙忙進入酒吧。黑色針織衫、紫色緊身褲，頭髮在頭頂上紮成髮髻。他朝著不穩的座位點了點頭。

「別坐那張。壞了。」他說。

辛妮亞於是坐到他另一邊。等她坐定後，他把自己的椅凳退開幾公分，以免她覺得擁擠。

她轉頭張望。「這地方很不錯。」

派斯頓也是這麼想。亮閃閃的金黃色啤酒龍頭、上了漆的木頭。店主人肯定沒去過道地的英國酒吧——派斯頓因爲出公差，在英國待過一段時間——不過弄出這個地方的人至少是有點概念。

酒保一面擦著酒杯一面走過來，對辛妮亞點一下頭。

「伏特加，加冰。」她說：「什麼牌子都行。」

酒保點點頭，去爲她備酒。

「妳完全不浪費時間。」派斯頓說。

「沒錯。」她說著接過杯子，沒有看他，聲音聽起來很疲憊。這很合理，身爲紅衣人，一整天都跑來跑去。辛妮亞往前傾身去刷雲錶，其實內嵌在吧台的付款感應器離派斯頓更近。

「我一起付吧。」他說完將手臂往前伸，過程中兩人的手輕輕擦掠。

「你不必……」

「我想要。」他將雲錶靠向圓盤，燈號轉綠。她微微一笑，舉起酒杯。他也端起他的杯子，輕碰一下。

「乾杯。」她說。

「乾杯。」

她啜了健康的一小口，他卻一口乾了啤酒，然後將酒杯放到吧台邊緣，好讓酒保看見，再替他倒一杯來。沉默懸浮在空中稍嫌久了些，接著慢慢擴散，把店內的重力全都吸了進去，派斯頓決定放棄，不再試圖賣弄聰明，便問道：「妳適應得如何？」

辛妮亞微微挑起眉毛。像在說：**你就只想得出這句？**「到目前還好。不過比我想得還辛苦，他們眞的會把人操死。」

派斯頓取過新送來的啤酒，啜飲一口。「工作流程到底是怎樣？」

辛妮亞簡單地說明重點：如何跟著手錶移動，將貨品放進箱子，整個過程像跳舞一樣。派斯頓想像辛妮亞就像一部龐大機器裡的一個小齒輪，不斷旋轉，維持著整部機器的運作。

「妳本來就想進紅衣部門嗎？」他問。

「當然不是了，」辛妮亞說，同時又啜一口伏特加。「我想進技術組，那是我的專長。」

「我記得妳說妳本來是老師。」

她眉毛又挑了起來，是那種會傷人的樣子。「沒錯，可是我是靠維修電器念完大學的。光是修理破掉的螢幕就夠我付住宿費了，因爲學生常常會喝醉，砸壞手機。」

派斯頓笑道：「要是可以的話，我就跟妳換。」

「眞的？」她問道：「你不喜歡當保全？」

派斯頓感覺到酒精滲入突觸，神經細胞舒展開來。邊喝酒邊聊天的感覺眞好，因爲這兩件事他都很久沒做了。

「這份工作從來就不適合我。」他說：「我不是那種權威型的人。」

「是嗎？不過還有更糟的呢……」

她似乎有些心不在焉。他不想這麼快就失去她。「跟我說說妳的事吧。我知道妳是老師，我知道妳會修理壞掉的手機。妳是哪裡人？」

「到處爲家。」她回答道，兩眼直盯酒吧後方，注視著透過七彩閃耀酒瓶映在鏡子裡的自己。「我小時候一直搬來搬去，不覺得自己眞正屬於哪裡。」

她喝了一小口酒。派斯頓雙肩頹然下垂。就第一次約會而言，有點像是快要以失敗收場了。

不料她忽然面露微笑。「對不起，說這個有點無聊對吧？」

「不，一點也不。」派斯頓說完笑了出來，又改口說：「我是說，沒錯，是挺無聊的。」

她以笑聲回應，還打了他的手臂一下。用手背，輕輕地，但似乎只是因爲她已經抬起手要去拿酒杯，一個順勢的動作。無論如何，他認爲這是好預兆。

「那家人呢？」派斯頓問。

「我媽還在，」辛妮亞說：「每到聖誕節會說說話，頂多也只能做到這樣了。」

「我有個哥哥，」他說：「我們也是這樣。感情還不錯，但不會特地約見面。所以……我也不知道……」派斯頓的思路被啤酒阻斷了。他心想是不是乾脆直接乾杯、道歉，然後回宿舍去。趁著失血過多死去以前，及早撒手。

「什麼？」辛妮亞問道。

她問的口氣有些特別，好像本來不需要知道，但還是想知道。派斯頓吸一口氣，吐出來，找回了思緒。「在這裡的感覺簡直像在另一個星球，對吧？就像……連出去一下都不行。要去哪呢？在找到文明之前恐怕已經先渴死了。」

「是啊，的確有這種感覺。」辛妮亞說：「你是哪裡人？」

「紐約。」他說：「最早住史泰登島。」

辛妮亞搖搖頭。「紐約啊。我不喜歡紐約。」

派斯頓笑著說：「不會吧，妳說什麼？有誰不喜歡紐約？那就好像是說妳不喜歡……哪裡呢？巴黎一樣。」

「那裡太大了，又髒兮兮的，完全沒有個人空間。」她將肩膀擠縮起來，彷彿要通過一條狹窄廊道。「巴黎也不怎麼好。」

派斯頓兩條手臂往四下一揮。「妳覺得這裡比較好？」

「我又沒這麼說。」辛妮亞說，那道眉毛又往上挑，但隨即放鬆下來。「這裡……就像……我也不知道……」

「就像住在他媽的機場一樣。」派斯頓像怕被人聽見而壓低聲音說，似乎之前曾受過告誡。

辛妮亞笑出聲來。很快地輕輕一笑，笑聲彷彿裹著油從唇間溜出來。她立刻睜大眼睛，像是被自己的聲音嚇到，像是希望能把它收回。不過最後她說道：「我在這裡的第一晚就是這麼想的。高雅的機場。」

辛妮亞將伏特加一口飲盡，招手請酒保再上一杯。「今天晚上我要喝個痛快。」她隨即舉起食指。「你別再跟我來紳士風度那套，這一輪算我的。」

「我喜歡有目標、不三心兩意的女生。」派斯頓話一出口就後悔了，好像說得過頭，沒想到那道眉毛再次挑高，而且表情忽的截然不同，看起來像打了個勾勾，框住美麗的褐色大眼睛。他可以看到環繞在虹彩四周的眼白。

「那麼，」派斯頓登時壯了膽，問道：「妳不三心兩意，只顧拼酒，有什麼特別原因嗎？」

「腳。」

「腳？」

「我第一天就犯了個白癡錯誤，穿靴子上工。」酒保放下新端來的酒。「謝謝。」她啜了一口，又接著說：「因為我沒布鞋，現在有了，早知道就該想得周全一點。你應該也經常要站著吧。」

派斯頓不知道能不能談論專案小組的事。這應該不是祕密。杜布茲沒說不能告訴其他人。有時候把事情說出來會有幫助，再者也能向她炫耀一下，他才剛進來就被分派特殊任務了。

「這裡好像有混沌的問題。」派斯頓說：「因爲我在監獄工作過，公司覺得我也許能幫上忙。好像我是什麼偷運違禁品的專家似的，其實也不盡然。不過呢……總比閒站著要好。我喜歡解決問題。」

「所以你才會成爲發明家？」

「可能稱不上吧。」他一手環繞著啤酒杯底，眼睛直視酒沫。「我就只發明過那麼一樣東西，而且還是用一些既有產品去想辦法加以改良的。」

「但你還是做到了。」

他微微一笑。「結果現在卻在這裡。」

這句話冷冷的，略顯尖銳。辛妮亞全身緊繃起來。派斯頓知道這不符合他試圖維持的氛圍，但卻控制不住自己。他稍微側身背向辛妮亞，面向啤酒，記憶猶如熾熱的煤炭哽在喉嚨。

他眼角瞥見一個閃動。辛妮亞舉起酒杯。

「我也在這裡啊。」她偏著頭，扁嘴一笑。

兩人碰杯，各飲一口。

「再跟我說說你的工作吧。」辛妮亞說：「你想必哪裡都能去吧。」

「也許吧？現在還不到一個禮拜，肯定有一些門是我打不開的，只是到目前還沒碰到。」

「你應該來看看倉庫區。」她說：「眞的是一望無際。而且不只這樣，還有另外一大群建築，我連去都不能去。」

「是啊，去看看那些應該不錯。」他說。

「我眞想參觀一下這個地方，我是說到每個角落走走看看，眞的很不可思議。」

她嘴角再次露出詭祕笑容，喝酒時才消失。派斯頓暗忖著她的用意。她希望他帶她參觀嗎？他甚至不知道自己能不能這麼做。她是在設法和他獨處嗎？

「不知道我能不能做這種事，要是可以再告訴妳。」他說。

「好吧。」她失望地說。

「不過誰曉得呢，我可以問問看。」他覷了辛妮亞一眼。「對了，妳說離開這裡以後的下一步是到其他國家教英語，對吧？這就是妳想做的事，就這樣？」

她聳聳肩。「其他國家的生活費很低，總的來說，我在美國幾乎存不了錢。」

「這裡不是最好，但比很多地方都好。至少還有乾淨的水。」

「那用火和碘片就可以啦。」

「我不是那個意思。老實說，我是有點羨慕，能離開或許也不錯。」

「那幹麼不做？」

「做什麼？」

「離開啊。」

派斯頓略一停頓，思考著，啜一口啤酒，放下酒杯，環視顧客稀疏的酒吧，再看看店門外那五光十色的生活遊憩館。他不知該如何回答。聽她的口氣，這事簡單得就像將啤酒杯端到嘴邊，好像說做就可以做的事情。

「沒那麼簡單……」他說。

「通常就是這麼簡單。」

「怎麼做？比方說，我現在就離開這裡，走出這扇門。那錢怎麼辦？我要去哪裡？」

她微笑著說：「自由就是這麼回事。在你放棄以前，它都是屬於你的。」

「什麼意思？」

「好好想一想。」

她又喝了一小口，露出微笑，臉上的肌肉微微鬆弛了。她酒氣也上來了，而且在測試他。他喜歡這種感覺，於是對她說：「我只知道一點：我沒辦法太快離開這裡。」

正因爲如此，對於雲錶提醒他簽退休計畫的通知，他始終視若無睹。一旦簽了，就等於承認一切到此結束。

「同意。」她一口氣乾杯。「說到這個，我們能不能出去走走？雖然站了一整天，但現在我的腿好像變僵了。」

「好啊。」派斯頓說完，將啤酒一飲而盡，隨即結帳。他在手錶的付款畫面敲幾下，留了小費，辛妮亞也照做。接著他隨她步出酒吧，她似乎已經想好目的地。

「去哪？」派斯頓問。

「我想打打電玩。你喜歡電玩嗎？」

「當然。」

他們來到頂樓，進入派斯頓與達柯塔稍早去過的電玩店，就是他們搜查華倫的那家。辛妮亞一進去便直往裡奔，最後停在小精靈的機台前。她立刻握住搖桿，之後卻又鬆開手。「對不起，這是一個人玩的。」

她顯然很想玩。小精靈旁邊是一台獵鹿遊戲機，有兩把大大的塑膠獵槍，一把橘色，一把綠色。「沒關係，妳玩吧。」他拿起綠色獵槍。「我來玩這個。」

「真的嗎？」她嘴裡雖這麼問，手卻已經玩了起來。

他在感應器前刷一下手錶，舉起槍來。「真的。」

辛妮亞拉著搖桿猛拽。派斯頓於是轉向機台螢幕，畫面上是一片牧草地，遠方有樹林，溪水淙淙。一隻鹿跳了出來，在現實中的距離應該有幾百公尺。他瞄準後開槍，沒打中。鹿毫髮無傷地消失在畫面盡頭。

「妳喜歡打電玩啊？」他問。

「我喜歡這個遊戲。」她說：「我要試著拿到高分。」

「那是幾分？」

「最高分紀錄是三百多萬分。」她說：「這一台的最高分是十二萬分。需要花點時間，但我破得了。不是今天晚上。不過練習一下也無妨。」

又一隻鹿出現，又沒打中。「需要這麼做嗎？」

「需要。」

派斯頓集中注意力，看著又有一頭鹿出現。這隻走到溪邊停下來喝水，幾乎就像遊戲機在可憐他，丟出禮物免費奉送。他瞄準、開槍。鹿倒地，小小的像素化深紅血跡噴向空中。

做得好！遊戲機出聲說。

辛妮亞斜眼看過來。「不錯嘛。」

旋即又轉回螢幕，下巴繃得緊緊的，舌尖從嘴角微微伸出。她玩遊戲像在做開腦手術一樣。

派斯頓從眼角感覺到有動靜，有人往店的後面去，看起來很像華倫。他把槍放回機器的槍架，甚至想都沒想就對辛妮亞說：「我去一下廁所，馬上回來。」

「沒問題。」她回答時眼睛沒有離開遊戲。

派斯頓在腦中快速地回想店內格局後，經過辛妮亞身邊，繞到一排機台後面，既可以看到華倫所在的角落，又不會明顯暴露自己。

他探出身子，看見華倫手裡不知在數什麼，然後抬起頭來，但看的是另一個方向。派斯頓等了一下，卻已經足以讓他緊張起來，擔心辛妮亞會以爲他在上大號，他可不想第一次約會就給對方留下這樣的印象，但這時候又來了一個人。派斯頓往後站，以免太醒目，其實這個空間幽暗，離得又遠，因此地理位置對他有利。

那人身材短小，理光頭，肩寬臂粗，肯定是舉重選手。身穿褐色polo衫，是技術人員。他們倆在說話，褐衣男拉拉polo衫底下長袖襯衫的袖子，蓋住手腕。他離去時，派斯頓連忙躲到一台遊戲機後面，免得華倫轉身看見他。

他記得達柯塔說過，有人會鑽雲錶追蹤功能的漏洞，因此他走到店的最裡頭，試圖繞到前面去，好看看褐衣男的長相，不料卻進了一個擺滿遊戲機台的死角。他從另一條路回來，發現若要出去就得經過辛妮亞旁邊，還要解釋自己在做什麼，這麼一來，那傢伙恐怕早已不見蹤影。

算了，至少有了點眉目。有部分的描述總強過什麼都沒有。

再說，爲什麼要追過去呢？他已經下班了。現在有更重要的事要辦。派斯頓走到辛妮亞身旁，她的手正好放開搖桿，渾然不知已過了多長時間。

「我生鏽了。」她說。

「不要緊，手感很快就會再回來。」他說。

「你肚子餓嗎？」

「有一點。」

「想不想去吃拉麵？」

「我從來沒吃過拉麵。」她聽了笑起來，派斯頓急忙設法挽救局面。「應該說我吃過那種便宜的小包拉麵，鹹得要命。」

她的手輕輕搭在腰間，屁股往外翹。現在比較自在了，想帶他到第三個地方。「這裡有間拉麵店，要不要去試試？」

「好啊。」派斯頓說。

他們離開電玩店，往餐館走去。派斯頓瞄向辛妮亞的手，看著它在她身側擺動的姿態。他想去牽她的手，去感受她柔細的肌膚，但那樣太唐突了，他決定作罷，至少今晚能和她多相處片刻，已經心滿意足。

辛妮亞

他很貼心，很急於取悅她，像小狗一樣。更糟的是，他逗她笑了。在那輕輕的噗哧一笑中，關於機場的那句話，讓她覺得好像被他偷走了什麼。

但她也有點高興。

喝完酒，她原本打算畫下句點，沒想到他說得愈多，她愈覺得能夠忍受。打電玩與接下來去用餐，都沒有讓她因為逗留晚歸而後悔。至少這個伴比食物更令人愉悅。

拉麵普普通通。該有的原料都有，只是缺少一家店特有的魔法。若有人能抱持熱情研究餐點的內涵，而不只是外觀，食物便會有一種特色，但這裡只有一個頭戴網帽、身穿綠色polo衫的矮小白人婦女，將事先量好的分量舀進碗裡，放進微波爐。

晚餐過後，辛妮亞覺得該休息了，但還是讓派斯頓送她回宿舍，最後當他們在約會結束前的那個時空裡猶豫不定時，她甚至不介意他湊上前來親吻她。

但他沒有。他露出那傻傻的、害羞的笑容，拉起她的手親一下，眞是矬得要命。她臉紅了，更大的因素是為他感到難為情。

「今天晚上我玩得很開心。」他說。

「我也是。」

「也許可以找個時間再約。」

「是啊，我也這麼想。至少有個酒伴也挺好的。」

聽到「酒伴」二字，派斯頓不禁覺得沮喪。她是故意的，免得他一下子變得太隨便。這是需要仔細拿捏的平衡。與他建立關係，對她有好處。他並不令人排斥或生厭，身上的味道也好聞，要命的是，他似乎是那種眞的會在乎伴侶有沒有達到高潮的人。

她帶著一抹狡黠的微笑與他分手，是那種意味著將來還有其他可能性的微笑，她知道這樣能模糊界線。確實奏效了，因為他回應的笑容中明顯有鬆了口氣的感覺。

辛妮亞回到房間後，脫到只剩內衣褲，躺到床上攤成大字形（那狹窄床墊所能容許最大程度的大字形），雙眼盯著天花板，暗自狐疑方才在電玩店裡，派斯頓究竟在跟蹤誰。

他藉口離開的模樣，分明有事，猛然一驚的動作太過明顯。悄悄尾隨他並不難，只可惜得丟下玩到一半的遊戲。

電玩店內到處是陰影與緊迫的空間。他在監看某種交易行為，八成是毒品。這表示他是喜歡在下班後工作的人。

她不是很累，睡不著，便考慮要登入電視，申請加入彩虹聯盟，那麼將來便可能有機會獲得晉升，也能更自由地到處走動。不過體內酒精濃度著實不低，讓她不想盯著文字看。

她坐起身來，揉揉痠痛的股四頭肌，再按揉疼痛的腳。接著是洗澡時間。其實也不太需要清洗，只是站著沖沖熱水。她穿上乾淨的運動褲和T恤（洗澡後更換用的），套上夾腳拖，隨手抓起毛巾，往走廊盡頭走去。女廁外面掛著故障的牌子，於是她刷錶進入中性廁所。

裡面有兩個廁間與一個小便斗用黃帶圍起。她繼續往後面走，那裡有一個小更衣室和一整排淋浴間，約莫二十來間，每間都有浴簾。一個人也沒有。辛妮亞挑了最後一間，脫下衣褲，折好放在最近的長椅上，再將毛巾掛到牆上。一陣涼意讓她全身起雞皮疙瘩。

她走進淋浴間，往水龍頭旁的感應器刷一下雲錶，開始五分鐘的限定用水。一道營養不良的水花從出水孔噴出，一開始冷冰冰，讓她瞬間肌肉收縮，倒抽一口氣，晚上殘留的醉意有如石頭一裂為二。

水很快便加溫了，隨著倒數漸漸接近尾聲，她考慮著想多扣幾個積點，延長淋浴時間，但還是決定把這份享受留待另一晚。

這時感應器嗶了一聲，提醒她只剩三十秒——感應器上方印有「請節約用水！」的字樣。

「去死啦。」辛妮亞咒了一聲。

淋浴結束，她關上水龍頭（手把處還發出吱嘎聲響），將浴簾用力往旁邊一拉，看見有個男人坐在長椅上。

她連忙拉起浴簾，拿了浴巾包住上半身。她尷尬的情緒很快便轉爲憤怒，因爲那人在看著她的浴間。她走了出來。他穿著白色polo衫和牛仔褲，打赤腳，布鞋擺在旁邊，襪子捲成團放在鞋子裡。身材矮胖、臉頰泛紅、深色頭髮。沒帶浴巾。而且還在盯著她看。他戴的是不鏽鋼網狀錶帶。

「有什麼需要我幫忙的嗎？」辛妮亞問。

「只是在等妳這間。」

辛妮亞往一整排淋浴間看去，都還是空的。

她的大腦隨即進入殺人模式，把他全身分解成一個個壓力點，每打中一處都能誘發疼痛反應。但這麼做的話，肯定得捲鋪蓋走人，因此她拿起衣服，想盡快趕回房間獨處。

就在她收拾東西時，他站起身來。

「妳是紅衣部門的，對吧？」他問道：「剛搬來的，對吧？」

「不好意思……」她繞到另一邊，讓長椅隔在兩人中間。

他猜出她的意圖，於是走到出口擋住她的去路，並往廁所那邊覷了一眼，以確定沒有別人。

「我知道在這裡，紅衣部門的工作可不好玩。」他說：「我是說，在眞正去做以前，每個人都想進這個部門。不過，還是有些班會輕鬆一點。」

「借過。」她試圖從他身邊走過去。

他立刻移身擋路，由於靠得很近，都能聞到他身上的味道了。洗衣精。香菸嗎？「抱歉，一開始就弄得不太愉快。」他說著伸出手來。「我叫瑞克。」

她後退一步。「我要走了。」

「妳可以跟我說妳的名字。」他說：「妳這樣很沒禮貌。」

辛妮亞又後退一步，同時拉緊浴巾，瑞克的目光也順勢移往浴巾邊緣，她鎖骨下方的肌膚，臉上的表情好像恨不得一把扯下浴巾，看看底下有什麼。辛妮亞見狀也恨不得一把扯下他的臉，看看底下有什麼。

她戴著手銬，因而有所顧忌，無法出拳打他喉嚨的柔軟部位，否則這一拳就能讓他的氣管像啤酒罐一樣被壓扁，而她也能好整以暇地坐在長椅上，看著他再怎麼掙扎也無法讓空氣通過受損的喉嚨進入肺部，然後臉開始漲紅、逐漸發青，最後死去。

「妳聽我說，妳才剛來，所以不太清楚這裡的權力結構。」他說：「我們這些經理可以幫妳，也可以讓妳生不如死。打個比方吧，我可以讓妳永遠不會再收到加班通知，而且不會影響妳的職級。」

辛妮亞沒有搭腔。

「否則的話，妳也知道，有很多事情可能會拉低評分。」他再次張望一下，然後壓低聲音說：「說眞的，我明白。妳一下子很難接受。」他往後退，舉起雙手。「我不碰妳。妳就把身體擦乾，穿上衣服，這樣就好了，怎麼樣？這樣公平吧。可以讓妳有多一點時間去……適應。」

辛妮亞思考片刻，卻只是更想扁他一頓。不只是因爲他正在做的事，還因爲他已不是初犯。他的一舉一動完全駕輕就熟，好像在請人喝咖啡一樣。

但最後仍是長期目標勝出。她又往後退了幾步，免得他忍不住毛手毛腳，這是爲了他的安全著想。她鬆開浴巾，立刻感受到空氣包覆住每一吋暴露的肌膚，也感受到他目光的逼視。

他微微一笑，慢慢往門邊長椅坐下。

「開始吧。」他輕聲說。

她重新拾起浴巾，擦拭身體。手一面動著，一面試著與他四目相交。每一回迎上他的目光，他總是急忙轉移視線。他媽的膽小鬼。她盯得更狠了。

身子擦乾後，她拿起內褲穿上，接著穿上長褲。

正要拿起上衣時，他舉起一隻手來。

「等一下。」他說：「我想記住這個，以後慢慢回味。」

她用力吸了口氣，把衣服套到頭上。穿好衣服，套上拖鞋後，站在原地聳了聳肩。像是在說：**再來呢，王八蛋？**

他停頓了一下，彷彿在思考。要再更進一步嗎？辛妮亞有些害怕。不是怕他，他算什麼？而是怕接下來的局面轉變。他不知道自己把她逼到什麼程度，也不知道她有多麼忍氣吞聲，只因爲她的任務必須暗中進行。

最後他終於起身，說道：「其實沒那麼難，對吧？」

她一語不發。

「告訴我，妳叫什麼名字？」

「辛妮亞。」

他微笑道：「很美的名字啊，辛妮亞，我會記住的。祝妳有個愉快的夜晚，辛妮亞。歡迎加入雲集團，好嗎？我向妳保證，一旦習慣以後，一切都很簡單。」

她還是沒應聲。他便轉身走了。到門口的時候，又回頭說一句：「再見了，辛妮亞。」

他離開後，她坐在長椅上瞪著牆壁。

她真恨自己沒有讓他吃點苦頭，卻也不知道還能怎麼辦。儘管如此，那每一幕仍然在她腦中上演：肘擊眼窩、腳踢下體、抓他的臉摜上牆，看是臉先還是牆上磁磚先破。

她呆坐許久，久到渾然忘記自己身在何處。等到終於提起勁來，步出浴廁，發現故障的牌子改放到中性廁所門前。女廁那邊可以用了。

難怪這麼久都沒人來打擾他們。

她回房間的路上不時回頭往後瞄，進房後，把浴巾掛到牆上掛鉤，然後坐到沙發床上。她滿腦子都是電鋸的聲音，於是打開電視，在螢幕上搜尋彩虹聯盟，希望將那噪音淹滅。

彩虹聯盟

本聯盟的宗旨在於促進雲集團內豐富多元與互助合作的氛圍，使每位員工得以成長、成功。我們社團透過有計畫的合作努力，全面貫徹了包容性、可及性與平等性。彩虹聯盟賦予所有員工掌握自己命運的權利。

人類是一幅多采多姿的織錦畫，雲集團知道每一個人對公司整體的重要性。為此，我們建立了彩虹聯盟，以確保力爭上游的人能獲得充分的機會。

根據面談過程中提供的基因紀錄，妳符合以下幾個項目：

女性

黑人或非裔美人

西語裔或拉美裔

評分時，會將妳的職級與工作資歷列入考量，然後重新考慮工作的分配，為妳找出適當職位，讓我們能夠雙贏。首先，妳必須與行政中心的彩虹聯盟代表預約會面時間。

最近的可預約日期在：一〇二天後

是否想繼續？

派斯頓

「你在開玩笑吧？」

達柯塔的臉怪異扭曲，眉毛沉重下壓，嘴巴大張。她就這樣停了好一會兒，咖啡易濾包還拿在手上。頓時派斯頓暗暗慶幸休息室裡沒人。

片刻過後，達柯塔嘆了口氣，將易濾包放入咖啡機，馬克杯放到機器底下。然後雙手掩面。

「所以說，你發現線索明擺在眼前，卻讓它就那麼溜掉了？」

「因爲我已經下班了，而且……」

「你先等一下，」她舉起張開的手有如舉起一把刀，說道：「你是保安組員，永遠沒有下班的時候。」

派斯頓的臉皮漲紅起來。「對不起，我沒想那麼多……」

「你說對了，你根本沒用大腦。」達柯塔看著咖啡機，這才發現自己沒有啓動機器，於是啪一聲蓋上頂蓋，再按下開關。「要命，我現在眞的很需要這個。」她叉起手，斜靠著流理台，重新將視線轉到派斯頓身上。「你害我今天心情不怎麼樣，所以我不打算告訴杜布茲。這是你上班的第一個禮拜，我就饒你一次。不過你要是想在這裡出人頭地，就得認眞點，懂嗎？」

「對不起。」派斯頓雖然嘴裡道歉，卻覺得不是滋味。他到底在對不起什麼？他本來就不想做這份工作。

「你最好是眞心的。」她說：「聽到這些，我眞覺得失望。」

這話刺痛了他，讓他想縮回自己的天地，或是鑽進地底下，或是穿過天花板飄走，總之不要待在原地就好。他轉身便要離開，打算晚一點再回來，自己一個人煮咖啡喝。但隨即停下腳步。

「謝謝妳。」

達柯塔點點頭，臉色緩和了些。咖啡煮好了，她抓起杯耳，放到鼻子底下，吸一口熱氣。

「告訴你吧，」她開口道：「我學會了，你也能學會的。只是……拜託，你得控制好別再出這種紕漏。」

「我沒多想。」

「就是說啊。」

「我會改進的。」

「我知道你會。」她微微翹起嘴角，眼看就要露出訕笑，這表情讓派斯頓內心洶湧澎湃的羞愧感消滅了一部分。但那微笑轉眼消失，只見她雙眼直盯著他身後。

派斯頓轉過頭去，這一看，整顆心沉到了底，休息室彷彿驟然跌降三米深。威克朗站在門口，就那麼站著不動，好像想讓他們知道：沒錯，他們說的話他全聽見了。他什麼話也沒說，只是吹著不成調的口哨，慢慢晃到咖啡機旁，一面以誇張的動作向他二人點頭。

「嗨，小威。」達柯塔試探性地打招呼。

「早啊，親愛的。只是來喝杯咖啡。這裡的咖啡不錯。」

「這裡的咖啡比狗屎還不如，因爲是免費的，我們才喝。」

「某人眼中的狗屎，可能是其他人眼中的滿漢全席。」

「你少自以爲幽默了。」

威克朗聳聳肩，面帶微笑將達柯塔的易濾包丟進垃圾桶，再將自己的裝進去。沖泡時，他轉頭瞪著派斯頓看，一副「**被我逮到了吧，你這王八蛋**」的表情。

「走吧，派斯。」達柯塔說：「我們去找個沒那麼多豬頭的地方。」

「舉雙手贊成。」派斯頓跟著她走出休息室。直到威克朗聽不見時，他才說：「情況不太妙。」

「的確不太妙。」她說：「你最好把皮繃緊一點，我猜你快要被打屁股了。」

「謝啦。」

「我盡力了。」

他們往散步道走去。派斯頓每跨一步，每遠離行政大樓一吋，都像是救贖。也許威克朗沒聽到他們說話，也許他只是做做樣子。走了一會兒，派斯頓心想：好耶，我沒事了，也許應該去喝杯咖啡。

這時雲錶響了。他低頭看了訊息後，胃抽搐起來。

請到行政大樓見杜布茲警長。

讀取訊息時他停下腳步，達柯塔卻沒有，因此當他抬起頭，她已經超前二十來步，正回頭看他。一開始面露困惑，隨後恍然大悟，最後，也是最糟的，她略帶同情地朝他點點頭說：「祝你好運。」

十分鐘後，派斯頓站在杜布茲的辦公室門口，暗暗納悶何必這麼虐待自己。何不就像辛妮亞說的，直接掉頭離開？他真的需要這份工作嗎？

是啊，他真的需要。走進雲集團大門時，他口袋只剩幾個銅板，大概只夠他找個街角，在地上擺一頂空帽子作營生。

他屏住氣息，敲門。杜布茲簡短應了一句「進來」。

派斯頓進入後，看見杜布茲坐在辦公桌前，靠著椅背斜躺，兩手交叉放在肚子上。他一聲不吭，派斯頓便自行面對他坐下，兩手合十夾在膝蓋間，等候著。杜布茲看起來好像沒在呼吸，目光鋒利如爪。

時鐘的秒針整整走了將近一圈，杜布茲才對著派斯頓肩膀後面努努下巴說：「把門關上。」

派斯頓於是起身關門。他不喜歡這房間裡的感覺，好像快要注滿水。

「你是想告訴我，你看見有人交易卻沒有追查，甚至沒有試圖去看清那傢伙的臉？」杜布茲問道：「你想這麼跟我說？」

他問話的語氣不帶嘲諷與怒氣，而是擔憂與哀傷，好像覺得派斯頓可能會心碎。

「我只是以爲，我是說……我當時在約會。」話一出口，他便畏縮了。

杜布茲冷冷一笑。「約會。可不是嘛。你聽好了，我非得一再強調不可，你在替我工作，隨時都在執勤。我不是說你不能過自己的生活，只是如果看見非法活動，附近又只有你一個人能出面阻止，你就得挺身而出。」

「我知道，我只是……」

杜布茲將雙手枕在腦後。「我想必是看錯你了。那也沒辦法。明天開始，你就去倉庫報到，執行安檢掃描。那可能比較適合你。」

「長官，我……」

「謝謝你，派斯頓。沒其他事情了。」

杜布茲坐在椅子上轉向電腦，擺出迎戰的架式，用兩根手指敲起鍵盤來。過了半晌，頭也不抬又說一遍：「沒其他事情了。」

派斯頓站起來，臉上熱烘烘，羞愧感直戳他的肋骨。

「對不起，長官。」他說：「我會彌補過錯。」

繼續打字，沒有回應。

派斯頓眞想抓住這個老頭的肩膀，用力搖晃，讓他看看他有多麼眞誠。然而如今他只能做一件事：亡羊補牢。他離開辦公室後，發現達柯塔倚在牆邊。

「安檢掃描？」她問道。

「嗯。」

「你好自爲之吧。」

「妳檢查過華倫的手錶了嗎？看看他昨晚跟誰在一起了？」

「除了你和一個揀貨員以外，沒有人進出過。更沒有穿褐色制服的男人。」

「手錶，」他說：「到底是怎麼運作的？怎麼追蹤的？」

達柯塔沒有回答，而是直盯著他的第三隻眼，幾乎都要在他額頭上鑽出洞來了。

「我知道，」他說：「我搞砸了，所以我想彌補，妳就給我一個機會吧。」

她繼續盯著。

「不管妳幫不幫忙，我都會做。」他說。

她微微翻了個白眼，轉過身，並點頭示意他跟上。她帶他到一間會議室，關上門，拿起一個無線鍵盤，敲了幾個鍵，一整面牆立刻亮起，巨大螢幕的燈光照亮了陰暗的室內。派斯頓試著去理解眼前的畫面。那是線框圖，上面有無數移動的小點，像螞蟻一樣。

「按一個點。」達柯塔說。

派斯頓隨便挑了個點，用指尖按下。螢幕上隨即跳出一個小框框，裡面有一長串混合的字母與數字。

「好，現在長按。」她說。

他照做。框框變大，顯示出一張大頭照、姓名與分配的宿舍，照片中是一名理光頭的中年黑人婦女。

「無論你到哪裡，手錶都會追蹤。」她說道：「這部分很清楚。可是我們沒有派人坐在房間裡監視每個人的一舉一動。這是被動的監管，必要的時候可以回去查看。所以我們查了昨晚的資料……」

派斯頓看著電玩店的線框圖。有兩個點進入，是他和辛妮亞，他們停在小精靈機台前。有另一個點進入，是華倫。派斯頓停止遊戲，去觀察華倫。

辛妮亞尾隨而去。

在他身後，看不見的地方。

過了一會兒，辛妮亞的小點迅速跳回小精靈機台。接著，他回到辛妮亞身邊，兩人一起離開。

沒有其他的點。沒有褐衣男的點。

「這麼說他沒戴錶。」派斯頓說。

「沒戴錶根本不能出房間。」

「那麼就是脫下來放在某個地方。」

「手錶脫下來超過幾分鐘沒連上充電器，我們就會收到警報通知。」

派斯頓站在那裡看著小點來回飄移，融合、分開，形成各種形狀，像雲一樣。看著看著，既有一種奇怪的滿足感又覺得生氣，因為螢幕上有個東西，顯而易見……

「好啦，今天你有一整天可以巡邏，所以……」達柯塔說。

「什麼意思？」

達柯塔舉起手錶，點了錶面兩、三下。「意思就是你會在散步道來來回回地走。轉到安檢掃描組是明天的事，所以出發吧。」

「那好。唉，應該要說抱歉吧。」

「沒錯。」達柯塔向後轉，走了開來。

派斯頓在原地站立片刻，目送她離開。對於自己的心煩意亂感到生氣。他不知道自己爲何這麼投入，但總覺得這是他必須收拾的爛攤子。不過，當他離開行政中心爬上電車，搭到散步道時，又不禁納悶「爛攤子」究竟是什麼意思。這怎麼會是爛攤子呢？就因爲他沒有免費加班，沒有讓自己身處險境嗎？

但他走得愈久愈無法想這件事，因爲辛妮亞小點的問題愈加盤繞他的腦海。他無法不去想她如何尾隨他，又如何在他轉身時跳回原位。

他盯梢華倫的時候，她也在盯他的梢。

4 裁員日

紀卜森

離上次聊天又過好一陣子了哦？

我很盡力在做，但並不容易。每天都能感覺得到。起床需要多費點力，現在腹部會抽痛。爲了白天能挺直腰桿，我發了瘋似的喝咖啡。

你們知道我一直在想什麼嗎？

最後一次。

像前幾天，我們開車經過紐澤西，朝這個花園之州南行途中，我告訴司機傑瑞在「巴德潛艇堡」店暫停一下。我可以對天發誓，全世界再沒有比這裡更好吃的三明治了。只要距離不超過五十公里，我一定會順道光顧。於是傑瑞停了車，這可憐的傢伙光是等著進門，就排隊排了一個半小時。可見這間店有多熱門。

接著他拿著巴德特製潛艇堡出現了。這玩意可眞是巨無霸，有六十公分長，裡面包了義大利香腸、波芙隆起司、火腿、義式醃豬頸肉、甜椒。以前我會買兩份，一份當下吃，一份留著晚點吃。但這次我只買一份，因爲胃口不怎麼好，打算只吃一半，另一半隔天再吃。我差不多吃掉一半，差不多無比滿足的時候，忽然領悟到這恐怕是我最後一次吃這個三明治了。

我於是放下三明治，情緒變得有些激動。還有哪些事是我最後一次做的呢？以後可能再也沒有時間去打獵或釣魚了，那是我唯一會關機，不接電話的時刻。也不會再有與妻女一起度過的聖誕早晨。想到這個讓我內心十分沉重，所以有一段時間，實在沒心情寫東西。

不過我想得愈多，也愈能接受了。就跟其他事情一樣，這是我分到的牌，雖然不喜歡，卻也只能打這種牌。我想今天正好適合重出江湖，來聊聊今天這個日子。今天是雲集團的裁員日。裁員日一年只有四天，但每次都還是有人激動得不得了。有人說這是野蠻行爲，我不這麼認爲。之前我約略提到過：讓員工做不適合的工作，不管是對雇員或雇主都沒好處。

倒不是說我喜歡這種事，其實我並不想讓任何人走，只是這樣對他們、對我都比較好，讓我受不了的是大家談論的態度，老是說一些不實言論，說有人被踢出去、有人跳軌自殺之類的。根本沒這回事，就算有，也是少之又少，而且很可能是有什麼不爲人知的問題。要我們爲那種人負責，爲員工的內在情緒負責，實在很過分，但他們只是換個方法把雲集團描述成某種邪惡帝國。是誰做的，我心知肚明——就是惹出黑色星期五大屠殺的那群天才——不過我不會深入更多細節，因爲我幾乎可以聽到我的律師團集體得動脈瘤的消息了。

重點是，工作要靠自己爭取，而不是等人施捨。美國人遵循的鐵律是：追求卓越、自強不息。而不是：哭求別人擁有的東西。

唉，抱歉。我也說過，最近心思很亂，一直努力想保持正面思考。在這裡我會更認眞一點，因爲造成你們的負擔沒有意義，那是我必須背負的。

然而重要的是，我的全國巡迴之旅相當順利。經過紐澤西後，我們去了賓州，造訪我最早成立的母雲之一。我已經多年沒來，那景象眞是叫人讚嘆。當初，這裡有兩棟宿舍，各六層樓高。如今有四棟，全部高達二十層樓，而且持續增高。老實說，那整個地方就像一片巨大工地，我最愛建築機具了。怪手的聲音就是進步的聲音。能在賓州看到，感覺更好。賓州史上最重要的產業之一，就是重型機具與施工設備。我理應知道的。大約十二年前，我在當地接手了相關的買賣事業。

我到現場走了一下，見到一些很棒的人，讓我想起自己為何要在旅途中度過最後幾個月，而不是坐在家裡鬱鬱以終。為的正是像湯姆．杜利這樣的人，他是個資深揀貨員。我們倆閒聊了一會兒，我們都是老派的人，有很多共通點。他告訴我，他在上一次的地產危機中失去房子，他和妻子便買了一輛破爛的休旅老爺車來住。他們開著車，到全國各地打零工，有一天到加油站加油，卻沒算好手上能運用的錢（湯姆的妻子買東西時開了支票，忘記告訴湯姆），戶頭裡的錢提領一空。結果他們就這樣被困在賓州，沒錢、沒地方可去，食物也幾乎只夠維持一個禮拜。

賓州的母雲剛好在那個星期開幕，這豈不是天意！他和妻子找到了待遇不錯的工作和住所，他們滿懷感激，我也覺得很高興。他說這都要感謝我，我卻對他說：不，湯姆，不是這樣的。我說他們夫妻倆能成功是因為他們努力勤奮，沒有放棄。是他們克服逆境，活了下來。

我和湯姆聊了好久，最後還一起到自助餐廳吃東西。我請經理通融，讓他妻子瑪格莉特從技術支援中心提早下班，我們帶著她一起，重溫美好的舊日時光。我敢說接下來幾個星期，他們會變成風雲人物。你們眞該瞧瞧，我們結束後，有多少人想去找他們說話。

湯姆、瑪格莉特，謝謝你們的貼心，願意聽一個老人嘮叨。我很高興看見你們倆過得這麼好，也祝你們未來的歲月幸福快樂。

看到他們的確讓我振作了起來。

另外還有一件事要報告：我已經準備好宣布接班人了。

這個人……

……將會在下一次貼文中公布！

抱歉，不是故意捉弄你們。但爲了今天是裁員日著想；在雲集團，這天總是異常忙碌，事情多如牛毛，我不想讓大家分心。重點是，我已作出決定，但別期望會走漏風聲。我只告訴一個人，就是我老婆茉麗，她的口風恐怕比我還緊，所以這個祕密安全無虞。很快就會有進一步消息，敬請期待。我想每個人都會滿意。我認爲這是最合理的抉擇。

總之，目前就是這樣。接下來往前、往西走，繼續體驗更多的「最後一次」。我發現抱持這樣的想法對我而言很重要，它讓我學到很重要的一課。放慢速度，細細體會，因爲你永遠不知道這些事物何時會消失。說實話，打從我再次振作起精神後，巴德特製潛艇堡變得前所未有的美味。

我會想念它，但很慶幸我吃過。

辛妮亞

有個女生跪倒在地，大聲尖叫。

事情發生時，辛妮亞正忙著讓黃線轉綠。她全神貫注，對於膝蓋的劇痛刻意置之不理，但仍忍不住停下來觀看。另外有十來個紅衣人也和她一樣。

那個女生三十五、六歲，頭髮染成粉紅色，滿臉雀斑，長得十分漂亮。現在的她則是十分傷心。她低頭看著手錶啜泣，凝視的眼神就好像看得夠用力就能改變情況。

辛妮亞旁邊有個年紀較大的婦人，一頭銀色小鬈髮。她搖搖頭，嘖了一聲說：「可憐啊。」

「怎麼回事？」辛妮亞問道。

老婦看著她的表情宛如在說**你怎麼會不知道？**嘴裡則回答：「裁員日。」然後她往下瞄一眼自己抱著的包裹（是個平板鍵盤保護套），隨即快步離開去找輸送帶。辛妮亞又看了那個女生幾秒，直到有另一名似乎相識的女子走上前去安慰她，辛妮亞才重新繼續去找一個粉紅工具箱。

儘管距離遙遠，辛妮亞仍感受得到那女生的哭泣發自肺腑深處，是一種原始的聲音。那種悲傷通常只有在葬禮上或遭受酷刑才會流露出來。辛妮亞的大腦說：**別再像嬰兒一樣哭哭啼啼，振作起來吧**。但她也不能否認，有一根冰冷的小手指在戳著她的心。

當辛妮亞在倉庫裡走動，又碰到更多人或是跪在地上、或是站定不動，對著新發現的、自己的生命殘骸怔忪發呆。

她將一部平板電腦丟上輸送帶時，看見一個穿紅衣的男子和一個穿白衣的男子起口角。好像是因爲他腳受傷，動作快不起來。白衣男子不爲所動，紅衣男子則握緊拳頭、強忍怒火，辛妮亞可以嗅到空氣中隱隱有暴力的味道。聞起來像血，像液態銅。她想留下，看看會發生什麼事，但瞥見手錶上的黃線在悄悄消退。

無線耳機、智能健身手環、書、布鞋、披肩、積木、ＲＦＩＤ防盜皮夾……

當她拿著皮夾走向輸送帶，塑膠泡殼被她一抓動了一下。她拿起來檢視，發現側面裂了條縫。皮夾看起來沒事，但她不知該如何處置瑕疵商品。她一度考慮要回去重拿一個，可是架子的位置已經改變，她又忘了倉儲箱的號碼。於是舉起手錶說：「米格爾．魏藍德雷。」

米格爾．魏藍德雷目前未上工。

「經理。」

輕細的嗶嗶聲帶著她穿過倉庫，走了將近半小時。幸好，線不動了。她遇見了六個白衣人，但手錶仍督促她繼續走。好像在浪費時間，會不會是要去找某個專業人員？

她來到一長排的家用品與洗浴用品區。腳踏墊、浴室置物架、浴簾、馬桶座墊套……手錶還在嗶嗶響。

「妳來啦。」

她一轉身，看見瑞克。

「你他媽的在開什麼玩笑啊？」她問道。

他微微一笑，露出黃板牙。「沒辦法，妳實在太美、太迷人了，所以我把妳加入我的組員名單，那麼妳要是有什麼需要，我就會是妳的指派經理。看吧，辛妮亞，在這裡有這樣的人脈關係，待遇會好一點。」

她想出拳揍他，想吐東西在他臉上，想轉身跑走，什麼都想，就是不想做她現在做的事：把包裹交給他，說道：「這個開了，我不知道怎麼處理打開的包裹。」

他接過時，手伸得略長了些，趁機碰碰她的手。他的皮膚冰冷，像爬蟲。也或許是辛妮亞出於厭惡的想像。她雙肩不由自主地打起哆嗦，她強壓了下來。

「我看看。」他說著翻轉一下包裹，發現了裂痕。「可能是進貨時弄壞了。不過妳把它送來是對的，可不能把損壞的商品送去給顧客。」

他朝辛妮亞上前一步，舉起手錶。

「親愛的，妳要做的是，」他放慢速度說，好像在向小孩子作說明。「像這樣舉起手錶，然後說：『瑕疵品。』它就會指示妳到某條輸送帶去，跟其他東西一樣。」

他臉上的笑容彷彿剛剛跟她分享了長生不老的祕密。辛妮亞可以聞到他嘴裡的味道，是鮪魚，一陣作嘔的反射差點嗆著她。

「這種事訓練員應該要告訴妳的。」他挑起一邊眉毛說，頓時間煩躁起來。「妳告訴我他叫什麼名字？」

辛妮亞想了一下。米格爾很可能是忘了，她不想給他惹麻煩，便說：「叫約翰什麼的。」

瑞克皺起臉猛搖頭。「這種事情妳眞的應該要記住，辛妮亞。」

「哎呀。」

「沒關係，我相信妳會彌補過來的。」他舉起手錶，點一下錶面。她的錶立刻嗶一聲，她瞄了一眼，發現它指示她去找一盒吉他彈片。

「好了，妳去忙吧。」瑞克說：「待會兒見了。六點下班嗎？」

辛妮亞沒有回答，直接轉身走人。

直到下班前，她將全副精神集中在黃線的遊戲上。看著別人收到裁員通知哭個不停，她浪費掉了一些時間。不管再怎麼馬不停蹄，還是無法讓線變綠。

通過安檢，回宿舍的路上，她心想至少應該去大廳走廊看一眼，要是沒有危險，也許可以順便植入Gopher。可是她知道自己現在滿腔嫌惡與憤怒，在這種情緒下，不適合作決定。

她回到自己的樓層時，發現比平常熱鬧一些。平常會看見一、兩個人在外面，可能是要去浴廁或是去上工，此時卻有六、七人圍在一名年長男子身邊。此人身材高大，剪了個小平頭，皮膚鬆垮，肩上背著一個圓筒狀行李袋，眼睛看著地上。大夥出言安慰，欣西也在其中，另外有兩名保全人員（一個黑人男子和一個印度裔女子）站在一旁看著。那個眼睛像卡通人物的女孩也在那裡。叫海莉葉？海德莉？

親切的女孩海德莉。

辛妮亞看著這一幕，在隔著大約十來道門的地方上演。是一場道別儀式。擁抱、親吻臉頰、輕拍肩背。那個男人顯然已經待了不短的時間。他們的互動中帶著一種溫馨，讓辛妮亞的心再次感覺到那隻冰冷手指的戳刺。

那群人逗留著，彷彿不想走下一步，彷彿以為這樣就能定在那一刻，直到欣西拍拍手喚起眾人注意。該走了。道別後，男子離去，保全人員尾隨在後，距離不近，稱不上陪同，只是剛好可以監督。男子從身邊走過時，辛妮亞看見他的雲錶上裝飾著亮晶晶的骰子。這時大夥各自回房，欣西多待了一會兒，與辛妮亞對上眼時搖了搖頭，像是在說：**妳相信有這種事嗎？**接著掉轉輪椅準備回房。

辛妮亞手握門把站著，最後卻沒進去，而是往欣西的房間走去。

到了門口，敲敲門。過了片刻，門往內打開。欣西帶著微笑說：「需要我幫什麼忙呢，親愛的？」

「我想找妳談一件事，私底下談。」她說。

欣西點點頭。辛妮亞扶著門，讓她退進房間後，自己再進入，並將門關上。欣西一直退到最裡面，靠著牆邊，給辛妮亞騰出一點空間坐到沙發床上。

「很特別吧？我是說裁員。」欣西說。

「那人是誰？」

「畢爾。」她說：「不過大家都叫他錢幣兒，因爲他一有時間就泡在賭場裡。已經在這裡八年了。」

「那怎麼會被裁？」

「他都已經符合退休基金計畫的資格，可以調整部門了。」她說：「畢爾還是很有活力，又喜歡走路，所以他選擇繼續當揀貨員，甚至享有資深揀貨員的速度優惠。」她嘆了口氣，呆望著遠方，好像仍看著他拖著沉重腳步走過走廊的背影。「可是他年紀愈來愈大，連那樣的速度也跟不上了，他卻還自以爲做得到，結果呢……就變成這樣了。」欣西的視線回到辛妮亞身上。「太可惜了，他應該接受部門調整的。」

「要怎麼樣才能換部門？」

「如果受傷或是再也無法處理某種工作，就可以換到其他地方。」她說：「我以前也是揀貨員，可是從旋轉架上摔下來，下半身癱瘓。」

「天啊。」辛妮亞全身一抖，驚呼道。

欣西聳聳肩。「我沒扣扣環，所以是我的錯。不過我很幸運，公司留我下來，把我調到顧客支援部門。我還可以講電話、用電腦。總之重點是，畢爾應該接受轉調，換到比較符合他速度的地方，可是他不願意。」

辛妮亞往後靠到沙發床背，冰冷手指現在眞的戳得很用力。「聽了好難過。」

欣西又再次聳肩，微微露出苦笑。「妳知道嗎？至少我還有工作。」她往前傾身，拍拍辛妮亞的膝蓋。「對不起，親愛的，剛才妳說有事要問我，我卻一直在說自己的事。好了說吧，是什麼事？」

「我呢……」

「哎呀，」欣西一手摀住嘴巴。「我太失禮了。妳要不要喝點什麼？妳可能得自己動手，不過我還是應該問一聲的。」

辛妮亞搖搖頭。「不用了，謝謝。我只是……這會是我們倆的祕密吧？只是有件事我想探個底。」

欣西嚴肅地點頭，好像準備和她歃血爲盟似的。

「我遇到一個傢伙，」她說：「經理級的，叫瑞克……」

欣西倒抽一口氣，翻了個白眼。「瑞克。」

「原來是這樣？」

「就是這樣。」她說：「他住在這樓的另一頭。我來猜猜看。妳去洗澡的時候，他跟妳玩了浴室變變變的遊戲？」

「他怎麼還能在這裡做事？」

欣西把下巴垂到胸前。「天曉得，我猜他要不是背景很硬，就是高層根本不想處理。我只知道有個女員工向人事部投訴他，是一個很討人喜歡的女孩，叫康思坦絲，結果到了下一次裁員日，她就走人了。康思坦絲是我在支援部的同事，人很聰明。」欣西嘆氣道：「我知道這種事讓人很不舒服，我知道這不是妳想要的答案，但我只能說……看見他就繞路，只使用女廁，運氣好的話，他就會轉移目標了。」

辛妮亞原來的同情頓時煙消雲散。

運氣。她口中的這兩個字，聽起來很畸形。

「今天我有問題要找經理，卻被帶去找他。」辛妮亞說。

「他對妳眞的很感興趣。」她說：「這可不妙。」

「他會做到什麼程度？」

「他不笨，」欣西說：「不會逼妳跟他上床什麼的。他只是個討厭鬼，喜歡看。要問我的建議嗎？就是……」她又嘆了口氣。「忍下來吧。」

有那麼一刻，辛妮亞忽然不確定，欣西和瑞克，誰更讓她生氣。但她更氣的是，好像有個人站在她旁邊催逼著她做某件事。

她謝謝欣西爲她抽出時間，然後趁自己還沒說出可能會後悔的話之前，急忙離開她的宿舍，大步走過走廊，刷錶進入自己房間，一屁股跌坐在沙發床上，打開電視，希望讓電視的聲音蓋過她腦中的雜音。

忽然間一個念頭閃過，她於是抬起雲錶問道：「我的評等是多少？」卻又懷疑根本不能問這種問題。

雲錶閃現出四顆星。

「去死啦。」她咒罵一句。

她從廚房抽屜深處拿出多功能工具組，爬上床，拆下掛布，開始幹活。只剩下幾公分而已，這回她一口氣全部做完，而且每次將刀刃刺進天花板的狠勁就像刺進瑞克的喉嚨一樣。隨著最後吐出一口塵屑，四方形石膏板也應聲脫落，打開了一個黑洞。

她將板子丟到床上，摸索一下開口的四周，找一個最堅固的攀附點，兩手一撐，爬進了天花板。她用手機的手電筒照亮，只見裡面一團亂，到處都是電線和管線，還有一個像是東西腐敗的味道。不過大約有七、八十公分寬的空間，移動不難，而且可以分辨出承重牆的位置，不至於闖進別人的房間。

從這裡到女廁大概有三十七公尺，她計算過了。

派斯頓

派斯頓被一字眉的男人用肩膀重重撞了一下，差點失去重心，及時穩住之後看了男人一眼，以爲對方會說句道歉的話，沒想到他只是嘟囔著說：

「眞他媽的倒楣，排隊都排了一個小時。」

男人站進毫米波掃描儀內，舉起雙臂，讓金屬葉片繞著他轉。派斯頓瞅了負責監看螢幕的蘿賓森一眼，她輕輕頷首：沒有違禁品。

誰都沒有違禁品，沒有人會笨到在這裡偷東西。他們知道這意味著什麼：立刻解雇，連收拾行李的機會也沒有，當場就直接被帶出去。

調到這裡已經三天，對派斯頓而言，一字眉男子的衝撞堪稱愉快的互動。站了一整天之後還要站著排隊，任誰都會不高興。因此派斯頓使出他最拿手的本領：面帶微笑，假裝沒事，希望能見到辛妮亞。但過去三天，從他面前經過的人數以千計，就是沒看見她。說不定她工作的區域不在這邊。

他利用葉片呼呼運轉與蘿賓森微微點頭之間的空檔，思索著他離開杜布茲辦公室後，在雲錶上出現的三星評等。

想著那個，還有那些小點。

說不定根本沒什麼。說不定辛妮亞是去找他的。有可能是除了跟蹤之外，其他成千上萬的理由之一。

想著星星和點點可以轉移一下注意力，因爲四周的螢幕上不斷循環播放著雲集團的影片。第一天收工時，影片內容他都會背了。第二天，那聲音像電鑽一樣直鑽他的腦袋。到了第三天，則已成爲他個人地獄的背景音。

雲集團能解決所有需求。

我為你工作。

謝謝雲集團。

下班後，他閒步逛到生活遊憩館，在那兒看見達柯塔從電梯方向朝他小跑步過來。

「怎麼了，小傢伙？」派斯頓問。

「別叫我小傢伙，我年紀可能比你還大。你要和我去巡邏。」

「我才剛下班。」他說。

「今天是裁員日，也就是說要全體動員，你要是不想再重新得寵，大可以拒絕。」

派斯頓聳聳肩，隨即加入達柯塔的行列。「要上哪去，老大？」

「這還差不多。去散步道。要全部繞一圈。主要是得留意電車。」

「爲什麼？」派斯頓問。

「今天會有很多人進進出出。」她說：「別再問那麼多問題了，動起來吧。」

「好，好，好。」派斯頓低聲說。他想壓抑氣惱的情緒，卻辦不到，於是開口問：「杜布茲都放棄我了，妳爲什麼還不放棄？」

達柯塔斜乜他一眼。「因爲比起在這裡走動的大多數蠢蛋，你半個大腦就抵得上他們的一又四分之三。你是搞砸了沒錯，但我覺得他對你太嚴厲了。我想讓你重回專案小組，但他死也不肯答應。」

「妳是說那個還沒成形的專案小組。」

「就是那個。」

「多謝了。」

達柯塔聳聳肩說：「至少今天還能跟你一起。」

他們來到散步道，看見許多人含淚背著行李袋或拖著行李箱，走向電車，前往入口大樓——如今應該說是他們的「出口」大樓。

達柯塔的手錶叮了一聲。她抬起手來。

「工程部，代號J。」有個聲音說。

她按下錶冠回答：「收到。」

「代號J？」派斯頓問道。

達柯塔冷冷地露齒一笑。「你很快就會知道了。」

他們又走了一會兒。兩個小時之內，沒看到什麼特別的，只有更多傷心的人拖著腳步離去。接著他們休息吃午餐。派斯頓提議去雲堡，達柯塔卻皺起鼻子，堅持要吃墨西哥捲餅。換成這個也還可以接受。他們默默用餐，一面看著人群。又傳來兩個代號J。達柯塔似乎沒記下來，也顯得興致缺缺，只是回答收到了，然後繼續吃。

沉默許久之後，派斯頓試圖找點話題，便將自己無意中想到，並一直在腦中聒噪不停的念頭說出來。「會不會是像法拉第籠的東西呢？」

「那是什麼？」

「是一種用來阻絕電磁場的密閉空間。法拉第就是一八〇〇年代發明這個東西的科學家。也因此妳的手機在電梯裡收訊不好，那是個金屬密閉空間。」

達柯塔點頭道：「訊號阻隔。」

「監獄裡有這種東西。那裡不能用手機，對吧？那是重大違禁品。我們有感應器可以偵測到手機訊號，所以有幾個犯人想出了辦法，用鋁箔襯裡的袋子裝手機。」

「行得通嗎？」

派斯頓聳聳肩說：「要看偷運的人，看他們的襯裡做得到不到位。這個點子可能是從行竊袋聯想到的，那是在商店順手牽羊的工具。你要是沒付錢想離開，店裡的感應器會響，但背著有鋁箔內襯的袋子，把東西偷偷放進袋子，就可以阻斷感應了。不過，監獄隔壁蓋了新的基地台，這個方法就行不通了，因爲訊號太強。」

達柯塔吃下最後一口捲餅，拿餐巾紙抹抹嘴後，丟到托盤上。他二人起身將包裝紙與餐巾紙丟進垃圾桶，隨後進入廊道。達柯塔不停點著頭，好像一邊在聽音樂。

「所以說你覺得這些天才在手臂上包了鋁箔紙？」她問道。

「我是這麼懷疑。」他說：「這能行得通，雖不是萬無一失，但可能是類似的方法。」

派斯頓與達柯塔的手錶同時響起。「代號S，代號S，楓樹館大廳。」

「派對時間到了。」達柯塔說。

「代號S是什麼？」

「Squatter（蹲踞者），有人不接受裁員，要賴的人。」

「我們要怎麼做？」

「你自己想想。」

他們半跑步前往，快到楓樹館大廳時，不少人停下來看熱鬧，人愈聚愈多。他們很快就找到現場：一群六個人——兩個紅衣、兩個綠衣、一個褐衣、一個藍衣——躺在地上，全身軟趴趴地裝死，任由幾個藍衣組員試圖將他們拖往電車。行李袋散落在四周，其中有幾個已被扯開，衣物與個人用品掉滿地。派斯頓將一罐粉紅色體香劑踢到一旁。混戰中，可以聽到地上的人呼喊著。

「拜託了！」

「不要！」

「就再給我們一次機會嘛！」

「天啊。」達柯塔嘆了一聲，衝進混亂場面中，這時派斯頓忽然瞥見辛妮亞正要走進通往廁所的走廊。看見她之後，他的大腦一時短路，直到聽見達柯塔大吼：「快來啊！」

他瞬間清醒，跑了過去，發現達柯塔正抓著一個中年婦女的胳臂，往電車方向拖。

「我們到底要做什麼？」派斯頓問道。

「把他們拖上電車，讓入口大樓的組員把他們送走。」她說。

「我們的時間眞的沒有更好的用途了嗎？」他往一名中年金髮女子旁邊蹲下，說道：「小姐，我叫派斯頓。能告訴我妳叫什麼名字嗎？」

她直直看著他，眼中淚水湧現，嘴巴開始蠕動起來，好像想說什麼，不料竟往他臉上吐了口痰。溫熱的口水在派斯頓的臉頰上噴濺開來，他閉上了眼。

「你這隻豬，去死吧你。」她罵道。

此時，四周已被保全人員團團圍起，藍色人牆讓外圍的群眾看不見地板上的動靜。達柯塔左右張望一下，確認沒人會看見，便用拇指按住婦人鎖骨上方的一點，按得很用力。婦人尖叫一聲，試圖掙開，但被達柯塔牢牢抓住。

「妳給我起來。」她說：「已經沒戲唱了。」

「拜託不要……」婦人說。

「達柯塔。」派斯頓喊道。

「怎樣？」她抬頭看著他問道，一面加強手勁。「他們已經不是這裡的員工，怎麼對他們都無所謂。而且愈早解決愈好，因爲……」

這時她們身後傳來一聲尖叫。

派斯頓跳起來，往叫聲來處奔去，是在電車軌道方向。現在人又更多了，全都圍站在通往月台的階梯上，有一列電車剛好進站到一半。派斯頓好不容易擠過人群，來到月台邊。

電車駕駛是個上了年紀的光頭男子，他探身看著前面的軌道，臉都垮了。前方約莫十五公尺處有一團東西，派斯頓走近一看，才發現是個男人。

派斯頓跳下軌道，往那名男子走去。不必靠近就知道他死了，太多的血。他一動也不動，一條腿彎折得不成人形，膝蓋像是轉了一百八十度。手腕上有個東西在反光，原來是雲錶上裝飾了晶亮的骰子。

派斯頓在一旁俯視著他，微微感到暈眩。旁邊有摩擦移動的聲響，他轉頭發現達柯塔也正低頭看著屍體。

「這就是代號J。」她說。

「Jumper的J，跳軌。」派斯頓說。

達柯塔點點頭。「本來希望你的第一個裁員日不必面對這個，但這應該只是我一廂情願的想法吧。」她舉起手錶。「楓樹館軌道，代號J，到達時已死亡。」

派斯頓蹲了下來，手摀住嘴巴。這不是他第一次看到屍體——監獄雖然不算太糟，畢竟還是有一些失控的吸毒與攻擊行爲。但曾經看過並不代表還想再看到。

「來吧，」達柯塔說：「我們得清理現場。」她頓了一下又說：「是他總比是我們好，不是嗎？」

派斯頓想說點什麼，結果卻只能吐出兩個字，還差點哽在喉頭。

不是。

辛妮亞

辛妮亞在天花板上等了十五分鐘，透過磁磚間的裂縫偷看，等候廁所淨空。在此之前，她被鬆脫的電線絆了兩次，膝蓋還被施工不善的水泥表面刮出大大的傷痕。

空氣已沉澱下來，但方才在狹窄空間爬行時揚起的塵屑，仍舊讓辛妮亞覺得肺裡沉甸甸的。她看著一波波人潮進來淋浴或上廁所，好不容易終於只剩下一個女生，她洗完手便往門口走去。

辛妮亞將天花板磁磚挪到一旁，然後跳下來，再爬到長椅上將磁磚歸位。天花板很低，再爬上去應該沒問題。這過程不好玩，但奏效了，因爲當她步入走廊，本以爲會看到一大隊藍衣人站在門外，但並沒有。

她伸手進口袋確認眼鏡盒在裡面，接著將毛衣的袖子拉下來，免得沒戴手錶的手腕太過醒目。

裁員日吸引了大家的注意力，要想做什麼的話，現在正是最佳時機。她不只是急著離開這鬼地方，等任務一完成，她可能還會回來把瑞克痛扁一頓，純粹爲了出氣。

有一些人正要前往電梯，她隨後跟去。他們上了電梯後，因爲每個人都向前伸手去刷錶而一片混亂，很好的掩護。辛妮亞往裡面擠，兩手背在後面。

電梯在下一層樓停，又上來兩個人，接著下一層又停。辛妮亞翻了個白眼，強忍著沒有出聲嘆氣。這也難怪，現在是逛大街的時間嘛。

到了大廳，電梯門打開時，她一度想去找打火機，在什麼地方放把火。用這種方式製造掩護，屢試不爽。自從在新加坡警局因爲垃圾桶的小火災讓她逃過死刑之後，她便經常想用火解決事情。可是當她一踏進大廳的雪亮地板，立即發現無須擔心。有一群人躺在地上表達抗議，保全人員試圖將他們拉起來，他們卻不肯動。

太好了。辛妮亞往走廊走去。所有人都在看著吵鬧場面。

她往後瞄一眼，確定安全無虞，等到接近雲點時，便蹲低身子前進，讓監視器拍不到她。通過之後，進入廁所。兩間都沒有門，只有一個開口，一轉進去就是廁間，所以探個頭就能看見裡面。她先窺探男廁，似乎沒人，隨後走進女廁。一個廁間下方可以看到一雙楔形涼鞋。好極了。她挑了一間進去，坐在馬桶上，一邊數著呼吸一邊等那個女生上完廁所、沖水、洗手、離開。時間比她預期得還要久，但至少沒有其他人進來。

出來的時候，她又往男廁覷一眼。還是沒人。她沿著走廊快步走著，留意四周動靜，眼睛則盯著走廊盡頭，以免忽然有人冒出來。有幾個人一閃而過，但都是要去電車那邊看熱鬧。

她緊貼著牆蹲低下來，然後跪在雲點機台的底部前，伸出一隻腳。她用一手鬆開鞋，讓鞋帶垂到地上，另一手則伸向眼鏡盒，用拇指彈開後，將筆取出，塞進鎖芯，用力一扭，薄薄的金屬蓋板啪一聲開了。

裡面一大堆電線和電腦晶片。她四下尋找空的插槽，看不見的地方就用手摸，這時她心跳逐漸加快，尋思著萬一找不到怎麼辦。

又有更多人從廊道入口處經過，都沒有轉進來。

但遲早會有的。

她摸到一個凹槽，裡頭是空的。冒險往下一瞄。

不對。

繼續找。

正打算放棄時就摸到了，一個小小的方形缺口，她將Gopher插進去，默數到十，爲了安全起見，又繼續數到十一，才把它拔出來。

第一步。

她綁好鞋帶，關上蓋板，同時心狂跳不已。她往前爬了大約一公尺，才直起身子，匆匆走出走廊，回到大廳。她來到電梯前，焦急得重心不停左右交替，等著人潮散去，等著大批人上電梯，這樣才能提高有人跟她在同一樓層下電梯的機率。就在這時候，派斯頓從電車那邊過來，往廁所的走廊走去。

與其說是走，倒更像是拖行。他兩手無力地垂在身側，途中還停下兩次看向他們，但隔著這段距離，辛妮亞看不出是爲什麼。她移身到一個地圖資訊站後面，免得他轉身看見她站在那裡。

派斯頓

派斯頓在洗手台的感應器底下揮動雙手，一心只想趕緊洗去黏在皮膚上、逐漸乾掉的血漬。沒有動靜。他捧著手上下移動，然後畫圈，還是沒有動靜。他揮揮手，看見自己的臉倒映在平坦的銀面裝置上。

他握起拳頭打過去，一次、兩次，在裝置上留下血跡，好讓他不再能看見自己。

剛才他替那個人測了脈搏，儘管知道他已經斷氣，儘管流了那麼多血。有一個醫護人員看到那皺成一團的屍體，當場吐了起來，然後就跑走了，因此派斯頓只好幫忙另一個醫護人員將死者裝入袋子。感覺好像在處理一袋硬幣。

他闔上眼睛，用鼻子吸一口氣，不斷地將手伸到水龍頭底下，最後終於有一道細水滴滴答答流出。他將手打濕，再利用給皂機塗滿肥皂，用力搓洗。水只是微溫，他想要的是滾燙熱水，燙掉自己一層皮。即使兩手已是乾淨、粉紅，感覺上卻不然。

他走出廁所，經過雲點資訊站，看見底部蓋板往外翹，便彎身去關，不料竟關不緊，因爲鎖卡不住。他伸手摸了摸，發現鎖孔內塞了一小片白色塑膠。

他剛才看見辛妮亞走進走廊，想必是來上廁所。他不禁好奇她有沒有注意到蓋板沒關緊，可能有人會被絆倒。他走回大廳，向達柯塔招招手，她正在和另一名藍衣員工說話。

她小跑步過來。「怎麼了？」

派斯頓帶她來到蓋板前，輕輕踢一下。她蹲下身子檢查門鎖。「裡面有一片塑膠。」

「妳怎麼想？」

達柯塔起身，兩手插腰，看了看走廊，再看看雲點。「有可能是害蟲。我查查手錶資訊。」

「害蟲會做這種事？」

「我們面對的是特殊害蟲。幹得好啊。」

「發現這個又不需要什麼特殊技能。」他說。

「別糟蹋人家的讚美，兄弟。」

「說得對。」

達柯塔按下雲錶錶冠。「能不能派一組技術人員來楓樹館大廳的廁所走廊？雲點出了點問題，需要有人來看看。」接著她抬頭對派斯頓說：「下班了。」

「這麼快？」他問道。

「跟杜布茲談過。」她說：「這樣可以了。你發現這種事……今天就到此爲止吧。」

派斯頓打量著人群，即使從走廊裡頭望出去，也看得出大廳的人愈來愈多。

「我們先幫忙把現場清理乾淨，再下班吧。」他說。

達柯塔點點頭。「好啊。」

他們走過去和聚集的群眾溝通，請他們要不就回房，要不就幫忙清理，不是每個人都聽話，但大部分人還是配合。達柯塔的權威感似乎與她的瘦小體型不成正比，因爲大家都認得她。不一會兒，有幾個綠衣人帶著清潔用具、拖著沉重腳步走來，那副模樣就像要來打掃雜貨店貨架間的嘔吐物一樣。

達柯塔在和一名女子說話，派斯頓等她說完後，溜到她身邊問道：「每次裁員日都會發生這種事嗎？」

「會有一些。」她頓了一下，好像本來打算說什麼，卻又臨時改變心意。「好啦，現在應該沒問題了。你就回去吧，怎麼樣？」

「好。」派斯頓說：「謝了。」

他又逗留片刻，不確定是否應該做點什麼。這會不會是在測試他？是不是應該留下？但達柯塔已經轉過身，操心別的事去了。

於是他回宿舍，再去浴室沖澡，站在滾燙的水底下，任由水花刮過皮膚。他付費多沖了五分鐘。回房後，拉出沙發床，疊高枕頭與被毯，讓自己可以舒展四肢坐著，接著拉出鍵盤，打開電視。

電視上正在廣告一種很不錯的保溫瓶，讓派斯頓看了想喝咖啡，於是按下按鍵進入雲端商店。他買了保溫瓶，螢幕上隨即建議他加購咖啡機與咖啡易濾包。他這才發覺自己都還沒買任何宿舍用品，這是他很不願意做的事，因爲生活愈安定，就會待得愈久。不過咖啡是必需品，因此他也訂購了，螢幕畫面告訴他所有商品會在一小時內送到。

出門前可以來一杯。

他還不確定應該怎麼面對辛妮亞。也許最好是順其自然。

她長得美，又似乎對他感興趣，這樣不就夠了嗎？難道他非得怪里怪氣地把事情搞得更複雜？

距離和她碰面喝酒的時間還有幾個小時，他心想正好利用這意外的空檔做點正事。他走到帶來的那一小堆書前面，翻出空白筆記本。坐下來後，翻到第一頁，空白、乾淨、充滿希望。

他在最上方寫道：**新點子**。

然後瞪著那一頁直到咖啡機送達。敲門聲嚇了他一大跳，連筆記本都從手中掉落。開門後，一個矮小蒼白、穿著紅色polo衫、戴著螢光黃色錶帶的男生，交給他一個盒子，然後點一下頭便跑走了。

派斯頓在流理台上拆開盒子，拿出咖啡機與易濾包，盒子先放到一旁，稍後再處理。易濾包有多種不同口味，他挑了肉桂捲口味，並將他在廚櫃裡找到的一只舊馬克杯放到機器底下。杯子側面寫著「炙手可熱」。沖泡時，他坐下來打開電視的網路瀏覽器，搜尋「創新廚房用具」。瀏覽一下別人的創意也許能激發出新點子。他滑著觸控板瀏覽各個清單與部落格，其中有藍芽電子秤，有調酒機器，可以擺在流理台上、用配方包做出特調雞尾酒，有奶油研磨器，可以將冰凍奶油塊磨細以便塗抹。

有自製拉麵機。

有自動調溫鍋。

有簡易鬆餅機。

他腦中依然一片荒蕪，毫無靈光閃現。他一個勁地按著遙控器，過了好一會兒才想起咖啡。他從咖啡機取出馬克杯，坐下後將杯子平擺在肚子上，一面輕輕將咖啡吹涼，一面繼續按電視，想找點有趣的東西看。找來找去，廣告比實際節目還要多。轉到雲新聞頻道後多停留了片刻，他們正在報導雷伊・卡森可望接任執行長，因此公司股價表現強勁。

與辛妮亞約會的時間快到了，他隨便套上一件乾淨襯衫，喝掉最後一口已經冷掉的咖啡，便出門去。他約莫早了十分鐘到酒吧，不料辛妮亞已經在高腳椅上，還喝了半杯伏特加。他走到她旁邊的椅子，先搖一搖，確定穩固後才坐上去。

辛妮亞招來酒保，和那晚是同一人，他去幫派斯頓倒的啤酒也和他那晚喝的一樣，這讓他感到愉快，好像常客一般。無論在哪裡，即便是這裡，當個常客的感覺總是好的。

而且不只如此，他還存有宿舍裡咖啡香氣帶給他的那股感覺。再加上辛妮亞坐在身邊，讓這個巨大的等候室有了眞實感，像個可以居住的地方。

辛妮亞舉手往付費感應器揮了揮。「今晚我請客。」

「這樣我好像太沒紳士風度了。」

「你要是以為我需要你的錢，也同樣是貶低我，是性別歧視。」辛妮亞轉過頭，皺著眉說。派斯頓當下愣住。但她旋即露出笑臉。「我是個現代女性。」

「有理。」派斯頓說著接過他的啤酒，與辛妮亞碰杯後，小飲一口。兩人靜靜地坐了幾分鐘。

最後是辛妮亞先開口。「聽說楓樹館樓下有人被列車撞死。」

「是啊。」

「是意外嗎？」

「不是。」

她呼了一口氣。「眞糟糕。」

派斯頓點頭附和：「眞糟糕。」他又啜一口啤酒，放下杯子。「想不想跟我說說妳今天怎麼樣？有沒有什麼不糟糕的事？」

例如說，小點。我們能不能談談那些小點？

「我把貨挑出來，送出去。」她說：「一點意思也沒有。」

辛妮亞安靜了半晌，派斯頓試圖解讀她的心思，卻辦不到。

今天不適合做這種事。又喝了幾口酒、靜默片刻後，他正打算今晚就到此爲止，改天再試，她卻忽然開口問：「那個專案小組進行得如何了？」

「我是沒戲唱了。」派斯頓說：「他們決定改變方向，而我則是調到倉庫出口做安檢。」

「眞可惜。」辛妮亞說。

「是啊，我大概是悟性不夠，也可能是第一個禮拜不夠努力。問題是竟然有人能避開手錶的追蹤到處走動。誰也想不出他們是怎麼做到的，而我初來乍到，沒法提供什麼答案，他們就惱火了。」派斯頓吐了口氣。「對不起。」

辛妮亞微微坐直身子，臉上一亮。「不，沒關係，很有趣啊。」她的熱忱讓派斯頓受到鼓舞。「也就是說有一些阻斷訊號的問題。如果手錶摘下來太久，又沒有放到充電座上，應該會觸動警報才對。而且也不可能不戴錶離開房間。」

辛妮亞的目光飄向生活遊憩館中央大廳，外面人潮洶湧。酒吧門前，各色polo衫如彩虹般來回穿梭。「那他們到底是怎麼做到的？」

「妳打算偷運混沌嗎？」

「那可說不定。」

派斯頓笑了出來。是眞心的笑，會讓人肋骨發疼的那種。

「不是，」她端起酒杯，高高舉著，說道：「不是，只是覺得太有趣了。」

派斯頓點點頭，小酌一口啤酒，心裡又想到那個小點，打算出口詢問。直接說出來，再簡單不過。

但是他坐得愈久，就愈不在乎了。

忽然間，她的手伸過吧台，碰觸他的手肘。只是一閃即逝、近乎友善的輕碰，似乎想引起注意。她說：「我一整天跑來跑去，拿起東西、放下東西。聽聽別的事情，挺有意思的。」

她說著又露出微笑。那種笑容能讓人失魂落魄，他一度覺得她是在暗示他可以湊上前吻她，但還沒能付諸行動，就聽到有人嘟囔一聲：「搞什麼鬼……」

只見酒保看著手錶，派斯頓於是也低頭看自己的。畫面上出現一根未點燃的火柴，辛妮亞的錶也一樣。派斯頓輕點螢幕，但毫無反應。畫面依然不變。

「你覺得這是什麼？」辛妮亞問。

接著像是回應她的問題似的，火柴起火了，橘色火焰從前端裊裊升起。接著影像淡出，好像有字慢慢成形，小小方塊一一就位，這時螢幕忽然變成空白，然後又回到主畫面，顯示目前的時間與角落一個小小的倒數計時器——距離上工還有幾個小時。

他二人一齊望向酒保，好像覺得他待的時間較長，應該會比較清楚。他卻只是聳聳肩。「我什麼都不知道。」

派斯頓暗自提醒，明天要記得問達柯塔。也許是發生故障。總之，剛才對辛妮亞產生的溫馨迷濛感瞬間化為烏有，心思頓時又跳回到軌道上那個男人，好像那個念頭是故意來搞砸他的夜晚時光。

鮮血。他的面容。臉上鬆垮的皮肉。死後身軀彷彿往內塌陷的模樣。

相較之下，小點和蓋板的事都變得無足輕重了。

派斯頓斟酌再三，就好像有一堆蒼蠅繞著他嗡嗡轉，他需要去拍打，至少試試也好。

「我想問妳一個奇怪的問題。」他說。

「說吧。」

「今天我看見妳了。」

辛妮亞沒有搭腔，派斯頓於是轉過頭去。只見她雙眼圓睜，彷彿整個人凍結在椅凳上，輕輕一推就會摔落，像玻璃一樣支離破碎。

「妳正要走進大廳通往廁所的走廊。」

「嗯……」

「其實沒什麼，我只是想知道……後來我要去廁所洗手，發現雲點的蓋板沒關好。妳有沒有看見誰去動它？」

辛妮亞吁出長長一口氣，然後點點頭。「我也注意到了，不過在這裡有一半的破玩意都壞了，不是嗎？」

「沒錯。」派斯頓說：「也許是這樣。奇怪的是裡面好像塞了一片塑膠。我向上面的人報告了。」

辛妮亞的手原本平放在吧台上，這時握起拳頭，接著慢慢轉身背對他，朝向門口。他忽然很希望自己什麼也沒說。這種感覺很冒犯人。

「對不起。」派斯頓說：「我不是在監視妳，只是……對不起，我不該問的。」他雙手抱頭。「今天眞是有夠受的。」

「嘿。」辛妮亞說。

「眞的。」

「你沒事吧？」

「沒事。」

辛妮亞點點頭。「想不想出去走走？」

「好啊。」他說。

他們一口將酒喝乾，默默走出去。辛妮亞在前面帶路，似乎已想好要去哪裡，派斯頓便隨後跟著。他們走過散步道，往楓樹館的電梯去，當她帶他進入一部空電梯，刷一下腕錶，面板上出現她房間樓層的號碼，他立刻感覺一陣刺痛竄遍全身。她斜靠著壁面，雙眼正視前方，臉上表情有如即將出征的戰士。

派斯頓不是那種喜歡無端揣測的人，但此時此刻，他覺得大可以放心揣測。來到她房門前，她刷錶開門。他們一同進入，沒開燈，夕陽餘暉從毛玻璃窗灑入，隱隱照亮房間。天花板上層層疊疊的掛布，七彩繽紛。能見到辛妮亞隱藏在房間的私密部分，派斯頓感到開心。

他整整比她高出十五公分，但有一瞬間卻自覺比她矮，好像她正不斷往上長，塡滿整個空間。接著他伸手拉起她的手，身子往前傾，雙唇貼上她的唇。她回吻了他，先是輕輕地，然後用力，然後兩手放在他胸前往後一推。他跌坐在沙發床上——此時已拉開成床了。

辛妮亞

至少有個好消息：性愛很美好。派斯頓雖然沒讓她欲仙欲死，但他眞的卯足了全力。他沒有放棄，甚至差一點就成功。「差一點就成功」比她近期的所有記憶都來得好。她出於同情，製造了一點顫抖與喘息的效果，這是他應得的。

他們甚至還笑場了幾次，因爲對兩人而言，有些姿勢動作都是尷尬的第一次，彼此還在探索熟悉，由於還不習慣對方的身體與節奏，老是撞撞停停。

完事後，他們在薄床墊上緊緊相擁，試著找到舒服的姿勢，最後派斯頓起身坐在床沿，光著身體，眼睛沒看她卻試圖轉過上半身。

「對不起，」他說：「我想我該回自己房間了。不是妳的關係，絕對不是，只是旁邊有人，我通常睡不著，我太淺眠了。而這床墊也實在不夠大……」

辛妮亞驀地有些傷感。她是眞的喜歡睡覺時，旁邊有人，喜歡那種親近、溫暖，讓她有安全感。有趣的是，光就這個角度來看，辛妮亞就可能用十來種不同的方法殺死他。不過話說回來，她眞希望床能稍微大一點。

她看著他更衣，發現沒穿衣服的他身材更好。那身衣服其實不適合他，把他肩胛骨之間隆起而吸睛的肌肉隱藏得太好了。

換好衣服後，他傾身將臉貼上去，說道：「非常愉快的經驗，我還想再來一次。」

兩人嘴唇仍緊緊相貼，辛妮亞便露出微笑說：「我也是。」

他走後，她本想再回味一下歡愛後的餘韻，卻做不到，因爲腦子轉個不停。

有人想出阻斷手錶訊號的方法了。

她像個門外漢一樣爬天花板，卻有一群笨蛋藥頭想出了更優雅的方法。

這點，第一，讓她很火大，因爲他們想到了，她卻想不出來；第二，讓她想探知他們的祕密。

她的辦法可行，卻不是最好。必要時若能阻斷訊號，要比將手錶留下好得多了。因爲不戴錶很容易出事，萬一被人發現，萬一袖子拉得太高，或是無法通過某扇門，就完蛋了。

她得想辦法向派斯頓套話，又不能顯得太有刺探意味或太急切。要是眞有人想出了辦法，她想盡快知道。

所以她想再見他一面。

她是這麼告訴自己的，多說幾次以後，也就相信了。

她換好衣服，探看一下走廊確認無人才出去。女廁外面又擺了故障的牌子，但她還是進去了。沒有故障。沖澡時，她決定找一瓶葡萄酒來喝，然後邊喝邊重讀手錶使用手冊。趁埋在一堆衣服底下的筆電細細解析雲集團的內部密碼時，得找點事情來忙。

派斯頓

派斯頓走過走廊時輕飄飄的，兩隻腳好像沒著地。這感覺像個開端，一個眞正的開端。

他回到宿舍，一頭倒在沙發床上，連鞋子也懶得脫。當太陽的淺淡黃光透過窗子照醒他，他發覺這是幾星期以來睡得最熟的一覺。

雲錶發出嗶聲，像是知道他醒了，提醒他離上工還有三小時，電池量只剩四成，於是他把錶放上充電座，煮了點咖啡，讓咖啡豆的香氣瀰漫這個小空間。隨著大腦的感官記憶區塊被啓動，他開始重溫前一天晚上的一切。

他讓她達到高潮了。他很肯定。她的指甲深深掐入他的後腦勺，她臀部往前扭動的力道之猛，讓他下巴差點脫臼，這些是裝不來的。

他打開電視——「你好，派斯頓！」——接著開始廣告一款新的雲手機，電池壽命比原來的長百分之四，機身薄了兩毫米，派斯頓考慮著要不要登記預購，但想想還是再等一下。聽說再新一代的機子會更好。

接著是雲新聞在播放歐洲入境關卡的影片。催淚瓦斯罐以弧線飛過空中。鎮暴武裝警察以驚天動地的聲勢闖入民宅。還有來自杜拜、阿布達比與開羅等地的難民，這些城市如今因為氣溫震盪而不適人居。只是沒有人願意收容他們，唯恐地方資源被過度瓜分。太令人沮喪了。

派斯頓關掉電視，邊喝咖啡邊瞪著空白牆壁發呆。

有人在雲點動了手腳，因此達柯塔準備拉出手錶的數據資料，看看是誰在那裡。有可能一個人也沒有，因為顯然有人沒戴錶到處閒晃。他想到那些小點，想到人在公司內移動，像螞蟻，也像雲，大片濃密的人雲消散、重組，一大批一大批地混合在一起……

哈。

他拿出手機送了一則簡訊給達柯塔：**想到一件事，想問問妳的意見。如果妳想聽的話。**又轉了幾分鐘電視，始終找不到想看的，便重新戴上已經充電百分之九十二的手錶，出門去洗澡。

他幾乎是不想洗的，想讓辛妮亞的味道在自己皮膚上附著一整天。但他知道需要洗一洗，現在身上恐怕滿是酒與做愛後的刺鼻味，絕對不能這樣去上工。無論如何，當他一打開水，便想到廁所的洗手台，想到他洗手時，手上全是被電車撞死那人的血，想到這些，前一晚殘留的所有美好記憶全部消失一空。

洗完澡、換了衣服，他覺得舒服了些，之後看到手機心情更好，達柯塔回覆了：**到行政中心報到，說來聽聽。**

他去了以後看見達柯塔坐在一個辦公隔間裡，正在瀏覽一張紙。她抬眼看他說道：「哇塞，昨天晚上有人嘿咻了。」

派斯頓忽然結巴起來，不知該說什麼。

「味道也太濃了吧。」她說。

「可是……我洗過澡了呀……」

達柯塔啪一聲把紙放下。「別承認，那樣更糟。」

「對不起，我……」

「好了，說吧。」

派斯頓雙手合十像在祈禱，以便集中精神。「好，我們知道有人不知用什麼方法阻斷了訊號。今天早上我忽然想到，我們無法追蹤這些人，可是難道不能看見他們何時消失在地圖上嗎？就是說他們的訊號什麼時候不見了。至少應該能看到這個吧，不是嗎？」

達柯塔面無表情注視著他，過了一會兒，起身大步走開，接著轉頭說：「在這裡等著。」

派斯頓看著她消失在會議室裡。他往她仍留有餘溫的座椅坐下，盯著對面空空的隔間看。他坐在椅子上轉來轉去，終於聽見腳步聲。一回頭，達柯塔已聳立在眼前。

「跟我來。」她說。

會議室裡燈光昏暗，牆上螢幕播放著和前幾天一樣的景象——生活遊憩館與一團一團的橘色小點。杜布茲坐在首位，另外有三人坐在牆邊，兩女一男，都穿著技術組的褐色polo衫。

杜布茲對著進門的派斯頓點點頭。達柯塔坐下後，派斯頓也跟著坐下，和她之間隔一個空位。他向對面三人微微一笑，他們卻有如忽然被超速聯結車的頭燈照見的動物。

杜布茲清清喉嚨，把技術人員嚇了一跳。「我們正在討論幾件事，雲點、雲錶的訊號等等。」他朝派斯頓點了點頭。「達柯塔忽然進來跟我說了你的推論。」接著他看向技術人員。

「詩凡，說吧。」

其中一個草莓色頭髮、塌鼻子的女生打起了精神，說道：「好的。」接著又說一次：「好的。」她深吸一口氣，看著達柯塔和派斯頓。「我們一直沒有眞正……呃，我的意思是……問題是所有的訊號……太多人的時候，訊號會全部混在一起。」

杜布茲從鼻子重重噴出一口氣。

詩凡緊盯著他，好像擔心被他突襲。「數據太多，人太多，訊號太多，所以……」她指著橘色小點。「在許多方面，這些都是近似値而已。雲錶是根據幾個資訊標示位置：Wi-Fi、GPS、行動網路，但無法追蹤到你站立地點的幾公分範圍內。這些點可能位在三、五公尺外，有時候更遠，有時候甚至會亂跳。系統要處理的東西太多了。」

派斯頓想到辛妮亞，想到她的小點跟在他的小點後面。

一定就是這樣。故障了。

「妳是說你們之前都沒想到去查看消失的訊號？」杜布茲問。

詩凡嘟噥一聲，似乎是說「對」。

杜布茲吐了口氣。「我們不是自己有衛星嗎？」

「有六個。」詩凡說：「可是在射月計畫團隊破解量子演算法以前，我們每次能處理的資訊就那麼多。事實上，愈來會愈困難，因爲愈來愈多……」

杜布茲怒視著她。

「我是說……我們可以試試。」詩凡說：「但必須用手動操作，要花很多時間……」

「試試吧，」杜布茲帶著微笑說：「我只有這個要求。但還是不知道他們到底用什麼來阻斷訊號嗎？」

三名技術人員你看我、我看你，兩個跟班害怕到不敢回答、不敢開口，於是發語權自動交給詩凡，她則囁嚅道：「是的。」

「好極了，」杜布茲說：「眞是好極了。既然這件事毫無頭緒，那妳能不能告訴我昨天那根火柴是怎麼回事？」

「我也在想這個。」派斯頓急於向杜布茲展現自己的機靈，不料杜布茲狠狠瞪了他一眼。派斯頓立即住口，目光轉向詩凡。

「老問題，」詩凡說：「駭客。他們上次駭進來是多久以前了……」她看了看左手邊的女生。「一年半嗎？還是更久？」

「更久。」女員工說。

「更久了。」詩凡說：「老實說，我們也不知道那是什麼意思。只知道是外部攻擊，而且沒有在系統內留下任何東西。」

杜布茲嘆了口氣，雙手放在桌上，兩眼緊盯著不放，好像那雙手有可能變成更有趣的東西。

「我們找到了他們入侵的弱點。」詩凡說：「是上次系統更新後留下了一個密碼的小缺失，現在已經修正。不過現在確實需要準備更大規模的軟體更新，除了處理這個問題之外，應該也能更精準地確認位置資訊。我們只是需要……時間。」

杜布茲挑起眉毛看她。

「要多久？」

「兩個月吧，」她說：「也許更久。」

「還要快一點。」杜布茲說，而且不是提議。「我還要你們另外組一個隊，專門找消失的訊號。就算要有一群人坐在房間裡盯著螢幕看，也非做不可。」

她張開嘴，似乎想抗議，但最後還是決定不出聲。

「很好，」杜布茲說：「沒別的事了。」

三名技術人員起身，魚貫走出會議室，進入門外的光線底下時，差點撞在一起。他們沒關門，因此達柯塔起身去將門關上，然後回到座位。

杜布茲撐起十指作帳篷狀，要命的是很久都悶不吭聲，但一開口就說：「有時候就是需要新的眼光來看事情。眞不敢相信我們竟沒想到要去查消失的訊號。能夠發現有人亂搞雲點，幹得好呀。」他對著派斯頓點點頭。「我畢竟沒有看錯你。」

派斯頓不知如何回應，只是沉浸在讚許中，感覺有點像冷天裡的陽光。

「安檢掃描的工作就算了。」杜布茲說：「你就繼續去發現這種事情，這正是我們團隊需要的。我要你和達柯塔到外面去，找更多人說話，四處留意，只有靠老派的笨方法才能把這件事給揪出來。你們兩個可以走了，盡量帶一些派得上用場的東西回來，好嗎？」

達柯塔站直了身子，椅子往後一推，轉身往門口走去。派斯頓卻逗留不去，心想至少還有一件事要做。杜布茲的臉定定地朝下，他知道不該提，但還是提了。「昨天被列車撞死的人後來怎麼樣了？其他人呢？」

「眞的很遺憾。」杜布茲說：「問這個幹麼？」

「我們難道不應該做點什麼嗎？譬如說，你有沒有看過地鐵月台的安全隔牆？就像玻璃方塊一樣，列車進站以前，門不會打開，那麼就不會有人跌落了。或者是……」

杜布茲站起來，兩手按著椅子，身體往前傾。「你知道那要花多少錢嗎？我們研究過了，所有月台都設的話，要好幾百萬。而且還不包括其他分公司。上面的人不想花這個錢，所以我們才會加強巡邏。我們只能盡力做到最好。下次你要是能多注意一點周遭環境，也許就能避免這種事發生。」

派斯頓的聲音頓時哽在喉頭出不來。他沒有這麼想過，沒想過是自己的錯。有一度他也不太相信杜布茲眞是這麼想，不過心裡並未因此比較好受或比較難受。他暗罵自己，早知道就該見好就收。

「你還在等什麼啊，小伙子？」杜布茲問道，同時舉手指向門口。「回去巡邏吧。」

派斯頓點點頭，出去後發現達柯塔留在外面聽他們說話。他們倆默默地走到大廳，搭電車來到散步道，幾乎快繞完一圈以後，達柯塔才說：「不是你的錯。」

「好像是這樣。」

「杜布茲在說氣話。」她說：「反正他現在對你是有好感的，這才最重要。」

「說得對。」派斯頓說：「說得對。這才最重要。」

步出電梯時，他暗暗提醒自己，收工時要記得看評等是幾顆星。

紀卜森

時候到了。我走了以後要由誰接棒，也該告訴大家了。

首先，希望你們明白，這是個艱難的決定，要衡量許多因素。很多事情讓我輾轉難眠，而我本來就睡得不好，所以這幾個禮拜更加難熬。

我在想，這件事恐怕很難解釋得清。因爲關於這項決定，雖然名義上有許多合情合理的理由，但我心裡也有許多合乎情理的想法。只是每當要說出來，這些想法就會變得亂糟糟。

不過到頭來終究得由我決定。這不是爲了任何一個人，而是爲公司好，是基於我針對雲集團暗自許下的承諾：我們在乎的不只是把貨物從一地送到另一地，而是要盡力讓世界變得更美好。我們要提供工作機會、健康保險與住宿，要減少讓地球窒息的溫室氣體，要懷抱夢想，希望有一天，不分季節時序，民眾都能再次走出戶外。

我想要感謝雷伊．卡森這些年來爲雲集團的奉獻。打從公司一成立他就在，他就像我的兄弟，而且我永遠不會忘記那第一個晚上，我一心只想喝杯酒慶祝一下卻買不起酒，多虧他向我展現了善意。從這裡便能看出一個人的品德高下，他就是個擁有無數美德的人。我知道你們都認爲我會指定他爲接班人，全世界的新聞頻道，包括我自己擁有的頻道，都是這麼報導。

然而接替我擔任雲集團董事長兼執行長的人，將會是我女兒克萊兒。

我已經請求雷伊繼續擔任副董兼營運長，目前正在等候他的答覆。我是眞心希望他留下，克萊兒需要他，公司也需要他。是他讓公司達到巔峰。現在就先這樣吧。我是眞的想把事情說清楚，儘管並不容易。但無論如何，這個決定是正確的。

5 枯燥乏味的生活

辛妮亞

辛妮亞在雲錶輕細的嗶嗶聲中醒來，看看時間，離上班還有一小時。下床，披上浴袍，走過走廊，一面留意著瑞克。他不在。走進女廁，沖了澡，回到房間，檢視筆電，還在跑。更衣出門。順道在雜貨店買一根狂力鹹焦糖蛋白棒。搭電車來到倉庫區。挑揀平板電腦與書與手機充電器。休息上廁所。挑揀手電筒與馬克筆與太陽眼鏡。吃她的蛋白棒。挑揀門口腳踏墊與背包與活性碳磨砂膏。再上一次廁所。挑揀浴室收音機與酒杯與更多的書。挑揀耳機與玩偶與烤盤。下班離開，腳底疼痛。經過電玩店，考慮要不要進去玩個小精靈。經過酒吧，考慮要不要進去喝點伏特加。但腳在抗議。於是回到宿舍，看書看到睡著。

派斯頓

派斯頓在雲錶鬧鈴響之前的幾分鐘醒來。查看一下評等，還是三顆星。腳步踉蹌走到浴廁，沖澡、刮鬍子、穿上藍衣，前往行政大樓與達柯塔會合。兩人在散步道來回走動，時有偶發事件打斷巡邏。兩個人在吵架；一個年輕人被指控偷竊；醉漢找碴。然後：繼續走動。睜大眼睛留意毫無明顯跡象的私下交易。和達柯塔閒聊。到拉麵店吃午餐。繼續走動，繼續插手大小事。有吸食混沌的毒蟲昏倒在生活遊憩館的長椅上；有人在酒吧裡鬥毆；有小孩在休閒區玩滑板。收工後，派斯頓往宿舍走，考慮著要不要傳簡訊給辛妮亞，最後決定不要，太累了。回家後，也懶得把沙發床翻下來，看著電視就睡著了。

辛妮亞

辛妮亞在雲錶輕細的嗶嗶聲中醒來，離上班還有一小時。走過走廊，一面留意著瑞克。他不在。走進女廁，沖澡。順道在雜貨店買一根狂力鹹焦糖蛋白棒。搭電車來到倉庫區。挑揀魚油錠與棒針與鍋鏟。休息上廁所。挑揀矮凳與捲尺與健身追蹤器。挑揀烤肉架遮罩與夜燈與蓮蓬頭。下班離開，腳底疼痛。經過電玩店，進入酒吧，點了一杯伏特加。稍後派斯頓也進來了。兩人聊天，沒有任何行動訊號。回到她的住處後做愛……

他離開。她去沖澡，但女廁上了鎖。在中性廁所內瑞克逮到了她，看著她更衣。她隨後回房，進門前看見一群人從相隔兩道門的房間抬出一個屍袋，其中一人似乎提到混沌吸食過量。她進房，拿起一本書，想了一下又放回去，直接上床睡覺。

派斯頓

派斯頓在雲錶的輕細聲響中醒來。沖澡、刮鬍子、穿上藍衣，前往行政大樓。他與達柯塔在散步道來回走動，期間中斷巡邏，去電玩店找華倫，看看有沒有什麼值得看的東西，結果沒有。然後：繼續走動。睜大眼睛留意私下交易。和達柯塔閒聊。到墨西哥捲餅店吃午餐。繼續走動，插手管了一些事。有幾名醉漢在酒吧打架，有小孩大聲喧嘩。收工後，派斯頓往宿舍走，傳了簡訊給辛妮亞，沒有馬上收到回音。途中經過一家賣雲錶帶的店，發現一款復古式棕色皮帶，有鉚釘與浮雕裝飾，看起來很不錯。他買了之後回家，將原來的制式錶帶換下。懶得翻下沙發床，便坐著將筆記本翻到「新點子」那頁，看著電視就睡著了。

辛妮亞

辛妮亞醒來，離上班還有一小時。走過走廊，一面留意著瑞克。他不在。沖澡。順道在雜貨店買一根狂力鹹焦糖蛋白棒。挑揀披肩與能量飲料與重訓手套。挑揀枕頭與羊毛帽與剪刀。經過電玩店，進去玩了小精靈。約派斯頓一起去看電影。看到一半睡著，之後告訴他今天不能上床，因爲生理期。她很喜歡他的新錶帶，他便陪她到那家店去，她買了一款好看的紫紅色布錶帶。之後，她回了房間，看書看到睡著。

派斯頓

派斯頓醒來。三顆星。連罵一串髒話。沖澡、刮鬍子、換上藍衣。他和達柯塔在散步道來回走動，尋找華倫。到玉米餅店吃午餐。繼續走動。接獲通報，有個紅衣員工沒去上班也沒請病假，一查發現原來是混沌用藥過量。他們將現場淨空，讓醫護人員將遺體抬走，然後沿著走廊敲門，試著多打聽一點關於死去員工的事情。他名叫薩爾，但沒有問到新線索。收工後，派斯頓往宿舍走，考慮著要不要傳簡訊給辛妮亞，但沒傳，直接回家。看著電視就睡著了。

辛妮亞

辛妮亞醒來。去上工。挑揀秤與書與套筒扳手組。遊蕩了兩個小時，對於讓這個地方運作的電力來源感到納悶，此時筆電正在將公司的密碼轉譯成她能利用的東西。上床睡覺。

派斯頓

派斯頓醒來。去上工。在散步道來回走動，對於究竟怎麼做才能拿到四顆星感到納悶。與辛妮亞做愛。看著電視睡著了。

辛妮亞

辛妮亞醒來。工作。睡覺。

派斯頓

派斯頓醒來。工作。睡覺。

6 軟體更新

紀卜森

來吧。我還有一些事情必須說清楚。

距離上次貼文有一段時間了。因爲自從宣布將由克萊兒接掌公司後，情況變得有點怪。首先，媒體開始一窩蜂地報導說雷伊在生我的氣，因爲他認爲他才是第一順位。這根本不是事實，只要是看雲新聞的人都知道，只可惜有些人就是懶得做功課。

更離譜的是有些報導說雷伊被僅剩的某家連鎖大賣場挖角，而那家公司花在打擊我的時間似乎比眞正努力工作的時間還多（他們要是能專注在正事上，也許就不會面臨那麼大的困境）。這也不是事實。雷伊依然是我的副董。

事實上我剛剛和他通過電話，他也才告訴我，能與克萊兒共事他非常興奮。我從小就沒有兄弟姊妹，但雷伊和我親如手足，所以克萊兒都喊他叔叔。老實說，她本來以爲他是我的親兄弟，直到年紀稍長才明白「叔叔」只是尊稱。

關於雷伊，我有些話要說：我之前也說過了，從我小時候開始設法賺錢，他就在我身邊。之後他一直陪著我，和我一起奮鬥，一起讓雲集團變成現有的規模。我信任雷伊勝過任何人，而雷伊也信任我。儘管我沒有兄弟，他就跟我兄弟一樣。當然了，就像一般的兄弟，我們偶爾也會吵架、起爭執，但我們的關係也因此更加穩固。

我想告訴你們一個故事，一個美好的故事，是雷伊在我的婚禮上述說的——想當然耳，他是我的伴郎。

最初茱麗在我們辦公室附近的一家簡餐館當服務生。我很喜歡上那兒去，因爲他們整天都供應早餐，口味很不錯，當然也因爲我喜歡茱麗。我總會坐在她服務的座位，也會努力想一些機靈或俏皮的話說，只是話說出口總覺得不盡滿意，她卻還是會報以微笑。很多時候我都是和雷伊一起去，他看得出我有多喜歡她。有一天，我們坐在店裡吃著培根蛋時，他對我說：「你怎麼不約她出去？」

我頓時整個人僵住不動。我猜想，像茱麗這麼漂亮的女人應該看不上我這種傢伙。當時雲集團還只是初創階段，我除了一個想法和兩條褲子之外，可以說一無所有。那時候的我不只身無分文，還欠了債，很擔心自己犯了大錯。可是雷伊力勸我要把握，說那麼漂亮甜美的女孩不是天天遇得上。但說眞的，我不敢，所以沒有付諸行動。我只是一如往常向她招呼致意，吃完早餐便即離去。

兩小時後，我接到一通電話，是茱麗打來的。她說：「好啊，紀卜森，我很樂意讓你請吃頓飯。」

我簡直驚呆了，過了大半晌才清醒過來，跟她說我晚一點再把具體計畫告訴她。接著我轉過頭，看見雷伊坐在他大大的舊金屬桌前，翹起腳，雙手枕著後腦勺，咧著嘴笑，嘴角幾乎都要裂開一圈，腦袋就要掉下來了。

他以我的名義，在帳單上給她留了字條。

於是我和茉麗約好幾天後的晚上見面，我打算下班後去接她。那天很忙，但雷伊還是讓我準時下班。我人在辦公室，準備要去約會，拿了一個蝴蝶領結打算繫上。那可是個很酷的領結，至少我是這麼想。紅藍相間，帶有渦紋圖樣，我到今天還留著。我戴上後，走進雷伊的辦公室，問道：「我看起來如何？」

我和雷伊雖是多年好友，我畢竟還是他老闆。很多人應該都會看著老闆說：「很棒啊，老闆。」

但雷伊不然。他上下打量我一番之後說：「兄弟，第一次約會的重點就是要能再約第二次，這你應該知道吧？」

朋友是做什麼用的呢？我丟下領結，向他借了一條普通領帶——一條好看的黑色領帶。當天晚上吃飯時，茉麗稱讚這條領帶很「高雅」。幾年後我告訴她這件事，並讓她看那個領結，她嚇得打了個哆嗦。

我還是覺得那個領結好看。總之重點是，對我來說雷伊之所以意義重大，不只因爲他從一開始就在，還因爲他是個直腸子，對我總是有話直說。很多時候我想做這個、做那個，雷伊不會說我想聽的話，而會說我需要聽的話。這一點實在難能可貴。

然而這正是媒體的問題所在，不是嗎？也正因爲如此，報紙模式才會在多年前瓦解。不是因爲人民不想看新聞，大家當然想知道世界上發生的事，但他們不想聽謊言。是不是謊言，民眾都知道。報導我和雷伊鬧翻的消息，也許能提升點閱率，讓他們的廣告收入能多買幾杯咖啡。這很可悲。當初成立雲新聞網的用意就在這裡。老是要出面澄清，實在令人厭倦。

不過關於股價，這部分倒是事實。沒錯，我指定克莱兒之後，股價下跌了一些。這和她無關，股票買賣就是這麼回事呀，各位。那只是因爲我的時間快到了，公司即將交棒，從而反映在股市上罷了。除此之外，一切都會一如既往，股市也會恢復正常。這段時間我可損失了將近十億呢，嗚嗚嗚。

所以目前情況就是這樣。正好可以趁此機會提醒大家，如果想知道可靠的醜聞，就轉到雲新聞台吧。其他都只是假新聞，多少都別有企圖，這樣的情況實在可悲。但網路就是這樣，沒有規範、沒有標準，大家想說什麼就說什麼。隨他們去吧。我會在這裡，做有意義的事。

唉！

好啦，我說過了，已經有一段時間沒有貼文。其實我現在感覺很好。我正在進行六種不同的藥物治療，因爲醫生認爲到這個地步，不太會有更大的傷害，而且說不定其中某種療法還能讓我延長一點時間。一天下來要吃的藥多到我都數不清了，幸好茱麗會幫我分配好。

巴士之旅十分順利。假期快到了，是好消息也是壞消息。好消息是因爲這是雲集團的尖峰時期，爲全國各地的民眾傳遞快樂與便利。壞消息則是因爲又到了一年一度反省黑色星期五大屠殺的時候，不過重要的是我們也絕不能遺忘這起事故。

但我得告訴各位，根據我的醫生說，我的大限應該會落在新年後不久，因此我還能在這世上多過一次聖誕。也就是說，能多一次機會目睹雲集團活力旺盛的場面。眞好，我向來最喜歡在聖誕期間巡視各分公司，大家都做得那麼努力、那麼好。

走在路上記得多看一眼，各位。誰知道我什麼時候會經過呢……

辛妮亞

筆電叮了一聲。

辛妮亞暗忖，也許又是幻覺。過去一個星期，她已經聽到不下十次。可能是在看書或打盹，忽然聽見輕輕叮一聲，她便會拉出床底下的抽屜，從衣物與書本深處挖出筆電，結果發現是心在跟她開玩笑。

嘲弄她：**還沒好呢，白癡**。

但這次聽起來夠真實，因此她又挖出筆電查看，果不其然。Gopher作業完畢。她從USB槽拔下那一小塊塑膠，拿在手心。現在只須找個電腦終端機插進去，大約一分鐘就能取得她需要的東西。

她將Gopher塞進牛仔褲的零錢口袋，褲子稍微往下溜，她拉拉褲頭。褲頭鬆了半吋，這是在倉庫跑來跑去的唯一好處。

壞處則是左膝陣陣刺痛。水泥地面毫不留情，她都已經穿壞一雙布鞋了。她以左腳站立，抬起右膝，雙手平舉，然後單腳蹲低。但身子搖搖晃晃，險些摔倒，連忙放下另一腳穩住。

她嘆了口氣，打開電視，正好在播一支外用薄荷軟膏的廣告，很接近她的需求，但還不夠接近。她登入雲端商城，訂購了一只護膝，純粹是爲了保持膝蓋穩定。膝蓋可不是鬧著玩的。膝蓋其實很笨，就像用橡皮筋把一顆球和兩根棍子綁在一起。她一點都不想把這份工作賺來的錢拿去動手術。

她又順便買了一條牛仔褲，小一號的。至少這感覺不錯。訂購完後，她走出宿舍，和幾個鄰居點頭招呼，這些人她認識，但大多時候會避開。太高的光頭男。熊人。親切的海德莉。

她有欣西和派斯頓和米格爾這幾個朋友，足夠了。何況，這似乎也是這裡的生活模式。大夥擦身而過，卻不互動。沒有聚會、沒有團體活動，只有在休息室會匆匆聊上兩句。對於這點她有個推論，你和人相處的時間愈多，負責排班表的演算法愈會將你們拉開。一開始，她和派斯頓的工作時間差不多，但後來就慢慢拉開了，現在他比她早四、五個小時下班。米格爾也是，有幾次她試著用手錶呼叫他，卻好像都是他下班時間。她只在散步道上見過他。

話雖如此，大家還是會交談。在洗手間，或是排隊進出倉庫的時候，口氣多半很急促。最近都在談論即將改朝換代的事。大家很好奇，女兒上任後會不會有所改變，不論是好是壞。辛妮亞認為已經不太可能再更壞，但美國企業界向來很善於向「更壞」探底。

她走出宿舍，繞了很大一圈前往散步道，這是每天上工前的例行公事。確切地說，她是在找任何類似終端機的東西。雲點不行，太冒險了，而她也擔心自從派斯頓發現她留在鎖孔內的小塑膠片後，安全措施可能已經升級。她需要的是一個能坐上片刻不會被逮的地方。

可是所有商店都沒有電腦，至少沒有看似可以使用的。她曾經到行政大樓跑腿過，心想或許可以偷偷溜進某間辦公室，但凡是開著門的，裡面都有人。至今仍未經過一間明顯空無一人的辦公室。

這種作業很麻煩。太過躁進，就會被人看穿。

有時候好主意恰巧碰上好機會，就能順利作業。幸好，她的期限是六個月，還有時間。不是太多，但夠了。

上班途中，她順道去了便利商店，閃亮的貨架加上背後照明，使得架上五彩繽紛的包裝顯得燦爛無比。她往後頭的左邊走去，到擺放狂力棒盒子的老地方。她十分慶幸，找了這麼多年，終於找到一種低脂、低醣、高蛋白的營養棒，吃起來味道不像裹上變質花生醬的保麗龍。

她發現工作到最辛苦的時候，會很期盼撕開鹹焦糖狂力棒的一剎那，而且她會把四口就能吃完的營養棒分成五口來吃，讓自己細細享用。

不料當她走到後面，盒子已經空了。另有其他口味，她也曾一度很感興趣，但後來覺得不滿意。巧克力花生醬口味太濃郁，還有點苦，而生日蛋糕口味吃起來卻像代糖工廠的廢水管。

她呆呆看著空盒好一會兒，暗自納悶已經空了多久？最後一條是多久前被買走的？會不會就是她昨天買的那條，她卻沒注意？

昨天是她最後一次吃鹹焦糖狂力棒，她竟渾然不知。她不禁傷心起來，而且愈想愈傷心。

一個身材矮胖、穿綠色polo衫的拉丁裔男子出現在她身旁，手裡拿著新的一盒。辛妮亞露出微笑，男子也微笑回應。他取下空盒，換上新盒，並按下打了洞的開口掀開紙盒，然後說道：「我有注意到存貨不多，一開始覺得很驚訝，因爲這個口味賣得最不好，大家都不喜歡。但後來我發現妳會買，心想要是不繼續進貨，妳應該會很失望。」

他拿起一根遞給她。她站在原地，手裡拿著營養棒，玻璃包裝紙窸窣作響。他在等著，難道期望會有什麼誇張反應或是擊掌或是吹喇叭之類的事情發生嗎？辛妮亞喃喃說道：「謝謝你。」

他點點頭，轉身走回前面。

之前的她的確哀傷，現在卻更加哀傷。她已經有了日常習性，成了常客。在這裡已經待得夠久，連陌生人都察覺了她的飲食習慣。這與任務無關，也與身陷險境或保持低調無關，只是感覺很爛，因爲讓她想到自己已經來了好幾個月，卻一事無成，就只有愈來愈習慣這裡的生活而已。

她來到倉庫，踏上堅硬的水泥地，膝蓋發出不滿的抗議。

平板。護照皮套。蝴蝶領結。羊毛帽。衛生棉條。馬克筆。耳機。手機充電器。燈泡。皮帶。加濕器。美妝鏡。襪子。棉花糖烤叉……

派斯頓

會議室裡擠滿了人，讓派斯頓聯想到尖峰時段的電車。身體與身體貼在一起，甚至可以聞得到誰沒刷牙、誰噴了太多古龍水、誰早餐吃了蛋。

在場的人他多半都認識，有一些不認識。達柯塔在很前面，旁邊就是杜布茲。威克朗也擠到那邊去了。派斯頓很高興自己能出席，過去兩個月，他老覺得自己失寵了。

本來杜布茲都會要他報告混沌的最新進展，但後來這些要求愈來愈少，因爲派斯頓都只能說還在努力。這也是事實。他無時無刻不想著這件事，但就是破解不了。在訊號方面，技術組的人幫助不大，監視華倫也沒有用，而且派斯頓還在熟悉公司與人。

他只知道那玩意不是從送貨區進來。他在那裡都不知來回走了幾趟，什麼也沒發現。

達柯塔一再提醒他別操之過急，這方法似乎不太有效，但他又不想去問杜布茲。那三顆星像在嘲弄他。他本希望能有所貢獻，能做點與眾不同的事。然而由於這方面毫無建樹，加上筆記本第一頁依然空白，他從略抱希望到始終原地踏步，不禁開始覺得心癢難耐。

至少他還有辛妮亞。這是唯一亮點，讓他能說服自己這裡沒有監獄那麼糟。

「好，各位注意聽了。」杜布茲的聲音立刻吸引所有人注意。「明天是軟體更新日，你們都知道這代表什麼⋯⋯」

派斯頓不知道，但他還不至於笨到舉手發問。達柯塔用手肘撞撞杜布茲。「老闆，這裡有幾個新人。」

「是嗎？好吧。」他環顧四周。「軟體更新會藉由雲錶送出，公司將會進入全面封鎖狀態。更新期間，所有人都要回到自己房間。」

有人舉手。是個年輕黑人，脖子上有一朵蓮花刺青。

「爲什麼不趁晚上大家睡覺的時候進行？」

杜布茲搖搖頭。「這裡一天二十四小時都有人在工作，沒有什麼時間是所有人都在睡覺的。當天早上八點，每個人都要回房報到。只有我們、醫院人員和幾個技術組的人除外。」

眾人開始竊竊私語。派斯頓聽不出是哪類的竊竊私語，是興奮或沮喪，又或是隱約感到好奇？但這似乎是個不錯的機會，能看看這個地方不那麼人山人海的模樣。想想都覺得不可思議，就像突然看到時報廣場上空無一人。

「接下來就交給達柯塔了。」杜布茲說完，衝著她微微咧嘴一笑。「今年由她主導，威克朗擔任副手。你們都要聽他們指揮，因爲我有其他事情要做。」

派斯頓吸了一大口氣，聲音太響，有幾個人轉過來看他。幸好不是杜布茲。達柯塔也往他這邊看，不是因爲聽到他的聲音，而是出於正常反應。她眼中露出古怪神情。派斯頓臉上淡淡的，好像在說「**這沒什麼大不了**」，但其實不然，因爲威克朗是個討厭的傢伙，而這個結果差不多證明了他的光芒已逝，如今又再度成爲一個普通的藍衣人。

「來，大家仔細聽好。」達柯塔說：「你們現在在這個會議室，就代表你們是小組負責人，而事實正是如此。你們每個人會被分配到一個小組，組上的藍衣人全歸你們指揮。工作很簡單。基本上員工都不能外出，電車也停駛，除了救護電車之外。在醫護中心會有急救人員，也會有幾個技術人員在外走動，就這些了。所以大家要提高警覺，我們的錶也會更新，所以彼此之間無法聯絡，也就是說我們要利用個人手機建立簡訊群組。不過我們在外巡邏的人非常多，不會有問題的。這樣比較安全。」

那個黑人又開口了。「比較安全？」

「進行軟體更新的時候，多半有人喜歡搗亂，在公司到處跑來跑去，看看能跑多遠。因爲更新的時候，所有的門都不能上鎖，否則萬一遇上火災會有危險，因爲不能刷錶。這件事我們沒有公開宣布，但有人自己猜到了。在軟體更新時到處亂跑的話，評等會整整少掉一顆星，但還是有人這麼做。各小組負責的任務很快就會送到你們的雲錶上，有問題可以來找我或是找威克朗。」

達柯塔轉過頭，彷彿咬牙切齒地說：「小威，有什麼要補充的嗎？」

「千萬記得要遵守指示，互相照應，提高警覺。」威克朗說道，一面環視眾人，目光在派斯頓身上停留得有點久，讓派斯頓不甚自在。

開完會，派斯頓翻了一下需要查驗的文件後，在休息室裡找到達柯塔。她正用小刀在咖啡易濾包上戳洞，然後倒了點鹽進去。派斯頓進入時她抬頭看了一眼，說道：「這樣比較不苦。」

「什麼？」

「加鹽。」

「所以我被踢出小組了？」

「什麼小組？」

「不知道。妳和杜布茲的小組吧。」

「這個情況不同。」達柯塔說：「威克朗也許是個爛人，但他組織能力很強。杜布茲不可能完全把他摒除在外。再說，他也希望你專心處理混沌的事。」

「我覺得不完全是這樣。」

達柯塔注視了他好一會兒，才將易濾包放進咖啡機，蓋上蓋子，按下開關。「目前的情況就是這樣。」

「好吧。」他說：「軟體更新，和火柴那件事有關嗎？」

「就是軟體更新。」她回答，但沒看他。

派斯頓嘆了口氣。「好吧。我們什麼時候出發？」

「我們不會出發。」她說。

「什麼？」

「你暫時得單獨巡邏了。」她說：「我得忙更新的時程安排。之後呢……」咖啡機噗噗作響，接著嗶了一聲。她拿起馬克杯，吸一口熱氣。「我想杜布茲可能很快就會讓我換上駝色制服。不管怎麼樣，你知道的規則應該夠多了，可以獨自作業。」

「好，」派斯頓說：「好。」

「我向你保證，一切照常。」她說。

她說這話時雙眼直視著他，非常努力地想證明她沒有撒謊，也正意味著她沒說實話。派斯頓點頭說道：「更新的事要是需要幫手就說一聲。」

她啜了一口咖啡，轉身打開冰箱，說道：「會的。」

派斯頓於是離開，前往散步道。走了一下。休息吃東西，這次挑了雲堡，因爲沒有達柯塔在旁邊反對。吃完後他又走動一下，調解了一場紛爭，爲一個新來的人指路。不斷捫心自問，爲什麼這麼忌妒威克朗，爲什麼這麼想往上爬。他討厭這樣，他並不想要這種生活，他想把它結束掉。

可是他人在這裡，別無選擇。既然要做，就想做好，想獲得認可。他不想當個藍衣無名氏在散步道晃來晃去。

收工後，他換了衣服到酒吧去，並傳簡訊告訴辛妮亞他人在這裡，雖說不在意她來不來，卻也希望她能來。她沒有回覆，但還是在他點第三杯啤酒時，爬上他身旁的高腳椅，身上仍穿著紅色工作服。

「妳進度有點落後了。」派斯頓將酒杯朝著她微微一傾。

「今天過得不順嗎？」

「可以這麼說。」

她住口不語，停得有些久，彷彿被什麼分了心。隨後才問：「想不想談談？」

「不想。」派斯頓將杯中酒一飲而盡，然後端起新的那杯小啜一口，重新放下。「想啊。工作上的重大新消息，軟體更新日。結果那個王八蛋……威克朗，我跟妳提過威克朗嗎？」

「你跟我提過威克朗。」

「他是杜布茲的新寵，也是達柯塔的新寵吧，我想。我只是覺得……」他端起啤酒，沒喝又放了回去。「我也不知道我是什麼感覺。」

「你的感覺是你很努力工作，好不容易有機會能得到一點認可，機會卻跑到別處去了。」

「就是這種感覺。」

「眞奇怪……」

「什麼奇怪？」

辛妮亞喝了一口酒。「如果那個叫威克朗的傢伙眞是個豬頭，他們爲什麼要留下他？你有沒有想過杜布茲是故意讓你們倆打對台？」

派斯頓往後一靠，瞪著吧台後方的鏡子。「我不知道，不會的，他幹麼要那麼做？」

辛妮亞壓低聲音。「標準的虐待手法。以競爭讓你們更努力工作來討他歡心。」

「不，」派斯頓連連搖頭。「不，那太過分了。拜託。」

「好吧。」辛妮亞說：「所以說那個軟體更新是怎麼回事？」

派斯頓往後靠，深吸一口氣。「就是所有的雲錶都要更新。記得上次看到的火柴嗎？我想就是因爲那個。總之，每個人都要關在房間裡，時間不長，可是我們得全體出動執勤，確保沒有人跑出來。」

辛妮亞身子往前傾。「如果每個人都被關在房裡，何必要這麼大費周章做維安？」

該死，不應該說這個的。他張望一下，酒吧幾乎沒人，酒保遠在另一頭，正在爲一個女客人準備複雜的調酒。「所有的門都沒鎖，消防法規。所以只有我們和醫院的人在外面，其他人都要待在房裡。」

「哈。」辛妮亞喝下一大口伏特加，又「哈」了一聲。

派斯頓暗想，好哇，今天至少讓一個人折服了。

辛妮亞

辛妮亞決定不喝第二杯，希望保持頭腦清醒。隨著夜色漸深，派斯頓的手開始在她腿上游移，她沒有撥開卻也沒有隨著手的路徑扭動身子。當他把頭埋低，氣息中帶著濃濃的啤酒酵母味問說能不能上樓去，她推說自己生理期。

這是謊話。生理期還有一個禮拜。他應該已經知道才對，只不過男人似乎永遠記不住關於生理期的事。他覺得失望，但很有風度，甚至送她回到宿舍，兩人親吻道別後，她幾乎是跑著回到房間。

軟體更新。員工被全面封鎖，卻又不是眞的全面封鎖，因爲所有門都不上鎖。

這好。

會派出大批保全。

這不好。

她一屁股坐到沙發床上，往前傾身，手肘撐在膝蓋上。

仔細想想。

所有人都會待在房裡，因爲雲錶會關閉，無法提供追蹤資訊。保全人員是利用手錶互相聯繫，照說他們的錶也會關閉，所以要派出更多保全，以防臨時出事需要快速反應。

醫院會開著。她還沒去過醫院，但她只能從那裡下手。

辛妮亞喜歡醫院，那裡的保全似乎與其他區域不同，都是從其他地方退休的警衛，對一般情況興趣缺缺，主要只專注於保護大量囤積的藥品。

計畫自行在她腦中組構成形，速度快到她幾乎跟不上。她要在軟體更新前夕，假裝受傷或生病，總之要讓自己住進醫院。進去以後再想辦法。保全人員應該會集中在宿舍區，管控所有人。醫院很可能只會留下最低數量的工作人員，也許就幾個護士？她輕易就能擺平了。

沖澡。她需要沖個澡。沖澡時思路最清晰。

她脫去衣服，穿上浴袍和拖鞋，抓起盥洗包，步入走廊。走了還不到三公尺，就看見瑞克從中性廁所出來，門口還掛著故障的牌子。怒氣在辛妮亞體內爆發開來，有如大水一下湧進狹窄空間。當她看見他身後的人更是怒不可遏：是個年輕女孩，也穿著浴袍，頭髮濕濕的，臉也濕濕的，但不是因爲洗澡的緣故。她緊緊拉裹著浴袍，好像這樣就能保護自己。

是海德莉。

瑞克朝她看過來，微笑道：「好久不見，我都開始懷疑妳是不是討厭我，還是怎麼了？」

辛妮亞沒理會他，目光始終無法從海德莉身上移開。那女孩一直低頭盯著地板，像是希望自己身在他處。瑞克回頭看著女孩說：「好了，快回去吧，海德莉。別忘了我說的話。」

女孩隨即往反方向走。辛妮亞越過瑞克的肩膀看見海德莉在自己房門前停下來刷錶。瑞克聳聳肩對辛妮亞說：「我們就進去吧，好嗎？」

辛妮亞腦海中怒潮洶湧，一波波衝擊著頭顱內側。瑞克她應付得來，雖然討厭，但應付得來。

然而，海德莉……

任務在召喚著。辛妮亞費盡力氣才讓肌肉鬆弛下來，臉上擠出一抹微笑。「好啊。」她回道。伏特加剩餘的酒氣在她體內運行，但只足以讓腹部一丁點大小的地方依然感到溫熱。

他往裡頭看了看，以確定只有他二人，然後推開門。辛妮亞從他身旁經過，小心地不去碰到他，就好像他的皮膚有毒，進入廁所後繼續往裡面的淋浴間走。

這次是眞的極有可能成功達陣，因此她輕易就能無視這個想看她乳頭幾分鐘的色鬼。她也把海德莉隔離到角落去，事後再回來就好。等這一切結束，再來找瑞克算總帳。

誰知他進來後，她轉身正要脫下浴袍時，他卻開口道：「軟體更新日就快到了。」

辛妮亞點點頭，手抓著腰帶打結處。

「也許妳可以來爲我上演一場個人秀，反正我們都會關在房裡。」他說：「這陣子妳一直在躲我，剛好彌補一下。我住S號房。」

辛妮亞的浴袍解開到一半，登時住手，抬眼看他。他沒有笑容、沒有眨眼，他是認眞的。

「妳最好能這麼做，辛妮亞。」他說：「也算是聰明之舉。」

「不要。」這兩個字猛然從她嘴裡跳出來。「我不會做的。」

瑞克的臉一沉。「很抱歉，這種事可由不得妳。」

又是一陣怒潮上湧。日復一日的無聊生活已經過了兩個月，她絕不容許這個變態王八蛋搞砸她的機會。

但不只如此，儘管她千百個不願意，還是忍不住想起海德莉的臉。

平常，辛妮亞無暇顧及軟弱的人。這個世界是無情的，要麼學著迎接子彈，不然就買頂頭盔。但是她臉上的表情、瑞克對她作威作福的樣子，就好像眼睜睜看一個人把幼鳥放在手心壓扁一樣。

「你看這樣如何，」辛妮亞說著任由浴袍滑落，讓瑞克的目光在她身上轉來轉去。「我現在就爲你作特別演出，怎麼樣？獨一無二的特別秀喔。」

瑞克微微一笑，卻往後退，唯恐會有突如其來的性侵犯行爲。懦夫。辛妮亞往前移動，他於是變得大膽，兩腳站定，準備看看她想做什麼。

但他萬萬沒想到，她的手肘又快又狠地撞向他的眼窩。

她手肘碰到眼窩那一剎那，腎上腺素旋即飆升。他大喊一聲，重重摔倒，倒地前頭還砰一下撞到長椅。他在地上不停扭動，試圖爬開，卻被長椅擋住，她則來到他身邊蹲下。

「你跌倒弄傷了臉，眞是可憐，我很爲你難過。」辛妮亞說。

瑞克啐了一口。「妳這個臭婊子……」

辛妮亞掐住他的喉嚨。「我都已經這麼火大了，你就不想想把我惹得更火會有多危險？」

他聽了立刻閉嘴。辛妮亞湊上前來。

「這是你最後一次玩換牌子的小把戲，」她說：「也是你最後一次對這棟宿舍的女生搞這種變態噁心的事。你可以炒我魷魚，不過你最好相信，我會在離開以前找到你，要了你這條小命。你不可能找人保護你，因爲那麼一來你就得告訴他們爲什麼，到時事情就大條了。你聽懂了嗎？」

瑞克嘟噥一聲，但因爲氧氣通不過氣管，聲音被截斷。辛妮亞稍稍鬆手。

「你聽懂了嗎？」她又問。

「懂。」

「要說服我啊。」

「我明白了，不會再犯。」

「很好。」

她放開手，本想揍他一拳或踢他一腳當作送別禮，但一轉念，覺得這樣夠了，便重新穿上浴袍，離開洗手間，並順手拿起故障的牌子往後一丟。

這樣做很蠢。

太蠢了。

但她也毫不在乎。

她走進女廁，裡面比平時擁擠了些。兩個廁間裡有人，裡面的淋浴間則全滿。有兩名女子和欣西坐在那裡等著洗澡，辛妮亞只覺得她們眼熟。整個空間瀰漫著蒸氣與低低的交談聲。

欣西招手叫她過去，辛妮亞於是到她旁邊坐下。「親愛的，妳今天過得怎麼樣？」

「好得不能再好了。」

「看就知道，」她說：「我沒別的意思，親愛的，只不過自從妳來到這裡，我從沒看過妳笑得這麼燦爛。」

「有些日子比較特別。」

「是嗎？」

辛妮亞點點頭，想到手肘撞擊處往下凹陷的感覺，心裡一陣爽。瑞克眼眶骨折的機率非常大。

這時一面浴簾被拉開來，走出一個年紀較長、體態輕盈、頭髮花白的女人，她抓起一條浴巾包住身子。有個等候的女生便起身走進她那間。

「不過說實話，我身體好像出了點毛病。」辛妮亞說：「腸胃炎吧。」

「那眞糟糕呀，親愛的。」

「也許會去住院一、兩天，以防萬一。」

「不不不，」欣西說：「千萬別這麼做。」

「爲什麼？」

欣西左右看了看，坐在輪椅上往前傾身。「請病假會影響評等。」

「妳開玩笑吧？」

「妳要是受傷，就不得不送去醫院。」她說：「但如果只是肚子痛或感冒之類的，公司會希望妳抱病上工，有時候要是他們覺得病情不夠嚴重，甚至不會讓妳上救護電車。」

辛妮亞笑出聲來，因爲聽起來像笑話。「太荒謬了。」

欣西沒有微笑，也沒有以笑聲回應。「這種事情不能亂來。」

「天哪，這什麼爛公司。」

這回欣西倒是露出了笑容。「我的建議是：盡量避開醫院。那裡的醫療照護很不錯，問題是他們不希望我們眞的用到，還會被扣一大堆積點。」

最後一間無障礙淋浴間的浴簾拉開了，一個女人拄著枴杖出來，全身赤裸，浴袍夾在腋下，盥洗包掛在脖子上。她往一張長椅走去，欣西則握住輪椅的輪子往前推。

「很遺憾，妳腸胃不舒服，趕快好起來吧。」她說。

辛妮亞往後靠坐，看著欣西將浴簾拉上。她呆坐了兩、三分鐘，思緒又飄回海德莉身上。

她可以想像那女孩坐在床角，抱著身子，還在為瑞克施加的暴行啜泣。辛妮亞想去敲她的房門，看看她，只是她沒有這樣的心理素質。因此她走到欣西的淋浴間前，隔著浴簾喊了一聲：「嘿。」

「什麼事，親愛的？」

「妳認識那個叫海德莉的女生嗎？看起來很像卡通兔寶寶那個？」

「當然認識。」

「妳能不能去看看她？我剛才看見她了，她好像心情不太好，但我跟她又沒那麼熟……」

「不用再說了，」欣西說：「我待會兒就去找她。」

辛妮亞微微一笑。雖然還是沮喪，但至少好些了。稍後回房的途中，她想到一個主意。這主意她並不喜歡，但八成行得通。

軟體更新公告

明早八點，公司會對雲錶進行軟體更新。這次更新將會修正幾個小缺失，同時改善心率追蹤功能與電池壽命。早上六點半，公司全面停止運作，除非收到其他指示，否則所有人要立刻回房報到，一直在房裡待到軟體更新結束。

更新結束後，原本在上班的人要立刻回到工作崗位，將剩餘的工作做完。凡是應該去上班的

人，請立刻返回工作崗位報到。

請注意，更新期間，只有必要的保全與醫護人員能在外活動。凡是被發現在更新期間離開房間者，評等將會降低一星。那麼原本二星的員工就必須立刻離開公司。

感謝各位的體諒與合作。這段時間確實會造成不便，但一如往常，我們會盡可能讓一切順利。感謝大家的協助。

派斯頓

派斯頓沒吃他最愛的早餐——兩顆煎蛋配吐司——而是選擇了營養棒，邊嚼邊反覆想著一個念頭：今天將會是四星的日子。

他被分配到橡樹館大廳區，而且擔任小組長，因此主要工作只須確認組員分布範圍夠廣，必要之處都有耳目在就行了。他手下有二十個人聽候指揮，綽綽有餘了。威克朗在杜布茲面前說他壞話已經說得夠多，他不想再給他任何機會。

此時大廳的人比平時少了一些，大家可能都趁著今天待在房裡，反正不久以後也必須回房。他巡視了幾圈，找到幾個以前沒想到的好地點，然後前往行政中心，去和威克朗作最後確認。

同一間會議室，同樣地擁擠，只不過少了杜布茲，氣氛輕鬆一些。威克朗站在最前面，等著大夥三三兩兩進來，等到會議室終於擠滿了人，他兩眼直視眾人，等著他們安靜下來，好像他們理應知道輪到他說話了，就該自動閉嘴。

「很好，」室內終於鴉雀無聲後，他開口道：「今天是大日子，這應該就不用我再多說了。你們要是搞砸了，遭殃的是我，但我也一定會拉你們墊背。我已經把你們每一個人加入手機簡訊群組，一有最新消息，我就會發送出去。每個人都會收到，與你無關的就不必理會。要是有人離開封鎖區……」

後面有人吃吃偷笑，因為他說到「封鎖區」三個字時身子前傾的模樣，就好像置身科幻片中，有一群口噴酸液的外星人正在門外用力撞擊。威克朗頓了一下。

「要是有人離開封鎖區，你們要回報並將人拘留。我會在這裡待幾分鐘，回答問題。」

他拍拍手表示會議結束。有人推開門讓空氣流通，眾人紛紛魚貫而出。派斯頓向威克朗點頭致意，試圖傳達「**我也是團隊的一份子**」，又不必和他說話。威克朗只是皺皺眉。

前往橡樹館的半路上，雲錶響了。

距離軟體更新還有一小時。除非另有指示，否則請回房報到。

辛妮亞

距離軟體更新還有一小時。除非另有指示，否則請回房報到。

接著：

請完成最後的送貨工作。

貨架滑到辛妮亞面前停住。最上層，她要負責的，是一盒拼圖。她綁都沒綁安全帶就爬上去，心中暗想著這麼做有何利弊？自己會不會被罰？

不過比起這個，正確著地更加重要。

她在貨架最頂端找到了放拼圖的箱子，拿出一盒，掃一下雲錶登記。

接著她屏住呼吸，轉身，躍入半空中。

她的胃抽搐了一下，她縮起下巴，伸出一隻手臂。一來，減低摔落的力道，二來，可確保肩膀脫臼。自從在墨西哥瓜達拉哈拉的那項任務後，肩膀就很容易脫臼。

一摔到地上，她就感覺到肩膀移動，啪了一聲。她用力吐氣，把肺裡的空氣擠壓出來，好像這麼做能減少些許疼痛。但是沒有。她翻身仰躺，左臂猶如一塊麻木無感的肉連在身上。痛楚在她全身上下爆發，像個各拉各調的管弦樂團。

她吸氣、吐氣，進入疼痛當中，感受那種刺痛，讓痛苦充盈五臟六腑。痛苦就得這樣。一般人會拚盡全力去對抗它，其實祕訣是要接受這個短暫的現實，把注意力轉移到其他事情上面。例如起身。

有幾個人停下來，但不多。太多人忙著送出最後一件貨品。辛妮亞用完好的那隻手拾起拼圖，拖著腳走到輸送帶，幸好不遠，然後舉起雲錶，卻發現另一隻手臂軟趴趴地貼在身側，無法抬起來按錶冠，她只好用下巴，好不容易登錄完畢後，對著錶說：「緊急事故，找經理。」

錶上出現方位的指示，她跟著走，很快就碰見一個穿白色polo衫、一副賢妻良母型的金髮女子。她看了辛妮亞一眼，見她手臂無力地垂在一側，便說：「妳需要幫忙嗎？」

「是啊，麻煩妳了。」她說：「我摔倒了。」

「妳有沒有綁安全吊帶？」

「沒有。」

女子嘟起嘴，拿起平板，走向辛妮亞，將平板放到她的手腕旁，與她的雲錶連線。接著點一下玻璃表面後，將它面向辛妮亞。「我需要妳很快簽個名，聲明妳沒有綁安全帶。」

辛妮亞吐出一口氣。這下有新的事情轉移注意力了。該死的官僚作風。她舉起健全的手（但不是慣用手），在空白處亂畫了幾筆。女子點點頭，開始打字，感覺打了好久，尤其還是在處理傷患。

「我覺得我好像腦震盪。」辛妮亞說，希望能稍微加快她的速度。「我撞到頭了。」

「我猜妳應該是想去醫護中心吧？」

「這不正是它的用處嗎？」

女子嚴峻地看她一眼。像在說：**現在可不是開玩笑的時候**。

哈，這還用說，辛妮亞暗想。不過伸手不打笑臉人嘛，還是什麼鬼的。

「拜託了。」辛妮亞說。

「妳能走路嗎，還是需要人扶？」女子問道。

辛妮亞翻了個白眼。「我能走。」

「那好。」她點一下平板，辛妮亞的雲錶上跳出路線指示。「妳就跟著上面的路線圖去搭救護專車。」

辛妮亞覺得這個女人不配，但還是向她道了謝。她很快地來到接駁車區，隱密地藏在休息室與洗手間旁的一個出入口內。車廂大小和電車差不多，只是配備有床和醫療器材，行駛的軌道也是醫院專用。辛妮亞上車後，發現有個長相粗獷中帶著帥氣的年輕人在玩手機，他一看見辛妮亞立刻將手機塞進口袋，幾乎是從床上跳起來，趕到車門口接她。

「妳還好嗎？」他問道。

「摔倒了。」她說：「肩膀脫臼。」

男子試圖讓辛妮亞慢慢躺到床上，她不肯。一來因爲肩膀，二來則是因爲他要是現在就幫她治好，可就打壞她的計畫了。

「妳得讓我處理。」他說：「肌肉會抽筋，脫臼愈久就愈難歸位。」

「不，我還是寧可……」她話還沒說完，他的手指已經伸過來，抓住肩膀用力一捏、一扭，喀喇一聲，接回去了，她想都沒想到這麼簡單。就這麼一眨眼工夫。疼痛感改變了，一度變得出奇舒服，隨後漸漸緩和，最後沒入背景。辛妮亞斜靠在床邊，直直舉起手臂，前臂內外翻轉一下。

「好厲害。」她佩服地說。

「這種情形我們見多了。」他說：「我來猜猜，妳沒綁上安全吊帶。」

辛妮亞笑了。「當然沒有。」

「回家去，吃點消炎藥，冰敷一下，就沒事了。」他四下看了看。「要不然，如果妳想要……舒服一點的東西……」

不管什麼事情，辛妮亞都很樂意多試一次，但現在不是時候。「我撞到頭了。」

他從胸前口袋拿出一支筆，按了一下，末端射出光來。他拿著筆在辛妮亞眼前來回揮動，光線刺得她難受。他卻搖搖頭。「我不認為妳有腦震盪。」

「我覺得還是去趟醫院比較保險。」她說：「以防萬一。」

他左顧右盼，似乎想確認四下無人。「妳確定嗎？說眞的，我不是想拿重症開玩笑，不過妳這種情形最好還是別去。」他俯身向前，壓低聲音說：「我這是幫妳。」

「我明白。」她說：「可是我頭痛得要命，我想要小心一點。」

他點點頭，嘆了口氣，似乎能夠了解，卻又對於自己的建議不被採納感到遺憾。他拍拍床。「上來吧，繫上帶子。」

辛妮亞照他的話做，男子隨即消失在電車前頭一個密閉隔間裡。她看見床上垂掛了一條安全帶，爬上去後將帶子繞過身體，按入卡榫。電車啓動，行駛間平順得幾乎毫無感覺。

派斯頓

電梯前面大排長龍，最後一波員工準備回房，度過不知要持續多久的更新期間。放眼望去，猶如被砸碎的彩虹積聚成堆。派斯頓又繞了大廳一圈，以確定所有藍衣人均已就位。

他看見了馬森巴。由於他似乎很把認眞工作當回事，派斯頓便派他當非正式的副手。他說話口音重，大家常常會叫他再說一遍，但派斯頓就是聽得懂。他對著這個高大魁梧的男子點點頭，問道：「還可以嗎？」

馬森巴敬禮回道：「可以，長官。」

派斯頓笑起來。「拜託別這樣。」

他正要再次敬禮，表示明白，但隨即打住說：「好的。」

派斯頓的手機在口袋裡響起，是威克朗傳的簡訊。

簡訊測試。請忽略。

他很不想讓威克朗知道他的私人手機號碼，不過算了，至少他是小組長，而不是被隨意指派站在某個定點，或更糟的是被叫回房去待著的普通員工。

人潮慢慢散去，電梯頂多再跑個兩趟，大廳就能淨空。又傳來一則訊息。

一輛救護電車正駛往醫院。其餘電車已全部停駛，經確認無誤。藍衣人，請作最後一次淨空巡視。

片刻過後，又跳出一則訊息。

要去醫院的那個妞真他媽的辣。應該去探望一下，傳達我的一點柔情和關懷。

接著：

又來一則，是辛妮亞的人事檔案照片。

派斯頓吃了一驚。那不可能啊。威克朗怎麼會分享辛妮亞的照片？

接著：

系統被害。被駭。忽視、忽視、忽視最後一則訊息。那不是威克朗，再說一遍，那不是威克朗發送的。

派斯頓掃視大廳一周，好像希望附近有人能回答他的問題：辛妮亞上了救護車？她受傷了嗎？有多嚴重？他看著雲錶，心想應該可以透過無線電詢問行政中心或醫護中心，卻又不知該找誰問。

最後幾部電梯上樓了，大廳空空如也，只剩下藍衣人。派斯頓的腿在發抖，他的身體想動，呈現出來卻是不由自主的抖動。

電車已經停駛。但救護電車仍配備了人員，照常行駛。他走向馬森巴。「這裡交給你負責。你知道該怎麼做吧？」

馬森巴搖搖頭。「我不知道……」

「我朋友剛剛被送到醫院，我得去看看她情況如何。」

他舉手敬禮，又硬生生連忙打住，然後聳了聳肩，作出承諾。「我明白了，你就放心去做你該做的吧。」

「多謝。」派斯頓說著拍拍他的臂膀，起步朝最近的救護接駁車站走去。

來自克萊兒．威爾斯的訊息

一名女子坐在桌前。紅燦燦的頭髮，宛如火焰。那張桌子又大又重，亮晶晶，十分氣派。桌上空無一物。桌子後方有一扇窗，窗外背景一片茂密樹林，樹枝光禿禿。

女子雙手交疊放在桌上，臉上雖帶著微笑，卻像個不懂得如何詮釋微笑的人。她像在對小孩說話似的，咬字小心翼翼，有種上對下的態勢。

大家好，我是克萊兒．威爾斯。我想先向各位道歉，因為這支影片關不掉。我知道大家都很期望在軟體更新期間，享受幾分鐘的自由，但老實說，我無法和所有人一一見面，因此我認為以這種方式自我介紹最快速也最有效率。我保證，時間不會太長。

你們都認識我爸爸，知道他多麼偉大。你們也都知道這段時間我們家人特別難熬。但是從小爸爸就教我要有毅力，即使遇到艱難情況也要堅持，因此我只是想告訴大家，儘管父親即將交棒給我，我也打算延續他的經營模式。

讓雲集團像個大家族。

爸爸向來喜歡訪視母雲各分公司，接下來的幾個月內，我希望能效法他。事實上，我會參與他一部分的告別之旅。所以各位要是看見我，請別客氣，儘管和我打招呼！

克萊兒舉起一手，誇張而彆扭地揮揮手。

謝謝各位的觀看。再次說聲對不起，打擾了。

辛妮亞

電車來到一個小車站後停下，辛妮亞下車時問道：「你剛才說有什麼舒服的東西？」

混沌也許派得上用場。可以當作交涉工具，或是用來討好藥頭，或純粹只是試吃一下，度過今晚。拿著總是無妨。

電車駕駛環視四周，確定無人之後，伸手進口袋，然後往她手心放了一個小小方方的東西。

「我叫強納森。每星期二可以到生活遊憩館找我。」

「多少錢？」辛妮亞邊問邊將手插入口袋。

「第一次免費。」

她想問他關於雲錶漏洞的事，但時間地點不對。以後再問不遲。「謝了。」

強納森淺淺一笑。「跟著紅線走。」

在混凝土磨石地上有一條紅線。辛妮亞沿著線走過一條長廊，進入一間大廳室，裡面擺滿了繩龍柱，排隊繩拉得有如迷宮，還有一整排窗口。其中只有一個窗口有人，而且只有幾個人在排隊。辛妮亞順著彎彎曲曲的路線走到隊伍末端。

她前面有三個人。一個是頭部受傷流血的年長男子，他用來摀住額頭的紙巾早已被血染紅。還有一個女孩抱著肚子，痛得彎低了腰。另外在窗口前與櫃台人員說話的，是一個看似戒斷症狀發作的男子，身上大量冒汗並不停抽搐。

一個山中巨魔似的男人坐在窗口另一邊，快速地將隊伍消化掉。輪到辛妮亞時，他嘆氣翻白眼，不敢相信還有一個人要處理。

「生病嗎？」他問道。

「肩膀脫臼，」辛妮亞回答：「還撞到頭，可能有腦震盪。」

辛妮亞將手舉向掃描感應器，卻發現錶面已經變成空白。上頭出現一條灰線，慢慢地從左往右跑。

櫃台男子搖搖頭。「看來得用老辦法了。員工證號碼？」

辛妮亞背了出來，看著他打進電腦。醫院的電腦還有連線，果然不出她所料。成功得分。

玻璃板後面的男子又搖搖頭。「妳沒有綁安全吊帶。」

「我知道。」她說：「我可以進去了嗎？我頭很痛。」

他又繼續打字，兩手在鍵盤上飛移，過了一會兒才說：「請妳到六號房，十七號床，馬上就會有人去看妳。」

他說「馬上」的口氣，很明顯聽得出來絕對不是馬上。辛妮亞進入那排窗口盡頭的雙開門，走過一條長長的廊道，裡面有清潔劑灑出來的味道。地板擦得亮晶晶，布鞋不停吱嘎作響。廊道兩旁是一長排灰色門，門板上漆著大大的藍色數字。

六號門進去是一個長形房間，裡面有病床和隔簾，大部分隔簾都拉開來，病床多半是空的。到了房間最裡面的右邊，有另外兩人住在這裡：那個痛到直不起腰的女孩，她側躺著，情況似乎好些了，以及一個年輕人交叉腳踝坐著在玩手機。

辛妮亞走到十七號床，爬上去。床很窄，感覺好像鋪上薄薄一層海綿墊的石板。她左右看了一下，發現對面牆壁嵌了一台電腦，底下有個小工作站：滑輪桌加鍵盤。還不錯，但也因爲就在她病床正對面，太靠近了，讓她覺得不自在。

玩手機的男子剃了光頭，短短的髮根染成鮮綠，頭皮上有一塊一塊森綠顏色。她喊了他一聲。「喂。」

他沒有抬頭。

「喂！」

他沒有轉頭，沒有停止玩手機，但揚起一隻眉毛作爲回應。

「上次護士來是什麼時候？」她問。

「至少一小時前。」他說：「我猜要等更新結束，全部的人重新上崗，才會有人來看我們。」

「那好，」辛妮亞說：「既然要等，我就先來睡個覺。」

男子略略聳了個肩，像是在說**隨便你**。

辛妮亞拉起隔簾圍住床，然後趴到地上，在床底下匍匐前進，往通道更深處爬去，爬過胃痛的女孩床下時，還特別放慢速度。她爬得愈久，肩膀關節摩擦得愈不舒服，但她不予理會。

她來到轉角處停下，往廊道上看去，沒看到腳。但趴在地上看不見床上有沒有人，她覺得不太妥當，便在轉彎處貼著牆起身。

有一個護士在敲著平板電腦。有一張床上面有人，縮成胎兒姿勢裹在毯子底下，面朝另一邊。

辛妮亞連忙縮身。她閉上眼睛，深吸一口氣，隨後轉過轉角，沿著走廊大步走去。那護士是拉丁裔，一頭褐色鬈髮，她抬起頭說：「抱歉，親愛的，我馬上就過去。」

「其實我是要去那裡。」辛妮亞指指女廁說：「不過跟妳說一聲，轉角那邊的女孩痛得很厲害。」

護士點點頭，放下平板。「知道了。妳還好嗎？」

「我還好。」她說：「不過妳可以去看看她嗎？」

護士起步離去，地板在她腳下吱吱嘎嘎響。辛妮亞看著她的身影消失後，從口袋掏出Gopher，匆匆走過走廊，直到發現一個擺滿電腦的圓桌。所有電腦都還開著，她選了最近的一部，將Gopher插入後側的USB槽。

她聽不見、看不見，卻幾乎感受得到：她特製的小小惡意程式正偷偷溜入系統中，擷取她需要的資訊。

她轉向洗手間，心裡默數著。

一分鐘

五十九秒

五十八秒

五十七秒——

忽然間數字中斷，因為有個重物打在她的後腦勺上。

她重重倒地，幸好及時用手撐住，才不至於臉先著地撞到牙齒。她即刻翻身，一腳踩穩，一腳抬起，做好準備。

不料竟是瑞克高高站在眼前，他的臉又紅又腫，纏著紗布，手裡拿著點滴架當球棒揮舞。

辛妮亞往後退，企圖逃開，卻撞到一個硬硬的表面。剛才躺在護士旁邊床上的人，想必就是他。

「妳這個臭婊子。」他罵道，同時將點滴架高舉過頭，準備往下砸。

辛妮亞一腳踢向他的下體，只覺腳跟處軟軟地往下陷。他痛得彎下腰，她則急著爬起來，卻因空間狹窄累贅而手忙腳亂。但此時他已重新定神，足以抬腳踢向她的下巴。

這一踢讓她眼冒金星。她翻身、爬行，想盡辦法要拉開兩人的距離，但一點用也沒有，更糟的是這全要怪她。

她將這股怒氣從內心排出。這筆帳以後再跟他算。

就在瑞克起身之際，她跪起一腳，抓住一只便器朝他揮去。他被打中臉，力道雖不大，但吃了這麼一驚已足以讓他再次失去平衡。辛妮亞想去拔Gopher，卻不確定插入的時間是否已充分。很可能還不夠，腎上腺素會讓時間變快。早知道插入Gopher時就該看看牆上的時鐘。

她重新站起來。瑞克是個笨蛋，是個沒用的軟柿子，但他使出這個爛招的確讓她吃足苦頭。現在感覺好像站在搖搖晃晃的船上，恐怕眞的腦震盪了。

她回頭看，沒見到護士，也許聲響沒傳出去，也許她已經離開，也許她害怕了。辛妮亞轉過身，發現瑞克正要站起來，她立刻衝上前去，用一邊膝蓋去頂他的臉，他的頭猛然後仰，人跟著摔倒，撞開了一張床。辛妮亞想找個東西把他束縛住，什麼都好，但什麼也找不到。

她的腰帶。應該可以。她於是拉出腰帶，甩了一下，不料瑞克伸出腳來將她絆倒。剛才頭被踢了那一下，到現在還七暈八轉，無法作出明智判斷。她往旁邊滾去，又再次撞到床，這裡的空間眞的、眞的很不適合打架，而瑞克站在那裡，這回手上拿的是剛才護士坐的圓凳。

當椅凳畫出弧線往她砸下來，辛妮亞高舉起雙手，爲了保護頭，只好犧牲前臂。

這會很痛。

「嘿！」

她認得那聲音，還沒看到人就聽出來了。派斯頓撲向瑞克，兩人一塊兒摔倒在地。辛妮亞撐著身子往後退，眼看派斯頓跨坐在瑞克身上，背對著她，舉起拳頭狠擊瑞克的臉，「啵」的一聲，有如南瓜掉在地上。

很快就會結束了，接下來派斯頓不會讓她離開他的視線，護士也會回來。因此辛妮亞顧不得頭顱內腦漿嘩啦啦糊成一團的感覺，勉強站了起來，跑向電腦工作站，並暗暗祈禱Gopher已有足夠的時間做完它該做的事。

她抓起了它。

一回頭，看見派斯頓半扭過身，瑞克趴在他下面。

他正盯著她看。

派斯頓

派斯頓在櫃台窗口停下腳步。窗內一個老男人正低頭不知在看腿上的什麼東西。派斯頓用力拍打玻璃板，震到隔板都晃動起來。裡面的男人嚇一大跳，差點從椅子上跌落。

「有沒有一個叫辛妮亞的女人來過？」

男人一臉茫然。

派斯頓將手舉到下巴處。「這麼高，棕色皮膚，很漂亮。」

男人點點頭，指向門。「剛剛才讓她進去。好像是六號房吧。」

「謝謝。」

派斯頓快步通過雙開門，走進一條長長的通道，兩旁都是病床。其中一張床上有個一臉陰沉、專注看著手機的少年，恐怕只有核爆才能引起他注意。稍遠處，有個女孩在床上痛得扭動身體，還有個護士蹲低在床邊，好像在躲什麼。護士看到派斯頓，頓時鬆了口氣，甚至差點暈過去。「謝天謝地，你來了。那邊出事了。」

「哪裡？」派斯頓問道。

走廊盡頭的轉角處，砰然一聲巨響。他跑過通道轉了彎，看見一個男人正舉起椅子，準備砸向某人。而地上那個一臉血跡斑斑的人，正是辛妮亞。

派斯頓怒火中燒。他衝向男人，拚盡全身力氣撲上去。派斯頓覺得痛，但那傢伙更痛，二人糾纏在一起滾來滾去，最後派斯頓終於跨壓住他。

遇上這種情形，最好的做法就是壓制對方，等候救兵到達。

但現在這個根本不在選項之內。

他掄起拳頭，重重揮向男人的臉，只見他雙眼瞪大，接著光芒一閃而逝，猶如燈滅。片刻後，派斯頓才察覺手上的感覺。痛感從指關節一路擴散到手肘，搞不好哪裡斷了。

他轉頭查看辛妮亞，發現她已起身，正在電腦站的一部顯示器前摸摸弄弄。

「妳在幹麼？」派斯頓問。

辛妮亞轉過頭，看著他，面露困惑。是驚慌？是痛苦？他看不出來。正打算再問一次。

就在這時候她昏了過去。

辛妮亞

辛妮亞倒地時特別屈起身體護住頭。讓派斯頓衝上前來，讓他抓著她用力搖晃，讓他擔憂心慌。希望藉此讓他分心，不去注意到她塞在上排牙齒與臉頰間，此時正磨得她牙齦發疼的晶片。

她本想放進口袋，卻擔心萬一他搜她的身，萬一她要住院，得脫掉衣服，萬一碰上其他成千上萬的理由，都可能把晶片弄丟，到時候她還不如一走了之，因爲事到如今，情況愈來愈難以負荷了。

正是因爲這樣，她才會訂製防水晶片組，貴了一點，但值得。混沌也還在她口袋裡，但捨棄這個無所謂。

派斯頓跑開去求助。辛妮亞偷偷瞄了瑞克一眼，他還倒在地上。

他想必看見她插入追蹤器了。不過接下來，在行政層面上，他會很不好過。有保全人員目睹他攻擊女人，這種事可沒法讓他輕易過關。

然而據欣西所說，他已是出了名的慣犯。他會不會是靠某種特殊關係進公司的？讓他能在這個過程中受到保護？

他會不會試圖出賣她來當做交換條件？

桌上有一把剪刀。此時清晰地浮現在她腦海。方才扭打時看見的，本想伸手去拿，但一切進展得太快，來不及。剪刀柄是鮮黃塑膠材質，刀刃看起來不利，好像輕易就會折斷，不過喉嚨外皮只是一層脆弱薄膜。她可以說他醒來後，企圖再次攻擊她。

她還沒來得及站起來，派斯頓就彎過轉角朝她而來，身旁多了護士和一個身材瘦長、理平頭的藍衣男子。她連忙闔眼，再度假裝昏倒。

「你跑哪去了？」派斯頓問。

「我只是……只是……」藍衣男子結巴起來。

「你只是怎樣？」派斯頓問：「執勤的時候睡著了？」

「拜託……」

「拜託我沒用，你肯定要倒大楣了。她有可能被殺死耶。」

辛妮亞又再次感覺到派斯頓的手，緊接著另一雙較小的手，是護士，在她身上到處觸摸、檢查有無骨折、拉開她的眼皮。這時辛妮亞抬起手心貼著額頭，眨眨眼。他們扶她起身，讓她躺到床上。派斯頓問道：「妳還好嗎？」

她看不出他在想什麼，只知道他很擔心，這是好的開始。「嗯，」她說：「只是……我沒事。」

派斯頓低頭看錶，辛妮亞的錶也在同一時間響起。更新結束了，雲錶上出現笑臉，然後化爲平時正常的錶面。

辛妮亞的錶上說：請回到工作崗位報到。

派斯頓也看到了。「別理它。」接著轉身向護士說：「好好照顧她。」然後走到一旁，開始對著雲錶說話。因爲他走開了，辛妮亞聽不到他說些什麼。

護士拿起筆型手電筒照辛妮亞的眼睛。「妳眞的沒事嗎？」

「我不知道。」

「需不需要吃點止痛藥？」

「不用。」她當然想吃點止痛的，她想吞一錠口袋裡面的東西。但現在可不是嗑藥的時候。

派斯頓又回到她身旁。「我老闆過幾分鐘就到。據他說，出了一堆麻煩事。不過先說說看，妳知不知道那傢伙爲什麼攻擊妳？」

辛妮亞想說不知道，想說他是隨意見人就亂打，完全出乎意外。她比較想這麼說，因爲這樣就不必多花時間敘述淋浴間的插曲，以及她屈服於瑞克的事，好像她只是個別無選擇的弱女子。

可是晶片還貼在臉頰內側，她不希望派斯頓想到這個。

於是她說出了來龍去脈。

是她把瑞克送進醫院的部分，她略去未提，但這份說詞奏效了，因爲派斯頓和護士的臉都愈拉愈長，尤其派斯頓還不斷瞄向瑞克。他仰躺在地上，眼睛直盯著天花板，心知自己完蛋了。而派斯頓彷彿陷入天人交戰，恨不得走過去往這男人的臉踢上一腳。

過了好一會兒，派斯頓才說：「妳應該告訴我的。」

他的口氣像在責備，辛妮亞不喜歡。

「有時候最好還是得過且過。」她說。

他搖搖頭，又說一遍：「妳應該要告訴我。」

只不過這次語氣多了一分傷感，使得辛妮亞內心五味雜陳。這種感覺她自己也說不明白，反正就是不喜歡。

接下來，房間裡人潮爆滿，問題滿天飛。瑞克被綁到床上。有個臉長得像隕石、身穿駝色制服的老男人——大名鼎鼎的杜布茲——向她詢問事情的經過。不帶批判、不帶任何情緒，只是想知道實情。她說出對自己最有利的版本，與此同時，也暗自將他問的問題與周遭對話的點滴拼湊起來。

被指派到病房區的保全葛朗松在偷懶，也可能在另一個房間打瞌睡。杜布茲坦承，她來到醫護中心時個資遭到註記，更新期間的保全負責人取得這份資料後，傳了一則簡訊對她出言不遜。他本來只想傳給一個人，不料卻誤傳到全體群組上。

所以派斯頓才能及時趕到。

她對瑞克的指控，他們似乎相當重視。她很討厭扮演受害者，但至少讓他付出代價了。她正想給自己記下一勝，卻聽見正被推出病房的瑞克躺在床上高喊：「去問她，**去問她呀！**」

杜布茲在房間另一頭和瑞克交談，他低著頭、插著腰，連連搖頭，然後大步走到辛妮亞床邊。

「抱歉，不得不問一句。」他說：「他說他看見妳在一台電腦上動手腳。我不太可能相信一個沒品的傢伙說的話，不過至少得問問。」
辛妮亞感覺到晶片銳利的邊緣刮擦著牙齦。
「我本來要去廁所，他就跑來打我。」她說：「我根本不知道他在說什麼。」
杜布茲點點頭，很滿意這個答案。派斯頓越過他的肩膀緊盯著她，她不喜歡派斯頓注視她的眼神。

派斯頓

杜布茲雙手握拳，用力地插在腰間，簡直像是要把手插進身體裡面。
「威克朗，那個混帳王八蛋。」杜布茲說：「事情結束以後，我會把他降職，葛朗松也是。」他嘆了口氣，看著亂糟糟的病房。「你呢，我還沒想好。」
「什麼意思，長官？」派斯頓問。
「你棄守了崗位。」他說：「你老實告訴我，你和這個女人有什麼吧？」
「沒錯，我們在交往。」他說。
杜布茲點點頭。「漂亮。」
派斯頓聽到這句讚美，不禁紅了臉。
「所以你就在執行重要任務期間離開了崗位。」杜布茲說：「但你要是沒這麼做，那個爛人就會把這可憐女人的腦袋給砸爛了。」
「關於他呢，」派斯頓說：「辛妮亞說他常常做這種事。有沒有任何針對他的申訴？或是抱怨之類的？」

「據我所知沒有。」杜布茲說：「得仔細查一查。系統才剛剛恢復而已。」

「問題就在這裡。他要是眞有這種毛病，我絕對會想盡辦法讓他走人，讓他坐牢，你別不信。」

杜布茲緩緩點頭，暗自深思，派斯頓說不準他在想什麼。杜布茲的心思比無字天書還難解讀。片刻過後，杜布茲再度開口，而且是靠上前來壓低聲音。「我需要你做一件事，你仔細聽好了。」

「我在聽。」

「我需要你配合，你做得到嗎？」

「怎麼做？」

「我要你去告訴你女朋友，這件事我們會處理。」他說；「這個王八蛋會在十分鐘內被趕出公司，而且全國各地都不會再有人雇用他。威克朗也會付出一定代價。可是我需要一點回報。」

「什麼回報？」

「希望她別把事情鬧大。我知道她現在很可能情緒有點激動，畢竟被修理得有點慘，這時候你就該介入了。」杜布茲搭著派斯頓的肩說：「也許她會希望大張旗鼓地進行懲處，所以我要你去轉告她，這麼做會引起多大的麻煩。重要的是正義已得到伸張，而且完全不造成任何人的困擾。」

派斯頓只覺得滿嘴都是沙。他第一個直覺反應就是想叫杜布茲滾得遠遠的。但他深深吸了口氣，理性地加以思考。

若不去考慮個人關係，此話有理。別讓情況失控。

可是他覺得這樣是背叛了辛妮亞，竟然要她乖乖坐著，不許出聲，萬一她不肯呢？萬一她就是想鬧個天翻地覆呢？他沒有立場阻止她。

「你覺得你辦得到嗎？」杜布茲問。

「我盡量。」

杜布茲捏捏他的肩膀。「謝了，小伙子，我會記在心裡的。好了，去陪女朋友吧，去看看她的情況。你們倆可以休一天假，今天下半天還有明天一整天，好嗎？」

「眞的嗎？」

「當然。就當是我送你們的禮物。你們倆也夠受的了。」

派斯頓不知道自己受了什麼，但能休假總是好的。他不自覺地微微一笑，隨後抹去臉上的表情。杜布茲點點頭，溜達開來，準備去滅另一場火。

派斯頓到達時，辛妮亞正靠著床邊站，一副傷者該有的模樣：十分脆弱，好像動作太快就會粉身碎骨。一片瘀青在她眼睛下方暈開，臉頰上劃了一道傷痕，指節纏了繃帶，派斯頓看了猛然想起自己隱隱作痛的拳頭。他彎曲一下手指，還會痛，但應該沒斷。

「嗨，眞是多事的一天哦？」派斯頓說。

辛妮亞噘起嘴，笑聲迴盪在胸腔裡，卻發不出聲音，只吐出陣陣微弱的氣體。「確實可以這麼說。」

「一切都處理好了。」他說：「妳今天跟明天都不用上班。我也是。聽醫生說妳身體沒問題了，妳想不想離開這裡？」

「想。」辛妮亞說：「這樣最好。」

派斯頓忍住衝動，不去吻她，不伸手摟她，不去做那些不計其數、在當下看似不當的舉動，但終究還是伸出手臂讓她扶著，心想為她提供一點支持至少還算合理吧。到處都是人在附近轉來轉去，他從中開出了一條路。

他們上了電車。辛妮亞臉上的瘀傷難以掩飾。一個受傷的女人由一名保全護送，當然會引人側目。

他們來到楓樹館，上樓回到辛妮亞的房間。她進房後，派斯頓有一瞬間想要離開，讓她獨處一下，不料她替他開著門，他只好跟著進去。她靠在流理台邊，脫下襯衫與內衣，全身上下摸了一遍，尋找瘀傷或其他傷痕。派斯頓掉過頭去，倒不是認為有此必要，只是在目前的情況下，盯著看感覺太失禮。

過了半晌，他問道：「有沒有什麼需要的？」

「一百瓶伏特加和一大盒冰淇淋。」

「冰淇淋沒問題，」派斯頓頓了一下。「一百瓶伏特加可能太多了。」

「伏特加和冰淇淋可以讓我變成全世界最快樂的人。」

「交給我吧。」派斯頓說完便離開宿舍，前往散步道，很高興能脫離那個小空間。有一些事他不想談，至少暫時不想。他先到酒類專賣店，去買伏特加，剛才應該問問她想喝哪一牌，但他想到她在酒吧經常點的酒，便買了那個牌子，接著到便利商店買冰淇淋——這個簡單，她喜歡巧克力豆餅乾麵糰口味——順便給自己買一份現成的三明治。

這段時間裡，他腦中不斷聽到嗡嗚聲。因為他現在得試著說服她相信杜布茲會處理這件事，讓她放棄透過公開管道對這個王八蛋究責的想法。

然而除此之外，還有一件事不太對勁。

瑞克那傢伙聲稱，在他攻擊辛妮亞之前，她正在擺弄電腦。而派斯頓不能否認，當他打了瑞克、轉頭看時，辛妮亞確實站在電腦區，不知在做什麼。

她臉上的表情，就像受到打擾似的。

那個小點。雲點機台的蓋板。

一些小事，宛如指頭般，戳著他的大腦。

辛妮亞

辛妮亞從頰內取出Gopher，並挖出筆電來。距離最近的賣酒商店位在散步道中段，所以在派斯頓回來以前，她至少有十分鐘時間。她等不及了，她需要知道，她需要有件事讓自己忘卻羞愧與憤怒，因為她竟然讓瑞克使出爛招偷襲成功。

她將晶片擦乾後插入筆電，讓電腦跑了幾秒鐘。事先已設計好讓同類的檔案丟入不同檔案夾，以便於分類。

辛妮亞最感興趣的是地圖的檔案夾。她打開後，屏氣凝神地搜尋著，手指不斷在螢幕上滑動。電路圖、自來水廠，幫助不大，最後她看見電車系統，有點不對，和公司內到處張貼的路線圖不太一樣。

水、垃圾與能源處理設施，被塞在園區的東南角，一大群建築緊密集結，行駛的電車從入口大樓出發，但並未與其他路線連接。

這就是整個問題所在。她上不了那班電車，紅衣員工不能搭乘。

但在錯綜複雜的電車線中，她注意到有一條並不存在於公開路線圖上。這條線從垃圾處理場直通生活遊憩館，也許是專門運送垃圾？

她已走遍生活遊憩館各個角落，沒見過其他電車站入口，只有位於較低樓層、可以連接整個運輸系統的主要入口，以及緊急救護路線。她將新發現的路線的終點站放大，試圖猜測會是生活遊憩館的哪個地點，可惜沒有標示商店名。總之是在西北側某處。

她會找到的。光是看到這個，這荒唐的一天也就值得了。

派斯頓

派斯頓遞過冰淇淋與伏特加，辛妮亞倒了兩杯，一杯給他。他接過了酒，卻不想喝。辛妮亞打開電視，一開始就是廣告一款新品牌的低脂冰淇淋，看樣子似乎和正統冰淇淋一樣好吃。接著辛妮亞轉到一個音樂頻道，正在演奏一種電子弦樂，樂團的名字，派斯頓既不認得也不會發音，不過他覺得挺好聽的，是可以降血壓的那種音樂。

她一屁股坐到沙發床上，將伏特加放到床頭櫃，打開冰淇淋，盒蓋丟到酒杯旁。她把湯匙插進去，挖了一大瓢送進嘴裡。派斯頓坐在旁邊，她把冰淇淋遞過去，湯匙還插在裡面。他揮揮手婉拒，吃起自己的三明治來。

「對不起，沒有早點趕到。」派斯頓說。

「我很慶幸你終究是來了。」

「妳要是早告訴我就好了。」

「別說這個了。」

「好吧。」

「好，」她放下冰淇淋，端起酒杯，一口飲盡，起身再倒一杯。「再來會怎樣？」

「這個嘛。」派斯頓身子往前彎，兩隻手臂放在膝蓋上，試圖往內縮，迴避這個他不想談的話題。「杜布茲認爲最好不要走公開的管道，他說那會鬧到不可收拾。不過他保證會開除那個攻擊妳的人，還有威克朗也會被降級。」

辛妮亞從小冰箱抓出一把冰塊，丟進酒杯，一塊塊結凍的水撞得叮噹響。

「我希望妳知道，妳想怎麼做，我們就會怎麼做。」派斯頓說道：「我不管杜布茲怎麼想，我會挺妳的。」

辛妮亞打開伏特加瓶蓋，往杯裡倒了幾個指幅深，放下酒瓶，啜飲一口。

「不過我明白他的意思，」派斯頓戒愼地說：「最沒有阻力的方式之類的。重點是他們會吃到苦頭，但不必連我們也吃苦頭，或者應該說，至少不必讓妳多吃苦頭。」

辛妮亞轉過頭來，那張臉有如連綿不斷的空曠沙灘，派斯頓不知該如何解讀，不知她在想什麼，不知自己犯了多大的錯誤。他考慮著要站起來，說點話，隨便做點什麼，總之不要坐在那裡乾瞪眼，辛妮亞卻忽然點了點頭。她回到沙發床上，身子滑了過來，直到頭枕在他肩上。

「最沒有阻力的方式。」她說著重新將湯匙插進冰淇淋桶。

派斯頓緊繃的肩膀頓時鬆解。他告訴自己這樣是最好的，對他、對她、對杜布茲、對每個人來說。他想著要問她關於電腦區的事，但又覺得自己說夠多話了，累了，於是放下三明治，接過辛妮亞手中的冰淇淋，兩人十指緊扣了片刻。

「嘿。」她說。

「怎麼了。」

她抬頭凝視著他，露出眞正希望對方聆聽的眼神。「謝謝你。」她說完湊上去吻他的唇，霎時間，除了胸口的心跳之外，他渾然忘卻了一切。

紀卜森

今天稍早，雲集團的員工在進行例行軟體更新期間，透過一部特製影片見到了我女兒克萊兒（你們也知道，利用這個時間他們才會用心看！）

我想在此與大家分享這支影片，讓你們也見見她。我認爲她的自我介紹相當成功，看到她擔任公司領導人的樣子，讓我有股說不出的驕傲。

要是有人覺得女人沒能力經營雲集團這種規模的公司，我想送你們一句話：下地獄去吧。我很希望這是句玩笑話，但已經有一些人跟我說過，她可能擔負不起這項挑戰。我不知道和你們相處的都是些什麼樣的人，可是我生命中的女人都堅強得不得了。克萊兒和茱麗不需要我站在她們背後，爲她們作戰。

打從建立雲集團那天起，我就作了保證，不會再有職場上盛行許久的那種男性至上的氛圍。男女員工同工同酬，我相信雲集團加速終結了男女員工之間的薪資差異，這也是我引以爲傲的一項成就。

對我來說，支持並尊重我們生命中的女人是非常重要的。因爲，說句實話，沒有她們，哪有我們？要是沒有茉麗，我現在都不知道住在哪條水溝裡。沒有克萊兒促使我想爲她、爲她的孩子打造一個更好的世界，雲集團恐怕不會是今天這個樣子。

總而言之，以下就是那支影片。我以妳爲傲，孩子。

（噢，對了，最前面那一小段直接跳過去就好。我說過了，影片是在軟體更新時播放的。）

大家好，我是克萊兒·威爾斯。我想先向各位道歉，因為這支影片關不掉……

辛妮亞

辛妮亞的手機響起。

吵醒了半夢半醒中的她，頭還在陣陣抽痛，她原以爲是打給派斯頓的，因爲她的手機從來不響。但轉而想起派斯頓已經走了，臨走前雖然一再道歉，卻也和每個晚上一樣提醒她說他在薄床墊上睡不著，說他很淺眠。

而她也和每個晚上一樣，暗暗恨自己那麼希望他留下，尤其今晚特別希望。她並不需要人保護，只是有時候一天結束時，能被人擁在懷裡確實不錯。

當她發覺手機響聲是眞的，也的確是她的手機發出的，胸腔裡的心臟頓時凍結。她爬向腳邊的桌子，手機就放在雲錶旁邊充電，上頭有一通來自「媽媽」的簡訊：

妳什麼時候回家呀，親愛的？我們很想妳。

辛妮亞往後坐起身子，瞪著手機看。這是雇主傳來的隱藏訊息。

這表示有人想親自見她，在園區外。

辛妮亞放下電話，雙手抱頭嘆了口氣。方才發現電車路線祕密的勝利感，如今已徹底化爲烏有。

一日遊

雲錶公告

紀卜森．威爾斯預訂於兩週後到訪，特此通知。他的來訪恰逢一年一度黑色星期五大屠殺紀念日，更多訊息請待後續……

辛妮亞

辛妮亞懶得打開頭上的燈，淺黃光線從窗外流洩而入。她瞄一眼流理台上幾乎喝完的伏特加酒瓶，感覺大腦好像被一層保鮮膜愈包愈緊，也不知道是伏特加還是昨天頭上挨了一記的緣故，也許都有一點吧。

加上失眠就更糟了。

有幾次，實在熬不住而昏昏睡去，但多數時候都是瞪著床上方的掛布，納悶雇主到底為什麼要見她。

這種事從未發生過，一次都沒有，任務完成前從來沒有。就算是任務有變化，也可以透過加密訊息告知。因此這意味著對方要說的話太過敏感，不適合發送訊息。

不然就是另有原因。

辛妮亞不喜歡另外的原因。

在入口大樓可以租車。她從電視登入系統搜尋，發現還要等三個月，除非繳一筆額外費用，而這筆費用一繳，她的戶頭就空了。她考慮著是否能徒步離開公司，走到夠遠的地方，以便安全無虞地與雇主聯絡，約定碰面地點。然而此地方圓數公里內，都沒有任何能提供掩護之處。

所以她的生命中才會出現一個派斯頓。

她掏出電話，發出一通簡訊：

可否來個一日遊？今天很想離開這個鬼地方，可是租車等候名單太長。你有什麼關係可以動用嗎？

她沒等太久。

我盡量試試。待會再聯絡。

辛妮亞微微一笑，披上浴袍便往女廁去沖澡。回來以後可能也要再沖一次，因為總覺得瑞克還殘留在她身上，這個感覺恐怕不是一朝一夕能消除。她想去站在熱水底下沖到脫皮。

有兩個淋浴間裡有人，長椅上則坐著海德莉，身體用一條毛茸茸的白浴巾裹住，腳上一雙螢光粉紅色夾腳拖。欣西坐在輪椅上，全身也只包著浴巾，她挨在海德莉身邊，輕撫她裸露的肩膀，一面低聲說話，只見海德莉頻頻點頭。

辛妮亞進入時，欣西抬起頭，露出誇張的驚訝神色。辛妮亞愣了一下才想到為什麼：她臉上的傷痕。欣西皺起眉頭，縮回搭在海德莉肩頭的手。

「妳怎麼了？」她問道。

辛妮亞聳聳肩。「跟人打架。」

「天啊……」

海德莉往上覷了一眼。辛妮亞對她露出淺笑。「應該讓妳看看另一個傢伙。」

辛妮亞緊盯著海德莉的雙眼不放。她希望一切盡在不言中，但海德莉卻垂下眼睛看著自己的大腿。辛妮亞走向較遠處的長椅，打開置物櫃，將洗完澡要穿的衣服放進去。欣西再度帶著安慰拍拍海德莉的肩膀後，推著輪椅前往位在最裡面，殘障人士專用的淋浴間。

辛妮亞走向一個無人的淋浴間，正要解開浴巾掛到牆上掛鉤，卻又回頭看了看海德莉，她仍然像貓一樣縮起身子，呆望著地板。辛妮亞走了過去，與她對面而坐，兩人膝蓋幾乎碰在一起。

海德莉沒有抬頭，沒有說話，怕得像是恨不得縮到沒人看見的地方。

「別這樣。」辛妮亞語氣平靜地說，擔心欣西聽見會試圖插手。

海德莉抬起頭來，一綹髮絲垂落在臉上，隱約能看見一隻眼睛。

「別怕他，」她說：「不然他就贏了。然後呢，他就會慢慢占據妳的腦子，變成一隻殺不死的怪獸。妳會每天晚上躺在床上睡不著，直到筋疲力竭。他不值得。他不是無敵的。」辛妮亞靠上前來，將聲音壓得更低。「我剛才也說了，應該讓妳看看他現在的樣子。」

海德莉停頓不語，彷彿被這番話嚇著了，但緊接著她的脊背恢復了些許生機，蓋住臉的髮絲之間也稍微多露出另一隻眼睛了。

「別再像嬰兒一樣哼哼唧唧了。」

海德莉抖了一下，當下鼓起的力氣又漸漸消失，辛妮亞有點過意不去，覺得不該在最後那麼猛力一推。不過這女孩需要聽這種話，總有一天她甚至會心懷感激。

辛妮亞走進空的淋浴間，站到強力水柱下，淋得全身暖洋洋。她按了牆上的給皂器，全身塗滿肥皂之際，倏然感覺到一股不同的暖意。這股暖意由內而外擴散，起點似乎在兩側肺葉之間，左胸腔內的某處。

派斯頓

派斯頓敲敲開著的門，頭探了進去。「老闆，現在有空嗎？」

杜布茲從桌上的平板抬起頭來。「不是讓你休一天假嗎，小伙子？」

「想請你幫個忙。」

杜布茲點點頭。「把門關上。」

派斯頓關上門，交抱著手靠在門邊，內心盤算著是要先提出要求，或是先告訴杜布茲昨天談話的結果。也許應該先說結果，可以討上司歡心，但願如此。他正猶豫之際，杜布茲爲他作了決定。他坐靠椅背，椅子的塑膠接點壓得吱嘎響，開口便問：「跟女朋友談過了？」

「談過了，」派斯頓說：「她決定睜隻眼閉隻眼。」

「好，」杜布茲表情淡然地說：「這樣很好，很高興聽到這個消息。」

「不過他走人了，對吧？威克朗也調走了？」

「都辦妥了。」

「太好了。」

「所以……」

「對了。」派斯頓往前走，手仍然抱在胸前。他不太敢開口問，因為這表示要求特殊待遇，他不確定自己有沒有資格。無論如何，一旦得到特殊待遇就得小心留意了，因為終究得有所回報。不過這是為了辛妮亞，不是為他自己，光是這點就足以讓他排除萬難。「我女……辛妮亞想離開園區，開車到處逛逛。可是租車要等很久。有沒有可能……」

「這我馬上處理。」杜布茲揮揮手說：「你就去入口大樓吧，他們會準備好車子等你。保全還有優惠價。你們要去哪？」

「不知道。我只知道她想出去兜兜風，我們倆今天都放假，加上她昨天的遭遇，我應該配合一下，對吧？」

「聰明。」杜布茲說完，舉起手腕點一下手錶。「看到今天早上的消息了嗎？」

派斯頓的心突了一下。「看到了。他本人要來。」

「沒錯。相信你可以想像，我們會忙翻天。」

「想也知道。」

「藍衣組員當然就由達柯塔負責指揮了。」他說著望向外面的開放式辦公區，好像越過派斯頓的肩膀就能看見達柯塔似的。「我們會需要一些適當的人手來幫她。」

派斯頓思考著一個問題，聽起來很蠢，但他還是問了。「我算是適當的人嗎？」

杜布茲從位子上起身，走到望向辦公區的窗口。隔著玻璃窗，藍衣人來來去去，渾然不知這兩人在看著他們。他站得離派斯頓很近，近到派斯頓都能聞到他鬍後水的味道，嗆涼的森林氣息。「你昨天擅離職守，我還是不太高興。但不管怎麼說，我這個人注重的是結果，不是過程。」杜布茲看著派斯頓說：「我希望我有識人的眼光，也希望我沒看錯你。遇到這種情況，多數人多半會按兵不動，你卻起身付諸行動了。」

「謝謝長官。」他說：「我想把工作做好。」

杜布茲點點頭，回到座位。「明天上班以後去找達柯塔談。跟她說是我的建議。不過她是組長，她說了算。」

「好，」派斯頓說：「我會的。謝謝你。」

杜布茲低下頭，重新看起平板。「不客氣。好啦，好好去玩一天吧。你也知道這種機會有多難得。」

派斯頓隨手關上門，面露微笑，完全是不由自主地。只不過內心情緒太高漲，總得找個出口，既然不能高聲歡呼，只好藉由臉上表情流露。也許他還沒拿到那四顆星，但感覺離目標又更近了。

而且不只如此。他已不知祈禱了多少次（以人腦的容量是數不清的），希望能當面痛斥紀卜森．威爾斯，告訴他雲集團把他害得多慘。

如今看來，機會就快來臨了。

他的星星當然會因此全部報銷。

但反正他也不是真的希望在這裡出人頭地。

辛妮亞

電動車的儀表板持續穩定地吐出涼爽氣流。車外，焦乾的土地上陽光耀眼熱氣四射。辛妮亞瞄一眼鏡子，看著無人機滿布天空，猶如成群的昆蟲。母雲突出的方形建築，已消失在地平線彼端。眼前只有一條一望無際、空蕩蕩的長路，兩旁盡是平坦土地。

能脫下polo衫感覺真好。擺脫了制服，讓這一天更加特別。她在抽屜最底下找到一件清涼的連身短褲，她都忘了當初有打包這件衣服。派斯頓穿的是藍色短褲搭白色T恤，上衣袖子很短，展現了三頭肌的線條。

「我們要去哪？」派斯頓問道，一面調整副駕駛座的椅背角度，希望找個舒服的姿勢。

「不知道。」辛妮亞說：「我只是需要看看天空。」

離公司夠遠了，她這才放心地回覆簡訊，右手扶著方向盤，左手操作電話，按下：**希望能盡快。**

辛妮亞放下電話，忽然想到來到這裡已經兩個多月，今天才第一次踏出公司。或者應該說是靠著有空調的車、在相對安全的條件下，盡可能地遠離公司。

「我們有水嗎？」他問。

「後車廂有很多。」

「早知道應該帶太陽眼鏡。」

辛妮亞按下後照鏡旁的按鈕，一個小置物箱隨即打開，裡面排放著太陽眼鏡。「租車處的人說我們可能用得著。你去上廁所的時候說的。你還眞是讓我們享受到VIP待遇。」

「看來我又重返榮耀了。」

「因爲你說服我不提告嗎？」

派斯頓停了幾秒才回答。「對。」又過了幾秒：「這樣……可以嗎？」

辛妮亞聳聳肩。「提告太麻煩了。」她不想告訴他，她也寧可不告，何況就讓他焦慮一下也沒什麼不好。因爲在其他多數情形下，不行，不可以這樣。這的確稍稍減損了他的得意之情。

辛妮亞伸手從置物箱拿出一副太陽眼鏡，厚實的亮藍色塑膠框。派斯頓也跟著拿了另一副，是白色框，較女性化，邊緣尖尖的有如貓眼，但他無所謂地聳聳肩，戴上後轉向她咧嘴一笑，露出整排牙齒。

「挺好看的。」辛妮亞說完，實在忍俊不住大笑出聲，但隨即發現忍不住也無所謂。

「跟我的風格很搭。」

「至少和上衣很搭。」

天上淨空了，無人機愈來愈少。太陽照進車內，溫度隨之升高。派斯頓朝上頭努努嘴。「有點不可思議，對吧？」

「什麼？無人機嗎？」

「是啊，你看看那麼多台在天上，整天飛來飛去都不會相撞，至少我覺得沒有。還運送那麼多東西……」

「聽你的口氣充滿傷感，你有無人機寵物嗎？」

「沒有，我只是⋯⋯」他沒把話說完，接著聳聳肩又說：「它們很酷啊，雲集團就是靠著它們才爬上巔峰的，不是嗎？他們能夠啟動無人機運送，就等於定了網路零售的勝負。誰也拼不過他們。發明出這種改變世界的東西，不知道是什麼感覺。」

「煮蛋器也很酷啊。」

派斯頓聲音一沉。「拜託，別這樣損人。」

辛妮亞頭皮發燙。她看著派斯頓，只見他望著窗外，臉盡可能地背向她。

「對不起，玩笑開過頭了。」她說。

見他沒回答，她便轉動空調鈕，試著在溫熱與過冷之間找到平衡點。接著打開收音機，小小聲地，省得還要交談，畢竟她也不是很想說話。

她查看了手機，沒有答覆。

「妳一切都還好嗎？」派斯頓問道。

辛妮亞本想再一次道歉，但心想他這麼問就是想轉移話題。「車子好開，座位也很舒服，但我不喜歡油門踏板，黏黏的。」

「妳知道我在說什麼。」

辛妮亞確實知道。但寧可他能聽懂她的暗示，就此擱下不提。她眼看著里程表一下子增加了〇．一六公里。「事情過了就算了。」

「如果妳想聊聊⋯⋯」

辛妮亞等著他接下去，但沒有下文。「我沒事。」她轉向派斯頓，送給他一個「**沒問題**」的短暫微笑。

「既然現在已經離開那個鬼地方……你對這一切有什麼感想？」辛妮亞問道。

「什麼的一切？」

「雲集團啊，生活融合工作啊，用星星來評鑑的系統啊。這跟我想的不太一樣。」

「妳本來以爲是怎樣？」

辛妮亞略一沉吟，提出一個她認爲恰當的類比。「你也知道，我們去速食店的時候，總會先有個想像，廣告引發的想像。譬如說，電視上的漢堡看起來完美無缺，可是當你打開包裝紙，裡面的東西卻全被壓得扁扁、糊糊、灰灰的，就好像被人坐過一樣。」

「是啊。」

「有點像這種感覺。我本來以爲會更好，沒想到就跟速食店的漢堡一樣。雖然可以下嚥，但有點寧可不要。」

「這麼形容倒是有意思。」

「你覺得呢？」

「我覺得雲堡沒那麼糟，不應該受到嘲笑。」

「哈，現在換你說笑了？」

對面駛過一輛巴士，朝雲集團的方向去。公司的新血。辛妮亞試圖看進車內，看看車上有多少人、長什麼樣子，可惜巴士車身會反光，儘管戴著太陽眼鏡依然太過刺眼。

派斯頓躺靠在座位上，雙手往上伸直，背往後弓。「我想念我的公司，想念負責營運的感覺。不過這總好過另外的選擇，好過什麼都沒有。」

「你打算去跟老大吵？」

「妳說紀卜森？」

「他要來巡視不是嗎？」

派斯頓笑道：「我一直很想，杜布茲甚至要我加入護衛組。不過還得要達柯塔點頭，因爲她是負責人，但我是一直很想。」

「好，你去罵他以後，多久會被轟出去？」

「恐怕只要幾秒鐘吧，說不定更短。」

辛妮亞笑起來。「我倒想看看。」

「妳想看我丟了工作？」

「你知道我的意思。」

這時電話響了。

太好了！那我們盡快想辦法。在能夠再見到妳以前，先送一張我和老爸的照片陪妳。

簡訊中附了一張庫存照片，上頭那對黑人夫妻顯然不是她父母，他們的膚色比她黑得多，但管不了那麼多了。她點了照片儲存起來——眼珠在手機與方向盤之間飛快移動——將照片丟進一個加密的app。

「那是誰？」派斯頓問。

「我媽。報平安。」

「替我向她問好。」

辛妮亞笑了。「沒問題。」

果然如她所料，照片裡暗藏一串密碼，經app顯示是一張地圖，地圖上東邊約莫三十公里處有一個藍點在跳動。看起來很快就會出現高速公路，這時候彷彿受到感應，天邊忽然冒出一樣東西。平坦地景上的一個光點。辛妮亞輕踩油門，朝光點加速而去。

公路不太可靠，有許多地方因爲欠缺維修而崩壞，但這條公路看起來還好，於是她轉上了交流道。

「妳的計畫進行得怎麼樣了？」

辛妮亞一時屏住呼吸，但旋即想起自己編造的故事，驚惶的情緒才緩和下來。「目前還算順利，正在存錢。」

「是啊，是啊。」派斯頓拉長了尾音，好像還有其他事情想問。辛妮亞猶豫著是否應該催逼一下，結果並不需要。「我能不能問妳一件事？」

「你已經問啦。」

「哈哈。昨天，那個傢伙，瑞克，他說妳動了其中一台電腦。」

「我沒有。」

「可是我到了以後……好像看見……」

「看見什麼？」

「妳好像又回到電腦那邊，在我幫妳擺平他以後。」

辛妮亞大大吸了口氣，吐出更大一口氣，企圖讓他感受到她的痛苦，或許他就會擱下話題。

可是他沒有，他緊緊抓住這份沉默，好像把它當成武器。她放低聲音回答，希望讓自己聽起來很脆弱，希望他聽了以後會退讓幾步。「我太慌張了，我想找把剪刀之類的，只要是能自衛的東西都好。他想殺我啊。」她瞥了他一眼，聲音放得更低。「我也擔心他可能會殺了你。」

「知道了，」派斯頓若有所思地說，緊接著又說一遍：「知道了。」

「我能在電腦上做什麼？」

「我不知道。」派斯頓說：「說眞的，我不知道。可是他這麼說，我又看到……對不起。另外還有一件事……我一直放不下。」

她把方向盤握得更緊了。「什麼事？」

「其實應該沒什麼……」

「不，不會是沒什麼，不然你不會提起。」

又是一陣靜默，這段時間辛妮亞的心都快從喉頭和嘴巴爬出來了。派斯頓說：「我不該提的。」

「可是你提了。」

「我們第一次約會的那一晚，」他說：「在電玩店裡。我在監視一個人，是工作上的事。後來我們檢視地點追蹤資料……」他再次看向窗外。「妳跟蹤了我。」

辛妮亞再度無言以對。她的大腦有如忽然跳針的唱片，一再空轉。該死。這件事他放在心裡多久了？

「你的屁股。」她說。

「什麼？」

她一隻手放到他腿上，撫摩著他的大腿，指尖離短褲前襠突起處不到一吋。布料隨即繃緊。

「我去偷看這個迷人的屁股。好啦，搞得我這麼丟臉，你滿意了吧？」

派斯頓將手放到辛妮亞手上，她以為他會把它拉向那話兒，沒想到就只是握著而已。「對不起，而且妳沒什麼好丟臉的，我也是一整晚都在偷看妳的屁股。」

辛妮亞笑起來，他則湊過來親親她的肩膀，濕潤的嘴唇印在她裸露的肌膚，離開後唇印處感覺涼涼的。她的笑聲在他聽來也許像是嬉鬧、挑逗的反應，但事實上，她是不敢相信竟然如此輕易過關。

「對不起，我不是想盯梢。」她說：「只是事情剛好那樣。你生我的氣嗎？」

「是有點奇怪，不過沒關係。」

公路上出現一塊路牌，被太陽曬成海霧綠色，上面的字難以辨識。又開了三公里後，看見了文明的跡象。公路旁一間破敗的加油站，一排低矮建築，原來是商店，如今已空空如也，招牌也已褪色或掉落，停車場長滿雜草。她看了看手機，那個藍點就在這座城裡。

辛妮亞打了方向燈，隨即暗自竊笑，心想何必多此一舉，打從他們上高速公路到現在二十分鐘了，一輛車也沒看見。她駛上出口車道，然後下交流道。轉了兩、三個彎以後，進到一條寬闊街道，兩旁建物頂多兩層樓高。

辛妮亞伸長脖子想看地址。發現時她興奮極了。

一間書店。她老喜歡在這種城鎮裡找書店。面試當天跋涉而過的那個鬼城，一間也沒有，讓她感到傷心。這一間位在轉角，大大的凸窗布滿灰塵，門上方的招牌寫著：「林道書店」。

她還看到其他東西。

眼角餘光瞥見的，也許是微塵，也像是屋頂上有點鬼祟動靜。動物嗎？她停下車，看著建築物邊緣那條直線，連接藍天的地方，等候著什麼東西冒出來。

「怎麼了？」派斯頓問。

是她眼花了，陽光反射而已。置身於開闊的世界，使得她大腦負荷過重。她的頭還在痛，肯定是輕微腦震盪。

「沒什麼。」她說：「進書店看看好嗎？」

派斯頓聳聳肩。「好啊。」

辛妮亞把車開進隔著幾間店面的巷弄裡，兩旁的建築物夾出了些許陰影，離中午還有幾個小時。她將車熄火，下車進入窒悶的熱氣中，皮膚立刻飆汗。派斯頓哀嘆道：「這種天氣外出太可怕了。」

「有哪一天是外出的好日子嗎？」

「說得也是。」

他們沿著巷道回主街，接著一直緊貼建築邊緣的陰影前行，經過一間古玩店、熟食店和五金行，最後來到書店。店內空間比外觀看起來還大，雖然狹窄卻十分深邃，幽暗中甚至看不到盡頭。她輕轉門把。

「眞的要這麼做嗎？」派斯頓問。

「拜託，要有冒險精神。」她說。

辛妮亞蹲跪下來，從頭上拔下幾根髮夾，動手開鎖。

「妳在開玩笑吧？」派斯頓問。

「怎麼了？」辛妮亞反問道，一面將第一根髮夾深深插入鎖孔，然後往下彎折，以便有個支撐點可以轉動鎖簧。

「這是違法的。」

「是嗎？」她邊問邊用另一根髮夾將鎖銷移到定位。「這地方都多少年沒人來了。誰會來抓我？你嗎？我不認為你的管轄權有這麼廣。」

派斯頓彎下腰就近看得仔細些。「妳以前做過這種事？」

「你永遠不知道你會找到什麼。」辛妮亞繼續與彆扭的老舊金屬奮戰著。「舊書啦，再也找不到的絕版書啦，就把它當成都市探險吧。」

「妳要怎麼處理？」他問道：「賣掉嗎？」

「不是啦，傻瓜，書是用來看的。」

「噢。」

最後當鎖銷喀嗒一聲，辛妮亞將彎折的髮夾用力一扭，門鎖也跟著扭轉並發出尖嘎聲，門倏然打開。她站在那裡攤開一隻手。「嗒噠！」

「佩服。」派斯頓說：「不過杜布茲要是知道我和一個罪犯鬼混，不知作何感想。」

哈哈，就是啊，辛妮亞暗想。

她挑了一條通道，信步走過去，發現有一半的書架上擺了書。她盡量和派斯頓保持距離，並打算在店裡晃久一點，讓他覺得無聊自行離開。她的聯絡人應該夠聰明，會等候適當時機。

擺在前面的書，她多半沒興趣：食譜、非小說、童書。可是愈往裡走，來到小說區，便找到能引起她興趣的書了。那些封面從層層灰塵中躍然眼前。她自覺像個考古學家，只要是看似有趣的就挑出來，堆了小小一疊準備帶走。

愈往店後側，空氣愈混濁。那是舊書店味道：霉味和舊紙味，經過太陽無數次的加熱循環，味道更加濃烈。派斯頓從前面喊道：「我到外面去轉一轉，透透氣，看看城裡還有些什麼。」

好極了。「好，」辛妮亞說：「我很快就好了。」

她仔細聽著他往書店前面走，開門、關門。接著她小跑步到後面，發現一張書桌和一台積滿灰塵的收銀機，錢盤被拉出來倒扣著，裡面已經沒錢，只有幾枚一分錢硬幣散落在地上。她的手機響起，又來了一通簡訊，讓她一時分神，以至於聽到身後地板發出咿呀聲時未能及時反應。

緊接著重重哐噹一聲，金屬撞擊。

其實她已無須確認，只感覺到一個冰冷硬物打在她的後腦勺底部。方位朝上，因此不管是誰，總之是比她矮。

這時一個女聲問道：「妳跟他們是一夥的嗎？」

派斯頓

「派斯頓先生，我是紀卜森．威爾斯……」

錯了，要命。呼吸。

「紀卜森．威爾斯先生，我叫派斯頓。在我進雲集團以前，我有一間……不對……我在一間名叫完美蛋的公司擔任總經理。那是一間小規模的美國公司，我非常努力才創立的，可是雲集團不斷、不斷、不斷地要求更高的折扣……」

太長了。字字句句在他嘴裡像石子一樣。要來個強有力的開頭。要單刀直入。

「威爾斯先生，你說你為美國勞工著想，可是你卻毀了我的事業。」

派斯頓暗自點頭。這樣應該就能引起紀卜森注意了。他揩去額頭上的汗水，從陽光底下走進陰影中。因為已接近中午，陰影愈來愈少。他本想回書店去，可是那個地方讓他感覺不太好，裡面不知什麼地方，好像有東西在倉皇奔走。也許是老鼠。

他回到停車處，繞過車子，繼續往巷道另一頭走，暗忖著不知會通往何處。也許是另一條路吧。不料卻來到一個裝卸貨區兼停車場，以及建築物的光禿背面。到處都是雜草，高高的莖桿像煙火似的從路面射出。

他背後有個聲響，是踩過碎石的腳步聲。他轉頭看見三個人站在烈日下，眼睛隱藏在太陽眼鏡後面，用大手帕蒙著臉，衣服破破爛爛。兩男一女。

男子都是白人，高高瘦瘦，好像被拉長了一樣。有可能是雙胞胎，但因為蒙著臉看不出來。女子結實壯碩、膚色黝黑，頭上盤著灰色髮辮。她手持一把老舊步槍，槍口對著他的胸口。那是一把點二二步槍，勉強稱得上是ＢＢ槍，槍身滿是鐵鏽，說不定根本射不出子彈，不過派斯頓不想冒這個險。

他停下來舉起雙手。三人站在那裡注視著他，等待著，不心急。派斯頓從未聽說過這種事，這裡是美國，又不是什麼不入流的午夜電影，怎麼會有土匪在偏遠地帶遊蕩，等著粗心的遊客出現？

女子拉下蒙面手帕，露出嘴來。「你跟誰一夥的？」

他差點說出辛妮亞，卻及時想到不告訴他們，或許能保她安全，於是說道：「沒有誰。只有我一個。」

女子扁嘴一笑。「我們知道你有個朋友在書店裡。我們把她押起來了。還有誰是一夥的？」

「我朋友在哪裡？」派斯頓問。

「你先回答。」

派斯頓微微挺起胸膛。

「我們有槍。」她說。

「沒錯，看也知道。」

女子往前一步，用步槍戳幾下以加強語氣。「是誰派你們大老遠跑到這裡來？」

派斯頓後退一步。「沒有人派我們來。我們只是出來兜風，一日遊，都市探險。」

「都市探險？」

派斯頓聳聳肩。「就是這麼回事。」

女子朝書店的方向揮揮槍。「走吧，進裡面去。」

「妳能不能把槍放下？」

「還不行。」

「我們不是來傷害誰的。」

「有水嗎？」

派斯頓指了一下。「在後車廂。」

「鑰匙。」

派斯頓從口袋掏出鑰匙丟到地上，落在她腳邊。她彎腰去撿。他本可以衝過去，應該要的，偏偏晚了一秒鐘，她已重新直起身子。她將鑰匙交給其中一個瘦子，他走到車子後面打開行李廂，拖出好幾桶水。

「太好了。」她說：「我們走吧。」

他們三人殿後，和派斯頓離得遠遠的，隨他沿著磚牆走向書店大門。他們倒是聰明，沒有靠得太近。只要再近個幾公尺，派斯頓就能抓住槍管往上舉，然後從底下奪過槍來。當初在監獄時，每三個月就要義務接受一次武器防衛訓練，這是簡單的奪械動作。

至少理論上是簡單的。畢竟橡膠槍可不比眞槍。

他覺得他們無意傷害他。雖然表現得強勢，但至少就那個女人而言，說話的聲音有點發抖，肩膀也很僵硬。派斯頓愈是認眞看，愈覺得他們像受驚的小動物，只因爲藏身洞穴被發現，便齜牙咧嘴裝腔作勢，暗地裡則希望獵食者掉頭去找其他目標。

他踏入書店後喊道：「小妮，沒事吧？」

辛妮亞從書店後面的某處回答：「我沒事。」

派斯頓聽見其他人跟著他進入。他依然高舉雙手，放慢動作，不要有突如其來的舉動。只要他放聰明，只要他和辛妮亞能冷靜面對，也許幾分鐘後就能離開這裡，回到雲集團的舒適圈。

辛妮亞坐在牆邊，背靠著牆，手放在地上。六米外，有一個滿頭辮子、膚色乳白的嬌小女子拿著一把黑色小手槍指向辛妮亞。

辛妮亞看著派斯頓，一臉茫然，接下來另外三個人移步進入書架與書桌間的開放空間。

「你也被抓啦？」她問道。令派斯頓略感安慰的是她並不驚慌失措。

「妳有沒有受傷？」他問道。

「沒有。」

派斯頓以銳利目光覷了一眼拿手槍的女生。「那就好。」

「閉嘴。」拿步槍的女子說著，從派斯頓旁邊繞過去，用槍抵住辛妮亞。辛妮亞繼續將手貼在地上。

派斯頓感覺得到，室內的溫度正在上升。他知道這種感覺。最好趕在溫度計破表前把事情解決了。他大聲而清晰地喊一聲：「喂。」

所有人都轉頭看他。

「這全是一場誤會。」派斯頓說：「沒有誰要來傷害誰，也沒有誰想受傷。我們都只是想回家而已。」他朝著拿步槍的女生伸出手，引她注意。「你們可以把水留下。現在大家都把槍放下，一起轉身走開好嗎？最好就是不要有人中槍。」

女子握槍的手抓得更緊了，但目光卻看向拿手槍的小個子女生。這表示拿手槍的女生是帶頭人。

「妳叫什麼名字？」派斯頓轉頭問她。「就先從這個開始吧。」他以手拍胸。「我是派斯頓。我那位坐地上的朋友叫辛妮亞，妳叫什麼？」

「余灰。」

「餘暉？」

「人頭余，灰燼的灰。」

「好，余灰。現在我們是朋友了，妳們倆都放下槍，我們一起出去，大家各自回家，如何？」

「你們的車有雲集團的標誌。」她說。

「我們是那裡的員工。」

余灰點了點頭，直視著他。這女士有點眼熟，他卻想不出哪裡見過。也許在公司？公司裡太多面孔了。

「妳是面試那天那個女生。」辛妮亞說。所有人都轉向她。辛妮亞盯著余灰點點頭。「妳就是被他們帶走的那個女生，在戲院裡。」

余灰臉上惡狠狠的表情轉為柔和。「妳也在？妳記得？」

辛妮亞聳聳肩。「我對人的長相記性很好。」

經她這麼一說，派斯頓也想起來了。就是那個穿淡紫色二手套裝，還露出橘色標籤的女生。他們被帶上巴士前，還小鬧了一陣。

「這是怎麼回事？」派斯頓問。

余灰微笑著說：「反抗。」

「反抗什麼？」派斯頓問。

「反抗雲集團。我想你可以幫我們。」

辛妮亞

什麼亂七八糟的。

這群人不可能是她的雇主。他們的骨頭以怪異的角度從皮下往外突，牙齒發黃、布滿齒垢，幾乎連自己都餵不飽了，哪來八位數的酬勞匯入她的戶頭？

她沒能查看手機，所以不知道聯絡人是否來了，或是在等著，或是已經走了。現在她能做的就是裝傻，等待時機。她衡量著房間的各個角度，這裡空間太大，不可能在無人受傷的情況下奪走兩人的槍。她不想中槍，最好派斯頓也別中槍。

她倒不是在意，一點也不，可是她也不認為他活該就這樣丟了小命。

派斯頓來到她身邊，靠著牆往下滑成坐姿。

「要是我們能……」派斯頓開口說。

「閉嘴，」余灰說：「別說話。現在你們要聽我說，懂嗎？聽完以後再說話，而且最好說我們想聽的，不然所有人的下場都會很悲慘。」

拿步槍的女子背轉向派斯頓與辛妮亞，輕輕地說話，好像這樣他們就聽不到似的。「妳認為他們是我們跟蹤的人嗎？」

「不可能。」余灰說：「訊號在他們到達以前就消失了。再說他們開的這是老爺車。」

該死。他們在追她的聯絡人。

為什麼呢？她不想問，不想露出感興趣的樣子。聽到派斯頓替她問了，她才鬆一口氣。

「等等，你們在跟蹤人？我還以為你們住在這裡。」

余灰低頭看他。手槍在她手裡轉一圈，槍口對地，扳機護弓掛在手指上。其中一個瘦子接了去。「我們接收到訊號，有一輛豪華轎車要經過這裡，他們很少跑這麼遠。我們打算搶劫。」

錯不了，辛妮亞暗想，肯定是她的聯絡人。

「想學羅賓漢？」派斯頓問：「這樣就能讓妳變成俠盜公主？」

「我很確定他們早就跑掉了。」她拍拍手說：「可是我們發現了更大的戰利品。」

那兩個瘦子和灰髮女子移步走向書架，像孩子一樣盤腿而坐，仰望余灰，髒兮兮的臉上滿是興奮之情。余灰從後褲袋拿出一樣東西，緊握在手中，彎低了身子，目光始終沒有離開過辛妮亞和派斯頓。只聽到一個輕輕的刮擦聲，她隨即重新站直起來，而她腳邊多了一個塑膠隨身碟。

「這就是即將讓整個雲集團付之一炬的火柴。」她說。

她的口氣彷彿站在舞台上，對著滿戲院的人說話。

雲錶上的火柴。是他們幹的？她想問他們是怎麼侵入系統，因爲的確很了不起，不過現在不是提問的時候。

「你們做什麼工作？」余灰問：「你們是哪個部門？」

「我們都是揀貨員。」辛妮亞回答，派斯頓卻在同一時間說出：「保全。」

辛妮亞轉過頭去，聳起眉毛給他一個「**你在耍什麼白癡啊**」的表情。

余灰點點頭轉向派斯頓。「太好了。我現在派任務給你。你拿著這個回公司去，插入一個連接埠，照著提示做，然後執行程式。我們會扣住她，直到你完成任務回來。」

辛妮亞笑了起來。說得這麼輕鬆，也不想想她才在這上面花了幾個月的時間。但忽然胸中一涼，他們的活兒聽起來和她的很像，是競爭對手嗎？這是雇主要傳達的訊息嗎？她被冷凍了嗎？

「不要。」派斯頓說。

「『不要』是什麼意思？」余灰問道。

「就是不要的意思。我不會把她留在這裡，而且在妳向我們解釋這到底是怎麼回事以前，我什麼都不會做。」

余灰轉向她的同伴，同時斜眼看著派斯頓與辛妮亞，說道：「如果還要我向你們解釋雲集團爲什麼需要被毀滅，那我還眞不知該從何說起。」

「妳跟他們到底有什麼恩怨？」派斯頓帶著一種高高在上的諷刺口吻問道，這時候的他最讓辛妮亞動心。「請賜教。」

余灰笑著說：「你知道以前美國人每星期的平均工時多長嗎？四十小時，週休二日，加班有加班費，健保費用涵蓋在薪水裡面。這個你知道嗎？你拿到的是錢，不是什麼奇怪的積點。你有自己的家，有獨立於工作以外的生活。而現在呢？」她忿忿地說：「你完全是一個在包裝拋棄式商品的拋棄式商品。」

「所以呢？」派斯頓問。

余灰當下愣住，似乎覺得自己的話對他們應該有更大的震撼力才對。「這樣你不生氣嗎？」派斯頓環顧房間，視線從她和她那群夥伴身上轉移開，落在他們後面的地上。「你們覺得自己這樣很好，是嗎？在鳥不生蛋的地方搶車。我們還有什麼選擇嗎？」

「當然有選擇，」余灰說：「你可以選擇離開。」

派斯頓的聲音在微暗空間裡揚高了幾度。在辛妮亞聽來，那聲音倏然偏離了自信與迷人，變得不一樣了。余灰似乎刺中他深埋在表皮底下的血管，激發出或許連他都不知道自己擁有的情緒。「有得選嗎？眞的嗎？我爲了開公司，花了好多年做一份自己討厭的工作。結果你知道怎麼樣嗎？市場作了選擇。它選了雲集團。我當然可以跺腳尖叫，但那有什麼用？要麼我就打起精神認眞工作，不然就去過著悲慘生活直到餓死。謝了，不必。我選擇了可以遮風擋雨的屋頂和可以餵飽肚子的食物。」

「就這樣？」她問：「你接受現狀？就讓一切保持原樣？難道不想努力追求更好的生活？」

「什麼是更好的生活？」派斯頓問。

「只要不是現在這個樣子。」余灰拉高嗓門說。

派斯頓也拉高嗓門，脖子上的肌肉緊繃起來，臉慢慢漲紅。「這是低谷中最好的情形了。妳大可以盡情去玩妳的遊戲，但什麼都改變不了。」

辛妮亞「嘿」了一聲，二人同時轉頭看她。她用手肘撞撞派斯頓。「不是說要冷靜的嗎？」

余灰嘆了口氣，往前幾步。「我來跟你們說說雲集團的事吧。他們就是我們作的選擇，是我們給了他們控制權。當他們決定接手農場經營，我們點頭了；當他們決定接手媒體業務、網路服務和手機公司，我們點頭了。他們說這樣會有更好的價格，因爲雲集團只在乎消費者，說消費者是家人，但我們不是，我們是讓大企業吃了能更茁壯的食物。唯一能與他們相抗衡的，好像只有最後僅存的幾家大型實體商場。後來發生了黑色星期五事件，大家都不敢出門購物。你覺得那是意外嗎？是巧合嗎？」

「好，」派斯頓緩緩點著頭說，聲音回復正常。「妳開始鬼扯了，連陰謀論這種胡說八道的話都說得出來。」

「這不是胡說八道。」

「那妳就是瘋了。」

她重重跺一下腳，她那幾個坐著的朋友驚跳起來。「你怎麼會看不出來？他們這樣扼殺你和你的生活，你怎能不生氣？你怎能滿足於當一個留在奧美拉城*的人？」

「奧美拉城？那是什麼？」

余灰舉起雙手緊貼在臉上。「這就是問題所在。我們不只失去關懷的能力，也失去思考能力。」她將手放下，重新看著派斯頓。「我們生活在一種無序狀態中。買東西是因爲我們正在崩解，新事物能讓我們感到完整。這種感覺會讓人上癮。雲集團就是利用這點控制我們。最糟的是，其實我們早該知道。多年來，我們生活中就充斥著類似的故事。《美麗新世界》《一九八四》和《鬥陣俱樂部》。我們讚頌這些故事的同時，卻忽略了其中傳遞的訊息。你想想看，無論訂購什麼東西，都能在一天之內送到你家門口，可是如果訂購《華氏四五一度》或《使女的故事》，卻要好幾個禮拜，甚至根本不會出現？因爲他們不希望我們再看這些故事，不希望我們有想法。有想法是危險的。」

派斯頓沒有答腔，辛妮亞很好奇他怎麼想。她知道自己怎麼想。余灰的口才太好了，她的聲音有種魅力能纏繞住你，輕撫你的臉頰，讓你乖乖交出信用卡號碼。

況且她說得沒有錯。

「這是我們現有的體系。」派斯頓說：「世界正在分崩離析，至少雲集團很努力把它重新拼湊起來。」

「哈，你是指他們的『綠色政策』？」余灰問道：「這樣就能替他們開脫？」她搖搖頭，又往前幾步。接著再次把手伸進口袋，掏出一個小東西。由於夾在兩根指頭間高高舉著，辛妮亞花了幾秒鐘才看清楚。

是一根白頭的黑色火柴。

---

* Omelas，典故出自勒瑰恩所著的短篇小說〈離開奧美拉城的人〉，描述一座烏托邦城市奧美拉的繁榮是建立在一名孩童的長期受苦上。

「看到這個了嗎?」她問道,先看看派斯頓,再看看辛妮亞,一直等到兩人都點頭才接著說:「這是那麼渺小、那麼脆弱,很快就會老舊損壞,萬一潮濕了,還點不著。很容易就會弄丟,很容易就會忘記擱在哪兒。但是這其中蘊含的星火卻可能燒掉一座森林。它能點燃一管炸藥摧毀一整棟建築。」

派斯頓笑出聲來。「所以這就是妳的計畫,利用雲錶?妳以爲讓人看到一根火柴的畫面就能有所改變?根本沒人看得懂那是什麼意思。」

「我們是在打基礎,慢慢讓人熟悉。」她尖聲說道。她並不習慣於言語上的攻防,比較習慣別人緊緊巴著她說的話,就像巴著懸崖峭壁一樣。她指向身後的隨身碟,還端放在地上,猶如聖物。「可是有了這個,我們就會成功。那是我們的答案,是我們的火柴。」

「然後呢?」派斯頓問:「打倒雲集團,然後呢?大家要上哪工作?大家要怎麼辦?妳是想徹底改寫美國經濟,還有住宅市場。」

「民眾會適應的。」她說:「我們不能任由一家公司完全掌控一切。以前有法律禁止這個,你們知道嗎?直到後來,政府發現自己的力量愈來愈弱,企業發現自己的力量愈來愈強,很快地,就變成企業在制定法律了。你們以爲你們的薪水餵得飽肚子?付得起房租?沒辦法的。那是政府付的,是政府補貼這些,還有健保。政府付錢保住你們的工作,因爲這樣你們就會以選票保住他們的工作。情況已經糟到無可挽救,現在該是徹底打破這個制度的時候了。」

「說得好。」其中一個瘦子喃喃說道。

「好一個英雄俠義啊。」派斯頓說。

辛妮亞很驚訝,派斯頓竟如此激昂地捍衛雲集團。他被那家公司毀了,似乎一直耿耿於懷。

難道是被感化了，成了眞正的信徒？或者是面對暴力或死亡之際，他需要這樣來說服自己，因爲眞相太難接受？辛妮亞往後靠坐，靜觀其變，等待著自由的時刻。

不過余灰剛才說的一件事，不停撓抓著辛妮亞的後腦勺。奧美拉城。那是一個故事。她讀過。她知道她讀過。很久以前了。那個故事她不喜歡……

「喂，妳啊。」余灰喊道。

辛妮亞抬起頭來。

「妳留下。」她說：「他去。把我們要他做的事做完再回來。我們不會傷害妳，除非出了什麼差錯，除非他回來的時候不是一個人。那就抱歉了，好嗎？不過這件事非做不可。我們已經試了好幾年，這次是最好的機會。」

「可以啊。」她說著轉向派斯頓，「你去吧。」

「等一下，妳說什麼？」

她在聲音中摻入些許恐懼。「我想最好還是照他們說的做。」

「我不會就這樣丟下妳。」

該死的騎士精神。她擺出勇敢的表情。「求求你了，這好像是唯一的辦法。」

派斯頓往後一靠，舒服地坐著。「不行。」

余灰取回槍，指著辛妮亞的額頭，眼睛卻看著派斯頓。「現在就去。」

派斯頓雙手舉到半空中，利用牆壁的支撐站起來。他每走一步，余灰就把槍放低一些。最後他拾起隨身碟，轉向辛妮亞說：「我馬上回來。」

「謝謝。」辛妮亞說。

派斯頓走了十來步後轉過身來。「妳要是傷害她……」

「好啦，好啦，我知道。」余灰打斷了他。「不會有人受傷。你就去吧。」

辛妮亞看著他們成群走向書店前面，留下她和余灰二人。這是他們第一個犯下笨到極點的錯誤，竟留下她二人獨處。他們八成以爲派斯頓比較危險。根深柢固的性別歧視，眞叫人失望。她抬頭看著余灰問道：「妳要把我綁起來嗎？」

「有這個需要嗎？」

「我覺得妳很小心。」

她拿槍指著。「站起來。」

辛妮亞起身，張開雙手，朝余灰移動，速度慢到她可能都沒發現。槍說起來也奇怪，它遠比刀子更不危險。她寧可對付槍也不想對付刀。以槍護身的安全距離至少要有六公尺，再近的話就可能局勢翻盤。腎上腺素會讓你的精細動作失靈，血壓瞬間上升會讓你頭暈。

辛妮亞經過多年訓練才克服這類情況，她猜想余灰並未接受過同樣訓練，而且她現在的距離不到三公尺。

「不需要把妳綁起來。」她說：「後面有間儲藏室，妳可以在那裡等。天氣很熱，不過算妳幸運，你們有帶水。」

辛妮亞又跨前一步。兩米半，兩米。辛妮亞作勢要從余灰身旁走向儲藏室，而余灰的心思似乎也放在派斯頓與其他人身上，因此當前門叮鈴一聲，她眼睛往那兒一瞥，辛妮亞立刻把握住她一直在等待的這一剎那，撲上前去。

她伸出手，鎖定轉輪牢牢握住。余灰扣下扳機時，轉輪在她手心裡嗒嗒作響，卻射不出去。

辛妮亞將槍口往外推，遠離她們，以免她一時失手，開了火。

同一時間，辛妮亞的手肘猛力撞向余灰的太陽穴，她自己的手臂一陣酥麻，余灰則有如一袋石頭重重摔倒在地。辛妮亞趁她身體下墜之際，抓住槍的手使勁一扭，搶了過來。

辛妮亞往後退到約莫六公尺遠，甩出轉輪檢查裡面還有沒有子彈，發現還剩兩顆，便舉槍指著余灰的眉心問道：「妳到底有何居心？」

余灰呸了一聲。「不要臉的騙子，卑鄙小人。妳要站在他們那邊嗎？」

「是誰雇用你們的？」

「沒有人雇用我們。」她說：「我們是在反抗。」

「是啦，是啦，革命那些有的沒的。」她說：「我懂了。在這裡等著。」

從種種跡象看來他們是獨立行動。他們的計畫就是砸破櫥窗亂搶一通，根本只是想進來搗亂一下，然後逃跑。令辛妮亞氣惱的是，他們說得那麼輕鬆簡單，而她卻苦戰了好幾個月，甚至爲了完成任務還故意摔斷手臂，吃盡苦頭。

她正要往前面走，卻忽然止步，內心就是忍不住衝動想傷害余灰。不是想打她，不是想給她肉體上的痛楚，而是要讓她嘗嘗現實的苦痛滋味。這種苦痛正是她每天在那棟該死建築裡的背景噪音。

「帶著妳的火柴去雲集團啊，」辛妮亞說：「到混凝土牆邊點燃以後，再來告訴我它花了多久時間把整間公司燒光。」

余灰眼神黯淡下來，失去了些許鬥志。

辛妮亞走到前面，靠在窗邊。一個人也看不見。他們不可能已經離開，想必是在巷子裡。她跳起來扯下鈴鐺，免得出去時發出聲響，接著盡可能靜悄悄地跨出門外，每當布鞋踩在乾燥地面發出刮擦聲，便不免心中一凜。她貼著磚牆慢慢移動，磚石炙燒著她的皮膚。

轉角處，有說話聲。她來到巷道邊緣停下腳步，豎耳傾聽，正好聽見派斯頓的話尾：「……你們要是敢傷害她，我保證會讓你們付出天大的代價。」

噢。

這就簡單了。

他的聲音清晰，她心想他應該是面向她，而那三個劫持者則應該面對著他，也就是背向巷口。她於是彎下身子，低於視線高度，探出頭去。看見六條腿，拿步槍的那人站在後面。

她步出轉角，派斯頓一看見她立刻睜大雙眼。她用槍抵住拿步槍的女子的頭。靠得這麼近有點冒險，不過他們沒有厲害到能奪走她手裡的槍，頂多只會在搶奪過程意外中槍。他們一齊轉頭看著她，一開始感到困惑，隨即轉為懼怕。

「步槍，」辛妮亞說：「丟給他。」

女子拱起肩膀，看向派斯頓，他已面露微笑。他往前走了幾步，她則端出步槍，用兩手丟過去。他接住後，將槍口對準其中一個瘦子。

辛妮亞對空鳴槍，幾乎所有人都嚇得跳起來，除了派斯頓之外。

「快走吧。」她說。

三人於是拔腿就跑，從派斯頓身邊衝過去，轉出巷尾後消失不見。辛妮亞讓手槍倒掛在手上，然後掉落在地。派斯頓奔向前去，抓住她的肩膀，然後將她緊緊擁入懷中。辛妮亞沒有抗拒。他們就這樣待了一會兒，讓心跳得以緩和下來。

「妳沒事吧？」他問道。

她臉貼著他的肩頭說：「沒事。」

他把身子拉開來，直視著她。神情慌亂，汗如雨下。「到底是怎麼搞的？」

「我在底特律教過書，你覺得這會是我第一次看到有人拿槍嗎？」

「別這樣。」

「她太小看我了，我運氣也好。」辛妮亞說：「我從小就學以色列格鬥術了。」

「我從來沒聽妳說過。」

辛妮亞聳聳肩。「從來沒機會說。」

派斯頓搖搖頭，彎身拾起步槍，對著天空開火。沒有動靜。

「悠哉的一日遊就到此結束吧。」派斯頓說。

「好啊，我想我們也該回去了。」

「水被他們搬進去了。」

辛妮亞高舉手槍說：「我進去拿。再說我也想拿我的書。」

「真的嗎？」

「真的。」她對著車子點點頭說：「你先上車，打開冷氣準備好。我坐上車的時候，要把我的屁股凍僵才可以。」

「我可以跟妳一起去。」

辛妮亞微微一笑。「我自己去就行了。老實說，我也想靜一靜，實在……發生太多事了。」

派斯頓舉起雙手。「好，妳去吧。」

「順便去一下洗手間。」她又回頭說：「可能會久一點，抱歉了。」

辛妮亞進了書店往內跑，現在裡頭已經沒人了。她掏出手機，還來不及查看收到的簡訊，便聽到身後戛然一聲，同時有個聲音說：「別轉過來。」

是男人的聲音，低沉、蒼老、沙啞。會抽菸的人。

辛妮亞抓著槍，沒舉起來，只是讓對方能清楚看見。她暗自尋思方才他人在哪裡，也許在裡間，也許在監視著。

「妳要繼續原來的任務。」

辛妮亞點點頭，不知道該不該回答。

「另外有個額外的任務。要是成功達成，酬勞加倍。」

辛妮亞屏息聽著。

「殺死紀卜森．威爾斯。」

這幾個字在她耳裡嗡嗡作響。

「數到三十再轉身。」

辛妮亞一直數到一百二，卻發現自己根本動不了。

派斯頓

派斯頓把頭擱在方向盤上，從風口吹出來的風很涼，愈來愈涼。每一次心跳顫動，他都能清楚感受到。

眞是一群瘋子。他們想做什麼？他們眞以爲自己能成就些什麼嗎？那個世界，他們努力想實現的那個世界，只是個夢。如今情勢已經變了。

他回想當初在戲院裡，坐在那硬邦邦的座位上，進行面試的情景。當時的他覺得想吐，不只是噁心的感覺，而是眞的想吐出來，把坐在那裡的自己弄得一身汙穢。

他們說的如果沒錯，那錯的就是派斯頓。錯了兩個月，而且愈錯愈離譜，因爲他發現自己已在杜布茲和達柯塔這樣的人身上，以及他們對他的觀感上作了投資。如今他們的認可已成爲一種貨幣。

再者，他還找到了辛妮亞。待在雲集團就等於和辛妮亞在一起，等她離開時，他或許也能鼓起勇氣隨她而去。

經過了昨天和今天，她似乎有了不同面貌。她的肌膚更有光澤，雙眼更加閃亮。「愛」這個字在他心裡蠢蠢欲動，似乎就快到可以說出口的地步。但他不想躁進，因爲辛妮亞似乎不是那種拘泥於形式或浪漫情懷的女人。他可以想像，當他雙手搭在她肩上，深情凝視著她，向她告白，她可能只會微微翻個白眼，或咯咯一笑，如此而已。而他也只能默默接受。

滿足現狀吧，他告訴自己。你有工作，有住的地方，還有個漂亮女友。其他一切都只是裝點的糖衣罷了。

他在座椅上動動身子，感覺到口袋裡有個硬物刺入皮膚。是那個隨身碟。他正打算開窗丟出去時，辛妮亞打開了副駕駛座車門，坐上車，兩手放在腿上，怔忪出神。她整個人有氣無力的樣子，彷彿過去幾天的壓力一下子全壓在身上。派斯頓試著想安慰一下，卻不知該說什麼，便將手放在她的膝蓋，撫摸那滑順的肌膚與堅硬的骨頭，一面問道：「妳還好吧？」

「我們該走了。」

他打檔倒車出巷子，然後轉往他們來的方向。

回到高速公路後，他才開口說：「眞是一群瘋狂的嬉皮。」

「一群嬉皮。」她低聲應和。

「說眞的，他們自以爲能做些什麼？一點也說不通。」

「說不通。」

「欸，」他把手放在她腿上說：「妳還好嗎？」

他一度以爲她會縮起身子，但是沒有。她伸手覆住他的手，她腿上溫熱，手卻冰涼。「嗯，我沒事。對不起，一下子經歷太多事了。」

「是啊，的確是。」

「我們現在要怎麼辦？」

「什麼意思？」

「要告訴誰嗎？」辛妮亞問：「你覺得應該向上司報告這些事嗎？」

派斯頓不確定是否值得這麼做。距離這麼遠，何況四個嬉皮能對雲集團怎麼樣？杜布茲不喜歡把事情搞得複雜，加上紀卜森．威爾斯即將到訪，恐怕會讓他難以承受。

「那可能只會製造不必要的麻煩。」派斯頓說。

「對，說得有理。」辛妮亞說。

他們行駛在公路上，一半的路程都默不作聲。派斯頓發覺公路上沒有里程標示，不知道該在哪個出口下交流道，正猶疑之際，便看見遠方一片黑壓壓，是疾飛向母雲的無人機遮蔽了天空。

派斯頓想起余灰所說關於書的事。會是真的嗎？審查這件事讓他很難釋懷，像一粒籽卡在牙縫間。如果雲集團果真扣留了書，將會引起眾怒，人民會挺身對抗的，不會嗎？

想到書不禁也讓他想到空白的筆記本。他在耗費生命的同時，還讓筆記本留白。如果他要待在雲集團，就應該善加利用。也許能拚個升遷，換上駝色制服。

下高速公路後又開了片刻，他兩眼看著天空，反正其他也沒什麼好看。太陽已被一大群黑色飛行物遮住。

「妳記得這些東西還只是玩具的時候嗎？」他開口問道，急於填補車內的虛空。

他瞅了辛妮亞一眼，她則點點頭。

「記得有一次，」他說：「在監獄的時候，有個人突發奇想，叫外面的同伴用無人機把東西偷運進操場給他。還眞的成功偷渡了一陣子。偏偏那一次風很大，他們應該是等得不耐煩了。我和另一名警衛負責巡邏，正繞著操場走，留意每一個人，忽然間這玩意就墜落在我們腳邊，上面裝滿漫畫書。妳相信嗎？他顯然不喜歡圖書館裡的書，又不能讓外面的人直接送進來，所以就叫朋友偷運。」

「有意思。」辛妮亞說道，聲音卻平板空洞。

「有意思的是人的適應力。」他說。

他正說著，腦中忽然叮了一聲。

8 預備

紀卜森

你們知道拉撒路和財主的故事嗎？這故事出自《路加福音》，內容大致如下：以前有個財主過著錦衣玉食的生活。在他大宅門口有個乞丐叫拉撒路。拉撒路的境況十分悲慘，全身生瘡、飢腸轆轆、身上髒兮兮，一心只想撿財主桌上掉下來的零碎充飢。

後來拉撒路死了，天使將他帶到天堂的大門。財主也死了，卻沒有天使現身。他到了陰間，受盡凌虐傷害。他仰頭看見上帝和祂身旁的拉撒路，便哀求道：「請可憐我吧，打發拉撒路來，用指頭尖沾點水，涼涼我的舌頭。」

上帝回答道：「想想你生前享福，拉撒路受苦，如今他在這裡得安慰，你卻受痛苦。你們倆之間有一道無法跨越的深淵。」

於是財主請求拉撒路去找他的兄弟，為他們將來可能面臨的命運提出警告，以免他們步上自己的後塵。上帝說：「他們本來就有先知的話可以聽。」

於是財主繼續受著無止盡的苦，拉撒路卻得以看見永生的奧妙。

我想告訴大家為什麼我不喜歡這個故事。理由很簡單：它直接把擁有財富和野心打成一種罪惡。拉撒路和財主，有太多我們不知道的事。財主爲什麼有錢？是犯罪賺來的嗎？他一生當中傷害過人嗎？或者他建立了某種事業？供養了家人和社會？拉撒路爲什麼貧窮？他爲什麼滿身爛瘡？是因爲發生什麼誤會而被社會摒棄？還是因爲他作了錯誤的抉擇？他是罪有應得嗎？

我們並不知道。我們只知道富有的基本特質就是無良，貧窮的基本特質就是美德，卻不管這些人是怎麼變成現在的樣子。

大多數人都是以我做的事來評斷我：開公司、養活家人、建立生活與工作合併的典範，希望爲美國勞工打造一個更好的世界。但也有些人覺得我是個貪心的王八蛋，覺得我死了以後（這日子已經不遠了）會下地獄，和那個財主一起仰望拉撒路，搞不懂自己到底哪裡做錯。

首先，我想說的是：有心讓世界變得更好並非罪惡。有心讓家人過得更好並非罪惡。在生活中享受一點樂趣並非罪惡。所以我有一艘船，我喜歡釣魚，難道這樣就得下地獄？我從未出手施暴，難道這樣就應該受苦？

看看這個世界多悽慘。小城鎮一一瓦解，濱海村落被淹滅，大城市人口爆炸，不堪負荷，一些第三世界國家可以說一片荒蕪。

世界景況淒慘，我想伸出援手。我做的一切都完美無缺嗎？當然不是。但那是進步的代價。建立雲集團就像煎歐姆蛋，建立任何公司都是這樣，一路上總得打破幾個蛋。倒不是說我很樂於打破蛋，我從來不曾樂在其中。可是結果才是最重要的。大家都知道我常說一句話，而且已經說了好多年：「市場主宰一切。」在我年少輕狂的時代，有一度差點把這句話刺在肩上。雖然始終沒有付諸行動——我不得不慚愧地承認，我怕針頭——但雲集團成立的第一天，我就把它寫在紙上，釘在辦公桌上方。

那張紙至今依然還在。小小的紙片，泛黃、龜裂，字跡模糊難辨。不過我將這句話印在馬克杯上，並到處張貼在辦公室裡。我視它如命。成功、失敗都因為它。

市場主宰一切。

假如市場說：這樣東西能賣得更便宜、能運送得更快、能改變民眾的生活。我會說，我們就做吧。

記得許多年前，我們和一家酸黃瓜公司打過交道。你們問茉麗就知道，我超愛吃酸黃瓜。而且我超愛這家公司做的酸黃瓜，可是他們賣得很貴，我們的消費者不太想花那麼多錢，好像是一罐五塊錢左右。

於是我們找上他們說：「我們來合作吧。」我們幫他們改換包裝，幫他們找到更好的原料來源，讓他們從玻璃罐改成塑膠罐，光是這一點就替他們省了不少運費，因為這麼一來，貨車出貨時重量變輕，油錢也就減少了。

最終目標是希望他們把價格降到一罐兩塊錢，這樣我們的消費者才會買。沒想到他們堅持要賣三塊半。我們對他們說，看看你們現在省下多少錢，賣兩塊錢絕對沒問題。他們說不行，做不到，還囉哩囉嗦找一堆藉口，一下子把後勤人員抬出來，一下子說要內部改組，於是我就說了，沒關係，你們就這麼做吧，需要幫忙的時候再知會一聲。

總之呢，長話短說，他們不肯配合，那就算了。我自己來提供消費者要的東西：一罐兩塊錢的酸黃瓜。雲酸黃瓜公司就這樣成立了。我不管別人怎麼說，總之比起他們的產品，我更喜歡我們自家的酸黃瓜。

最後他們關門大吉。我從來就不想看到別人失業，但這得怪他們自己。他們只須折衷一下，我們就能一起做大事。你們一定不敢相信我們賣出多少酸黃瓜。大家都很喜歡吃，而且又耐放，結果皆大歡喜。

市場主宰一切。

還記得事情發生時，有少數人很生我的氣，但你們知道嗎？如果能爲民眾提供更便宜，但品質一樣好的產品或服務，讓他們把錢省下來挪用到他處，例如買更多食物、用在住宿、用在健保，或甚至到市區享樂一晚，我絕對會欣然去做。雲集團的最大目的就是讓人過更輕鬆的生活。有很多公司和我們合作，降低成本，如今業績都蒸蒸日上。他們和我們合作不是因爲不得不，而是因爲想要這麼做。

抱歉，我有點離題了。最近睡得不是太好。這陣子肚子開始會痛，好像有把火在慢慢燒著。有如烤肉架爐底的炭火，你們以爲那不燙，其實很燙。那股熱氣往我的頭上竄。最近對很多事情都很惱火，我一直在努力讓自己別那麼惱火，因爲我希望去見造物主時能帶著微笑，而不是冷笑。

重點是，我不會因爲富有而道歉。我也相信當我的大限到來，當我跨過那條線，絕不會單純因爲我做的事就下地獄。人的審判必須仰賴更多基準。

二十年前，美國的碳排放量高達五百四十萬公噸，去年一年卻不到一百萬。這就對啦！這其中我們雲集團的貢獻良多，你們可別不相信，我甚至要求克萊兒把數據再降低。我希望雲集團做到的不是碳零排放，而是負排放。我希望我們能吸取大氣中的碳，我希望上升的海平面能下降，我希望海岸城市的居民能回到自己的家，我希望邁阿密不要那麼像威尼斯，我希望看到昔日的威尼斯。

這樣的我應該被打入地獄，永世不得超生嗎？

派斯頓

「戴上。」達柯塔遞給派斯頓一副太陽眼鏡。

刺眼的日光立刻大爲緩和，讓他們能更專注於頂樓的一片亂象。他看不見盡頭，因此站在頂樓的感覺就像站在繁忙的田中央。陽光從嵌在地上的太陽能板反射上來，四下散布著庫房大小的隔間，從升降系統送上來的箱子，就在這裡裝上等候的無人機。

工作人員身穿橘色制服，許多人都在polo衫底下穿上長袖白襯衫，頭戴寬邊軟帽，腰間懸著水壺。裝貨區有一些陰影，但不多，尤其現在日正當中。

「簡介影片裡沒有橘色制服。」派斯頓說。

「這是比較爛的部門之一。」達柯塔說：「影片裡面不會介紹爛顏色。」

眼前景象、四周聲音（或者應該說四周的寂靜無聲）都令派斯頓愕然。無人機幾乎靜悄悄的。他身邊瀰漫著一種金屬嗡鳴聲，好像有隻昆蟲靠得很近，卻在他視野邊緣快速飛來飛去。他可以感覺到蟲子停在皮膚上。

「你眞覺得會在這裡？」她問道。

他跟她說了監獄裡無人機的事。他向她和杜布茲確認過，這上面的保全人員不多，因爲並不需要。凡是送上來的東西都已裝箱也透過雲錶登錄，誰也偷不走。工作人員下班後，就排隊從專屬出口離開。比起保全，這裡更需要醫護人員，因爲經常有中暑與脫水的危險。每個裝貨區都貼有標語，提醒員工補充水分，飲水機也隨處可見，而且有兩個龍頭——一個出水，一個出防曬乳。

「可是要從哪開始呢？」達柯塔望著開闊的頂樓問道。這裡有數以千計的員工，數公里長的平坦空間，還有大批無人機像飄移的雲一樣遮天蔽日，雖能提供片刻舒爽，卻總是持續得不夠久。

「從頭開始。」派斯頓說著往前走了幾步，確認達柯塔跟上來了才又繼續走。地上畫線的部分是可以安全行走的步道，因爲貼的是黃色反光帶，清晰可見，以免有人誤闖太陽能板區，那些灰暗表面看起來宛如一個個裝滿死水的方形池。

每個工作站都一樣：匆忙奔走的員工，在空中上上下下的無人機，以發泡紙箱包裝、防風雨的奇形怪狀包裹。沒人多看他們一眼，這點派斯頓早已心裡有數。對他不感興趣的人，他對他們也沒興趣。

他在監獄裡學到一件事：要注意的不是暗中交易的行爲，而是斜視的目光，是那驚惶一瞥，那逐漸緊繃的肌肉，以及驚惶神色所洩漏的含意。囚犯都是耍詭計的高手，你必須學會洞察的不是隱藏的事物，而是藏東西的人。

他們走了一個小時，多半只是在溜達。有些人看了他們一眼，但眼神比較像是在說「**他們來幹麼？**」，而不是「**媽的，條子來了**」。派斯頓看得出其中差異。因此他邊走邊注視面孔、手、肩膀，達柯塔卻愈來愈焦慮。可以聽見她嘆氣連連，不時停下來喝水，停下來按防曬乳塗抹脖子和臉，塗到整張臉白蒼蒼，配上兩圈黑黑的太陽眼鏡，活像個在熾熱屋頂上遊蕩的骷髏。

有一刻，派斯頓看見一個熟悉身影，微微轉過頭去看，只是爲了確定。果然是威克朗，他戴著寬邊帽和太陽眼鏡，腰帶上掛著水壺，被汗水濕透的襯衫已從藍色變成深藍。他稍微轉向另一邊，正在監督一群穿褐色工作服的男女檢修一台停在地上的無人機。派斯頓原想走近一點，好讓威克朗看見他，提醒他誰才是贏家，但隨即改變了主意。這麼做太小心眼了。他回到達柯塔身邊，她正拿著水壺灌個不停。

就在這時候他看見了。一個瘦巴巴的白人男子，從手肘到指尖布滿點刺紋身，就像監獄裡那種刺青，也可能是某個白癡友人用縫衣針和影印墨水刺的。派斯頓與達柯塔晃進他的視野時，他立刻僵住，然後移動位置讓某個人擋在他和他們中間，就像孩子藏身在一棵不夠粗的樹後面。他將手插進口袋，好像想確定某樣東西還在，卻又希望它不在。

「他。」派斯頓往嫌犯的方向點點頭。

達柯塔把太陽眼鏡往上推，看著那人，此時的他冒著汗，可能不是太陽的關係。「你確定嗎？要是把他交出去，結果他身上什麼也沒有，杜布茲會很生氣，可能會氣到把你調到這上面來。我們把這裡叫做皮膚癌巡邏區。」

「相信我。」派斯頓說，在此同時嫌犯也往後退了幾步。

「好。」達柯塔說著朝他揮揮手。「喂，你呀，過來。Andale（快點）。」

那人東張西望，似乎想看看有沒有人會幫他。但沒有，離他最近的人反而還退開幾步，像是知道接下來的發展。他從裝貨站慢慢走過來，臉上擠出笑容，試圖強裝鎮定。好像在說，**誰呀，我嗎？**

「口袋翻出來。」達柯塔說。

那人又張望一下。聳聳肩說：「爲什麼？」

「因爲我高興。」達柯塔說。

那人喪了氣，伸手進口袋，伸出拳頭打開來，手心裡躺著十來個混沌包裝盒。達柯塔伸出手去，他便將東西交給她。

她轉向派斯頓，微笑著說：「好耶。」

派斯頓也報以微笑。「眞正好玩的才正要開始。」

他們花了整整半小時才到達出口，然後下樓搭電車前往行政中心，再將嫌犯（名叫盧卡斯）帶到訊問室。訊問室小不拉嘰，一張桌子和面對面兩張椅子就幾乎快擺不下了。派斯頓叫盧卡斯坐下，留下他獨處片刻，讓他想想自己即將倒什麼樣的大楣。

杜布茲穿過開放辦公區往派斯頓走來，以緩慢誇張的動作拍著手，達柯塔則尾隨在後。來到派斯頓面前後，他猛拍他肩膀一下。「我就知道沒看錯你。你是怎麼做到的？」

「就是個直覺。」派斯頓說。

「果然很靈啊。」他說：「那麼，看來下一步就是讓他說明偷運作業的過程，另外還有誰牽涉其中等等、等等。」

「先讓我試試好嗎，老闆？」派斯頓問。

杜布茲定定注視著他，暗自思量，最後說：「沒問題，小伙子，這是你應得的。不過我們會旁聽，省得整個過程還要重來一遍。」

「要給他什麼條件？」派斯頓問。

「調職。我們會把他派到某個加工處理部門。他也許會想走，由他自己決定，但我們不必馬上炒他魷魚。」

「那好吧。」派斯頓對杜布茲與達柯塔點點頭，便回到訊問室。入內後坐到盧卡斯對面，以舒適的姿態坐定，盧卡斯卻是坐立不安。瞪視幾秒後，派斯頓說道：「我們談談吧。」

「談什麼？」

「談你口袋裡的混沌。」

盧卡斯聳了聳肩，環顧小室裡面的一切：天花板磚、桌面、角落的灰塵、顯而易見的雙面鏡。什麼都看，就是不看派斯頓。「自己用的。」

「我猜也是。」派斯頓說：「我敢說眞實的情況會更複雜，但簡單來講，有人向雲集團訂了東西，無人機把貨送到後，他們就放上混沌讓它載回來。」盧卡斯瞇起眼睛，顯示派斯頓說得沒錯。「好，問題是你怎麼知道要找哪架無人機？也許同一批無人機總會回到同樣地點，也許是條碼、是機器飛行的方式，或是你們破解了某種模式。肯定有很多人牽涉在裡頭，說不定還有一些經理級的人和保全人員。也許有很多無人機都載著少許混沌飛來飛去，但只有特定的人知道要去找。這我不知道，我只知道你身上帶的量超過一百份。光憑這點就能馬上開除你，你也知道這意味著什麼。」盧卡斯睜大了雙眼。「不過我可以幫忙。」

「怎麼幫？」

「我們會把你安插到新宿舍。」他說：「派你去做處理工作，遠在園區的另一頭。」

「你想要什麼？」

「你說說你們到底是怎麼運作的。」派斯頓說：「還有人名，能供出多少算多少。帶頭的人，尤其是保全。你告訴我這些，我要是覺得滿意了，你就能得到你要的。」

盧卡斯看著放在腿上的雙手，嘟噥了一句。

「你說什麼？」派斯頓問。

「我要找律師。」

派斯頓不知該如何繼續下去，又不想說錯話，便只是點點頭，起身將椅子推入，然後離開。最壞的情形，是會把盧卡斯嚇死。但也是最好的情形。當他關上門，杜布茲就出現了。

「第一次試探做得不錯。」他說：「但現在換我來跟他談。」

「要幫他找律師嗎？」

「當然不要。」杜布茲低聲笑了笑。「不過放心，你剛才扮了一下白臉，現在換黑臉上場。」他手握住門把，又抬起眼來。「你眞的太讓我驕傲了，小伙子。」

杜布茲進去了，派斯頓看著他拉出椅子，在盧卡斯對面坐下。杜布茲開始說話，派斯頓卻聽不見，想必有另一個旁聽的地方吧。他在原地稍站片刻，讓「小伙子」三個字填滿每個毛細孔。

過了半晌，他去找達柯塔，有個藍衣人（一個愛衝浪的金髮老兄，名字忘了）跟他說她去辦事情，但要他等她回來，於是他找了張桌子坐下來登入平板。

一整天下來，余灰的話始終盤旋在他腦海，關於雲集團隱藏書本的事。在最初幾天他就發現到，他可以登入庫存系統，既然現在無事可做，就進入系統胡亂點點看，偶爾會撞牆，偶爾則盲目地一路到底，最後終於找到方法查詢這間母雲每項商品的數量。

他選了《華氏四五一度》，因爲他記得這是雷·布萊伯利的作品。他小學讀過，很喜歡。庫存兩本，好像不算多。他又找了雲商城排行榜第一名的暢銷書（是一本改寫自某YA系列的情色小說），發現庫存量高達兩萬兩千五百零二本。差距也未免太大了，但話說回來，派斯頓了解需求原理。暢銷書數量當然會比較多，而布萊伯利的書，據資料庫顯示，是早在一九五三年出版的。接著他改查瑪格麗特．愛特伍寫的《使女的故事》，發現一本都沒有。這本出版日期比較近一點，一九八五年，但竟然是……一本都沒有？

他又搜尋了一下，發現一個所謂「訂單指標」的標題。在這裡面可以查看這間母雲公司送貨範圍內的商品搜尋與訂購紀錄。他隨便看了看，忽然擔心自己可能犯了錯。這些理應是更私密的資訊。但再轉念一想，他是保全人員，既然有權查看，應該是有原因的。他點閱了《華氏四五一度》的歷史紀錄，過去一年當中，兩筆搜尋、一筆訂購。《使女的故事》，一筆搜尋，無人訂購。

余灰錯了。這些書不是被藏起來，只是讀者不想看。有什麼公司會賣消費者不想要的東西，還能維持得下去？

他幾乎是鬆了一口氣。

然而，派斯頓內心有一部分還是被余灰的話給刺傷，即使經過一夜睡眠，那個部分依然疼痛不堪。

不過如果這點她說錯了，其他還可能說錯什麼呢？

「好消息。」杜布茲一手落在派斯頓肩上說道，派斯頓嚇得整個人轉過身來。

「長官？」

「問出來了。」他斜靠著辦公桌說：「好像是有幾個技術組的人破解了飛行演算法，讓某幾架無人機總會回到相同的裝貨區。無人機丟下包裹以後，毒蟲再把混沌放上去，就這樣！」杜布茲拍拍手。「幹得好，小伙子。幹得好。」

「謝謝老闆。」

他走開來，不一會兒達柯塔現身，臉上仍留著一條條防曬乳的痕跡。她也帶著微笑。

「所以說，想不想加入紀卜森護衛小組？」她問道。

「當然想了。」派斯頓說。

接下來執勤期間，他都飄飄然。下工後，走向宿舍一樓大廳，慢慢地走，盡量拉長時間，不想太快栽進去，免得失望，因為系統更新可能需要一點時間。可是當他來到電梯間便再也按捺不住，查看了自己的評等，發現終於來到四顆星。

辛妮亞

辛妮亞點進訂餐畫面，挑了兩份雲堡、一份小薯和一杯香草奶昔，接著往後靠著椅背，望向廚房。能看到的不多，一扇雙開門，每當有人走出來，就會瞥見門後面一個貼滿磁磚的乾淨空間。

就是這裡了。那條電車線的終點。一定是。那條線通到生活遊憩館的這一側，樓上樓下的商家都擴及到外牆，而雲堡的店面卻一點也不深。雙開門後偌大的空間，絕不只有一個廚房而已。

問題是為什麼。有可能是維修或補給地道，有可能是其他用途，公司的什麼古怪機密。

猜一猜挺有趣的，可以轉移注意力，不去想新任務的細節：殺死紀卜森．威爾斯。在這個地方，她光想到這幾個字都害怕，就好像雲堡會偵測到她腦波的特定模式，然後會有一群藍衣男女衝進來，把她拖到空房間去。

要是能有更多資訊就好了。她真想和雇主聯絡，可是事情當然不是這麼運作的。她仍然不知道他們是誰，只知道他們派給她的任務是暗殺全地球最有錢有勢的人，而且是在他的地盤上，在他被多得要命的保全團團圍住的時候。

所以現在她有兩項任務，而且必須同時完成。當她突破處理中心時，很有可能與保全發生衝突，也就是說公司會全面封鎖。倘若威爾斯遇刺，當然也會。

兩件事必須同時發生。

他的來訪恰巧碰上黑色星期五大屠殺紀念日的追悼會，這意味著同一時間會發生許多事。這將會是混亂的一天，而幹她這一行，這是極佳的掩護。

派斯頓可以幫上大忙，儘管不會是心甘情願。她希望他能進入護衛小組，這樣至少可以套出一點情報。

她點的餐送來了，她吃了起來，慢慢咀嚼著漢堡，細細品嘗表皮煎成暗褐色的漢堡肉。她一邊吃著，一邊想到殺人。這的的確確是她一直試圖避開的事，但反正威爾斯已命不長久。這樣眞能算是殺人嗎？隨著時間過去，他會愈來愈痛苦，或許殺了他也算一種慈悲。如果邊吃薯條邊專注地想著這一點，幾乎就能視之爲合理的答案。

不管怎麼做，她都希望不用看他的眼睛。有一件事她希望永遠不必再做，那就是看著一個人的眼睛失去生氣。只有在這一刻，她才覺得這份工作難以忍受，雖然一刹那就結束，那些時刻卻彷彿永恆不滅。

輪流吃著冰奶昔和熱薯條，讓她牙齒發疼。由於訂單外送員進進出出，她便又盯著門看了一會兒。要是有一件綠色polo衫，餐飲服務員的制服，她就能進到裡面去，沒有問題。上網訂購恐怕不是好主意，再說很可能沒有一個可靠機制能讓你訂購不屬於你的工作服。可以去偷一件，總比向員工買來得好，因爲員工有記憶、有道德感，還有嘴巴會洩漏口風。非用偷的不可。

那麼最後就剩下該死的雲錶了。自從她搬進來以後，這個問題一直讓她很惱火。辛妮亞拿起第二個漢堡，其實已經有點飽，但不想浪費食物，還是吃了。現在連追蹤功能都不是問題，如果這是她在這裡的最後一天，身分曝光沒什麼大不了。只是她的錶能去的地方不夠多，她需要的是藍衣或褐衣的層級。海德莉是褐衣，如果能拿到海德莉的錶，當然很好，偏偏這要命的玩意會知道戴的人不是海德莉。

此外，她還需要退場戰略。

首先，她需要一件制服，這是最簡單的。藍色或褐色——保全和技術人員能去的地方最多，她比較偏好技術組。技術人員就像壁紙一樣，做自己的事，誰也不會多去留意。至少她看起來很像。

忽然間電話響了。是派斯頓傳來簡訊：**喝一杯？**

她吃完最後幾根薯條並回覆道：**兩分鐘**。

她到酒吧時，他面前已經擺了一杯喝掉一兩口的啤酒，還有一杯剛替她點的伏特加加冰塊。他臉上掛著大大的笑容，她坐下後，他舉杯說：「我進了紀卜森護衛小組。」

「太好了。」她與他碰了杯，心裡著實為他高興，也為自己高興。「所以呢，工作內容到底是什麼？」

「還不知道，大概就是……」他左右看了看，附近沒人，但還是傾斜身子，放低聲音。「大概就是，他會到入口大樓來，他們會在那裡宣讀黑色星期五的人名。然後他會搭電車到生活遊憩館，到處走走看看。這裡好像是第一間另外替員工建立娛樂設施的母雲，所以他想看看成效如何。然後再搭電車回入口，然後離開。我不知道我要做什麼，總之是隨行人員之一。」

「你很引以爲傲吧。」

他張嘴，又閉上。端起啤酒啜飲一口。

「至少看起來是這樣。」她說。

「說也奇怪。我到這裡的那天，很想痛罵他一頓。但現在，我也不知道了。感覺好像有了點成就，讓他們願意把這種責任交付給我。這應該有個什麼說法，就是你對某人感到灰心卻又有點喜歡他。」

「是啊，」辛妮亞說：「應該是有個什麼說法。」

她內心裂開一條縫。小小一條，滲入了微乎其微的光。她又喝了點伏特加。

現在最重要的細節是電車。

紀卜森會在電車上。

電車有出軌的可能。

電車意外是最好的了，唯一的缺點是：若要成功，就得有許許多多人跟著陪葬。

包括派斯頓在內，如果他和威爾斯一起搭車的話。

威爾斯護衛小組備忘錄

歡迎各位加入護衛小組，在紀卜森‧威爾斯巡視母雲期間負責保護他。以下各點請反覆溫習並徹底吸收。違反任何一項方針都可能導致嚴重後果，違規者至少會被砍掉一顆星。這不是開玩笑。

——禁止直接與威爾斯交談。

——再說一遍，禁止直接與威爾斯交談。

——如果是他主動，你可以加入談話，但除了開開玩笑或回答他的問題之外，不要說太多。

——禁止向他提出抱怨或表達不滿。無論時間或地點都不恰當。

——若有事需要向他報告，先告訴我或是和他同行的人，而且要低調。

——他身邊要隨時保持淨空。員工不得接近威爾斯，除非他主動或同意接觸。

——你們的制服要乾淨整齊，下襬塞進褲頭。可以穿布鞋，但牛仔褲不行，要穿一般長褲或卡其褲。

——威爾斯在場時，嚴禁，絕對嚴禁使用個人手機。你們必須表現出專注於工作，不可分心。即使是暗中觀察人群，也不要一副無所事事的樣子。

——情況會超級混亂，因為剛好碰到紀念日追悼會，最糟的是從現在開始又是我們最忙的時候。也就是說，當你們拿到其他資料（路線、時間點等等），要鉅細靡遺地背下來。我們會利用下班時間，進行一連串演練，所有人都必須參加。

你們要是搞砸，擔責任的是我，所以你們最好相信我會讓你們生不如死。這絕不只是比喻而已。

——達柯塔

派斯頓

在派斯頓第一天抵達母雲那時，入口大樓滿滿停了巴士。今天為了舉行黑色星期五紀念儀式，車子卻全移到外面去，因此除了遠端有卡車川流不息通過感應器，整棟大樓空空洞洞。

派斯頓看著一群綠衣與褐衣工作人員架起高台、檢查大小宛如休旅車的揚聲器，並搭建框架以布置三百六十度的巨無霸投影螢幕。他們動作之快速精準，令人稱奇。這顯然是每年的例行公事，為了宣讀人名。

經過這兩、三天，工作人員到處可見的景象已不足為奇。走廊上和洗手間裡都是這些人。儘管紀卜森並未計畫參訪公司其他地方，管理高層似乎還是當成他會仔細巡查每一吋表面。也就是說，絲毫的不完美——那怕水龍頭鬆了、小便斗裂了、手扶梯壞了，全都要修。

「準備好了嗎，同志？」

派斯頓一轉頭，看見達柯塔眼睛底下掛著兩個黑眼袋，不禁懷疑她過去幾天恐怕都沒睡覺。不過她精力充沛，腰間繫著一只大保溫瓶，裡面裝了她的特製紅眼咖啡，顏色黑到把光都吸走了。派斯頓嘗過一次，後來整整三小時都在擔心自己的心臟會爆裂。不過他暗忖，明天到了這個時候，他可能會向她討來喝。

「應該好了。」他說。

達柯塔點點頭。「我們一組五個人，隨時要待在他身邊。你、我、詹肯絲、吉馬和馬森巴。你認識他們嗎？」

「認識吉馬和馬森巴。」

「待會兒我再跟你介紹詹肯絲。她很優秀，我們是個優秀團隊。」

「我要再次謝謝妳把這個工作交給我。」

「喂，」她握起拳頭捶他的手臂一下，比他預期的還要痛，但他不想顯露出來。「這是你應得的。眞不敢相信你到底還是破解了那玩意。」

派斯頓笑了笑。「妳想知道嗎？那就是刹那間的直覺，任何人都可能會有。我想出去溜達了一天，對我的確有好處。我不知道，總覺得沒那麼特別。」

「喂，」達柯塔拉高聲音。「別自貶身價。在雲集團不太有階級之分，但我當杜布茲的左右手畢竟有好一段時間了，他可能會把我升上駝色層級，到時候有特殊表現的人就有機會出頭了。」

派斯頓的喉嚨像被什麼哽住了。他不知該作何感想。一方面，這意味著又多了一條繩子把他綁在這間公司。然而他想得愈多，便愈覺得這裡就是全世界，地球上的其他一切都已凋萎枯死。

在那座城裡，被人用槍抵著，已不只是可怕而已，還令人心碎。就好像一覺醒來，在強烈刺眼的陽光下發現了世界的眞貌。在這裡，有安全、有冷氣、有清水和睡覺的地方；而且，在這裡，有工作、有生活，這種生活或許不是他想要的，但假如稍作努力，他也許會覺得珍惜。

「你不必馬上決定。」達柯塔喝下一大口咖啡，臉皺了起來。「但不妨考慮考慮。像這樣的工作會有津貼的。」

「好，我會想想。」派斯頓說：「妳還挺得住吧？」

「盡量。」達柯塔說：「最辛苦的是我媽此刻就坐在我房裡看電視。她特地來吃我們一年一度的感恩節大餐。本來我打算帶她去吃雲堡，他們推出一個火雞堡特別大餐，可是我恐怕眞的抽不出時間。」

「妳覺得明天會是什麼情況？」派斯頓問。

達柯塔又喝了一口保溫瓶裡的咖啡，四下看了看，說道：「不知道。我和其他母雲分公司招待過他的人談過，他好像可以自己到處走動沒問題，看起來是個怪人，但這應該不意外吧。問題在於群眾。在新罕布夏分公司，大家都很平常心。肯塔基呢？完全把他當成救世主，衝破層層障礙就只爲了摸他一下。」

「他以前來過這裡嗎？」派斯頓問。

「我進來以後沒有。」達柯塔說：「杜布茲說來過一次，沒錯，但不是什麼大陣仗。只是開會。不像這次簡直像舉辦見面會一樣。有概念了嗎？」

「有概念了。」他說。

「那就好。」她說：「杜布茲說明天如果一切順利，就讓我連休兩天。」她頓了一下，暗自思索。「要命，我還眞不知道要怎麼打發這些時間呢。」

「睡覺，」派斯頓說：「拜託。」

「缺乏雄心壯志的人才會睡覺。」啜飲一口。「你還有多久下班？」

「一小時。」

「好，把路線再走一遍。記住，他演說一結束、儀式完成，就去搭電車，到時會有車等在那裡，系統會整個關閉，只有我們能搭車。接著前往生活遊憩館，他到處走走，然後回入口，他就離開了。輕鬆簡單。光憑三、五個跳梁小丑壞不了事的。」

「我相信我們會找到辦法。」

達柯塔湊上前去，食指尖指向派斯頓的鼻頭說：「不許亂開玩笑。」

「對不起。」

「好了，快走吧，同志。」她說。

「遵命，老大。」

派斯頓走開大約三公尺時，達柯塔忽然喊道：「喂。」

他轉過身。她幾乎是跳著靠近。「忘了說。我現在腦子像漿糊一樣。你逮到的那個人啊，在杜布茲不斷逼問下，他供出了一些人，之後杜布茲又去逼問**他們**，我們終於知道這些人是怎麼鑽訊號漏洞了。」

「不會吧，眞的嗎？」

「你絕對猜不到。」

「我猜不到，這正是問題所在。」

達柯塔面露微笑，故意賣關子，提高戲劇張力。隨後才說：「手錶使用者都有專屬密碼，這你知道吧？這個功能好像出了問題，大概是上上次軟體更新的時候吧，技術部門那些書呆子沒發現，很多人因此被解雇。有人脫下錶讓同夥戴上，因為手錶只要偵測到體溫，警報就不會響。而這個人就可以不戴錶，去辦完事以後再回來。還有一件事你也說對了，他們會集體行動，因為覺得信號消失個幾秒鐘，不會有人發現。」

派斯頓搖搖頭。「這……太荒謬了。眞不敢相信就這麼簡單。」

「現在正在修正。」達柯塔說：「可能還需要再更新軟體一次以上，說不定也需要更新硬體，而且是昂貴的硬體。不過啊，至少現在知道是怎麼回事了。」

派斯頓笑了出來。「那可不。」

「所以囉，」達柯塔說：「杜布茲才會對你這麼滿意。繼續加油吧，智多星。」

辛妮亞

辛妮亞將伏特加瓶底往天花板一斜，飲下最後一口辛辣液體，暗忖著是否應該直接走人。她想不出任何方法能穿破層層保全系統、進入禁區核心，然後再回來殺死一個身邊護衛森嚴的人。因爲擋在這當中的門，她一扇也打不開。

事情就是兜不攏。這和殺不殺派斯頓無關，全然無關。她說得愈多次，就愈相信事情的確是如此。

她搖搖空酒瓶後，放到床頭櫃上，從電視進入雲端網站看能不能再訂購幾瓶。結果不行，不能在網站上買酒。什麼亂七八糟的規定。

她還想再喝，但惰性戰勝了，她一點也不想起身，不想穿上褲子，不想見到其他人。於是她繼續坐著，心想最好還是趕快離開，卻不知究竟該怎麼做。也許可以再去租車，然後隨便丟在哪個地方。但這樣就得再讓派斯頓出面，若是提出要求，說不定會讓他起疑。

或者可以用走的。最近的城市大概在一百六十公里外吧，得走上兩、三天，中途也許能搭個便車。爲了保險起見，必須準備大量的水。經歷余灰和她那群嬉皮嘍囉的小插曲後，爲了更保險起見，可能還要有武器。

至於雇主可能會來殺她滅口，到時再想辦法吧。眼下喝得太醉，顧不了那麼多。

這時電話響起，她愣愣盯著牆壁。

電話又響，她翻了個白眼。

嗨，妳在幹麼？接著：**想不想喝一杯？**

辛妮亞瞪著簡訊對話框看了好一會兒。今晚恐怕是她和派斯頓最後見面的機會。她肚子裡面有點怪怪的，可能是脹氣，但也可能是近乎後悔的感覺。隨便啦。總之她可以叫他帶幾瓶伏特加來，然後他會替她口交。應該就只是如此而已，她這麼告訴自己，於是她回覆道：**過來吧，帶伏特加來。**

二十分鐘後有人敲門。只見派斯頓滿臉笑容，一開始是因爲其他事情，當天發生的其他事情，後來一眼看見她沒穿褲子，笑得更開了。他傾向前吻她後，她退入房內，走到沙發床一屁股跌坐上去，派斯頓則從迷你冰箱拿出冰塊放進兩個威士忌杯。

「哇，」辛妮亞說：「你要陪我喝？」

「今天是好日子，」派斯頓說：「我成了他媽的明星了。」

辛妮亞點點頭，斜躺在沙發床上，腦袋暈呼呼的。派斯頓將杯子遞給她，兩人乾杯後，派斯頓低頭湊向她的胯下，她一時有點喘不過氣，但最後他把頭枕在她腿上翻過身來，仰望著她，想要享受一般男女朋友之間那種無聊的溫存感。她很想訓斥他，叫他做正事，但他仍掛著微笑，而她最喜歡他的地方正是那抹微笑。

那是個誠實的笑容。

「感覺眞好。」他說。

「什麼？」

「再次得寵啊。這樣的我是不是很壞？」

辛妮亞聳聳肩。「想得到讚許這是人性，任何人都一樣。」

「是這樣沒錯，但我的公司是他們毀掉的。」他沉默片刻後又說：「其實，不是達柯塔，不是杜布茲。追根究柢的話好像也不是紀卜森，他並沒有親手……」他揮一下酒杯。「搞到我關門大吉。是市場造成的。我盡力了，但市場主宰一切。」

「確實有這個傾向。」辛妮亞說著啜了一口酒。

派斯頓深深皺起眉頭，盯著她更緊了些。「妳沒事吧？」

有事。

「還好啦，只是累了。」她說。

「彩虹聯盟那邊有消息嗎？」他問道。

「完全沒有。」

「噢，現在和杜布茲的關係慢慢好轉了，也許我可以替妳說說話，讓妳進保全組。」他把腳翹到流理台上，試著在狹隘的空間裡伸展一下。「看妳在小城裡對付那些瘋子的態勢，絕對可以勝任。」

辛妮亞哼笑一聲。好啊，你有本事能在明天下午以前讓我加入嗎？

「也許吧，」她說：「這樣倒也不錯。」

「我一直忘不了他們。」派斯頓說：「那感覺肯定很悲慘吧。住在髒兮兮的環境，窩在破敗的小鎮，他們已經這樣生活好一段時間了吧？看得出來，身上的味道也聞得出來，很久都沒洗澡或穿過乾淨衣服。我知道我們在這裡的生活……」他略一停頓，看著手中的伏特加，然後稍稍抬起頭就著杯緣啜飲一口。「我知道我們在這裡的生活並不完美，但畢竟還是不錯，對吧？我們有工作。」

辛妮亞不知道他想說服誰，但她會選擇荒野，她已經受夠這個地方。殘酷至極的地面與狹隘無比的空間與電子秤與圍巾與書與捕蠅紙與手電筒與釘書機與平板……每天上班都像在跑迷你馬拉松，回家後膝蓋都好痛。最可怕的是想到每一天都要重複同樣的事。

她寧可選擇荒野。

「我在想。」派斯頓說。

辛妮亞以爲他還會接著說，不料卻無下文。「你在想什麼？」她問道。

「我在研究，如果覺得奇怪，就直接作罷。」他說：「只是想想而已，但如果我們去申請一間兩人公寓，會有點貴，但空間會大一點，我只是覺得……」他看著自己的腳，只有這樣才能藏起未能完全掩飾臉上表情的雙眼。「我覺得這樣應該不錯。妳知道的，尤其是床比較大。」

辛妮亞喝了一大口伏特加，酒灌下喉嚨時，她感覺到心裂成兩半。也許是多年來不停地鍛鍊讓它變得堅硬，結果也變得易碎。或許只需要扎實的一槌，就會碎了。

每天一成不變的工作，然後回家幹麼？看書？看電視？無聊呆坐等著再去跑馬拉松？這樣怎會「不錯」呢？

辛妮亞啜飲著伏特加，暗自思忖。

這樣眞的不錯嗎？

她已經努力工作了很長一段時間。眞的非常努力。她的身體留有工作的印記，這些疤痕，派斯頓會用指尖流連輕撫，但從不多問，她就喜歡他這點，還有他的微笑，還有他偶爾也很好笑。

她又想著荒野。烈日與缺水之苦。城市外圍的空曠和這個房間裡流動的冷氣，她承認這是雲集團的優點，雖然這裡有很多事情她不喜歡，但至少很安靜。墳墓般的安靜。經歷了許多年的風風雨雨——從鎗火的震天響到拷問者的沙啞聲音到低沉的爆炸隆隆聲——她發現安靜也是她喜歡的東西。

如果留下來，明天將會照舊起床、到倉庫報到、挑揀無聊的貨品、放到輸送帶上，把它送到不知誰的手上。

但沒完成任務，她有可能留下嗎？

「對不起，」派斯頓聲音沉重地說：「我不該提的。」

「不，不是的。」她說：「只是我從來沒和誰一起住過。」她低下頭親親他的額頭。「這樣花費應該很高。」

派斯頓聳聳肩。「我還在等我的煮蛋器的專利許可。一旦通過了……把它賣給雲集團，可以賺點錢。」

「你真的要這麼做？」

肩膀又是一聳。「我又不可能再開公司。」

「好吧。」辛妮亞說：「讓我想一想。」

派斯頓微微一笑，手往下伸，酒杯放到地上，然後將臉湊到辛妮亞最初希望他湊上去的地方。她指甲嵌入他的頭皮，背部後弓，身子用力挺向他，心想：其實這種生活或許還不錯，或許就像一種退休生活。

派斯頓

派斯頓從洗手間回來後，發現辛妮亞攤成大字形躺在沙發床上，被單半纏著身子。他關上門，脫下她的浴袍（這件不合身的袍子，也就只能讓他穿著去上廁所了），爬上沙發床躺到她身旁。

他的心窩再次湧現那股感覺，很想跟她說他愛她，再簡單不過的一句話，但一說出口就再也收不回了。他翻身仰躺，看著天花板垂下的掛布，告訴自己：她正在考慮要和你同居，該滿足了，別再提起。

他想到被他們倆塡滿的公寓，便不由得想起空白的筆記本。與辛妮亞同居的意義不只在於他對她的感情，也代表他接受了一件事：筆記本可能會繼續空白下去，這樣的未來已經夠好了。誰曉得呢？說不定哪天靈光乍現，他還有機會再次一搏，但雲集團就是他的歸屬，因爲這裡是他們共同生活的地方。

辛妮亞從他身上爬過，全身散發著熱氣，然後走到水槽前，從櫃子拿出一只乾淨的杯子盛滿水，一口喝乾。「要喝一杯嗎？」她問道。

「不用。」他回答，一面在微亮光線下欣賞她背部的曲線，並暗暗希望她會注意到自己在欣賞，然後來個第二輪。不料她彎身拾起浴袍披上，緊緊繫上腰帶，朝著床頭櫃點了點頭。

「把我的錶拿給我好嗎？需要去上個洗手間。」

派斯頓的手往後胡亂摸索，一摸到充電器上的錶就拿起來。是他的。但聳聳肩遞給了她。

「拜託，」她說：「我們倆的錶差那麼多。」

「沒關係，就用我的。」他說。

「手錶不是有個人專屬的密碼嗎？」

派斯頓笑說：「說來好笑，原來並沒有。那個功能壞了。之前不是有人瞞過了感應追蹤嗎？結果發現只要讓另一個人幫你戴一下錶，你就可以放心去做你的事。很不可思議吧？現在正在修正，但恐怕得花點時間。」

「哈。」辛妮亞說。

過了一會兒，又「哈」了一聲。

然後面露微笑。

「妳別告訴別人。」派斯頓說：「也許妳最好還是戴妳自己的……」他又往後伸手去拿她的錶，但回過頭時，她已經出門了。

9 追悼

紀卜森

要寫這件事眞不容易，改了至少有六、七次吧。關於黑色星期五大屠殺，我向來不曾多談，主要是覺得我沒資格說什麼，但如今人生就快走到終點，我想還是應該發表一點看法。

那眞是可怕的一天。我知道，不管採取什麼立場，都是動輒得咎，對吧？美國人與槍械的關係向來充滿不安。我明白。我生在一個擁有傲人狩獵傳統的家族，早在十歲以前，我就會拆卸清理獵槍，而且大人總是教誨我要對槍枝抱持最高敬意。對於我射殺的任何動物也一樣。有很多白癡爲了想證明些什麼，就跑到坦尙尼亞的塞倫蓋提射殺獅子，我跟他們不一樣。

是不一樣，我們打的是麋鹿和松鼠，而且會吃牠們的肉、剝製牠們的皮。我爸爸甚至會把骨頭削製成工具，因爲盡可能利用這些動物是重要的事，不能浪費。

然而我同樣也知道，我對槍枝的感覺和底特律或芝加哥居民的感覺有天壤之別。

人各有觀點，觀點各自不同。問題就在這裡。而我的觀點是：把槍械當成跳樓大拍賣的商品是個愚蠢的錯誤。說眞的，而且我記得清清楚楚，當時我邊喝咖啡邊看報，看見這個消息的第一個想法就是：不知道哪個可憐的傻瓜要被射殺了。

這是個不吉利的念頭，我連忙驅散它。我不願意把人想得那麼壞。但很遺憾我猜中了，更遺憾的是我猜得一點都沒錯。誰知道會發生這種事，而且是在那麼多家店？誰知道會死那麼多的人？

就在這時候我堅定了立場，決定不再賣槍。其實我是協商多年才爭取到賣槍的權利，而且全公司只有這項商品必須由人親自配送、簽收。

可是我憂心忡忡，我知道總得有所改變。有時候就得有人帶頭。隨著實體連鎖店日漸式微，雲集團掌控其他一切，小商店又無力競爭，原本美國每年製造的槍枝約有兩千萬，如今已減少到不到十萬。不僅如此，槍也非常貴，使得大部分人買不起，如果說有哪個產業是我不介意給予重創的，就是這個了。

黑色星期五大屠殺是美國最後一樁大規模槍擊事件，我很高興自己能在這裡面扮演重要角色。

市場主宰一切。我說這句話的意思是，美國民眾用錢包表決，接受我們做爲主要零售點，因爲他們非常清楚我們不會把槍飛送到他們家門口。

我要再說一遍，因爲我知道話語有多麼容易被誤解：我對這些人的哀悼可能超乎你們想像，但我很慶幸，至少美國在這個艱難議題上終於醒悟了。

所以，就是這樣了。我要敦請各位花幾分鐘時間，靜下心好好思考。雲集團會一如既往舉行追悼會，爲那些當日無法順利下班的員工默哀片刻。我們會宣讀亡者姓名，也會努力工作、互相展現同理心，盡可能地繼續緬懷他們。

我還想說另一件事，這是難以說出口的事實，但已經無法再迴避：今天很可能是我最後一次巡視母雲分公司。我眞的已經無能爲力。現在晚上幾乎睡不著，食物也難以下嚥，雖然極盡全力，有些時候還是需要護士（一個名叫勞爾的大塊頭）抱上抱下。眞不是人過的日子。

所以今天對我來說是非常特別的一天。又是一個最後一次。

我最後一次的母雲之行。克萊兒和雷伊會陪我一起到處走走看看，然後重新上巴士，回家。我會盡量繼續寫，但可能不會全部直接貼上部落格。暫時不會。像這篇，我還得請茉麗幫我檢查一遍，後半段甚至是她打的字。打個招呼吧，茉麗。

列入紀錄：茉麗剛剛打了我的手臂一下，她要我正經點。

那麼，假如果眞到此爲止，我想謝謝所有人的傾聽。眞希望臨走前能見到每一位雲集團員工。我現在滿腦子的願望，全是我無法完成的事，但這就是人生，不是嗎？

此時此刻，我似乎應該試著給大家留下幾句睿智的話，活像是以前我說過什麼名言錦句似的。不過你們也知道，我向來秉持著十分基本的原則度日：工作要不是做完就是沒做完，而我喜歡把工作做完。

如果你們能把全副心思投注在這上面，以及好好關注家人，應該一切都會順利。

我對天發誓，我打從心底感謝大家。

能過這樣的一生，是我莫大的榮幸。

辛妮亞

由於紀念日追悼會之故，電車將全面停駛。

辛妮亞將雲錶放到充電板上，迅速更衣，換上健身運動服——運動褲和厚厚的連帽上衣，以便遮掩空空的手腕。她一邊穿一邊將計畫在腦中演練一遍。其中有許多變數，因爲有太多未知情報。但目前所知應該夠多了。

她扯下角落的掛布，爬進天花板，緩緩爬行到浴廁。裡頭沒人。她跳到地面走了出去，發現已有一名女子站在電梯前，急忙趕在電梯門關上以前跑過去。

進了電梯，女子刷了手腕上的錶，辛妮亞則閃到後面等著。她在大廳下電梯後前往健身房。在外面流連徘徊直到有人進入，是個年輕白人男子，手臂肌肉練得相當健美。他替她開門，兩隻眼睛肆無忌憚地盯著她的臀部看。

進了健身房，她先做一些較輕鬆的重訓，確定沒人注意時，偷偷在上衣前面的口袋裡塞了一個四點五公斤重的橡膠槓片。她離開健身房時，一手抓著槓片免得口袋下墜，然後沿走廊走到大廳去查看電車入口。

大廳空空蕩蕩，只有一個藍衣人，是個上了年紀的男人，顯得百無聊賴。其他人大概都去了入口大樓，爲威爾斯和追悼會做準備。她貼靠牆壁，避開他的視線，等待著。

他在大廳繞了一圈，目光始終沒有完全離開電車。這不太妙。

她想到口袋裡的火柴，想要在某個垃圾桶裡點火，這樣能轉移他的注意，卻也會吸引太多人注意。這不是最好的選擇，但行得通。就在她伸手要拿火柴時，警衛忽然左顧右盼，好像擔心有人會逮到他，然後便直奔洗手間。

他的身影一消失，辛妮亞立刻跳出來，往電車方向走，從柵門擋桿底下鑽過去。她趴在月台上，往下伸手，將槓片放到牆面與軌道間，並小心不去碰到眞正的導線。槓片呈八角形，因此有平坦的邊緣可以平衡豎立。她停頓一下，以為會觸動感應器，但是沒有。那些導線很可能有重量感應器以偵測異物，由於槓片能夠直立，沒有碰到任何導線，應該就不會被偵測到，也應該可以卡住電車。

應該應該應該。這是草率的說法，她討厭草率，可是草率比其他的選擇好。

她鑽過擋桿，回到電梯前。等電梯時，警衛出來了，她只好佯裝在看地圖，一面原地跳動，好像要去跑步一樣，以免他看見她站在那裡心生懷疑。

這段軌道是直線，電車往往會稍微加速。因為要到遊憩館才停車，速度應該很快。辛妮亞想到派斯頓，想到他站在威爾斯旁邊，列車撞上槓片出軌，屍身殘破不全、四肢血肉模糊，到處鮮血淋漓。她把這些逐出腦外，一心想著自己會賺到的錢，會獲得的自由，以及可以拋棄的一切。

有個男人走過來，辛妮亞跟著他上電梯。他刷了錶，但樓層不對，辛妮亞驚呼一聲：「哎呀，忘了一樣東西。」便即跳出來。十五分鐘內，同樣手法又重複了兩次之後，終於有人和她上同一層樓。

她來到與她房間隔著幾扇門的房門前停下腳步，敲敲門，由於滿懷期待而心跳怦然。今天上午稍早，她在洗手間碰見海德莉，便問她要不要去參加追悼會，海德莉說不要。一會兒過後，她聽見腳步聲，門隨後打開，海德莉那雙卡通人物般的大眼睛從暗處、從掉落的一綹頭髮底下往外窺探。她凝視辛妮亞，宛如凝神注視的貓，不露絲毫情緒。

「我可以進來嗎？」辛妮亞問。

海德莉點點頭，後退一步。房裡的空氣混濁，沒有洗澡的體味加上放太久的食物味。牆上掛著聖誕燈飾，但沒有亮燈，窗口掛著厚厚的百葉簾，只滲入微弱的光線。流理台上堆著外賣的空餐盒，包裝紙袋揉成一團一團丟在旁邊。海德莉退到房間深處，坐在沙發床上仰頭看著辛妮亞，雙手交握。辛妮亞倚在流理台邊，正要開口，卻聽見海德莉清了清喉嚨。

「我一直在想妳在廁所裡說的話。」她的聲音幾乎像是在呢喃。「妳說得對，是我的錯。」

「不，不是的，親愛的，我完全不是那個意思。」辛妮亞的胃陡然下墜。「他做的事，那不是妳的錯。要負責的人是他，可是妳必須反擊，這才是我想說的。」

「我幾乎都睡不著，有時候醒過來會覺得他就在這裡。」她抱著自己的身子，儘管不冷卻在發抖。「我只是……需要睡覺。」她抬起頭。「我想變得堅強，跟妳一樣。」

辛妮亞一度爲之語塞。出乎意外地，她竟然想摟住女孩，將她拉近，撫摸她的頭，告訴她一切都會沒事。她已經記不得最後一次對人產生這種感覺，是何年何月了，也因此更感到毛骨悚然。她試著將海德莉當成玩具娃娃，當你拉動繩子才會開口，否則就只是一團塑膠。

辛妮亞的手拂過口袋裡的小盒子。「我有個東西也許幫得上忙。」

海德莉睜大眼睛往上看，眼中滿是期待。辛妮亞在她身邊蹲下，張開手掌，上面擺著混沌的包裝盒。

「這難道是……」海德莉沒把話說完，好像那個字眼難以啓齒。

「妳會睡得又香又甜。」辛妮亞說。

「追悼會結束以後，我得上工。」

「妳需要睡覺，請病假吧。」

「可是我的評等……」

「去他媽的評等。」辛妮亞說：「那就是個數字。也許會掉一點，之後再努力，它就會再升上去了。妳不會有事的。妳需要一點不用動腦，連夢都沒有的睡眠。相信我。妳看起來好像就快崩潰了。」

海德莉呆呆注視著盒子良久。辛妮亞擔心到時得抓住她強行餵下，但海德莉忽然點頭說：「這要怎麼吃？」

辛妮亞打開小塑膠盒，看著裡面的薄片。她告訴自己：這女孩需要這個，她需要讓腦幹脫節，神遊一下。

辛妮亞暗自說得信誓旦旦，自己幾乎就要相信了。

「直接放在舌頭上就好了。」她說。

「好。」海德莉說：「好。」

她伸出舌頭，隨即怯怯地縮回去，很不好意思自己竟然假設辛妮亞會餵她吃。不過辛妮亞懂得像她這種身材的女孩，又從未吸過毒，一片就夠受了。她卻用拇指滑出四片，黏在一起，對著她的嘴點點頭。海德莉於是張開嘴，讓辛妮亞將綠色方形薄片放到舌頭上，然後閉上眼睛，宛如陷入沉思。辛妮亞扶著她在沙發床上躺下來。

海德莉的呼吸逐漸轉淺，肌肉變得鬆弛，頭轉到一邊。辛妮亞按壓女孩的頸動脈，只是想確認她還活著。她的脈搏就像刻意在作深呼吸一般。

接著她開始行動，脫下襯衫，穿上海德莉的褐色polo衫。有點太合身，但還過得去。本來打算換掉雲錶錶帶，但發現其實很類似，辛妮亞的是紫紅色，海德莉的是粉紅色，夠相近。她翻遍海德莉的其他衣物，找到一頂破舊的棒球帽。她費了好大力氣將頭髮綁成馬尾後，戴上帽子，然後照照掛在房間深處的鏡子。她戴上海德莉的手錶，被要求按指紋，於是拉起海德莉的手，將大拇指按到螢幕上。笑臉出現。

可以走了。

派斯頓

人多到難以勝數。整棟入口大樓布滿七彩顏色。樓層間有寬闊空蕩的路線：從戶外通往舞台背後，這是紀卜森巴士的動線，接著下了舞台，蜿蜒繞到電車站，他會從這裡搭車前往遊憩館。

派斯頓穿過舞台，按達柯塔的吩咐，睜大眼睛留意著。藍衣人在群眾間穿梭鑽動，但也要有人縱觀全局才好。派斯頓並不知道究竟要留意什麼。每個人都是滿臉笑容，心情激動地期盼著。

他身後的巨大螢幕上播放著雲集團的影片，就是新人訓練時播放的影片夾雜著客戶的見證。各個不同族群的人述說著自己的生活變得何等輕鬆，而這一切都要感謝此時正在看影片的人。由於靠近喇叭，對話聲劈啪作響。

謝謝你，雲集團。

我們愛你，雲集團。

你救了我一命，雲集團。

每隔幾分鐘，他便瞥向有如魔口大張似的入口，一道方方正正的眩目白光射入，待會兒巴士會從這裡進來。應該就快了。巴士會停在舞台後方，紀卜森．威爾斯本人會從車上下來，步上階梯。派斯頓將會是圍繞在他身邊的十來人之一，兩人近到觸手可及。

派斯頓的胃逕自扭絞起來，往兩端拉扯。他又再度想要和這個人當面對質。這麼做肯定會當場丟掉工作，可是穿越那座破敗小鎮來參與面試的強烈痛楚，應徵的工作遠低於自己原來地位的卑屈感，讓他就算爭不到答案或道歉，也希望獲得認同。他想讓紀卜森看到他，想要他知道發生了什麼事。

「準備好了嗎？」達柯塔突然出現在身旁，扯開喉嚨問道，以便壓過擴音器的聲音。

派斯頓點點頭，卻不太知道自己點頭是什麼意思。

「很好。」達柯塔拍拍他的背說：「因為他來了。」

巴士進來了，首先只是白光中的一個黑點，隨後駛入大樓，從群眾間緩緩通過。兩邊圍欄外的群眾各有二十人之多，人人高聲吶喊、歡呼、揮舞雙手。

這輛大型巴士是栗色滾金邊，車窗貼了黑膜，看不見裡面。車子好像剛剛才拋光打蠟，即使在室內，彷彿也被始終不斷反射的陽光照得金光燁燁。派斯頓看著巴士慢慢開到舞台後方的指定位置，四周站了十來個穿駝色制服的人和二十來個藍衣人，他開始覺得自己的腦袋裡注滿氦氣，隨時可能脫離頸肩飄走。

辛妮亞

辛妮亞推開雙開門走進雲堡後面的廚房。雖然外面沒有人在用餐，大家都去參加追悼會了，但廚房裡仍有少數幾個穿綠衣的員工忙個不停。綠衣人在光潔如新的不鏽鋼廚具間，跳著鍋具哐噹碰撞、下鍋油炸的固定舞步，爲稍後即將湧現的人潮預作準備。其中有幾個人瞄了她一眼，但並無進一步反應。

她向來覺得好笑，幹他們這行的人滿腦子眞的只有雜七雜八的器具玩意。若想耍花招，最基本的原則就是假裝你也是其中一份子，那麼會來質疑你的人少之又少。

這並不代表她可以拖延。她視線掃過每一吋表面，不確定自己在找什麼，卻希望能找到。廚房比她想像得還大，拐了幾個彎以後，來到一扇厚重的拉門前。這扇門比其他任何東西都突兀，可見得正是她需要來的地方。

這裡有個監視器。因爲視線被帽簷擋住，發現得太晚。她沒抬頭，以免相貌被看得太清楚。門旁邊有一個感應器，她刷一下雲錶，同時在心裡暗暗祈禱。

叮了一聲，感應圓盤轉綠，她將門往旁邊推開。門又大又重，得使上不小的力氣。門後有一個小地鐵站，停了一輛電車，大約只有普通電車的一半大小。

這裡面有個味道。消毒水味底下，散發一股淡淡的腐敗味，好像有人試圖壓住那個味道，但未能成功。電車上有一些解開的尼龍帶，是綁運貨棧板用的，不是給人用的。她反手將門拉上，走到電車前面，找到了操控台。根本不需要研究儀表板，上面有兩、三個按鈕，其中一個標記著「行駛」。這裡的人眞的很喜歡把事情弄得簡單明白。

她按下按鈕，電車隨即往前移動，一開始慢慢地，但接著逐漸加速，在陰暗廊道內呼嘯而過，像載貨用電梯一樣空隆空隆響。她抓住牆面上的手把，免得被甩飛。尼龍帶胡亂揮打著，有幾次差點被扣帶打中腿，她不得不閃躲。這不是磁浮列車，而是比較老舊的款式，金屬互相摩擦，陰暗隧道裡，尖銳響聲直穿她的耳膜。

車程約莫五分鐘，她利用這段時間把最後階段再重新想過一遍。即使列車出事引發混亂，仍然會有貨車進進出出，一定會的，貨物運送不可能中斷太久。而運貨卡車是自動駕駛，她只須偷渡上其中一輛即可，不太可能被人撞見。

但她老覺得好像忘了什麼。

之後才想起：是海德莉。她想確認海德莉沒事。

也許可以傳簡訊給派斯頓，叫他到她房間看看。

不過保持通訊線路暢通太危險了。何況她到時要說什麼？

掰！後會無期！

「夠了，妳這豬頭。」她對自己說：「現在不是心軟的時候。」

電車停止後，車門開啓前，辛妮亞的肌膚繃緊起來，吐出的氣息在眼前綻放。一下車便進入一間冷凍庫，裡面有許許多多箱子堆在木棧板上，光滑的金屬牆壁覆蓋著層層白霜，角落處積得厚厚的，像雪。早知道就該穿厚一點的衣服。

這裡沒有監視器。她信步走在棧板間尋找出路，看見遠端有一扇門。走過去的途中，她打開一只箱子，只見一團一團的牛絞肉鋪放在蠟紙上。雲堡。

這就怪了。所有的東西，包括食物在內，都是從入口大樓進來。派斯頓說過類似的話。如果這裡是處理中心，怎麼會把牛絞肉儲藏在這裡？據她了解，雲集團擁有生產工具，所以牛肉價格才經濟實惠。也許他們在園區外有牧草地吧，一個可以讓牛隻安全吃草漫步的地方，而這裡則是最接近的連接點。在衛星畫面上沒看到，不過她也沒找就是了。

不重要。辛妮亞走向那扇門，打開來，看見一條空走道，盡頭處又有另一道大型拉門。

她走了過去，舉起手腕刷一下。燈號轉綠，她將門打開，一股惡臭如海浪般迎面撲來，充斥她的鼻腔，襲擊她的咽喉，她整個人被制伏，猶如被人一頭按進堵塞的馬桶。

派斯頓

巴士停定，引擎熄火。被往後推而無法看得清楚的人群開始吟誦起來，起初緩慢、零散，但力道逐漸增強，到最後派斯頓甚至能感覺到那聲音在胸中震盪。

紀——卜——森。

紀——卜——森。

紀——卜——森！

群眾當中點綴著一塊塊牌子，上面用馬克筆手寫了粗大黑字。

我們愛你，紀卜森！

謝謝你做的一切！

別離開我們！

派斯頓站在舞台最高處的崗位上，看著身後，以確定空間安全無虞。從他站的位置看去，巴士的門在另一邊，背向著他，但似乎有一些動靜，有人消失後再次出現，有人來回走動。

派斯頓不得不低頭確認雙腳還踩在地上，確認自己沒有飄移開。

兩腳踩得踏踏實實。他還在，就在現場。

他抬頭看見了一張臉，正是他等候多時的人。

紀卜森・威爾斯。

他身邊有大批隨行人員。這些人走路時伸著手，好像可能需要扶住他似的。他比派斯頓想像得矮小。一個帶來這麼多改變的人，一個大大形塑了現今世界的人，應該要更高大才是。

紀卜森的影像出現在他們上方的螢幕，那是新人訓練的影片畫面，與現在的他判若兩人，看來他已被癌症侵蝕到空有軀殼。日漸稀疏的頭髮，如今幾乎都掉光了，光禿的頭在燈光下閃閃發亮，脖子上皮鬆肉垮，皺紋深深刻畫在臉上。走路時拖著腳步，向周遭人群微笑揮手時，看似費盡九牛二虎之力，就好像隨時可能瓦解化爲塵土，完全只憑意志力在撐著。

有幾個人走在他後面。有個高大壯碩的拉丁裔男子守候在旁。還有克萊兒，派斯頓看過影片所以認得，只不過她的髮色不再那麼明亮鮮紅，比較像是褪色的紅。還有一名男子，應該就是雷伊・卡森。達柯塔叫他留意後衛模樣的人，這形容倒是貼切。卡森頂著一顆光頭，高高的額頭布滿皺紋，肩膀寬闊、肚子微凸。此時的他並不開心，但看起來也像是到哪裡都不會開心的人。

紀卜森・威爾斯，全世界最有錢有勢的人，來到了階梯底端，手扶欄杆，抬頭往上看，正好與派斯頓四目交接。

辛妮亞

辛妮亞把胃裡的東西全吐了出來，那些嘔吐團塊從地上的金屬格柵掉落到下面的管道。她勉強起身，好不容易站直了，又開始吐起來。她看見牆上的掛鉤掛了一排氧氣罩，隨手抓下一個戴上，深深吸氣。面罩裡有大便和橡膠和她自己嘔吐物的味道，但也有拐杖糖的味道，這樣更糟，她最討厭拐杖糖了。

面罩的鏡片讓她視覺有些扭曲，但她還是在走廊盡頭找到另一個出入口。快接近時，有個穿粉紅polo衫的乾瘦女子從裡面走出來，辛妮亞暫停一下，隨即又繼續往前，不想顯得一副做壞事被抓個正著的模樣。她二人在走廊上擦身而過時，辛妮亞略爲退到一旁，讓出多一點空間給對方。女子向她點頭致意，然後直接走過去。

粉紅色。她從未見過粉紅色制服。

她又經過幾條通道，感覺好像行走在船艙內。迴旋的走道、沒有窗戶、牆面上有一大堆管路。這時又出現了一扇門，她心想如果門後面還是走道，就折返去找更好的入口點，不料另一邊竟是一間大實驗室。無數個工作站，機器嗡嗡作響，燈光大亮。到處都是燈。房間裡有第二層樓，是個大大的玻璃室，藉由樓梯連接。玻璃室內有桌子，一群身穿實驗袍、面戴氧氣罩的男女，正在桌前擺弄著裝在試管與容器內的液體。

在辛妮亞所在的一樓，寥寥幾名員工晃來晃去，沒戴面罩，於是她也脫下面罩，掛到牆上一個空掛鉤上。她嘴裡還有嘔吐的餘味，不過這裡面味道很好，是人工的香味，空氣似乎經過過濾與處理。她穿過實驗室，有一些人（幾個穿白衣，但大多穿粉紅衣）朝她瞄一眼，其中少數人的眼光在她臉上多停留了片刻，納悶著是否是熟面孔，但很快便又回到自己手邊在忙的事。

別人的目光讓她緊張。她往一個出入口窺探，希望是通往另一條走道，可惜不是，而是連接一個小房間，裡面有個身材瘦小、烏黑頭髮旁分的亞洲男子正在看顯微鏡。他抬起頭來，留意到她 polo 衫的顏色，搖搖頭說：「我沒有叫技術人員來。」過了一會兒，他轉向她說：「妳知道嗎？這不是妳該來的地方。」

辛妮亞不喜歡他的語氣，聽起來像是打算上報。出於直覺，她立刻撲身上去，將他壓在桌面上，把顯微鏡給撞翻了。她張望一番，以確定別無他人，房間裡也沒有監視器。

「妳在搞什麼鬼？」男人用顫抖的聲音問道。

辛妮亞不知如何回答。走道裡的味道還讓她覺得噁心。男子在她手底下掙扎著，但她既有優勢又有力氣，不一會兒他就放棄了。

「這裡是什麼地方？」辛妮亞問道：「這是在做什麼？」

男子扭過脖子，仰望著她。「妳……妳不知道？」

「知道什麼？」

「沒什麼，沒什麼。只是一個……處理程序。妳不能來這裡。」

「處理程序。處理什麼？」

男子沒有開口，辛妮亞便往他的喉嚨施加一點壓力。他這才用嘶啞的聲音大喊：「垃圾。」

她想到第一個房間，那裡的漢堡肉排。腦子頓時一片空白，隨後默默的一聲驚呼響徹腦海。

「什麼？」

「妳聽我說，他們一再保證過，好嗎？他們一再保證絕對吃不出來，而且絕對安全。」

一個畫面在辛妮亞的心裡逐漸成形。「吃出什麼？」

「我們負責萃取蛋白質。」他沒頭沒腦地說，好像這麼說就能救自己一命。「細菌會產生蛋白質，我們只是把它抽取出來，再用氨氣加工殺菌。然後加入小麥和大豆重組，再用甜菜根調色。我發誓，那是低脂蛋白質，絕對乾淨安全。」

她明知道答案還是問了。「什麼是低脂蛋白質？」

起先沉默不語，接著才小小聲說：「雲堡。」

辛妮亞本以為胃已經清空，沒想到還有東西，她側轉過身，往地上吐出細細的膽汁。她想到自己來到這裡以後，囫圇吞下了無以數計的雲堡，現在只想把胃裡的東西吐到吐無可吐，吐到連胃都沒了。

「你是說那牛肉只是重新加工過的人類大便？」她問道。

「妳要是了解其中的技術，其實沒那麼糟。」他說：「我……我自己也會吃啊，我發誓。」

他最後那句話是在說謊。此時的辛妮亞試著用鼻子吸氣呼氣，盡量不去想那些被油煎得吱吱作響的褐色肉排。她有多常去吃？一週兩次？三次？她眞想一拳捶向男人的後腦勺，但忍住了。這不是他的錯。

或者是呢？他是幫兇。

她驅走這個念頭。「粉紅制服，那是怎麼回事？我在宿舍裡從來沒看過。」

「我們……垃圾處理人員有自己的宿舍。」

「也就是完全獨立的部門囉？」

「我們總共就幾百個人，和大部分部門的人都不相往來，沒錯。我們的待遇比較好，住的……

住的也比較好。我們是犧牲自己。」

她鬆開手，但小心地擋住他往門口的去路。他舉起雙手，朝房間裡面移動，尋找庇護、尋找藏身處，但找不到。辛妮亞四下環顧，想找個東西把他綁起來，同時思緒飛快運轉，試圖想通這一切。

她逼迫自己樂觀看待：如果她的雇主想打倒雲集團，這可是個大利多，說不定光這件事就足夠了。不管這裡使用什麼妖術供應能源，再怎麼樣也不會比大便漢堡更過分。

她必須這麼想，必須把它當成可能略有價值的籌碼。這樣才不會去想自己吃下了多少雲堡和那些漢堡的油脂。

她打了個寒噤。

「你告訴我，從這個房間要怎麼去能源處理中心？」她開口問道，男子則急忙舉手護臉。

派斯頓

紀卜森停下來，彷彿要先作好心理準備，才起步爬上八級階梯到派斯頓站立處。此時他們之間沒有其他人，所有人都已移到他身後，讓他先走，而派斯頓則是迎接他的人。

剎那間，他回想起自己第一天擔任「完美蛋」總經理的情景。坐在辦公桌前，填寫大量的專利申請文件、商業往來文件，孤單又害怕，但也自由。以後再也無須六點十五分起床，開一個半小時的車，只為來回穿梭於牢房間，聽著囚犯叫喊、哭泣、咬牙切齒。

紀卜森把腳抬上第一級階梯，低著頭，全神貫注。有人伸手去扶他（人潮眾多，派斯頓看不清是誰的手），但紀卜森將那隻手拍開。

準備好推出「完美蛋」煮蛋器後，第一次正式鑄造（也本應是第一個賣出的產品）卻把3D列印機弄壞了。先前的測試都沒問題，但是他更改了一個校正數值，忽然間機器整個失靈，在列印出三分之一塊塑膠後卡住了，結果只完成蛋形器具的頂部。那一刻，他深信自己犯了錯。

紀卜森已經爬了一半階梯。這個全世界最有勢力的人，他兩隻手臂在發抖。就近一看，他的皮膚泛黃，脖子與手背與手臂外露部分都布滿褐色肝斑。

派斯頓的腳抽動了一下。他想跑，想伸腳絆倒此人，想抓住他用力搖晃，問問他：**你知道我是誰嗎？你看到我了嗎？**

紀卜森爬到了頂，深深吸氣，然後吐氣，頭低垂著。派斯頓後退一步，給他騰出些許空間，這時紀卜森抬起頭來。他有一雙年輕人的眼睛，眼神中有一種活力，一種能量，不受其他任何因素影響。你就好像看著某人，看見了他內在有輪子不停轉動，心下納悶他怎麼會睡覺。

紀卜森微笑點頭說：「你叫什麼名字，年輕人？」

說著伸出瘦骨嶙峋的手。

派斯頓伸手握住。這是出於禮貌，不自主的反射動作。他們握了手，紀卜森的手又冷又濕。

「派斯頓……董事長。」

「派斯頓，請叫我紀卜森就好。告訴我，你覺得在這裡工作怎麼樣？」

「我……」他心跳漏了一拍。他很確定，真的停止了，但隨即又重新跳動。他試著想說出內心話，但字句全黏在嘴巴裡面。

最後只說：「我很喜歡這份工作，董事長。」

「好樣的。」紀卜森頷首說道，然後閃過派斯頓走向舞台，群眾立刻爆出歡呼聲，響亮得有如流水撞擊岩石。達柯塔就在派斯頓旁邊，卻仍湊上前來，在他耳邊吹著熱氣大喊，也只能勉強聽見：「眞不敢相信他跟你握手了。」

派斯頓呆呆站立，瞪著自己的腳，定在原地不動。到最後，他腦子裡的吶喊聲壓過了群眾的吶喊。

辛妮亞

辛妮亞步下連接三棟處理中心的接駁電車，進到能源處理部門，心裡盡可能不去想雲堡，但她下半輩子恐怕都忘不了了。

這個大廳也和公司其他所有大廳入口一樣，有混凝土磨石地板和尖銳稜角，有螢幕播放著廣告與客戶見證，還有放射狀走廊通向大樓內部。

這裡也是空無一人。

今天她去過的地方多半都沒人，因為追悼會的緣故，可是這裡感覺不一樣。好像有點不太對勁，但她也說不出個所以然，也許是終於來到這裡，站上了懸崖頂端，內心緊張所致吧。

過了一會兒，她發覺此處並非毫無生氣。在另一頭擺了一張小桌子，桌旁坐著一名穿藍衣、身材豐腴的年輕女子，褐色頭髮梳成高聳的蜂窩髮型，戴著一副紅色塑膠粗框眼鏡。她在看一本平裝書，沒有抬頭。

辛妮亞穿過大廳往桌子走去，布鞋踩在地板上發出吱嘎聲，在四壁間回響著。她靠近後，女子才抬頭看，辛妮亞也才看清她在看的是蘇・葛拉芙頓的《不在場證明》，書皮已經破破爛爛。

「這本好看。」辛妮亞說。

女子斜眼看她，似乎感到困惑，好像辛妮亞不應該出現在這裡。辛妮亞見狀緊張起來，飛快地動腦筋思索可信的藉口，不料女子咧嘴笑笑說：「每一本都看了五、六次。現在又要從第一個字母重新看起。這系列很多本的好處是，等我再從頭看的時候已經忘記兇手是誰了。」

「這樣很好啊，不是嗎？」辛妮亞問：「又會再次大吃一驚。」

「嗯。」她將翻開的書貼在豐滿的胸前問道：「有什麼事嗎，親愛的？」

「噢，只是需要進去找個人談談。」

她瞇起眼，那神情讓辛妮亞自覺說錯話了。「找誰？」

「提姆。」

「提姆……」

糟了。「我忘了他姓什麼。很像波蘭姓氏，全部都是子音。」

女子瞪視著辛妮亞片刻，嘴角往下垂。接著她將書放到桌上，舉起手腕，按下錶側的按鈕。

「能源處理中心這裡有點狀況。」

辛妮亞立刻撲過去，抓住女子的手臂。女子高喊一聲：「喂！」書本被撞落到地上。辛妮亞繼續抓著她，一面疾步繞過桌子，然後將女子壓制在地。

「妳到底在做什麼？」她問道。

「抱歉。」辛妮亞從口袋摸出裝混沌的盒子。以目前的姿勢她有足夠優勢能單手壓住女子，用另一手打開盒子，滑出一片混沌，趁女子張口大聲呼救之際塞進她嘴裡。女子狠狠咬住辛妮亞的手指，她使盡全力才掙脫出來，但過沒多久，女子便癱軟了。

她等候著，看女子的雲錶會不會傳出什麼答覆。毫無動靜。很好。可能是所有人都還在爲當天的活動忙得不可開交。

正這麼想著，手錶忽然喀喇一聲。

「什麼狀況？」

辛妮亞連忙起身逃開。

派斯頓

「謝謝大家，謝謝大家。」

紀卜森連說了十幾次，試圖讓群眾安靜下來好讓他可以說話。方才和派斯頓交談時，他的聲音微微顫抖，但一站上舞台，面對那麼多人，他頓時找到了隱藏的能量。他的聲音略顯低沉，顯然是吸取了群眾的精力。

「非常謝謝大家的熱情歡迎。」鼓掌聲逐漸減弱後，他開口道：「我必須老實告訴各位，我沒法說太久，但我想上來感謝大家，打從心底地感謝。能創立這間公司，看見這麼多微笑臉龐，眞是我莫大的榮幸。我很……」他停頓一下，聲音轉爲濃濁。「我很羞愧，眞的很羞愧，但宣讀遇難者姓名時，我會坐在那裡。」他指向一排爲他與隨行人員擺設的椅子。「然後我想在離開前，到處去走一走。這是個非常特別而重要的時刻，讓我們不要忘記自己有多幸運，能和大家一起在這裡。」接著他瞄向卡森與女兒說道：「能活下來是多麼幸運。」

他舉起一手，群眾再次呼聲震天。他走向座位，其他人跟隨在後，等他整個人重重跌坐在椅子上，他們才跟著坐下。一個穿白色polo衫的女子走到麥克風前，現場立即鴉雀無聲，她於是開始朗讀人名。

約瑟芬・亞蓋羅

弗來德・亞尼森

派蒂・亞札爾

派斯頓感覺心臟微微揪緊。每到這一天總會這樣。黑色星期五大屠殺總是如真似幻。雖然大家老是說不該遺忘，卻輕易就忘記。但又不是眞的忘記，只是這起事件變成了你生活中背景音的一部分。譬如，派斯頓記得事發時的新聞畫面，屍橫遍地，白色亞麻地板上的鮮血在日光燈照耀下紅得發亮。但這一切成了背景的一部分。這是一段歷史，但一如所有歷史片段，過一段時間就會蒙塵。

像今天這樣的日子是給你機會，抬起手撥開積塵，再仔細看一看。讓你記得這一天何以如此獨特。他很希望能關掉這件事，想想其他事情，卻怎麼也做不到。因此他只能雙手交握，低著頭站在那裡。

都已經過了這麼久，有些名字他仍然記得。

宣讀完畢後，紀卜森與少數幾名同伴站起身，在台上兜繞了一下才從另一邊的樓梯下去，展開搭乘電車的巡視之行。這回，紀卜森讓克萊兒扶著他下樓梯。

不過雷伊・卡森卻站在後面，讓其他人先行。他四下環顧，細細打量著群眾，拳頭不斷地握起、張開。直到有一刻他實在落後太多，派斯頓擔心電車受延誤，便走到卡森後面問道：「怎麼了嗎，副董？」

卡森搖搖頭，登時彷彿如夢初醒。「沒事，沒事。」他擺擺手，目光沒有和派斯頓相交，便尾隨其他人而去。

當紀卜森走過拉起封鎖線的淨空路線，派斯頓負責殿後。紀卜森每幾公尺就會停下來，走到分隔線旁，微笑握手，還會探出身子，弓起手掌附在耳邊，以便聽清楚群眾在說什麼。此舉讓護衛人員很緊張，好像他正拿著一塊汁多味美的肉排走向一群野狗。他們互看一眼，靠得更近，有幾個人好像打算擋在紀卜森與群眾之間，又隨即後退，不知道這個情況下該怎麼做才對。

有幾次，紀卜森轉身向克萊兒招手。克萊兒似乎寧可站在一旁，左手垂著，右手放在手肘處抱住身子。前幾次，紀卜森還面帶微笑，但很快就氣惱起來。他倒沒有流露在臉上，而是手勢。一開始是親切的招手，不久卻變成手刀切過空氣。

最後終於加入父親的克萊兒，會睜大眼睛、面露微笑，邊點頭邊握手，通常當你想要確保對方知道你確實在傾聽，就會是這副模樣。她一逮到機會就又再次抱著手，而紀卜森則是幾乎淹沒在人群中，他會盡可能地深入去握更多的手，臉上也始終帶著太陽般的燦爛笑容。

快到電車月台時，派斯頓的電話響起。他本能地就要掏出電話，卻隨即想到不該這麼做。不管是什麼事都不重要。

但是電話馬上又響了一聲。

這時候他人在隊伍最後面，所有人都面向前方，達柯塔和杜布茲也不例外。既然沒人看著，他便側轉過身，將手機微微拿出口袋，剛好能看到螢幕的程度，發現是辛妮亞傳的簡訊。

別上電車。

接著另一則：

拜託。

辛妮亞

辛妮亞跑過走廊，潛入辦公室和洗手間，又查看了伺服器機房，沒看見人影。整個部門連一個人都沒有，不僅如此，這裡的安靜程度恐怕就和月球表面一樣。

難怪會被前面那名女子識破。辛妮亞說要找人，但根本無人可找。

這裡不但空無一人，似乎也完全沒有啓動機器。有幾次她在電腦或成排的伺服器前停下腳步，尋找閃爍的燈號，都沒找到。她把手放上去，看看有無熱度或震動，不料一切都死寂冰冷。

她本來就料想到會有很多人去參加追悼會，但總會留下一些員工。母雲可不是咖啡機，不可能就這樣轉身丟下，任由它自行運作。可是看樣子，好像每個人都被下了魔咒而從崗位上消失，所有地方都空著，甚至還看到有幾扇門半開半掩。她愈往前進，跑得愈快，希望不要被胃中翻騰的恐懼給追上。

然而，儘管大樓裡一片死沉，她好像感覺到了什麼。空氣中有個靜電場，讓她皮膚表面宛如萬蟻攢動，也把她拉向大樓更深處。來到一道寬闊的樓梯，她拾級而下，那股拉力彷彿來自下方。

她走著走著，想到了派斯頓。

如果一切依計畫進行，他們很快就要上電車了。電車將會撞到槓片，然後出軌，造成許多人傷亡。也許派斯頓會是其中之一。她在腦海中想像著。屍體、鮮血，還有他——在一片狼藉當中全身扭曲變形，那張傻臉皮開肉綻。

她驅走腦中這個畫面，不理會耳中輕輕鳴響的咿咿聲。派斯頓是誰啊？不就是個路人而已。誰管他死活？哪個人不會死。本來就是這樣。人只不過是填塞了點什麼的皮囊，而其中有些東西能讓他們行動、說話。但說到底，也只是皮肉罷了。

再說，這世上已經人滿爲患。人口過剩才會導致現在連外面都出不去，所以減少一些人或許是件好事。可以少幾個皮囊釋放二氧化碳、瓜分資源。

她皮膚上的蠕動感逐漸增強。她停了下來，手臂上的寒毛已然豎起，很接近了。不知道接近的是什麼，但她感覺得到。低鳴聲持續不斷。

眼前出現一道金屬門，正中央有個大轉輪。她跑過去，舉起手腕往感應板掃一下。

紅燈。

再試一次。還是紅燈。

她進不去是因爲褐衣人無權進入，還是因爲保全正朝她快速進攻？到底是哪裡搞砸了？她不確定，但無論如何時間緊迫，於是她將背往後靠，抬起腳跟踢向感應面板，力道之猛讓她整條腿發麻。踢了一次、兩次。到了第五次，牆上的圓盤終於迸開垂落，後面拖著五顏六色的電線。

也顧不得細膩了。她將電線混合配對，試圖利用短接電路的方式開門，經過三次電擊後，圓盤轉爲綠色。她於是旋轉輪子，打開門。進行到一半，又想起派斯頓。

想起他摟著她的感覺。

想起他詢問她當天過得如何，那關心的口吻。

想起他的存在，猶如一雙拖鞋和一條溫暖毛毯。

「要命。」她說：「眞他媽的要命。」

她一掌打在門上。

接著拿出手機，打開與他最後一次的簡訊對話。

別上電車。

送出。

接著：

拜託。

送出。

手機輕輕咻了一聲，她頓時大大鬆了口氣，好像終於放下扛在肩上的沙包。這也許是個錯誤，但若將種種情況納入考量，但願這是個好的錯誤。她繼續轉動輪子，打開了門。

派斯頓

派斯頓定定凝視手機，然後抬頭看著紀卜森與隨行人員魚貫步入電車。當所有人都上車後，幾乎擠得水洩不通。每個人都在笑，好像一起在玩遊戲。能擠進多少人呢？不管車廂有多滿，擠在門邊的人仍繼續邀請落在後面的人加入他們。

達柯塔回頭看見他站在月台上，皺起了眉頭。接著她注意到他手上的電話，隨即揚起眉毛、翹起嘴唇，並握起拳頭轉身面向他。

那到底是什麼意思？

為什麼辛妮亞叫他別上電車？

達柯塔揮了揮手，但手低放在大腿邊，免得被人看見。她是要他過去，還是要他收起電話？他看不出來。

這麼想有點蠢，但他還是忍不住想了：這則簡訊帶著特殊口吻，是絕望？是害怕？他也不知道簡訊怎麼可能帶有口吻，但的確是有。辛妮亞在擔心他，為什麼她需要擔心他？

除非電車有什麼問題，否則她不會叫他別搭車。

達柯塔漸漸接近了，她舉起兩隻手好像要搶他的電話。他在考慮要問問她，但電車上的人似乎覺得可以了，對於上車的人數已經感到滿意，因此準備要出發了。

「等一下。」派斯頓說。

達柯塔問：「你到底在搞什麼？」

「等一下！」派斯頓與她擦身而過，對著車廂開口與門邊擠彎了身子的人揮手喊道。

車廂內的人面面相覷。

除了卡森之外。他與派斯頓四目相交，整張臉糾結起來，好像在解一個心算題似的。緊接著，他雙眼圓瞪，嘴巴不自主地微微張開，然後很快地從人潮中擠出來，一面漲紅了臉叫喊著要他們別擋路，就像是要逃離一艘即將沉沒的船。

辛妮亞

一陣凜冽寒氣襲向辛妮亞，比冷凍庫還冷，鼻竇幾乎就要凍傷的冷。門後是一間偌大的方室，至少有四層樓高，樓梯與走道順著混凝土牆迂迴彎曲。

室內空蕩蕩，只有一個箱體，形狀大小有如冰箱，幾乎就位在地板正中央。

她走了進去，腦中瞬間充斥低鳴聲，牆壁恍若在顫動，腳下地面龜裂不平。這裡面本來放置過機器，巨大機器，水泥地都染上了溢出的油漬，而且有槽紋和螺栓孔和物體拖行留下的溝痕。不管是什麼，那東西都很重要，這房間是爲了它而改變用途。有個角落裡堆放著有待組裝的鷹架、成綑的鐵絲與金屬支架。

冰箱是鐵灰色。她慢慢上前去，預期會有警鈴響起，或是會被什麼東西砸中，或是昏過去，但什麼事也沒有。空氣的溫度變了，似乎更冷，但奇怪的是也很潮濕。

她來到箱體前，伸出手指按壓，冷到皮膚有一種燒灼感。箱體側面有扇窗，但因爲裡面結滿了霜，什麼也看不見。

雲集團就是靠這個供電的？

辛妮亞開始頭暈。不可能，不可能啊。這個地方就像一座城市，而這整個儀器卻小到可以放進皮卡貨車的車斗。

她顫抖著手拿出口袋裡的手機，開始拍照。拍這東西的每個角度、每個面向，牆壁和地板，角落裡的建材，牆壁和天花板。儘管沒看見什麼，她還是往窗內拍了照。有幾次因爲手抖個不停，大拇指滑進鏡頭，只好重拍。她喀嚓、喀嚓又喀嚓，希望拍得夠多。

拍完後退出房間時，看見長廊盡頭的一扇門打開來，粉紅閃現。她確認手機已放妥在口袋，便往另一條廊道走去，尋找任何看似出口的地方。

辛妮亞來到一間長而彎曲的房間，沿著右邊牆面是一個個小隔間，左邊則是大片的毛玻璃。這裡是外牆。她想舉起椅子砸破窗戶，但這麼一來便毫無掩護，很容易成爲攻擊目標。而且根本不確定這裡離地面夠不夠近，能否讓她安全跳落。

不行，她得找到回電車站的路。可是他們知道她在這裡，就算沒在電車站等她，也會知道她要往那兒去。她試著回想地圖，回想有無其他有用資訊，可以讓她逃離的方法。

醫療電車或許可以。如果這個地方空無一人，也許救護電車沒有工作人員。只不過她不知道要去哪搭。

於是她拔腿疾奔。奔過走廊，穿過出入門，經過一間空空蕩蕩的自助餐廳，接著是另一間辦公室，和一個有如外星人太空船內部的房間。她拚命地跑，拚命地想讓黃線轉綠。

她來到一條空廊道，灰色地毯配白牆，盡頭處是個T字岔路，在那兒有六個穿黑色polo衫、面目兇狠的男人。他們個個鼻子扭曲變形、耳朵狀似花椰菜、眼神粗暴，總之是那種喜歡打人也喜歡挨打的人。

辛妮亞停了下來，腸胃開始扭絞。

這些人不是保全。他們是另一種人，比那些在散步道閒晃的藍衣呆頭鵝要危險得多。

她想撤退，但他們離得太近，抓得到她。她甚至可以看見他們臉上的興奮表情，就像盯著即將到手的美味獵物。

如今只有一條出路了。

爲了能從這條出路離開，她將自己從坐在戲院裡進行那場可笑的面試開始，不斷深埋累積的憤怒、沮喪與怨恨，一股腦兒全激出來。一開始，她爲來到這裡工作的人感到難過，覺得他們多少有些不足或是弱勢，可是來了這麼久讓她開始了解到：這地方是專門設計來剝奪人的選擇，設計來逼迫人屈服的。

她忽然很想見見余灰，跟她說聲對不起。

不管有用沒用。

走廊末端那些人開始不耐煩。最前面的一個體型精瘦，灰白頭髮理成小平頭，前臂上有軍人特有的刺青，他脫隊走向辛妮亞，神態輕鬆自信。

「好了，小妞，妳沒戲唱了。」他說。

她嘆了口氣。未戰先降太沒有女子氣慨了。

「那好吧，王八蛋。」她對小平頭說：「你應該就是第一個了。」

其他人彼此互看一眼，有幾個露出微笑，甚至有一個還噗哧一聲。小平頭已靠得夠近，便舉起雙手要去捉她，辛妮亞上半身往後一閃，順勢抬起腳狠踢他的下體。她感覺到布鞋尖端軟陷進去，對方彎下身子，她於是往後一退，重重揮出一記直拳並同時閃身，將對方打倒在地。

其餘的人感到驚訝，但仍不膽怯，畢竟是五對一，因此下一個人作出了錯誤決定，還是向她單挑。他是個魁梧的光頭男，看起來好像把酒吧打架當消遣，於是辛妮亞欺身向前，蹲低後連續兩記重拳打在他的腹部與肝臟部位，一、二。見他企圖後退，她立刻集中全身力量揮出上勾拳擊中對方，從手臂感受到的衝擊力道，她很確定自己的手不知哪裡斷了。

當他往後摔倒，其他四人立刻衝來。辛妮亞迎上去，但身子向左移，靠著牆邊，盡量讓他們成一直線，不給他們從背後襲擊的機會。她高舉手臂護頭，不斷揮出刺拳製造距離，揮拳如揮鞭，讓他們互相絆跤、撞成一團。看情形她著實比他們技高一籌。

當對手減少到只剩兩人，她以爲應該會有機會，沒想到走廊另一端竟冒出一批黑衫男女，源源不絕地跑來。

她的視線移開太久，忽然有人抓住她的下巴，她轉過身，接著一個踉蹌單膝跪地，接下來所有人一擁而上。此時的她除了呼吸還是只能呼吸。

10 當事人

派斯頓

辛妮亞直挺挺地坐著，瞪視牆面，兩眼昏花、披頭散髮，身上穿著褐色制服，有一隻眼睛瘀青，髮際線附近有一抹血漬。她面前的桌上整齊排列著幾樣物品：一只雲錶、她的手機、一個紙杯。杜布茲坐在桌子另一邊，面對她，背向派斯頓，所以他完全看不見長官的臉。只見他抱著手，緊繃的肩膀起伏著，好像在說話。

辛妮亞盯著牆上一個固定的點。拳頭握緊張開了幾次，臉也跟著露出痛苦表情。

「她麻煩大了。」達柯塔說。

「她出了什麼事？」派斯頓盡可能以平穩的語氣問道，並強忍住揮拳打破玻璃的衝動。

「她和人打架了。」

派斯頓回頭看向開放辦公區，到處都是藍色與駝色制服，大夥忙碌不已。雷伊・卡森和紀卜森・威爾斯和女兒也來了，但是被帶到其他地方去。

「我們調出了追蹤資料。」達柯塔低聲說：「昨晚你和她在一起，很多晚你們都在一起。」

派斯頓交抱雙臂，看著辛妮亞不知對杜布茲嘟噥些什麼，目光卻始終沒有離開牆上那個點。

「你要接受訊問。」達柯塔說。

「我知道。」派斯頓說。

「有什麼事想跟我說嗎？」

「我不知道發生了什麼事。而且我一定會……」

他沒把話說完。達柯塔傾身進入他的視野，直視著他的雙眼。

「怎樣？」她問道：「你想做什麼？這個我就不跟你計較了，不過接下來要說的話最好小心點。」

派斯頓緊緊閉口不語。達柯塔盯著他，好像想透視他的表皮，想從皮下找出某種證據似的。派斯頓才不管她相不相信他。他還是不知道自己比較想要什麼：是杜布茲出來拍拍他的頭，叫他回家？還是直接衝進去，抱起辛妮亞，送她到安全的地方？

又過了半晌，杜布茲走出來朝派斯頓招招手。他跟了過去，達柯塔也是。杜布茲卻對她舉起手說：「妳不必。」

達柯塔於是後退。派斯頓低頭跟他走，眼睛盯著灰色地毯，不想往上看，因爲他猜想現場的每個人都在看他。杜布茲將他帶到辦公室，走進去之後關上門。

派斯頓自行坐了下來，杜布茲也坐下，兩手疊放在腿上，端詳了他許久。他就和達柯塔一樣，試圖解讀派斯頓，就好像這一切的答案都寫在他臉上。

派斯頓只是等著。

「她說你跟這些事毫無半點關係。」杜布茲微微偏著頭說，彷彿在思考這個可能性。「她跟我說她只是在利用你突破我們的保全系統，如此而已。除了說她把你騙得團團轉以外，什麼也不肯多說。」

派斯頓張口欲言，但話語又被嚥了下去。

「她是商業間諜。」杜布茲說，這句話宛如拳頭般打在他的肋骨。「受雇潛入公司行號，竊取機密。我們已經大致拼湊出她的身分，告訴你吧，你到現在還能活著應該偷笑了。裡面那個女人是個冷血殺手。」

「不，她不可能……」派斯頓開口說。

「說眞的，關於你知悉的程度，我個人實在不知道該相信多少。」杜布茲說：「你或許是同謀，也或許不是。我只知道一件事：有人把一塊舉重槓片塞進楓樹館的軌道裡，感應器沒感應到。要是我們上了那輛車，可能會出軌失事，人員可能受傷慘重，甚至可能死亡。所以我要你老實說，你爲什麼叫大家別上車？」

「我……」他停頓下來。

「因爲如果你牽涉其中的話……」

派斯頓拿出手機，打開簡訊 app，手指滑動螢幕，然後遞過去。杜布茲低下頭，將手機拿得遠遠的，試著聚焦。

「她傳了簡訊給我。」派斯頓說：「我猜如果她不要我上車，表示有問題。這是一種直覺。」

杜布茲點點頭，把電話放到身後的桌上，在他拿不到的地方，然後抱起手來。派斯頓暗忖著，不知還能不能取回電話。

「你對她了解多少？」他問道。

「就是她告訴我的事。」派斯頓說：「她叫辛妮亞，是個老師，想搬去國外教英語……」

派斯頓住了口，猛然察覺自己對她幾乎一無所知。他知道她愛吃冰淇淋，睡覺時會輕聲打呼，卻無法確定她眞的是老師，或者她眞的叫辛妮亞。這些都是她告訴他的。

「再來會怎樣？」派斯頓問。

「我們會找出眞相。」杜布茲說：「我再說一遍，我們的立場是你在動盪的情況下做了件好事，不管事情是怎麼發生的，總之，你都救了人。這點我不會忘記。」

這番話有一種在葬禮上致詞的味道，派斯頓不喜歡。

「我愛她。」他說。

派斯頓一說完臉就紅了，他覺得難爲情，而杜布茲看他的眼神讓他更難爲情，好像在看一個全身弄得髒兮兮的小孩。杜布茲手撫下顎，說道：「聽好了，小伙子，我們需要你回顧一下前幾天的行程，好嗎？」

派斯頓好奇地想，假如他拒絕，下場會有多糟？肯定會被解雇吧。但最糟也就是這樣了，把他炒魷魚。外面還是有工作的，雖然和雲集團無關的不多，但無所謂。總會找到辦法活下去。

爲了保護辛妮亞，值得嗎？

她利用了他。

他向她提出了同居的要求，還差點說出他愛她。她在嘲笑他嗎？她心裡有絲毫內疚嗎？

沒錯，她是救了他一命，沒讓他掉入她自己設的陷阱。也就是說當天稍早她斟酌過他死去的可能性，最後決定值得一試。

「你合不合作眞的很重要，派斯頓。」杜布茲說。

派斯頓緩緩地搖了搖頭。

「你知道你在保護的是誰嗎？」

派斯頓聳聳肩。

「看著我，小伙子。」

派斯頓不想照做，但忍不住往上瞄了杜布茲一眼，只見他面無表情，難以捉摸。

「這樣如何？」杜布茲說：「你進去和她談談，如何？」

「你確定這樣好嗎？」

杜布茲弓著背站起來，看似有點費力，然後繞到桌子側邊。他靠在桌邊，膝蓋與派斯頓的膝蓋相碰，派斯頓連忙縮回。杜布茲聳立在他跟前，高高在上。

「幫我們也是幫你自己吧，小伙子。」他說。

辛妮亞

手指鐵定斷了。每一握拳，就是一陣劇痛。五臟六腑也像被人用鉛管痛打過的一袋馬鈴薯。

門開了，辛妮亞看見她最意想不到的人，其實也許根本沒那麼驚訝。派斯頓站在門口，看著她彷彿看著一頭被關在不太牢靠的籠子裡的野獸。彷彿擔心她會衝破圍欄攻擊他。

那些混帳王八蛋。

派斯頓走到桌前，拉出椅子，椅腳刮過地面發出尖銳摩擦聲。他小心翼翼地坐下，好像覺得他仍然可能刺激她。

「對不起。」辛妮亞說。

「他們要我來問妳，妳是怎麼做的。他們沒說清楚妳做了什麼，不過他們說要妳詳詳細細列出妳進公司以後做的每件事，好讓他們釐清妳是怎麼做到的。」

他語氣呆板，有如電腦語音朗讀文句。辛妮亞很納悶他這麼做是在保護誰。她微微聳一下肩膀。

「他們跟我說妳利用我，爲了方便通行。」他抬眼看她。「是眞的嗎？」

辛妮亞吸了口氣，思考著該怎麼說。但好像不管怎麼說都不對，大大的不對。

派斯頓放低聲音。「他們以爲我幫了妳。」

辛妮亞嘆氣道：「這點我很抱歉，眞的。」

她確實沒有說謊。

「妳眞名叫什麼？」派斯頓問。

「我忘了。」

「別耍花樣。」

「對我來說重要。」

她又嘆氣。「反正不重要。」

辛妮亞別過頭去。

「好吧。」派斯頓問道：「妳來這裡做什麼？」

「有人雇我來的。」

「爲什麼？」

「幹活。」

「別這樣，拜託。」派斯頓眼中泛起淚光。「他們說妳是殺手。」

「他們要策反你，什麼話都說得出口。」辛妮亞說。

「所以這不是真的。」

她本想說不是，但猶豫著沒出聲。派斯頓看出來了，臉立刻垮下來，她頓時領悟到根本不用說，猶豫的本身就是答案。

「我沒辦法讓你搭上那班電車。」她說。

「妳差點就做到了。」

「可是我沒有。」

「爲什麼？」

「因爲……」她略一停頓，環視房間一周，並注視著窗子、注視著另一邊的人良久。她看著他們說道：「我在乎你。」緊接著才轉頭看著他。「這是真的，我在乎你。我跟你說的不是句句實話，但這句是。」

「妳在乎我。」派斯頓小心咀嚼著這句話，好像裡頭藏著什麼尖銳的東西。「妳在乎我。」

「我是說真的。」

「他們想知道妳是怎麼做的，」他說：「不管妳到底做了什麼。杜布茲說妳不肯告訴他們，他們覺得我可以說服妳。」派斯頓抬起肩膀，重重垂下。「而我根本不知道妳到底搞了什麼鬼。」

辛妮亞對著玻璃挑起一只眉毛。「你不知道比較好。」

「什麼意思？」

「因爲我大概知道是怎麼回事了。」辛妮亞深深嘆了口氣。「如果我想的沒錯，我絕不可能活著離開這裡。」

派斯頓整個人愣住。利害關係轉了向，一時間氣也消了。「不，」他說：「不，我不會……我……」

「這和你沒有關係，不管要說幾遍，我都會大聲地這麼說。」她看著窗子說。

派斯頓似乎有意說點別的，卻不知該說什麼。他的臉一會兒皺縮一會兒舒展，憤怒、恐懼、悲傷，還有其他某種情緒，從他內心深處湧現，使得他臉皮漲紅，看起來像個孩子，而他的臉每扭曲一次，辛妮亞的心就揪擰一下。她這一生中受過槍傷、刀傷與凌虐，也曾從高處墜落，跌斷許多部位的骨頭。她與痛苦熟稔得有如摯友，並學會了將它內化，深入其中甘之如飴。

但是這個感覺竟好像是第一次受傷。

派斯頓起身時欲言又止，躊躇了一會兒才轉身走向門口。

辛妮亞想要告訴他，告訴他一切：她爲何會在這裡、她來做什麼，甚至說出她的眞實姓名。然而一無所知是派斯頓的護身符，她不能拖他下水，他不該落得這種下場。

她無法讓他們之間的最後一次談話就這麼結束，便說道：「等一下。」

「爲什麼？」

「拜託。」她朝椅子點了點頭。「我還有件事想說。說完以後，你就看著辦吧。」

他重新跌坐回椅子上。舉起一手，催促她繼續。

「你知道我一直在想什麼嗎？」她問道：「就是余灰在書店裡說的話。」

「什麼話?」他問道,聲音低得宛如呢喃。

「她提到我小時候看過的一個故事。」她說著在椅子上動動身子。「故事裡講到一個地方,一個烏托邦,沒有戰爭、沒有飢餓,一切都完美無瑕。只不過爲了維持這個現狀,必須將一個小孩關在暗室,始終無人照顧。我不知道爲什麼。反正……事情就是這樣。沒有光線、沒有溫暖、沒有仁慈,就連爲他送飯的人,也被下令不許理他。人民接受了,因爲事情就是這樣,就好像靠著這個神奇的規定維持了現況。一個小孩受苦,卻能換來每個居民的巨大幸福,和數十億人相比,一條命算什麼,你懂吧?」

派斯頓搖搖頭。「重點是什麼?」

「每次聽到這個故事我都很生氣。我心想,人絕對不可能過那種生活。怎麼會沒人去幫那個孩子呢?我老想著要替它改寫一個新結局,讓某個勇敢的人衝進去抱起小孩,給予他他從未得到過的愛。」她絞盡腦汁才想出最後那一段話,就像是腳下的土地被掘開,使得埋在地底的東西得以出土。「故事裡面有一些人,知道小孩的事以後無法接受,就離開了。他們沒有試圖去救孩子,只是離開。」她笑起來。「這也正是故事的名字。《離開奧美拉城的人》,作者是娥蘇拉·勒瑰恩。你應該找來看看。」

「我不在乎什麼故事。」派斯頓說:「妳欺騙我。」

「這就是問題所在,你還不懂嗎?沒人在乎。」

「夠了。」

「你從來沒騙過人?」

「這不一樣。」

「你從來沒搞砸過什麼事？」

他一個字一個字地說：「這不一樣。」

她嘆一口氣，點點頭。「希望你能過得好。」

「我會的。」他說：「我會有個美好人生。就在這裡。」

辛妮亞頓時口乾舌燥。「你站在他們那邊？」

「他們是不完美，但至少我在這裡有工作，有地方住。也許這是最好的方式，也許市場主宰了一切，不是嗎？」

辛妮亞淡淡一笑。「或者你也可以直接離開。」

「去哪？」

她張開嘴，彷彿想說：**你不知道？你不明白？**她想把自己看見的、發現的告訴他，並說出她的感覺，說出這個地方對他、對她、對每一個人、對這整個該死的世界做了些什麼。

但她也希望他能活著，於是說：「別忘了，自由是屬於你的，直到你放棄它。」但願這樣已經足夠。

派斯頓把椅子往後推，站起來，往門口走去。辛妮亞又說：「可不可以幫我一個忙？」

「妳在開玩笑吧？」

「其實應該是兩個。」她說：「有一個褐衣員工叫海德莉，和我住同一層樓，Q號房。去看她一下。還有你自己多保重。」她聳肩微笑著說：「好了，沒事了。」

派斯頓

派斯頓的心肺和皮膚幾乎就快繃裂，他跌跌撞撞走出訊問室，一頭栽進貼在窗前觀看的群眾間，隨即擠過人群，走進隔壁的訊問室，裡面沒人。他坐在椅子上，雙手抱頭。

門啪的一聲打開。派斯頓聽到拖行的腳步聲，但不想抬頭看，倒想吼對方別來煩他，不管那是誰。心想若不是杜布茲就是達柯塔。

對面的椅子發出尖響。

他從桌面抬起雙眼，看見的竟是紀卜森．威爾斯。

舞台上那個笑容，那個彷彿永遠固定在他臉上的笑容，不見了。他駝著肩，給人一種猛禽的感覺。他坐下來深吸一口氣，接著吐氣。然而，無論如何——儘管疾病纏身且壓力累積了一整天——他還是展現出力量。那個癌症想必威力強大，才能擊垮這樣一個人。

紀卜森兩手疊放在腿上，上下打量著派斯頓。「杜布茲跟我說你是個好人，可以信賴。」

派斯頓只是靜靜看著他，不知該說什麼。一時無言。就算膽敢開口，他也不敢去想自己會說什麼。和紀卜森．威爾斯說話猶如晉見上帝。你要跟上帝說什麼呢？

嗨，你好嗎？

「我對杜布茲還算了解。」紀卜森說：「每隔一、兩年，我都會帶母雲各分公司的駐衛警長到我的農場去，認識認識他們，因爲他們確實是維繫這些地方的關鍵。我很喜歡杜布茲，他是老派的人，跟我一樣，很把工作當一回事，不會鬼混度日，事故率非常低，我想這裡可能是所有母雲當中最安全的一間。當他跟我說你值得信賴，就足以讓我相信了。但我還是想和你面對面坐坐，感覺一下。所以囉，小伙子，你來告訴我，你值得信賴嗎？」

派斯頓點了點頭。

「說出來啊。」紀卜森說。

「我值得信賴，董事長。」

紀卜森再次露出微笑，精明無比的笑容。「很好。現在我就來告訴你發生了什麼事，我也相信這會是朋友之間的祕密。」

他說「朋友」二字的口吻，讓派斯頓心裡覺得暖寒交加。

「事情是這樣的，」紀卜森說：「那些人型零售商，就是還在經營的那些？你也許不知道，但其實他們都屬於同一家公司，紅磚控股公司。黑色星期五事件過後，實體零售店開始走下坡，很多企業最後都宣告破產，於是紅磚就介入，救了所有人，把他們全都聚集到同一個公司旗下。到此爲止，都聽得懂嗎？」

「懂。」派斯頓回答道，聲音響亮清晰。

「很好。可是呢，這家公司的老闆，他們不喜歡我。你看起來挺聰明的，肯定知道爲什麼吧。所以他們就雇了外面那個女孩，侵入我們的能源處理中心，看我們如何發電。你知道我們是怎麼發電的嗎？」

「不知道。」派斯頓說。

「簡單說，就是一種非常特殊的尖端科技，它能拯救這個世界。」他說：「你沒有小孩吧？」

「沒有。」

紀卜森嚴肅地點了個頭。「如果你有小孩——你還年輕，還有時間——等他們有了自己的小孩，也就是你的孫子囉，他們將能夠再次到戶外玩耍，即使夏天也不例外。那就是我們的目標。很不錯吧？」

派斯頓簡直不敢相信。聽起來太荒謬、太不眞實了。多年來，不斷有人丟出關於如何拯救地球的想法，卻沒有一個能持續。「是啊，董事長，眞不錯。」

「當然了。所以，這個女孩就受雇來竊取我們獨有的資訊。更令我懊惱的是，有人額外加碼要她除掉我。他難道不知道再過幾個禮拜，我一定是會走的。所以這女孩企圖殺死我，她在替敵人做事。」紀卜森將身子湊近。「我知道這很難接受。我只是希望你明白這整件事的來龍去脈，讓你能看到全貌，這點很重要。」

「好。」派斯頓說。

「就這樣？『好』？」紀卜森語帶懷疑地問，就像個無法理解小孩頂嘴的家長。

「不是的，這不好，我知道不好，只是……」

紀卜森舉起一手。「一下子難以接受。你聽著，我要你明白一件事。你救了我的命，我不會等閒視之，你會得到回報的。工作的保證，至於星級呢？不重要。從現在起你就是雲集團的終身員工。聽杜布茲談起你的口氣，我可以感覺到他有一些大計畫。經過這件事之後，你的生活會輕鬆一點。」他將手放到桌上。「但相對的，你也需要給我一點東西。」

派斯頓倒抽了一口氣。

「這一切，你全部從腦中移除。」紀卜森說：「這裡發生的事情，你就把它忘了，走出那扇門去過你的舒服生活。再也不要提起這些事，對杜布茲也別提。」他壓低聲音，幾乎像在憤怒低吸。「我要你明白，這一切從未發生過，這對我非常重要。」

紀卜森說這話時面帶微笑，但笑意並未延展到聲音裡。

「她會怎麼樣？」派斯頓問。

紀卜森冷笑一聲。「你眞的在乎嗎？她都那麼對你了？小伙子，你現在不應該問我這個問題。」

派斯頓想到前一天晚上。他差點就說出他愛她。又想到她溫熱、柔細的肌膚，想到她撫摸他的感覺、她的雙唇，而同一時間她也一直在計畫要背叛他。

他們不會殺她，他們不能殺她。那麼想太荒唐了。

「好了，目前就是這樣。」紀卜森說：「我現在要走出這扇門去處理這件事，我就當你接受我的提議了。在我離開以前，你還有什麼話想說或想問的嗎？」他環顧空空的房間，微笑道：「有這種機會的人不多。」

我是「完美蛋」的總經理，自己開公司是我一生的夢想，我做到了，但卻被雲集團逼到倒閉。我不得不放棄自己的夢想，來替你工作。我本來是總經理，現在則是受到賞識的保全。我心愛的女人背叛了我，未來我所能期待的生活，就只是孤孤單單地在母雲的散步道上閒晃。這就是我得到的回報。

「沒有了，董事長。」派斯頓兩手握得好緊，甚至沒了血色。

紀卜森點點頭說：「好孩子。」

辛妮亞

紀卜森．威爾斯走了進來，辛妮亞感覺到若是凝神細看，似乎能看見死神的影子跟隨在後。他身上散發著死亡的味道——薄如紙的皮膚、逐漸黯淡的眼神，僅憑十指之力攀附在懸崖邊。他還能雙腳站立，也令她吃驚。

「派斯頓呢？」她問道。

紀卜森上上下下打量她，眼中閃著野獸般的光芒，彷彿暗自琢磨著，此時此刻他能掠攫些什麼。片刻過後，他在她對面坐下，動作很慢，好像一不小心就可能粉碎。坐定後，他交疊雙手放在腿上說道：「派斯頓很好。」

辛妮亞有一籮筐的問題，但第一個也是最重要的一個：「現在有人在看嗎？」

紀卜森搖著頭說：「只是看，聽不到。」

她的胃倏地往下一沉。此時的她身在遼闊、黑暗的大海中央，放眼不見陸地，而且有個東西在咬囓她的腳跟。因此她四下游來游去尋找救生圈。

「是你雇用我的，對不對？」辛妮亞問。

紀卜森嘴唇抽動了一下，接著在椅子上動動身體，像是想找個舒適的姿勢。

「妳怎麼猜到的？」

「一開始就該猜到的，你付我那麼多錢，還有誰能出得起？」她笑著說。

他點頭。「妳知道傑瑞米．邊沁這個人嗎？」

「聽過。」

紀卜森背往後靠，費了好大力氣翹起腳來。「邊沁是英國哲學家，死於一八三二年，很聰明的人。他最著名的就是環形監獄的概念。妳知道那是什麼嗎？」

又是個耳熟的名詞，深埋在辛妮亞的記憶某處，但她搖搖頭。

紀卜森舉起雙手描摹一下。「妳想像一座監獄。在這個監獄裡，一名警衛就能監視所有囚犯，可是囚犯並不知道自己隨時受監視。最貼切的說明方式就是想像妳站在一個圓形大房間裡，所有牢房都面向內，像蜂窩一樣，警衛塔則位在正中央。從警衛塔內可以看到每間囚室的情形，因為塔樓內有三百六十度的景觀。可是囚犯仰望警衛室時，只看得見塔樓，看不見獄警，他們只知道他可能在那裡面。妳明白我的意思嗎？」

「大概明白。」辛妮亞說：「聽起來與其說是藍圖，更像是思想實驗。」

「在邊沁那個時代正是如此，這是設法讓人民守規矩的想法。如果人民隨時受監視，他們心裡會想，沒錯，我是可以做這件壞事，但有可能躲不過懲罰，所以最好還是別做。那是個很好的主意，只不過在當時那個年代不太可能實現。」紀卜森微笑舉起一根手指在空中揮動，活像個覺得無聊的魔術師。「可是今天情勢大不相同了，我們有監視器和衛星定位系統。妳看看母雲有多少員工，一家公司的規模甚至比某些城市還大。如果要以相對的人口比例來配置公司警力，得花上一大筆錢。」

紀卜森往後靠坐，深深吸一口氣，像在補充體力。

「重要的是我不需要。」他說：「妳看看這裡的犯罪率——殺人、強暴、傷害、竊盜——遠比一個規模相當的城市來得低。妳知道這是多偉大的成就嗎？我真該拿諾貝爾和平獎了。」

「你簡直是人道主義者。」

他揚起一隻眉毛，但不理會她的挖苦。「我創造了一個了不起的東西。」他大手朝著簡陋的小房間一揮。「比原有的模式更好。我從無到有，打造了一座座城市。」他撇起嘴角露出醜惡笑臉，旋即又垮了下來。「話雖如此，我卻不喜歡監視器。每次抬頭就看見攝影機，感覺眞的很不舒服，而且又花錢。後來我想到，如果讓員工無論到哪裡都戴著追蹤手錶，那麼即使下意識裡也會知道自己很難逃避責任。這就像是內建的保全系統。何必花兩次錢呢？」他聳聳肩。「這是我的工作，把一樣東西加以改良，提高它的效率。但這也意味著時不時就得測試系統。妳發現的東西，是空前創舉。我必須確定它的安全性之後才能公諸於世。」

「你可沒讓我太輕鬆，這點我承認。直到我在處理中心大廳碰到那個女生以前。那眞的是一大敗筆。」

「我們讓太多人去參加黑色星期五追悼會，這件事做錯了。但我們也是想賭賭看。我怎麼也沒想到妳會跑那麼遠。妳究竟是怎麼發現電車線的起點在雲堡？」

「我可以告訴你，不過有點複雜。」她身子向前傾，他也湊上前來，興奮地想知道原因。不料她卻說：「你去死吧，你那些大便漢堡也去死吧。」

「拜託，」他說道，同時從鼻子噴出氣息如同笑聲。「這麼漂亮的女生說這種話太不搭嘎了。妳確實幹得好極了。好極了。」他揮揮手。他很喜歡揮手，就好像手一揮，就能讓所有煩心事煙消雲散。好像這世上的一切在他眼裡無非只是一縷清煙。「至於漢堡嘛，一般人不會了解我們利用資源回收，對環境的貢獻有多大。我們藉由減少牛隻數量，讓甲烷大大減量。而且根本沒人抱怨過什麼。在雲堡用餐的人比雲集團內其他餐廳都來得多。」

辛妮亞的胃又開始咕嚕作響。她很確定胃裡的東西已經吐得一乾二淨，但若能再往眼前的桌上吐出一點倒也不錯，光是看這老傢伙嚇得往後跳都值得。

「現在來說說眞正重要的問題。」紀卜森說：「妳爲什麼想殺我？這肯定不是我開出的條件之一。」

「我們來交換情報。」辛妮亞說：「那個箱子。在能源處理中心那個。那是什麼？」

紀卜森偏著頭，但腳已重新放下，然後順了順褲子。辛妮亞以爲他可能會拒絕，沒想到他隨後看著她說：「我猜說了應該沒關係。」

她一聽，整顆心跳到喉頭，卡在那裡。

「冷核融合。」他說：「妳知道那是什麼嗎？」

「只知道個大概。」

「核融合，」紀卜森往前將手肘撐在桌上，說道：「是一種核子反應，通常發生在恆星內部，極大的壓力下，熱度高達數百萬度。但能產生非常可觀的能量。很長時間以來，科學家一直試圖破解冷核融合之謎，過程是一樣的，只不過是在室溫或接近室溫下發生。這間公司」——他抬起手揮了一圈——「這整間公司的營運，每年耗費的能源相當於幾百加侖的燃料。我們很快就要進入量產。」

「那……將會改變全世界。」她心裡燃起一絲希望的火花，但一想到就算世界得救，她也已經不在人世，希望便又消逝了。

「確實會改變全世界。」紀卜森說：「我們綠色能源的成效再卓著，還是有人在使用汽油和煤礦。一旦有了這顆神奇子彈，就能一舉殲滅那些企業了。我第一次因爲讓人失業而這麼開心。」

「那麼何必保密呢？」

他往後靠到椅背上，露出「**妳在開什麼玩笑？**」的表情。「因爲這幾乎是無限量的能源，要怎麼從中獲利？但事實上，我想得更遠。我認爲事到如今，也該讓政府這頭笨重老邁的怪獸安樂死了。我打算就用這個方法來做。」

「這是什麼超級反派的狗屁說詞？」辛妮亞說：「你想要接管全世界？」

「不，親愛的，我是要把它免費提供給任何想要的國家，條件是他們要讓大多數公共事業民營化，並且由我們來經營。我已透過聯邦航空局證明我們可以做得更好。說句實在話，妳想把改變世界的技術交給國會那些小丑嗎？他們會怎麼處理？他們會把它擱置，他們會不停制定相關法案制定到死，再不然就是企圖扼殺它，因爲它妨礙了石油產業的遊說團體。不行，這件事就得由我來做。」

「爲什麼？」

他拉出好大好大的笑容，她簡直擔心他臉皮會裂開。「因爲我獨一無二。」

他說得豪氣干雲，可是眼珠子卻繞著房間飛轉，好像這是他隱瞞世人的一項怪癖，瞞著所有人太久了，現在終於找到一個可以傾訴的對象，能讓他一吐爲快。辛妮亞要想了解他，從這七個字便能一覽無遺。

「妳看看我建立了什麼。」他說：「我竭盡全力在補救這個世界，別人卻想方設法加以打擊，我已經不想再坐視不理了。這許多荒謬又矛盾的法令規定阻礙了眞正的進步，阻礙了拯救之道……」他聲量提高，臉也漲紅起來。「我唯一遺憾的是在我有生之年看不到了。但是克萊兒可以。雲集團將會在克萊兒的監督下，進行有史以來最大規模的擴張。我們找到了可行的模式，現在其他所有公司也都該跟進了。我們會把這世界上每一件實在行不通的事找出來，加以導正。」

他閉上眼睛吸了口氣，一手按住胸口。

「抱歉，說到這些總會讓我有點激動。」他說：「但這很自然。妳知不知道目前我們提供的醫療服務比醫院更多？就讀雲集團學校的學童比一般學校更多。還有啊，中情局的資料也儲存在我們的伺服器裡。所以這是很自然的下一步。」

「你他媽的在開什麼玩笑？」辛妮亞扯開嗓門吼道，紀卜森微微往後滑坐。「你最近有沒有出過門？全世界到處都有人快死了，此時此刻，有很多小孩就快死了，你明明有機會挽救，卻把它握在手裡當成談判的籌碼？」

紀卜森開心而淘氣地聳聳肩。「我們會得到我們想要的，世界也會變得更好。好啦，我想妳還欠我一個答案。是誰想殺我？」

辛妮亞點點頭，很高興能給他一記漂亮的反擊。「就是你。」

紀卜森臉色轉爲陰沉。

「我大概是在一個禮拜前接到最新指令，說要除掉你。」她說：「我當然沒有質疑，因爲那時候我還不知道雇主是你。我以爲是你們的對手公司。所以你要是想知道誰要你死，只要去問和我接頭的人就可以了吧。」辛妮亞暫停了一下，以加強效果。「看來你沒有自己想的那麼受愛戴。」

紀卜森的臉垮了下來。他看著放在腿上的手，只見布滿青筋、薄如紙的表皮包覆著一堆骨頭，然後用盡全力嘆了口氣。「那個王八蛋……」片刻過後他甩甩頭不再想，接著抬起頭，用那閃耀目光看著辛妮亞說：「謝謝妳告訴我，再見。」

「等一下。」辛妮亞說：「再來會怎樣？」

紀卜森輕聲一笑，繼續往外走。

「我會怎麼樣？」

紀卜森這才停下，轉向她，再次上下打量一番。「當馴象師在野外捉到小象，會把牠拴到樹上。小象會拚命衝撞掙扎想要掙脫，可惜力氣不夠，兩、三天後就放棄了。所以即使小象慢慢長大，還是不相信自己能掙斷繩子。到最後，只要隨便一條繩子就能拴住大象，哪怕是牠一腳就能掙脫的繩子也一樣。這叫做習得無助感。這裡的一切正是建立在這一點之上：大家都覺得自己掙不開繩子。換句話說，在我的公司經營模式中最危險的一件事，就是有人發現這條繩子其實很脆弱。」

他輕輕眨一下眼，隨即砰地關上門。好像還有什麼繼續存在，過了一會兒，辛妮亞才發覺是死神的影子。這影子隨著他進來，卻沒有離開。

派斯頓

「他在哪裡?!」

這聲怒吼發自紀卜森的丹田深處，彷彿就要震碎他的虛弱身軀。原本依杜布茲指示坐在空隔間裡等候的派斯頓驚跳起來，循聲而去。辦公室裡的其他人幾乎也都被吸引前去，不久派斯頓用手肘推搡著擠過人群，試著找到聲音來處。

他們看見的是紀卜森站在雷伊．卡森背後盯著他看，卡森則雙手抱著頭。這一幕十分滑稽，這個大塊頭面對一個他可能一口氣就能吹倒的人，竟如此畏縮。

但話說回來，派斯頓可以理解。因爲他和那個人面對面坐著談過話，他可以理解。就在這時候，他靈光一閃。想到他叫眾人下車時，卡森的驚慌模樣。想到他推擠著下車的模樣。想到他似乎知道即將發生什麼事的模樣。

「是你，對不對？」紀卜森問。

「我不知道你在說什麼。」卡森說。

「你這個騙子。所以你是想做什麼？報復嗎？」

雷伊．卡森站起身，但動作小心而緩慢，一面往四周圍環視，好像期望有人出面幫忙，但是沒有。「難道你不明白你想做的事有多瘋狂？你自以爲是上帝，但你不是啊，紀卜森。」

紀卜森上前一步，幾乎和他臉貼著臉。「那克萊兒呢？你打算怎麼處置她？也把她殺了嗎？」

「她是個孩子，我控制得了。」

「喂！」

是女人的聲音。克萊兒從眾人當中現身，重重摑了卡森一個耳光。他後退幾步，緩和了衝擊，然後轉身對紀卜森說：「別再說了。別在這裡說。」

「好。」紀卜森轉向杜布茲。「把這個混蛋帶走。讓他和那個女孩待在一起。」

群眾間出現兩名藍衣人，一把架起卡森，將他拖走。他掙扎反抗，杜布茲便站出來往他的肚子狠揍一拳，他彎下腰呻吟一聲，接著抬頭。「你知道我說得沒錯，杜布茲。你知道我是對的！」

杜布茲從腰帶拔出強光手電筒，用末端打向卡森的臉，發出濕濕的「啁」一聲，聽到這聲重擊，在場所有人幾乎都打了個冷顫。紀卜森沒有。他露出微笑。卡森的頭在脖子上轉動的模樣，好像有什麼地方斷裂了，受傷的鼻子則是血流如注。

藍衣人將他拖離後，杜布茲轉向眾人。「B會議室。馬上集合。」所有人你看我、我看你，彷彿聽不懂指令，杜布茲只得喊得更大聲：「馬上！」

眾人一哄而散，朝通往會議室的走廊而去，但派斯頓逗留在後面，抓住杜布茲的手臂說：「進去以前，我們得先談談。」

杜布茲甩掉他的手，本來似乎打算拒絕，但一轉念，還是領著派斯頓到一間空的訊問室，這是他們能安靜交談的最近的地方。進入後，杜布茲說：「長話短說。」

「她覺得你們會殺死她。」

「現在是在說誰覺得怎樣？」

「辛妮亞。她覺得你們會殺她滅口。」

杜布茲瞇起眼睛看著派斯頓，彷彿不敢相信自己聽到的話。然後笑了起來。「又不是在拍電影。我們不是殺手集團。」

派斯頓早就知道這不是眞的，是辛妮亞太誇張，但聽到這話還是比較放心。他暗忖著還有沒有什麼是自己該說、該做的。

「我知道你很爲難，小伙子。」杜布茲說：「我們要做一點損害控制，不過一切都會沒事的，聽到了嗎？現在你的問題都解決了，所以你何不回家休息一下。」

派斯頓深吸一口氣，鼓起勇氣問了他自知不該問的問題。「我能見她嗎？最後一次？」

杜布茲搖搖頭。「不可能的，小伙子。」

派斯頓定定站在原地。他想反抗，卻又氣自己想反抗，也氣自己根本就不該問。就因爲太氣自己了，因此丟下一句「我明白了」便轉身離開。

出了行政大樓，搭上電梯，穿過散步道，來到橡樹館大廳，整路上他的腦袋都像個空空的大房間，好像應該擺滿東西，但是沒有。當他刷錶準備搭電梯時，想起辛妮亞說過的話，於是折返前往楓樹館，搭電梯到她住的那層樓，站在Q號房門前時，不禁納悶自己究竟欠她多少。

這個女人騙了他、操控了他，還利用他的職權。

好像你從來不會搞砸似的。

不，這不一樣。

每個人都會犯錯。派斯頓就犯過很多錯。

但沒這麼嚴重。

他像念咒語一樣地說。

他伸手敲敲門，門內沒聽到任何響動。本想掉頭走人，但想到辛妮亞的口氣讓他有些擔心，便再敲一次。他往走廊上左右看了看，確定都沒人以後，往感應器掃一下。燈號變綠，他開門進入。

房間裡瀰漫著食物放太久的臭味。沙發床上有個形體蜷曲在毯子下面，好像在睡覺，派斯頓心想應該可以走了，可是當他進來，當走廊的燈射在床上，那人也都沒動。他注視著那個團塊，藉由念力要讓它動，希望它動，但它就是不動。他走過房間，看見一個長髮美女縮在毯子下，不必觸碰、不必測脈搏就知道她已經死了。

他舉起手錶準備通報，按下錶冠後應該要說話的，但他沒出聲。該做的都做了，沒他的事了。至少今天沒有了。

氣球爆了開來，關於他的一切、內部的一切全都溢流到地板上，一片滑溜髒汙。於是他轉身離開，回到橡樹館，回到自己的房間，一頭倒上沙發床，瞪著天花板看。

這時他又想起辛妮亞說的另一件事。

關於自由的事。

11 終身員工

克萊兒．威爾斯的特別宣告

我懷著無比哀傷遺憾之情在此宣告，今天上午九點十四分，家父在阿肯色家中，在親友與愛犬陪伴下與世長辭。慶幸的是他臨終時面帶笑容，被愛所環繞，這點至少令人稍感安慰。

家父被視為當代的偉大人物之一，是個無與倫比的思想家與改革者。他的影響力遍及地球各個角落。

但他也是我的爸爸。

現在要處理的事千頭萬緒，最重要的是必須肩負起接掌雲集團的重責大任。我感覺自己一生都在為這一刻做準備，又同時覺得尚未準備好。但這樣的工作，其實無所謂「準備好」。總之就是投身其中，盡力而為。

另外我要宣布一個令人振奮的消息，這也是我就任後第一項人事命令：莉雅．摩根將升任為副董。她擁有哈佛的商學院碩士學位，在業界備受敬重，而最重要的，她是我的老友。我相信父親會全心全意支持這項決定，因為他向來非常疼愛莉雅。

最後還有一件是要宣布，這是件大事。

我很希望時間能提早些，只可惜計畫還在最後階段，尚未完成。這是父親著手的最後一個計畫，也是他最引以為傲的一個：雲電。多年來，雲集團投入了數億美元研究各種新型態的乾淨能源，很高興的是我們終於研發出一種能產生超大電力的零排放過程。今年年底，母雲各分公司將全數改用這個新系統，屆時我們將與美國政府攜手合作，將這項技術推廣到全國每個角落，並希望接下來還能與世界各地政府建立合作關係。

我們勢必為客戶提供最優惠的費率與協助來建造處理設施，相信在未來數十年內，整個地球都會透過雲電運轉，為療癒飽受蹂躪的環境邁出重要的一大步。

這是家父留下的成就，也是我莫大的驕傲。

此時此刻，我知道自己應該說一點鼓舞人心的話，但家裡頭能言善道的人向來是父親，而我更樂於傾聽。我想，傾聽向來是最佳的學習方式。因此我將採取這種做法，我會傾聽與學習，同時堅定守護讓我們公司成功的價值。

這些正是父親灌輸給我的價值。

派斯頓

派斯頓喝乾最後一口伏特加，冰塊喀喇喀喇碰撞牙齒。這是第三杯，也可能是第四杯，他也懶得算了。他拿出手機，打開簡訊，好像還寄望會有未讀簡訊等著他。結果並沒有，於是又招手要酒保再送一杯來。

他從眼角餘光瞥見達柯塔的身影，背著光站在酒吧門口。她東張西望像在找什麼，找他吧，他猜想。他大可以舉手引她注意，可是他沒有，因爲酒吧裡人沒有多到需要這麼做，而且他有點希望別讓她看見。但不一會兒，她的視線便落在他身上，接著大步走來，坐到他旁邊的高腳椅上。椅子搖晃了一下，她扶著吧台坐穩。

她點了一杯琴通寧，慢慢啜飲三口之後才問道：「你怎麼樣？」

派斯頓聳聳肩，不置可否。

他們用酒填補沉默，眼睛則盯著成排酒瓶背後的鏡子。

「杜布茲要我來找你聊聊。」她說：「確認一切都沒問題。」

又是聳聳肩。派斯頓決定從現在起只用聳肩來溝通。

「他把那個女人放了。」她說這話時轉過頭，面向酒吧裡側，甚至不想冒險與鏡中的他四目交接。「我知道你對她有意思，而且不簡單哪，她那麼酷，你還眞是爭氣。不過她被炒了，你眞的想跟她一起走？」

派斯頓微微轉向達柯塔。「這是威脅嗎？」

「這不是杜布茲問的，」她說：「是我，是身爲朋友的我問的。這整件事，」她拿起酒杯，灌下一大口。雖然還有得喝，卻打手勢讓酒保再來一杯。酒保調酒時，她湊近派斯頓接著說：「這整件事非同小可，可是他們怎麼樣都不希望鬧大。身爲朋友，我就是跟你說一聲，少惹麻煩，生活還是可以好好過，知道嗎？」

「妳說這樣叫好？」派斯頓問。

「你最近有沒有出去過？比起外面，這裡可是好太多了。」

派斯頓點點頭，本想反駁，卻反駁不了。他乾了酒，又點一杯。好像以爲喝多了就能召喚她出現。這麼想很愚蠢，但總好過那些他不願去想的事。

「送你一樣東西。」達柯塔說。

她把手放到吧台上，朝派斯頓滑過去。左右看一眼，確定沒有旁人，才抬起手露出一個裝混沌的塑膠盒。她的手很快又蓋下去，等待著，以爲他會取走，但見他沒有動作，便將盒子塞進他的褲袋。

派斯頓由著她去，但卻問道：「妳在耍我啊？都發生這麼多事了。」

「這是全新的。」她說：「混沌二．〇。」

「這又是什麼鬼玩意？」

「劑量調到爆爛，所以不會過量。」派斯頓轉頭看達柯塔，她在微笑。「不管吃多少都沒關係。體內劑量到達飽和以後，剩下的會從小便排掉。沒有所謂過量的問題。」

「說眞的，這是設好的局嗎？」派斯頓問道，雖然想從口袋掏出盒子還給她，又怕被人瞧見。「妳想讓我被炒魷魚？想用毒品栽贓我？」

「這是最棒的一點。」達柯塔說：「它是我們的，由我們經手。」

派斯頓雙手捧著頭，拼圖逐漸湊齊了。

專案小組其實不是專案小組。盯梢華倫又不逼得太緊。查找貨源卻不辦藥頭。「我們不是要阻絕毒品，只是要換新貨。」

「你少給我擺那副不可一世的高姿態，派斯頓。不管是我們賣還是他們賣，大家照樣會吸食。我們讓網絡繼續運作，滿足需求，也等於是保障公司安全。我們只是在救人的同時刮取一點點利益，對每個人都好。」

「杜布茲也參一腳了？」

她噘起嘴。「你說呢？」

派斯頓拿起酒杯一口喝乾，酒精一路刺激而下，但沒有他期望的那麼痛。

「妳為什麼要告訴我？」他問道。

達柯塔接過新端來的酒，並將前一杯喝完，放下杯子讓酒保收走。等他走遠聽不見了，她才湊上前壓低聲音說：「因為現在我們知道你可以信任。你做出了正確的選擇，你選擇了我們。我早就說過會有額外的甜頭。好了，你可別讓我後悔相信你，好嗎，小派？」

派斯頓想拿出口袋裡的盒子，想拿盒子丟她，想放聲大叫，想從遊憩館的陽台縱身一躍，跳落三層樓到堅硬的地面，無疑會摔斷脖子。他什麼都想做，唯獨不想做他當下選擇做的事，也就是起身走出酒吧。他快到門口時，達柯塔從後面喊道：「你可要繼續做對的事喔，模範員工先生！」

派斯頓

派斯頓醒來，穿上藍色polo衫，查看電話，發現辛妮亞沒傳簡訊，拖著腳步前往行政中心，打了卡之後開始巡邏，沿著散步道來來回回地走，直到累了便稍坐片刻，然後繼續巡邏直到下班，接著坐在酒吧喝啤酒，然後回房間試著入睡，試著不去想放在水槽旁抽屜裡的那盒混沌，給辛妮亞的簡訊寫了又刪、刪了又寫，卻從未送出。

派斯頓

派斯頓醒來，穿上藍色polo衫，查看電話，發現辛妮亞沒傳簡訊，拖著腳步前往行政中心，打了卡之後開始巡邏，沿著散步道來來回回地走，直到累了便到雲堡休息用餐，然後繼續巡邏直到下班，接著回去看電視，一面試著想提起勁起身走到水槽旁，拿出抽屜裡的混沌丟進水槽，結果卻睡著了。

派斯頓

派斯頓醒來，穿上藍色polo衫，查看電話，發現辛妮亞沒傳簡訊，拖著腳步前往行政中心，打了卡之後開始巡邏，沿著散步道來來回回地走，直到累了便坐一下，然後繼續巡邏直到下班，接著去看電影，並假裝辛妮亞就坐在旁邊的空位，因爲從頭到尾都這麼期盼著，幾乎也就相信了，然後回房打她的手機，已變成空號。

美國專利局審查通知書

「完美蛋」專利申請案，經初步審查，依美國專利法第十六條第一項規定予以核駁，理由是：已有他家企業法人推出並銷售類似產品「雲蛋」。若欲對此審查意見提出異議，謹此通知台端聘請專利訴訟律師，透過適當法律管道提出申覆。

雲蛋！

一名年輕女子站在廚房裡，黑白畫面。手感磚背牆、大理石流理台面，銅製鍋具高掛頭上。面前有一只大碗，她正在剁水煮蛋，卻笨手笨腳，一下子手指插進去，一下子把整顆蛋掰開，碎片飛濺，到處都是蛋殼。

她抬頭對著鏡頭，滿臉慌張。

女子：一定有更好的辦法吧！

螢幕畫面瞬間從黑白轉爲鮮艷色彩。定格。

旁白：有的！

一個卵形器具在托架上旋轉著，形狀比蛋大，中間有一條由上而下的接縫。

旁白：向您介紹雲蛋！

女子取過器具，打開來，將蛋放入，然後放進微波爐。

旁白：每一次，雲蛋都能將您的蛋煮到恰到好處。

鏡頭轉向一鍋煮沸的水。嗶的一聲，出現一個紅圈，裡面一條斜線。

旁白：不必再與不精確的烹煮方法周旋。當蛋煮好後……

鏡頭轉向女子從微波爐取出煮蛋器，打開來，蛋殼完美剝落，光滑裸露的蛋白猶如寶物般閃閃發光。

旁白：兩三下就清潔溜溜！

鏡頭轉向一長排卵形煮蛋器，有各種基本色款。

旁白：可至雲端商城購買！

派斯頓

派斯頓醒來，穿上藍色polo衫，拖著腳步前往行政中心，打卡後開始巡邏，沿著散步道來來回回地走，直到累了以後，回到宿舍打開水槽邊的抽屜，拿出那盒混沌，將一片郵票大小的薄片放到舌頭上，接著再一片，接著又一片，然後再來一片，最後嘴巴裡全是化學櫻桃的味道。他整個人倒在床上，墜入一個溫暖的懷抱中，不停地往下，宛如墜入無底深淵。

派斯頓

派斯頓醒來，腦袋裡好像裝滿濕棉花。他踉蹌走到水槽邊，看見了混沌的盒子，如今已經空了。他沒想到自己吃了那麼多，一度暗自慶幸還能活著，旋即想到這是無過量之虞的改良版，不由得納悶昨晚往嘴裡塞藥的時候是不是就知道了。

他漱漱口，沖掉嘴裡的櫻桃味，很高興混沌已經沒了，但也想著是否應該再去弄一點。想想這些比較容易忘掉專利局的來信。

在他訂出關於混沌的行動方針之前，手錶叮了一聲，提醒他上班快遲到了。他連忙穿上藍色polo衫，感覺到肌肉痠痛，接著前往行政中心。

達柯塔從開放區喊道：「喂。」

派斯頓一轉身，發現她正大步朝他走來，一身新的駝色制服，看起來好像高了幾公分。派斯頓暗忖，她那微笑是否和制服有關。他從未見她笑得這麼開心。他等著她追上來。「能不能幫我一個忙？」

他聳聳肩。「當然了。」

她遞出一個白色小信封。「把這個送到垃圾處理中心。去過那一頭嗎？」

「沒有。」

「我已經在你的手錶設定提示，照著走就行了。」達柯塔打了他手臂一下。「謝了，兄弟。對了，我們倆盡快找個時間去喝一杯，怎麼樣？」她微笑著用拇指頂了頂制服。「只要保持現在的表現，再來就輪到你了。」

「那太好了。」派斯頓無意對她的邀請作進一步的表示。

他轉身走向電梯，很高興能離開她、離開辦公區，迫不及待想漫不經心地到處遊蕩，因爲這個時候至少能獨處。置身於數百人當中，他可以獨處。

他搭電車到入口大樓，接著轉搭處理區電車前往垃圾處理站，車上一個人也沒有。到了之後，進入一個樸實的混凝土大廳，有個身穿藍衣的亞裔年輕男子坐在桌前向他點頭。派斯頓搖搖信封。「送信。」

「你合規定。」男子瞄一眼手錶，說道：「進去吧。」

派斯頓也看看自己的手錶。二樓，二B室。他搭電梯上樓，沿著彎彎曲曲的走廊直到找到那個房間，裡面有個老先生坐在辦公桌前，派斯頓也不理會他的嘟囔，把信封往桌上一丟就走出來，再沿著走廊回到電梯。

走廊另一端有個穿綠色polo衫的男子，正拿著掃把慢慢推過光亮的地板。

那人看起來有點眼熟。

電梯門打開了，派斯頓本想進去，結果還是任由門關上後轉過身子。那人抬起頭來，瞬間過後，雖然他頭髮長了，也留了參差不齊的鬍子，派斯頓仍認出他來。

是瑞克，在醫院攻擊辛妮亞的那個人。

男子也認出了派斯頓，急忙丟下掃把拔腿就跑。派斯頓立刻隨後追去，到了盡頭向左急轉，看見瑞克驚恐地回頭看一眼，便刷了手錶進入樓梯間。派斯頓來到樓梯間入口，刷錶，但燈號轉紅。

再刷一次，還是紅燈。他猛拽門把，用力拍打門，一次、兩次、三次，直到手心發麻。他明白自己過不了這扇門，頓時將怒氣凝結起來，牢牢積壓在胸口，然後大步走到行政中心，門也沒敲就進了杜布茲的辦公室。

杜布茲正在和一名年輕藍衣員工說話，忽然被打斷讓他氣惱不已，但一看見派斯頓的表情，態度便軟化了，似乎知道他所爲何來。於是揮手遣走新人。

派斯頓等到那人離開並關上了門。

「你不是說把他給炒了嗎？」他問道。

杜布茲吸氣、吐氣，將手指撐成帳篷狀。「你答應讓你女朋友睜隻眼閉隻眼，我們也是這麼做。這樣比較不麻煩。」

「比較不麻煩。」他說：「你明明跟我保證過。」

杜布茲站起身來，派斯頓後退一步。「你聽好了，他被分派去做沒人要做的工作，也幾乎和其他人都隔離開來。這樣可以了。」

「爲什麼？」

「派斯頓……」

「這是你欠我的。」

「我沒欠你……」

「你不說我就不走。」

杜布茲嘆了口氣，四下張望，好像希望能出現一條出路。但見無路可退，只好說道：「因爲要解雇他就得提出原因。要是以攻擊爲由解雇，就得寫報告，那麼我就得回答爲什麼我的管區又出事。這幾個月來這裡事故連連，情況對我不利。我們實在禁不起再火上加油了。」

「所以呢，就掩蓋起來？當作沒這回事？」

「好了，夠了。」杜布茲繞過桌子走向派斯頓，兩人接近到派斯頓都能聞到他鬍後水的味道。「我知道你現在有個了不起的身分，但對我來說沒什麼差別。我沒法讓你捲鋪蓋走人，卻可以讓你一輩子去當掃描工，也可以把你調去皮膚癌巡邏區。到目前爲止你都很配合，小伙子，所以別讓我失望好嗎？」

派斯頓想發火，想告誡杜布茲，想說一些尖刻的話像手指戳進對方眼睛一樣。

他是這麼想，卻不這麼感覺。他的感覺是極度渴望，渴望杜布茲姿態放軟，渴望這個老長官再叫他一聲「小伙子」，像以前那樣叫喚，因爲他這次的語氣裡帶刺。

他走了，兩手緊緊握拳，指甲深深嵌進掌心，然後去找達柯塔，去討更多櫻桃口味的幸福。

派斯頓

派斯頓在散步道上晃來晃去，心裡想著那些惹他生氣的事，但多半想的都是留在舌尖的櫻桃味。那味道沖不掉，也沖不掉他想遺忘的事。

他不知今天是禮拜幾，原本猜是禮拜天，但看了錶才發現是禮拜三。他走著走著，卻轉眼就忘了自己走過哪裡。有個新人向他問路要去遊憩館，等到報完路與那人分手後，他才驚覺自己報錯方向。快下班時，他順路去了雲堡，邊吃邊想這應該是今天最幸福的時刻。結果發現自己已經又忘了今天是星期幾。

星期三。

走出餐廳時，有個矮小身影從他面前經過。光禿的頭、白蒼蒼的皮膚加上矮小身形，看起來活像外星人。她穿著紅色polo衫，走路的神態顯得緊張，眼珠子滴溜溜地轉，肌肉緊繃。他本以為自己的腦袋被毒品鑽出了洞，但眼看那名女子愈走愈遠，他驀然察覺不對，你不會這麼快就忘記一個拿槍威脅過你的人。

余灰沒有注意到他，他覺得好煩，她竟然沒看見他，她現在竟然連看都懶得看他一眼，他是多麼渺小啊？這種反應不恰當，但他的感覺就是如此，於是他跟在她後面，手摸了摸口袋裡的東西，確定它還在。

她上了電車，他也尾隨上到另一頭，站在人群中，好像在說：**看我吧**，只是她一直低頭藏著臉。

她在行政中心下車，來到一部機台前排隊，前面排了大約十來人。派斯頓站到她旁邊，她瞄他一眼，當下愣住，直視前方，隨後閉上眼睛，彷彿試圖以念力將他驅走。

「妳好。」派斯頓說。

這麼說很荒謬，但他想不出還能說什麼。

她嘆了一口氣，又長又重。全身無力下垂。

「果然就是，」她說：「他媽的果然就是。」

「終於通過面試囉。」派斯頓說。

「怎麼就偏偏遇到你這個討債鬼。我們投注了那麼多資源……」

派斯頓將手放到她手臂上，剛好是能抓住的力道，沒有太用力也沒有抓太緊以免引起騷動。他本以爲她會掙扎，不料並沒有。她臉上的表情他認得，就像他每天早上照鏡子時看見的自己：整個人全身心地、徹底地頹喪。她像傀儡似的跟著他走，上電梯後他刷了錶，來到保全部門的辦公區。

派斯頓步出電梯時仍抓著她的手臂。走廊盡頭，開放辦公區的門敞開著，門框另一邊只見藍衣人來回走動。

開放區與電梯中間有六間辦公室，其中一間目前空著，因爲經常有其他部門的人前來與保全團隊進行協調聯繫，用得上。

左手邊第三道門。

余灰拖著步伐與他並肩而行。「怎樣？」

派斯頓想帶她到開放辦公區去。知道他剛剛做了什麼的話，達柯塔和杜布茲會露出什麼表情？他可是抓到了一隻害蟲。也許杜布茲會再次喊他「小伙子」，也許這次會是眞心的。

他們沿著走廊走到一半，派斯頓在空辦公室前面停下，刷了錶進去。他幫她開著門，她移步進入房間——一張桌子，一台平板固定其上，兩邊各有一張椅子。

牆壁上有塊牌子，用草書寫著：

凡事因你而成就

趁派斯頓關門開燈之際，余灰觀察一下四周，接著走到角落，舉起雙手自衛。和一個陌生男子，一個受過她威脅的男子困在密閉房間裡，突然讓她憂心起來。

「坐。」派斯頓說。

她拖拉著走向桌子，目光始終沒有離開過他，坐下時小心翼翼，彷彿擔心座位放了感壓炸彈。派斯頓與她對面而坐。懼怕化爲困惑，她看著他就像看著一幅抽象畫，需要費心理解。

「你變得不一樣了。」她說：「是不好的不一樣。」

派斯頓聳肩回應。

余灰看了看四周。「那天跟你在一起的女生，她人呢？」

「妳錯了。」派斯頓說。

「什麼？」

「關於書的事情。我們有《華氏四五一度》，我們有《使女的故事》，公司沒有不進這些書，是沒人買。他們不會囤積消費者不想要的東西。那只是……那是做生意之道，對吧？那是由市場決定的。」

余灰本打算開口說什麼，又及時打住。似乎覺得，已經不重要了。

「不管妳是對是錯，我想都沒有差別。」他說：「重點是大家不聽，不是因爲事情被隱瞞，而是他們不想知道。」

余灰動了動身子。

「爲什麼要挑這間？」派斯頓問：「妳已經試著來應徵過一次，沒有成功，爲什麼不換另一間母雲試試？」

「你這是在幹麼？」余灰問：「談話治療？偵訊？你想聽我的人生故事？」

「回答我的問題。」

余灰嘆氣道：「我爸媽本來開了一家咖啡館，和這裡隔了幾個小鎮。小小一間，很溫馨。我在那裡長大。這家公司來了以後，四周圍的城鎮全都凋零死去，我們的店也是，我爸媽也是。」她看著放在腿上的雙手。「和這個地方，也許可以說是有私人恩怨吧，天大的恩怨。」她看著派斯頓。「我們現在在這裡做什麼？」

「妳打算怎麼做？」

「已經無所謂了。」

他說得又重又急：「告訴我。妳的火柴呢？」

「沒帶。」

派斯頓笑起來。「妳在耍我啊？好不容易進來了，結果妳沒帶？」

「你瘋啦？要是進來的時候被逮到呢？你知道我會有什麼下場？我一直在設法把它偷渡進來，另外，我也一直在找機會製造一點損害。」她嘆了口氣別開臉。「可是沒辦法，這個地方簡直就是銅牆鐵壁。」

派斯頓將手伸進口袋，確定了，沒錯，東西還在。他拿出隨身碟，在手上把玩著，手指撫過光滑的塑膠表面。余灰頓時睜大雙眼，倒吸一口氣後，屏住了氣。

他也不知道自己爲什麼還留著它。當時回到車上，本來想丟出窗外的。後來回到公司，東西沒有被攔截，因爲他是藍衣人，經過掃描儀時，他們幾乎看都沒看螢幕。額外的甜頭。回到房間，他才發覺東西還在自己手上，因爲這是隨身碟，因爲它具有一點價值，他便放進了水槽旁的抽屜，而不是丟進垃圾桶。

這只是一小塊塑膠，可是他喜歡把它放在水槽邊的抽屜裡，自從看見瑞克以後，他開始把它放進口袋隨身帶著，每當覺得需要冷靜下來集中精神，便用拇指摩搓它。

他只是想靠近它。隨身帶著一樣擁有如此巨大力量的東西，讓他有種特別的感覺。不能說是「好」，他也不知該怎麼形容，只知道這個隨身碟比外表看起來更爲沉重。

他把它放到桌上，比較接近自己的地方。「這個能做什麼？」

余灰傾身向前，像是要去拿，派斯頓卻伸手蓋住。

「那是病毒。」她說：「它會對雲集團的衛星發射推進器，把它們推離軌道，只是一點點而已。誰都不會發現，直到幾個禮拜以後，衛星就會脫離軌道墜毀。雲集團會瞬間停擺，運輸資料、無人機航行、員工系統、銀行體系。這不會是致命的一擊，卻能讓他們癱瘓很長一段時間。也許時間夠長的話，會有其他東西開始生根發芽。」

「這會讓很多人受苦。」派斯頓說：「會有很多人失去工作，失去家。」

余灰的臉色轉爲嚴肅，眼睛瞇起、嘴唇抿緊，背脊也再次硬挺了些。「系統出了問題，只有一個補救方法，那就是整個打掉重練。感覺當然不好。」

「萬一行不通呢？」

余灰露出些許笑容。「總之我們試過了。總比沒試得好，不是嗎？」

派斯頓覺得腳痛，背也痛，胃因爲吃了雲堡又膩又脹。櫻桃的味道老是去不掉。他根本不喜歡吃櫻桃。

他將隨身碟推向她，她一把抓起，插進平板。點一下螢幕，鎖住了。派斯頓於是將身子探過桌面，掃描他的手錶開啓平板。

「動手吧。」他說，聲音低得猶如呢喃。

余灰點著平板螢幕，派斯頓坐在那裡，暗暗希望門在這時打開，杜布茲走進來看到這一幕。但他不知道自己是希望有人出現阻止他們，或只是希望有人看見他們在這做這件事。

派斯頓就這麼旁觀著。時間一分一秒過去。

余灰終於往後一靠，重重吐了口氣。

「就這樣？」派斯頓問。

她微笑以對，是眞正的微笑，是當你感受到深刻而有意義的情感時綻放的微笑。他眞想將那抹微笑裝入瓶中，放進口袋隨身攜帶。她說：「你能這麼做眞是偉大。」

「不，」他淡淡地說，隨即又提高嗓音說：「不，我不偉大。」

「這個以後再討論就好，現在我們該走了。」她說。

她起身往門口走，派斯頓跟隨在後。他也不知道爲什麼，但就是這麼做了。在那一刻，他覺得跟著她是對的。她知道他跟在後面，但沒有阻止，任由他亦步亦趨地跟隨，來到電梯前，派斯頓刷了手錶，他們一起站著等候。余灰的重心不停左右交換著，好像準備要起跑似的。派斯頓留意著走廊另一頭，希望不會有人走出來看見他。

電梯門開了，達柯塔和杜布茲走了出來。

他們穿著駝色制服站在那裡，活像兩塊砂岩板。他二人幾乎是同步對派斯頓點頭，隨後轉向余灰，上下打量她，好像以爲會是認識的人。

派斯頓愣在當下，不知道該說什麼。他覺得好像也在看著自己和余灰站在那裡，而達柯塔和杜布茲他們知道，他們很清楚剛才發生了什麼事。

露餡了。該離開了，步入了辛妮亞的後塵。

達柯塔正要開口，但派斯頓咳嗽一聲，強行清清喉嚨說道：「新人，迷了路，正要送她回大廳。」

杜布茲點點頭。「送完她以後再上來，有事情跟你談。」

派斯頓點點頭，屏住氣，直到他和余灰踏進電梯，門關上後才鬆了氣。他們乘著電梯來到電車站。

站在五顏六色的人群中，派斯頓感覺有聚光燈打在自己身上，每雙眼睛好像隨時都可能倏地轉向他，不過什麼事也沒有。他只是從一地移往另一地的制服之一罷了。余灰站著不動，兩眼死盯前方，身子幾乎要顫抖起來，似乎想憑著意志力不讓自己被捕。

他們上了電車來到入口大樓，由於派斯頓身穿藍衣，誰也沒有多加留意，他們就這樣朝著那道方形白光走向外面的世界。隨著距離逐漸接近，熱浪更加洶湧，景物隨之扭曲變形，最後終於來到黑暗與陽光的臨界線。現在是八月份，因為從未外出，很容易會忘記，因此當太陽照射在他裸露的前臂上，就像進到烤箱一樣。

身後可以感覺到從建物內飄出的涼風輕吻，同時夾帶著一個人一生中可能需要的一切，按個按鈕就能得到的一切。

一張床、一片屋頂和一份終身的工作。

眼前則是一望無際的廣袤世界，到處是死城，沒有希望也沒有任何前景，只能走在可能哪兒也去不了的漫漫長路上，焦渴難當。

也許就只要直接走開這麼簡單。也許這是第一步。火柴點燃了，若有充分的時間和氧氣，就能將一切化爲灰燼。

如此龐大的東西會這麼脆弱嗎？

余灰站在陽光下，轉頭凝視他。那種眼神讓人同時覺得更加強大也更加渺小，它讓你認清了自己犯的錯，也賦予你希望，因爲還有時間補救。

余灰問道：「你來不來？」但派斯頓幾乎沒聽見，他耳中全是辛妮亞的喃喃低語。

致謝

聽我道來。有許多人需要感謝。首先是我的經紀人Josh Getzler。我們因爲這個計畫而攜手合作。當初我只寫了第一段內文和一篇漫無目標的大綱，他卻對我有信心，他的指引是我莫大的助力。同時也要感謝他才華洋溢的助理Jonathan Cobb（是他提供了本書中我最喜愛的基調），還有HSG經紀公司的每一個人，其中要特別向Soumeya Roberts與Ellen Goff致意，感謝Soumeya努力不懈地將這本書銷售到全世界，Ellen則是專責海外合約。

謝謝我的編輯Julian Pavia，他是個技巧卓越的說故事高手，是他讓這本書超越原點，展現更大的可能性。還有他的助理Angeline Rodriguez，不僅不辭勞苦統御著所有助理的工作重擔，以確保一切就緒，還提供她個人精采無比的見解。我何其幸運，能和出類拔萃、充滿熱忱的Crown出版團隊合作——衷心感謝Annsley Rosner、Rachel Rokicki、Julie Cepler、Kathleen Quinlan與Sarah C. Breivogel。另外也十分感激世界各國的經紀人與編輯對此書的信心，其中要特別感謝Bill Scott-Kerr與Transworld出版團隊。

此外也要謝謝我的電影經紀人Lucy Stille帶領我經歷一趟驚險萬狀、令人頭暈目眩的旅程。並感謝朗．霍華、布萊恩．葛瑟與Imagine Entertainment製片公司的全體工作人員對此書的信任，其中要特別感謝Katie Donahoe的指點與協助。

謝謝我的父母與岳父岳母。他們提供無與倫比的愛與支持（包括向親朋好友請託推薦我，還經常性支援托兒服務），讓我得以繼續寫作事業。

最重要的是我的妻子，我對她的虧欠與感激恐怕難以世俗的方式表達。從第一天起，Amanda便以敏銳心思與堅韌毅力支持著我，爲了我的寫作事業，她作出極大的犧牲。自從我認識她的那一天至今，她的智慧、幽默與優雅始終令我驚嘆。

謝謝我的女兒，每一天都在挑戰我，讓我成爲更好的人，讓我想要創造更好的世界供她繼承，也讓我想寫這種書，藉此督促我們往正確的方向前進。

最後，我要爲本書簡單寫一段獻詞：

瑪利亞．費南德茲在紐澤西的三家Dunkin' Donuts甜甜圈分店兼職打工，二〇一四年，她利用值班空檔在車內補眠，卻意外因廢氣倒流而窒息身亡。她每個月爲了繳地下室公寓的五百五十美元房租，拚了命工作，就在同一年，根據《波士頓環球報》報導，時任Dunkin' Brands集團總裁的Nigel Travis賺進了一千零二十萬美元。比起任何人事物，瑪利亞的故事可說是本書核心的最大動力。

Eurasian Publishing Group
圓神出版事業機構
用心與你對話・視野無限寬廣
寂寞出版社
Solo Press

www.booklife.com.tw reader@mail.eurasian.com.tw

Cool 036

神祕雲商城

作　　者／羅柏・哈特
譯　　者／顏湘如
發 行 人／簡志忠
出 版 者／寂寞出版股份有限公司
地　　址／台北市南京東路四段50號6樓之1
電　　話／(02) 2579-6600・2579-8800・2570-3939
傳　　真／(02) 2579-0338・2577-3220・2570-3636
總 編 輯／陳秋月
資深主編／李宛蓁
責任編輯／朱玉立
校　　對／李宛蓁・朱玉立
美術編輯／金益健
行銷企畫／詹怡慧・朱智琳
印務統籌／劉鳳剛・高榮祥
監　　印／高榮祥
排　　版／杜易蓉
經 銷 商／叩應股份有限公司
郵撥帳號／18707239
法律顧問／圓神出版事業機構法律顧問　蕭雄淋律師
印　　刷／祥峯印刷廠
2020年3月　初版

定價 399 元　ISBN 978-986-97522-5-1

你對這樣的故事有信心，期待有一天能成爲其中的一部分。

——《S.》

國家圖書館出版品預行編目資料

神祕雲商城 / 羅柏．哈特（Rob Hart）；顏湘如 譯.
-- 初版. -- 臺北市：寂寞，2020.03
416 面；14.8×20.8公分（Cool；36）
譯自：The warehouse
ISBN 978-986-97522-5-1（平裝）

874.57　　109000053